LE PREMIER QUI MEURT...

JAMES PATTERSON

LE PREMIER QUI MEURT...

ÉDITIONS FRANCE LOISIRS

Titre original : First to Die.
Publié par : Little, Brown.
Traduit de l'anglais par : Yves Sarda.

Une édition du Club France Loisirs,
réalisée avec l'autorisation des Éditions Lattès.

Éditions France Loisirs,
123, boulevard de Grenelle, Paris.
www.franceloisirs.com

REMERCIEMENTS

Aux personnes suivantes, dont le dur labeur et les compétences m'ont aidé dans la rédaction de cet ouvrage :

Le Dr Greg Zorman, chef de service de neurochirurgie au Lakeland Hospital de Fort Lauderdale, en Floride, que j'aimerais avoir à mes côtés en cas de besoin.

Les charmantes, et non moins talentueuses, Fern Galperin, Mary Jordan, Barbara Groszewski et Irène Markocki.

Prologue

Inspecteur
Lindsay Boxer

La nuit de juillet a beau être d'une clémence inhabituelle, je frissonne méchamment sur la vaste terrasse de pierre grise de mon appartement. Je contemple San Francisco dans toute sa gloire, mon revolver de service appuyé sur la tempe.

— *Va-t'en au diable, Dieu !* murmuré-je.

Ce qui me semble juste et tout à fait approprié.

J'entends gémir Martha la Douce. En me tournant, je la vois qui me regarde de l'autre côté des portes-fenêtres. Elle sait que quelque chose ne tourne pas rond.

— Ça va, lui dis-je à travers la vitre. Ça boume, va te coucher, fifille.

Martha ne veut rien entendre, s'obstine. C'est une amie fidèle qui, chaque soir depuis six ans, vient me souhaiter bonne nuit d'un coup de museau.

En plongeant mon regard dans les yeux de mon *bearded collie*, je me dis que je devrais peut-être rentrer et appeler les filles. Claire, Cindy et Jill seraient là avant même que je n'aie raccroché. Elles me prendraient dans leurs bras, me câlineraient en me disant les mots qu'il faut. *Tu es unique, Lindsay. Tout le monde t'aime, Lindsay.*

Sauf que je suis certaine que, demain ou après-demain soir, je me retrouverai au même point. Je ne vois pas d'autre issue au pétrin où je suis. J'ai retourné une bonne centaine de fois les choses dans ma tête. Je peux faire preuve d'une logique d'enfer, mais je suis aussi émotive à l'extrême, c'est évident. Là résidait ma force quand j'étais inspecteur du département de police de San Francisco. Une telle combinaison est rare et cela explique pourquoi, je pense, je réussissais mieux que la plupart de mes collègues masculins de la crime. Bien entendu, aucun d'eux n'est à ma place, prêt à se faire sauter la cervelle avec sa propre arme de service.

Je me caresse la joue du canon du revolver avant de le rebraquer contre ma tempe. Ah mon Dieu, mon Dieu, mon Dieu. Ça me rappelle des *mains douces*, celles de Chris, et ça me fait pleurer.

Un flux d'images m'assaille, trop vite pour que je les gère.

Les terribles et inoubliables meurtres de la lune de miel qui ont terrifié la ville se mélangent à des gros plans de maman et même à des visions-éclairs de mon père. Mes meilleures amies — Claire, Cindy et Jill — notre club de folie. Je me revois, moi aussi, telle que j'étais du moins. Jamais personne, au grand jamais, ne me trouvait l'air d'un inspecteur, le seul inspecteur de la crime de sexe féminin de tout le DPSF. Mes amis me disaient toujours que je ressemblais à Helen Hunt, épouse de Paul Reiser dans la série *Mad About You*. J'ai été mariée une fois. Je n'avais rien d'Helen Hunt ; et lui, absolument rien de Paul Reiser.

C'est tellement dur, tellement moche, tellement à côté de la plaque. Ça me ressemble tellement peu. Je n'arrête pas de revoir David et Mélanie Brandt, le premier couple à avoir été tué dans la suite du Mandarin du Grand Hyatt. Je revois cette chambre d'hôtel terrifiante où ils sont morts de façon absurde, sans aucune nécessité.

Et ce n'était que le début.

Livre un

David et Mélanie

Chapitre 1

De superbes roses rouges à longue tige emplissaient la suite de l'hôtel — le cadeau parfait, à vrai dire. *Tout* était parfait.

Peut-être existait-il un homme plus heureux que lui à la surface de la terre, songeait David Brandt en refermant les bras sur Mélanie, sa jeune épouse. Quelque part au Yémen, peut-être — un paysan qui rendait grâce à Allah de lui avoir accordé une seconde chèvre. Mais certainement pas dans tout San Francisco.

Le couple, depuis le salon de la suite du Mandarin du Grand Hyatt, apercevait au loin les lumières de Berkeley, la prison d'Alcatraz, la découpe gracieuse du Golden Gate illuminé.

— C'est incroyable, fit Mélanie, radieuse. Je ne voudrais rien changer à la journée d'aujourd'hui.

— Moi non plus, murmura-t-il. Enfin, si c'était à refaire, peut-être que je ne réinviterais pas mes parents.

Ils éclatèrent de rire.

A peine quelques instants plus tôt, ils avaient fait leurs adieux aux derniers de leurs trois cents invités dans la salle de bal de l'hôtel. La noce était enfin terminée. Les toasts, la danse, les conversations à rallonge, les baisers au-dessus du gâteau pour le photographe. Maintenant, ils étaient seuls tous les deux. Ils avaient vingt-neuf ans et le reste de la vie devant eux.

David tendit la main vers les coupes de champagne pleines à ras bords qu'il avait posées sur la table laquée.

— Je porte un toast à l'homme le plus heureux de la terre en second, déclara-t-il.

— En second ? fit-elle, en souriant, feignant d'être choquée. Qui est donc le plus heureux ?

Ils entrecroisèrent leurs bras et sirotèrent longuement et voluptueusement leurs coupes en cristal.

— Ce paysan a deux chèvres. Je te raconterai ça tout à l'heure. J'ai quelque chose pour toi, se souvint brusquement David.

Il lui avait déjà offert le diamant parfait de cinq carats qu'elle avait au doigt et qu'elle ne portait, savait-il, que pour faire plaisir à ses beaux-parents. Il s'approcha de sa veste de smoking drapée sur un fauteuil et revint vers elle avec un écrin de chez Bulgari.

— Non, David, protesta Mélanie. C'est toi, mon cadeau.

— Ouvre-le tout de même, lui dit-il. Tu vas aimer.

Elle souleva le couvercle. A l'intérieur d'un étui en suédine, une paire de pendentifs : des créoles d'argent entouraient comme un halo des lunes de diamant.

— Elles sont telles que je te vois, lui dit-il.

Mélanie porta les deux lunes à ses lobes. Elles étaient parfaites, comme elle.

— C'est toi qui fais monter la marée en moi, murmura David.

Ils s'embrassèrent et il descendit la fermeture Eclair

18

de sa robe, libérant ses épaules. Il la baisa dans le cou, puis à la pointe des seins.

On frappa à la porte de la suite.

— Champagne, fit une voix à l'extérieur.

Un instant, David faillit crier :

— Laissez-le là !

Toute la soirée, il n'avait pensé qu'à une seule chose : dénuder les douces et blanches épaules de sa femme.

— Oh, va le chercher, lui murmura Mélanie, faisant pendiller les boucles d'oreilles devant ses yeux. Pendant ce temps, je vais les mettre.

Elle se dégagea de son étreinte en se tortillant et battit en retraite vers la salle de bains, son œil d'un brun liquide pétillait. *Mon Dieu, comme il aimait ces yeux-là*.

En s'approchant de la porte, David songeait qu'il n'échangerait sa place avec personne au monde.

Pas même pour une seconde chèvre.

Chapitre 2

Phillip Campbell avait tant de fois imaginé ce moment, cette scène exquise. Il savait que ce serait le marié qui ouvrirait la porte. Il se tenait sur le seuil.

— Félicitations, marmonna Campbell, en tendant la bouteille de champagne.

Il dévisagea l'homme en chemise ouverte, la cravate noire défaite autour du cou.

David Brandt lui jeta à peine un coup d'œil, tout à

son inspection de la boîte gaiement enrubannée. Krug. Clos du Mesnil, 1989.

Quelle est la pire action qu'on ait jamais commise ? se murmura Campbell à lui-même. En suis-je capable ? Est-ce que je possède ce qu'il faut pour ça ?

— Il y a une carte ? dit le marié, fouillant ses poches de pantalon à la recherche d'un pourboire.

— Non, seulement ça, monsieur.

Campbell, s'avançant, lui plongea un couteau en pleine poitrine, entre la troisième et la quatrième côte, le chemin le plus direct jusqu'au cœur.

— Pour celui qui a tout, dit Campbell.

Il pénétra dans la pièce et claqua vivement la porte d'un coup de pied. Il fit pivoter David Brandt, l'adossa d'une poussée au battant et appuya plus fort sur la lame.

Le marié se raidit dans un spasme de douleur. Des sons gutturaux s'échappaient de sa poitrine — de petits hoquets gargouillants, étouffés. Ses yeux exorbités étaient incrédules.

Stupéfiant, se dit Campbell. Il sentait littéralement les forces du marié décliner. Le type venait de connaître l'un des sommets de son existence et le voilà qui mourait, à peine quelques minutes plus tard.

Campbell recula et le corps du marié s'effondra sur le sol. La chambre se mit à tanguer tel un bateau donnant de la bande. Puis tout s'accéléra et se télescopa. Comme s'il regardait un film d'actualités tremblotant. Stupéfiant. Il ne s'était attendu à rien de pareil.

Campbell, en entendant la voix de la mariée, eut la présence d'esprit de retirer la lame de la poitrine de David Brandt.

Il se précipita pour l'intercepter à la sortie de la

salle de bains, encore vêtue de sa longue robe de dentelle.

— David ? fit-elle avec un sourire plein d'attente qui se figea en apercevant Campbell.

— Où est David ? Qui êtes-vous ?

Elle le détailla, terrorisée, son regard s'arrêtant sur son visage, puis sur la lame du couteau, enfin sur le corps de son mari, allongé par terre.

— *Oh mon Dieu ! David !* hurla-t-elle. *Oh, David, David !*

Campbell désirait se souvenir d'elle ainsi. Avec son regard fixe, écarquillé. Les promesses et les espoirs qui, il y avait encore un instant, brillaient de tous leurs feux, brisés à jamais.

Il s'entendit parler.

— Vous voulez savoir pourquoi ? Eh bien, *moi aussi.*

— Qu'avez-vous fait ? hurla Mélanie à nouveau.

Elle s'efforçait de comprendre. Ses yeux terrifiés cherchaient une issue, balayant la chambre çà et là.

Elle se précipita brusquement vers la porte du salon. Campbell la saisit au poignet et leva le couteau ensanglanté en direction de sa gorge.

— S'il vous plaît, gémit-elle, l'œil vitreux. Ne me tuez pas, s'il vous plaît.

— La vérité, Mélanie, c'est que je suis venu pour te sauver, lui dit-il en souriant, à elle qui frissonnait.

Campbell abaissa la lame et l'en larda. Son corps si tendre tressauta avec un cri soudain. Ses yeux papillotèrent comme une ampoule qui se grille. Un râle rauque la traversa. Pourquoi ? plaidaient ses yeux suppliants. Pourquoi ?

Il lui fallut une bonne minute pour reprendre son souffle. Il avait l'odeur du sang de Mélanie Brandt au fond des narines. Il n'arrivait pas à croire à ce qu'il venait de faire.

Il transporta le corps de la mariée dans la chambre et le déposa sur le lit.

Elle était belle. Des traits délicats. Et si jeune. Il se rappela la première fois qu'il l'avait vue et comme elle l'avait attiré alors. Il avait pensé qu'elle avait le monde entier à ses pieds.

Il frotta sa main contre sa joue si lisse et la referma sur l'une des boucles d'oreilles — une lune tout sourire.

Quel est l'acte le pire qu'on ait jamais commis ? se redemanda Phillip Campbell, le cœur battant la chamade.

C'était quoi ? Celui qu'il venait de commettre ?

Pas encore, lui répondit une voix intérieure. Pas tout à fait.

Lentement, il retroussa la magnifique robe blanche de mariée.

Chapitre 3

Il allait être huit heures et demie, un lundi matin de juin. L'une de ces matinées estivales, glaciales et grises, où San Francisco puise sa réputation. Je démarrais mal la semaine, feuilletant de vieux numéros du *New Yorker* en attendant que le Dr Roy Orenthaler, mon généraliste, m'introduise dans son cabinet.

Je consultais le Dr Roy, comme je l'appelais parfois, depuis l'époque où j'étais étudiante en sociologie à l'université d'Etat de San Francisco. Et je venais docilement une fois par an me faire faire un check-up. C'était tombé mardi dernier. A ma grande surprise, il m'avait téléphoné en fin de semaine en me demandant de passer le voir avant de me rendre au travail, aujourd'hui.

J'avais une journée chargée devant moi : deux affaires en cours et une déposition à faire devant le tribunal du district. J'espérais que je pourrais être à mon bureau à neuf heures.

— Ms Boxer, m'a dit enfin la secrétaire, le docteur va vous recevoir.

Je l'ai suivie dans le cabinet du médecin.

Orenthaler m'accueillait d'habitude par une pointe d'humour du style « Quand que vous êtes ici, les truands courent les rues ». J'avais trente-quatre ans et, depuis deux ans, j'étais inspecteur principal de la criminelle, dépendant du palais de justice.

Mais aujourd'hui, il s'est levé avec raideur en se bornant à un « Lindsay » solennel et m'a fait signe de prendre le fauteuil en face de son bureau. Oh-oh.

Jusqu'alors, ma théorie vis-à-vis des médecins était simple à résumer : quand l'un d'eux vous décoche ce regard profond et soucieux en vous disant de vous asseoir, trois choses peuvent s'ensuivre. Une seule d'entre elles est à craindre. Soit ils vont vous demander un rendez-vous, soit ils vont vous annoncer une mauvaise nouvelle, soit ils viennent de dépenser une fortune pour faire retapisser leur mobilier.

— Je veux vous montrer quelque chose, a commencé Orenthaler, en levant une diapo devant une source lumineuse.

Il m'a désigné des macules, telles de minuscules

23

sphères fantomatiques, dans un flot de grains plus petits.

— Il s'agit d'un agrandissement du frottis sanguin que l'on vous a fait. Les globules les plus gros sont des érythrocytes, les globules rouges.

— Ils m'ont l'air de s'en donner à cœur joie, ai-je plaisanté avec nervosité.

— Oui, plutôt, Lindsay, m'a-t-il dit sans esquisser un sourire. Le problème, c'est qu'ils ne sont pas nombreux.

Je l'ai regardé dans les yeux, espérant que la tension allait retomber avec une banalité du genre « Je vous conseille de réduire vos heures de travail, Lindsay ».

— Il y a une raison à ça, Lindsay, poursuivit Orenthaler. Anémie aplastique de Negli. C'est très rare. En gros, le corps ne produit plus de globules rouges.

Il m'a montré un autre cliché.

— Voilà à quoi ressemble une analyse sanguine normale.

Sur celui-ci, l'arrière-plan sombre ressemblait au carrefour de Market et Powell à cinq heures du soir, un embouteillage virtuel de sphères concentrées, énergiques. Des messagers rapides, transportant l'oxygène dans le corps d'autrui.

Par contraste, les miens semblaient aussi clairsemés qu'un quartier général politique, deux heures après que le candidat a concédé sa défaite.

— C'est curable, non ? lui ai-je demandé, mais c'était presque une affirmation.

— Oui, Lindsay, c'est curable, m'a répondu Orenthaler, après un temps. Mais c'est grave.

J'étais venue le trouver une semaine plus tôt parce que mes yeux coulaient et étaient injectés. J'avais

24

découvert du sang dans ma culotte et chaque jour à trois heures, j'avais soudain un coup de pompe comme si un gnome manquant de fer me siphonnait mon énergie intérieure. Moi, qui faisais des doubles gardes comme si de rien n'était et des journées de quatorze heures. Six semaines de vacances encore à prendre.

— De quelle gravité s'agit-il ? ai-je demandé, d'une voix étranglée.

— Les globules rouges sont vitaux pour l'oxygénation du corps, se mit à m'expliquer Orenthaler. L'hématopoïèse, autrement dit la formation des cellules sanguines dans la moelle osseuse.

— Dr Roy, je ne vous demande pas un cours magistral. De quel degré de gravité s'agit-il ?

— Que désirez-vous entendre, Lindsay ? Un diagnostic ou une hypothèse ?

— La vérité, voilà ce que je veux.

Orenthaler a acquiescé. Il s'est levé, a contourné le bureau et m'a pris la main.

— Alors, voilà la vérité, Lindsay. Ce que vous avez menace votre vie.

— Menace ma vie ?

Mon cœur cessa de battre. J'avais la gorge sèche, parcheminée.

— Mortellement, Lindsay.

Chapitre 4

La brutalité froide de l'adverbe m'a frappée comme une balle entre les deux yeux.

Mortellement, Lindsay.

J'ai attendu que le Dr Roy me dise qu'il s'agissait d'une mauvaise plaisanterie. Qu'on avait mélangé mes analyses avec celles d'un autre patient.

— Je veux que vous alliez voir un hématologue, Lindsay, a poursuivi Orenthaler. Comme dans de nombreuses maladies, il y a des stades. Le premier est marqué par une légère diminution des cellules sanguines. On peut le traiter par des transfusions mensuelles. Lors du deuxième, le manque de globules rouges se généralise. Le troisième exige hospitalisation et greffe de moelle osseuse. Et éventuellement, l'ablation de la rate.

— Bon, où en suis-je ? ai-je demandé, ravalant avec difficulté une goulée d'air.

— Votre taux d'érythrocytes atteint à peine deux cents par centimètre cube de sang pur. Ce qui vous met au point de rebroussement.

— Au point de rebroussement ?

— Le point de rebroussement, reprit le médecin, entre les stades deux et trois.

Arrive un moment dans la vie de chacun où l'on prend conscience que les enjeux ont brusquement changé. Le cours insouciant de l'existence se cogne à un mur ; toutes ces années où l'on ne faisait que rebondir, la vie nous menant où l'on désire aller, prennent abruptement fin. Dans mon travail, je vois tout le temps autrui confronté à ce moment de sa vie.

Bienvenue au club pour moi.

— Alors, qu'est-ce que ça veut dire ? ai-je demandé faiblement.

La pièce tourbillonnait un peu à présent.

— Ça signifie, Lindsay, que vous allez devoir subir un traitement intensif et prolongé.

J'ai secoué la tête.

— Non, qu'est-ce que ça veut dire pour mon boulot ?

Ça faisait six ans que j'étais à la criminelle et deux ans avec le grade d'inspecteur-chef. Avec un peu de chance, quand mon lieutenant serait promu, j'étais bien placée pour obtenir son poste. Le service avait besoin de femmes fortes, pouvant aller loin. Jusqu'à cet instant, je comptais aller loin.

— Pour l'heure, m'a fait le médecin, je ne crois pas que ça change grand-chose. Tant que vous vous sentirez d'attaque en étant sous traitement, vous pourrez continuer à travailler. En fait, ça pourrait même avoir un excellent effet thérapeutique.

J'ai eu soudain l'impression que les murs du cabinet se rapprochaient et m'étouffaient.

— Je vais vous donner le nom d'un hématologue, m'a dit Orenthaler.

Il m'a énuméré les références du confrère en question, mais je ne l'écoutais plus. Je me demandais : « A qui vais-je bien pouvoir le dire ? » Maman était morte dix ans plus tôt d'un cancer du sein. Papa ne faisait plus partie du décor depuis mes treize ans. J'avais bien une sœur, Cat, mais elle menait une existence agréable et rangée à Newport Beach et pour elle, brûler un feu rouge était tout un drame.

Le médecin a poussé les coordonnées du spécialiste vers moi.

— Je vous connais, Lindsay. Vous allez faire comme si vous pouviez régler ça en travaillant plus dur. Mais c'est impossible. C'est d'une extrême gravité. Je veux que vous l'appeliez *dès aujourd'hui*.

Mon bipeur sonna soudain. J'ai fouillé dans mon sac et lu le numéro qui s'affichait. C'était le bureau — Jacobi.

— Il faut que je téléphone, dis-je.

Orenthaler me jeta un regard de reproche, lourd d'un *Je vous aurai prévenue, Lindsay*.

— Pour l'effet thérapeutique, vous l'avez dit vous-même, ai-je fait avec un sourire forcé.

Il m'a désigné l'appareil posé sur son bureau et a quitté la pièce. J'ai composé le numéro de mon coéquipier.

— Fini de rire, Boxer, m'a dit la voix bourrue de Jacobi sur la ligne. On se paie un double un-huit-zéro. Au Grand Hyatt.

La tête me tournait encore suite à ce que venait de m'apprendre le médecin. Dans le coaltar, j'ai tardé à répondre.

— Tu m'entends, Boxer ? Au boulot. T'es en route ?

— Ouais, ai-je fini par dire.

— Et sape-toi classe, a grogné Jacobi, comme si t'allais à un mariage.

Chapitre 5

Comment j'ai réussi à quitter le cabinet du Dr Orenthaler, à gagner Noe Valley et à parcourir tout le chemin jusqu'à l'hôtel Hyatt d'Union Square, je ne m'en souviens pas.

Les paroles du médecin ne cessaient de résonner dans ma tête. Dans les cas graves, Negli peut être fatal.

La seule chose que je sais, c'est qu'un quart d'heure à peine après l'appel de Jacobi, mon Bronco de dix ans d'âge s'arrêtait dans un crissement de freins devant l'atrium de l'hôtel.

La rue flambait d'activité policière. Bon Dieu de merde, que s'était-il passé ?

Tout le bloc entre Sutter et Union Square était ceinturé d'un cordon, barricadé par des voitures de police. Un agrégat d'uniformes encombrait le seuil de l'hôtel, vérifiant entrées et sorties, repoussant la foule des badauds.

Mon badge m'a frayé un passage dans le hall où se tenaient deux flics en uniforme de ma connaissance : Murray, un rondouillard en dernière année de service et Vasquez, son coéquipier plus jeune. J'ai demandé à Murray de me mettre au parfum vite fait.

— Tout ce que je sais, c'est qu'on a assassiné deux personnalités au vingt-neuvième. Tous les cerveaux sont là-haut en ce moment.

— Qui est à leur tête ? ai-je demandé, en sentant une remontée d'énergie.

— Pour l'instant, je crois bien que c'est vous, inspecteur.

— En ce cas, je veux qu'on boucle immédiatement toutes les issues. Obtenez du directeur la liste de tous les clients et de l'ensemble du personnel. Et que personne n'entre ni ne sorte s'il ne figure pas sur cette liste.

Quelques secondes plus tard, je suis montée au vingt-neuvième.

J'ai suivi la file de flics et de personnel officiel jusqu'au fond du couloir où l'on lisait sur une double porte ouverte « Suite du Mandarin ». Je me suis heurtée à Charlie Clapper, le chef d'équipe de l'unité de scènes de crime, traînant à l'intérieur ses lourdes valises avec deux techniciens. La présence de Clapper signifiait l'importance de l'affaire.

Au-delà de la double porte, j'ai d'abord vu les roses — il y en avait partout. Puis j'ai repéré Jacobi.

— Attention où tu mets les pieds, inspecteur, m'a-t-il lancé à haute voix, à travers la pièce.

Mon coéquipier, qui n'avait que quarante-sept ans, en paraissait dix de plus. Il avait des cheveux blancs et commençait à se déplumer. Il semblait toujours prêt à décocher une vanne dénuée de goût. On travaillait ensemble, lui et moi, depuis deux ans et demi. J'étais son chef, en tant que sergent-inspecteur, bien qu'il ait sept ans d'ancienneté de plus que moi.

En pénétrant dans la suite, j'ai manqué me prendre les pieds dans les jambes du corps numéro un, celui du marié. Il gisait près de la porte d'entrée, tassé sur lui-même, en pantalon de smoking et chemise ouverte. Du sang encroûtait les poils de son torse. J'ai inspiré un grand coup.

— Puis-je te présenter Mr David Brandt, m'a

déclaré Jacobi avec un sourire forcé. Mrs David Brandt est là-dedans.

Il a désigné la chambre à coucher.

— J'ai comme l'impression que les choses ont tourné au vinaigre pour eux plus vite que pour la plupart.

Je me suis accroupie et j'ai examiné longuement le marié. Il était beau, le cheveu court brun en bataille, le maxillaire bien dessiné ; mais ses yeux grands ouverts, apoplectiques, et le filet de sang séché sur son menton lui abîmaient le portrait. Derrière lui, sa veste de smoking était jetée sur le sol.

— Qui les a trouvés ? ai-je demandé, fouillant dans ses poches en quête d'un portefeuille.

— Le sous-directeur. Ils devaient s'envoler ce matin pour Bali. L'île, pas le casino, Boxer. Des comme ces deux-là, les sous-directeurs viennent les réveiller en personne.

J'ai ouvert le portefeuille : un permis de conduire délivré à New York, portant le visage souriant du marié. Cartes de crédit platine, plusieurs billets de cent dollars.

Je me suis relevée et j'ai regardé la suite autour de moi. Elle se déployait tel un musée raffiné d'art oriental : dragons vert céladon, fauteuils et divans décorés de scènes de la cour impériale. Des roses, bien entendu. J'étais plus portée sur le *bed and breakfast* à l'anglaise, mais si l'on voulait marquer le coup, il était difficile de faire mieux.

— Allons voir la mariée, m'a dit Jacobi.

J'ai franchi derrière lui une autre double porte et j'ai pénétré dans la chambre à coucher. La mariée était couchée sur le dos sur un grand lit à baldaquin.

Je me suis rendue sur les lieux d'une bonne centaine d'assassinats et je peux calculer un cadavre aussi vite que n'importe qui. Mais je n'étais pas préparée à ça. J'ai senti une vague de compassion m'envahir.

La mariée portait encore sa robe blanche.

Chapitre 6

L'on a beau avoir vu de nombreuses victimes de meurtre, l'on n'en verra jamais assez pour cesser d'avoir mal pour elles. Mais il était particulièrement difficile de regarder celle-ci.

Elle était si jeune et si belle : calme, tranquille et paisible, si ce n'était les trois fleurs de sang cramoisi sur sa blanche poitrine. Elle avait l'air de la Belle au bois dormant attendant son prince, mais son prince était dans l'autre pièce, ses tripes éparpillées sur le sol.

— Tu voudrais quoi pour trois mille cinq cents dollars la nuit ? m'a fait Jacobi en haussant les épaules. Le conte de fées *in extenso* ?

J'ai rassemblé tout mon courage pour affronter ce que j'avais à faire. J'ai fusillé Jacobi du regard comme si un seul coup d'œil venimeux pouvait le faire taire.

— Bon sang, Boxer, qu'est-ce qui se passe ? m'a-t-il dit, l'oreille basse. C'était qu'une blague.

Quoi qu'il en fût, son expression enfantine et pleine de remords m'a remis d'aplomb. La mariée portait un gros diamant à la main droite et d'élégantes boucles d'oreilles. Quel qu'ait été le mobile de l'assassin, ce n'était pas le vol.

Un technicien du service de médecine légale allait entamer son premier examen.

— On dirait qu'elle porte trois blessures à l'arme blanche, m'a-t-il fait. Elle a dû se débattre. Il a eu le marié d'une seule.

Ce qui m'a traversé l'esprit, c'est que dans quatre-vingt-dix pour cent des cas, les meurtres ont pour origine l'argent ou le sexe. L'argent semblait n'avoir rien à voir dans celui-ci.

— Quand les a-t-on vus pour la dernière fois ? ai-je demandé.

— Un peu après dix heures, hier au soir. Quand la méga-réception a pris fin au rez-de-chaussée.

— Et plus du tout ensuite ?

— Je sais que ça sort du cadre de tes compétences, Boxer, m'a fait Jacobi, avec un grand sourire. Mais en général, plus personne ne voit les mariés un certain temps après la noce.

Je lui ai retourné son sourire du bout des dents, me suis relevée et j'ai rejeté un coup d'œil sur la suite luxueuse.

— Eh bien, étonne-moi, Jacobi. Qui peut se payer une chambre pareille ?

— Le père du marié est un ponte de Wall Street. Sa femme et lui ont leur chambre au onzième. On m'a dit que ça avait été plutôt la fiesta là, en bas. Ici, idem. Regarde-moi toutes ces saletés de roses.

Je suis revenue près du marié et j'ai aperçu ce qui m'a semblé une boîte cadeau de champagne sur une console de marbre près de la porte. Elle était asper-gée de sang.

— Le sous-directeur l'a remarquée, m'a dit Jacobi. D'après moi, celui qui a fait ça l'a apportée avec lui.

— On a vu quelqu'un rôder dans le coin ?

— Ouais, plein de mecs en smok. C'était un mariage, hein ?

J'ai lu l'étiquette de la bouteille.

— Krug. Clos du Mesnil, 1989.

— Ça vous apprend quelque chose ? a demandé Jacobi.

— Seulement que l'assassin est un connaisseur.

J'ai examiné la veste de smoking maculée de sang. Il n'y avait qu'une seule déchirure, là où l'arme fatale avait pénétré.

— Je pense que le meurtrier la lui a retirée après l'avoir poignardé, a fait Jacobi en haussant les épaules.

— Bon Dieu, pourquoi aurait-il fait ça ? ai-je maugréé à haute voix.

— Chais pas. Faudra lui demander.

Charlie Clapper m'épiait depuis l'entrée pour savoir s'il avait le feu vert. Je le lui ai donné d'un signe de tête. Puis suis revenue près de la mariée.

J'avais une sale, très sale impression concernant le corps. Si ça n'a rien à voir avec le fric... alors... reste le sexe.

Je soulevai le volant de tulle de la robe. La plus froide et amère des confirmations m'a frappée.

On avait baissé la petite culotte de la mariée, qui pendait au bout de son pied.

Une poussée de colère a grondé dans ma poitrine. J'ai plongé mon regard dans les yeux de la jeune femme. Elle avait tout devant elle, tous ses espoirs et tous ses rêves. A présent, elle n'était plus qu'un cadavre massacré, souillé et peut-être violé, le soir de sa nuit de noces.

J'ai soudain pris conscience que je pleurais.

— Warren, ai-je dit à Jacobi, je veux que tu ailles parler aux parents du marié. Je veux qu'on interroge tous ceux qui se trouvaient à cet étage la nuit dernière. S'ils ont quitté l'hôtel, je veux qu'on les retrouve. Et aussi la liste de tout le personnel de service hier au soir.

Je savais que si je ne sortais pas immédiatement, je ne pourrais retenir le flot davantage.

— Tout de suite, Warren. S'il te plaît... tout de suite.

J'ai évité son regard en le contournant pour quitter la suite.

— Putain, qu'est-ce qu'elle a, Boxer ? a demandé Charlie Clapper.

— Tu sais comment sont les femmes, j'ai entendu Jacobi lui répondre. Le mariage, ça les fait pleurer à tous les coups.

Chapitre 7

Phillip Campbell marchait dans Powell Street en direction d'Union Square et de l'hôtel Hyatt. La police avait barricadé la rue et la foule s'amassait rapidement à l'extérieur de l'hôtel. Les sirènes hurlantes des véhicules de police et des ambulances emplirent l'air. C'était si peu conforme au San Francisco civilisé et respectable. Il adorait ça !

Campbell pouvait presque se dire qu'il revenait sur les lieux du crime. Il ne pouvait s'en empêcher. Se retrouver ici l'aidait à revivre la nuit précédente. Plus il s'enfonçait dans Powell Street, plus il se chargeait en adrénaline, plus son cœur cognait, incontrôlé.

Il se faufila au milieu de l'attroupement du dernier bloc, celui du Hyatt. Il entendit les rumeurs qui parcouraient la foule, composée surtout de bureaucrates correctement vêtus, le visage creusé de douleur et d'angoisse. On parlait d'incendie, de crime, de suicide, mais rien n'approchait de l'horreur de l'événement véritable.

Il fut enfin suffisamment près pour voir la police de San Francisco à l'œuvre. Deux ou trois d'entre eux examinaient la foule, *le recherchant, lui*. Etre découvert ne l'inquiétait pas du tout. Ça n'arriverait pas. Il était trop atypique, probablement dans les cinq derniers pour cent des gens susceptibles d'être soupçonnés par la police. Cela le réconfortait, l'excitait en réalité.

Bon Dieu, il l'avait fait — il était la cause de tout ce qui se passait et ce n'était que le début. Il n'avait jamais rien connu de tel, pas plus que la ville de San Francisco.

Un homme d'affaires sortit du Hyatt ; journalistes et curieux lui posèrent des questions comme à une personnalité de premier plan. Il avait la petite trentaine et un sourire qui en disait long. Il détenait ce qu'ils voulaient et il le savait. Il le prenait de haut avec tout un chacun, jouissant de son quart d'heure de célébrité pitoyable.

— Il s'agit d'un couple — qu'on a assassiné dans la suite en terrasse.

Il pouvait entendre ce que disait l'homme.

— Ils étaient en lune de miel. Quelle tristesse, hein ?

La foule autour de Phillip Campbell fit « Ah » et son cœur bondit d'allégresse.

Chapitre 8

Quel tableau ! Cindy Thomas se fraya un passage dans la foule qui murmurait, les charognards qui assiégeaient le Grand Hyatt. Puis elle gémit à la vue des flics qui barraient le passage.

Il pouvait bien y avoir une centaine de badauds qui se pressaient autour de l'entrée : touristes armés d'appareils photo et de caméscopes, employés se rendant au bureau ; d'autres brandissaient leur carte de presse en gueulant, tâchaient de convaincre qu'on les laisse passer. De l'autre côté de la rue, une camionnette des infos télévisées s'installait déjà, avec la façade de l'hôtel en toile de fond.

Après deux ans passés à couvrir les nouvelles locales de la rubrique « Métropole » du *Chronicle*, Cindy flairait là une histoire susceptible de faire décoller sa carrière. Elle en avait des frissons partout.

— La crime se trouve au Grand Hyatt, lui avait appris Sid Glass, son chef de rubrique, après qu'un membre du personnel eut intercepté la transmission de la police. Suzie Fitzpatrick et Tom Stone, les spécialistes des affaires criminelles du *Chronicle*, étaient tous les deux en reportage.

37

— Allez faire un tour là-bas, lui ordonna son boss à son grand étonnement.

Il n'eut pas à le lui répéter deux fois.

Mais à présent, devant le Hyatt, Cindy sentit que son bref coup de pot se terminait.

La rue était barricadée. De nouvelles équipes de télé pilaient à chaque seconde. Si elle ne trouvait pas quelque chose tout de suite, on filerait le bébé à Fitzpatrick ou à Stone. Ce qu'il lui fallait se trouvait à l'intérieur. Et elle, elle était sur le trottoir.

Elle repéra une file de limousines et s'avança jusqu'à la première — une *stretch* beige. Elle cogna à la vitre.

Le chauffeur leva les yeux de son journal, le *Chronicle*, comme de bien entendu, et abaissa la vitre en la voyant.

— Vous attendez Steadman ? demanda Cindy.

— Hum-hum, fit le chauffeur. Eddleson.

— Excusez-moi, excusez-moi, fit-elle avec un petit geste.

Mais intérieurement, elle rayonnait. *Voilà mon passe-partout.*

Elle s'attarda parmi la foule encore quelques secondes, puis se faufila à coups de coude jusqu'à l'entrée. Un jeune agent lui barra le chemin.

— Pardon, fit Cindy, d'un air tracassé. J'ai rendez-vous à l'hôtel.

— Quel nom ?

— Eddleson. Il m'attend.

Le cerbère compulsa un listing informatique pincé à une planchette.

— Vous avez le numéro de la chambre ?

Cindy fit non de la tête.

— Il m'a demandé de le retrouver au grill-room à onze heures.

Le grill-room du Hyatt servait de cadre à certains des meilleurs petits-déjeuners « au sommet » de San Francisco.

Le jeune flic l'examina des pieds à la tête. Avec son blouson de cuir noir, son jean, ses sandales de chez Earthsake, Cindy imagina sans peine qu'elle avait tout sauf le look de quelqu'un attendu à un petit-déjeuner « au sommet ».

— Mon rendez-vous avec Eddleson, insista Cindy en tapotant sa montre.

Le flic, distrait, lui fit signe de passer.

Elle était dans la place. Dans l'immense atrium de verre aux colonnes dorées s'élevant jusqu'au deuxième étage. Elle pouffa en voyant encore dans la rue tant de talents si chèrement payés et de visages hyperconnus.

Cindy Thomas était la première sur les lieux. Il lui suffisait maintenant de savoir quoi faire.

L'endroit bourdonnait de flics, de gens d'affaires qui réglaient leur note, de groupes de touristes, de personnel de l'hôtel en uniforme cramoisi. D'après le chef, il s'agissait d'un meurtre. Et des plus audacieux, étant donné la réputation éminente de l'hôtel.

Elle ignorait à quel étage, quand il avait eu lieu et même si c'était celui d'un client.

Elle avait beau être dans la place, elle ne savait que couic.

Cindy aperçut un amas de valises sans surveillance de l'autre côté du hall d'entrée. Elles avaient l'air d'appartenir à un groupe important. Un chasseur les sortait.

Elle s'approcha et s'agenouilla près de l'un des bagages, faisant mine d'en retirer quelque chose.

Un second groom passa près d'elle.

— Taxi ?

Cindy fit non de la tête.

— On vient me chercher.

Puis, ouvrant de grands yeux sur le chaos ambiant :

— Je viens de me lever. J'ai manqué quoi ?

— Vous n'êtes pas au courant ? Vous devez bien être la seule. Il y a eu du ramdam à l'hôtel, cette nuit. Deux assassinats. Au vingt-neuvième.

Il baissa la voix comme s'il lui révélait le secret de sa vie.

— Vous n'êtes pas tombée sur ce grand mariage hier au soir ? Il s'agit du marié et de la mariée. Quelqu'un est entré par effraction dans la suite du Mandarin et les a surpris.

— Mon Dieu ! fit Cindy en reculant.

— Vous êtes sûre de ne pas avoir besoin qu'on vous porte ça dehors ? insista le chasseur.

Cindy se força à sourire.

— Merci, mais je vais attendre ici, à l'intérieur.

Elle aperçut un ascenseur qui s'ouvrait à l'autre bout du hall. Un groom en sortit en poussant un chariot à bagages. Ça devait être un monte-charge. A ce qu'elle pouvait voir, les flics n'en bloquaient pas l'accès.

Elle se faufila parmi l'animation du hall jusqu'à l'ascenseur. Elle appuya sur le bouton et la porte d'un brillant doré s'ouvrit. Dieu merci, il était vide.

Cindy y sauta et la porte se referma. Elle ne pouvait y croire. Elle avait du mal à croire à ce qu'elle faisait. Elle appuya sur 29.

La suite du Mandarin.

Un double assassinat.

Son reportage.

Chapitre 9

Quand l'ascenseur s'arrêta, Cindy retint son souffle. Son cœur pompait comme une turbine.

Vingt-neuvième étage. Elle était au cœur. Elle faisait vraiment ça.

Les portes s'étaient ouvertes sur un coin reculé de l'étage. Elle remercia Dieu qu'un flic ne soit pas posté devant.

Elle perçut de l'activité à l'autre extrémité du couloir. Elle n'avait qu'à se laisser guider par le bruit.

Au fur et à mesure qu'elle se pressait le long du couloir, les voix devenaient plus fortes. Deux hommes en blouson jaune avec CSU[1] en grosses lettres noires la croisèrent. Au bout du couloir, un groupe de flics et d'enquêteurs se tenaient devant une double porte ouverte sur laquelle on lisait « Suite du Mandarin ».

Elle n'était pas seulement dedans, mais en plein dedans.

Cindy s'avança vers la double porte. Les flics ne regardaient même pas dans sa direction ; ils laissaient entrer le personnel de sécurité qui était arrivé par les ascenseurs principaux.

Elle avait réussi. La suite du Mandarin. Elle en apercevait l'intérieur : elle était immense, opulente, somptueusement décorée. Avec des roses, partout.

Puis son cœur faillit s'arrêter de battre. Et elle crut qu'elle allait vomir.

---

1. CSU pour Crime Scene Unit (unité de scènes de crime). *(N.d.T.)*

Le jeune marié en chemise blanche tachée de sang gisait sur le sol.

Cindy flageola. Elle n'avait jamais vu de victime d'un meurtre jusque-là. Elle voulut se pencher en avant, mémoriser le moindre détail, mais son corps refusa de bouger.

— Vous êtes qui, bordel ? tonna brusquement une voix. Celle d'un grand flic furax qui la regardait sous le nez.

Tout à trac, on l'empoigna et on la plaqua sans ménagement contre le mur. Elle eut mal. Paniquée, Cindy désigna son sac et son portefeuille dans lequel était glissée sa carte de presse avec photo.

Le flic furax compulsa ses papiers et ses cartes de crédit comme s'il s'agissait de vulgaires prospectus.

— Nom de Dieu, une journaliste, fit l'agent au cou de taureau, avec une grimace qui l'apparentait à un doberman écumant de bave.

— Bordel, comment avez-vous fait pour monter jusqu'ici ? fit son coéquipier en approchant.

— Fous-la-moi dehors, lui aboya Doberman. Et relève son identité. Je veux plus la voir d'un an dans un rapport de police.

Le coéquipier la tira par le bras jusqu'à l'ascenseur central. Par-dessus son épaule, Cindy aperçut une dernière fois les jambes du mort étalées près de la porte. C'était horrible, terrifiant et triste. Elle tremblait de tous ses membres.

— Montre la sortie à cette journaliste, donna-t-il comme instruction à un troisième flic qui jouait les liftiers.

Il s'éventa avec sa carte de presse comme avec une carte à jouer.

— N'espérez pas que ça ait valu le coup de monter jusqu'ici.

A l'instant où les portes se refermaient, on entendit crier :

— Attendez.

Une femme élancée en T-shirt bleu pastel et gilet de brocart, un badge fixé à la ceinture, pénétra dans la cabine. Elle était jolie avec des cheveux blond-roux, et visiblement à cran. Elle poussa un profond soupir quand les portes se refermèrent.

— C'est duraille là-bas, inspecteur ? lui demanda le flic qui escortait Cindy.

— Ouais, dit la jeune femme sans daigner tourner la tête.

Le mot *inspecteur* fit tilt dans l'esprit de Cindy.

Elle n'en revenait pas. La scène du crime devait être particulièrement horrible pour perturber un inspecteur de la sorte. Pendant toute la descente des vingt-neuf étages, elle regarda droit devant elle, avec un imperceptible battement de cils.

Les portes s'ouvrirent sur le hall et l'inspecteur se précipita dehors.

— C'est par là, la sortie, dit le flic à Cindy. Vous la prenez et que je ne vous revoie plus.

Elle attendit que les portes de l'ascenseur se referment, pivota sur elle-même et scruta le vaste hall à la recherche de l'inspecteur. Elle l'aperçut qui pénétrait dans les toilettes pour dames.

Cindy s'empressa de la suivre. Il n'y avait qu'elles deux.

L'inspecteur faisait face à une glace. Mesurant pas loin d'un mètre quatre-vingts, elle était mince et impressionnante. A la stupéfaction de Cindy, il était clair qu'elle avait pleuré.

Bon Dieu de merde. Elle était au cœur des choses, encore une fois. Qu'avait bien pu voir l'inspecteur qui la bouleversait autant ?

— Ça va ? lui demanda Cindy pour finir, d'une voix douce.

L'inspecteur se raidit en s'apercevant qu'elle n'était pas seule. Mais elle avait toujours l'air d'être sur le point de tout balancer.

— Vous êtes cette journaliste, hein ? Celle qui a réussi à monter à l'étage.

Cindy opina.

— Comment avez-vous fait ?

— J'en sais rien. J'ai eu de la chance, peut-être.

L'inspecteur se tamponna les yeux d'un Kleenex.

— Alors, j'ai bien peur que votre chance n'ait été de courte durée si vous comptez me tirer les vers du nez.

— Telle n'était pas mon intention, répondit Cindy. Vous êtes sûre que ça va ?

La femme-flic se tourna vers elle. Son regard criait *Je n'ai rien à vous dire*, mais c'était un mensonge. Elle avait l'air d'avoir besoin de tout le contraire, de parler à quelqu'un, et plus que tout au monde.

C'était l'un de ces moments étranges, Cindy le savait, où tout se jouait en dessous de la surface. En échangeant leurs rôles, avec un peu de chance, elles pourraient même devenir des amies.

Cindy tira une carte de sa poche et la déposa sur le lavabo devant l'inspecteur.

— Si ça vous dit de parler...

Le joli visage de l'inspecteur reprit des couleurs. Elle hésita avant d'adresser l'ombre d'un sourire à Cindy.

Celle-ci lui sourit à son tour.

— Tant qu'à y être...

Elle s'approcha du lavabo, sortit sa trousse à maquillage, surprenant le regard de l'autre femme en reflet dans la glace.

— Sympa, le gilet.

Chapitre 10

Je travaille au palais de justice. Le Palais, comme on l'appelle, cette dalle de granit gris sur neuf étages qui loge l'administration judiciaire de la ville, est situé à l'ouest de l'autoroute, sur la Sixième et Bryant. Si le bâtiment lui-même, et ses couloirs fanés et antiseptiques, ne communiquent pas le sentiment que faire respecter la loi n'a rien de reluisant, les abords immédiats s'en chargent : officines de garants de caution, magasins de pièces mécaniques de rechange, parkings et cafés minables.

Tout ce qui a pu vous nuire trouve place au Palais : vols de voitures, violences sexuelles, cambriolages. Le D.A. était logé au septième, avec des boxes pleins de jeunes procureurs brillants. Au neuvième étage, c'est une enfilade de cellules de garde à vue. Juste à côté, on a même la morgue.

Après une conférence de presse hâtive, réduite à l'essentiel, Jacobi et moi, on a décidé de se retrouver à l'étage pour passer en revue les éléments dont on disposait.

La dizaine d'entre nous, chargés des affaires criminelles de toute la ville, partagent une salle de garde

45

de six mètres sur neuf, éclairée brutalement au néon. Mon bureau — mon choix — se trouvait près de la fenêtre avec une vue des plus réjouissantes sur la bretelle d'accès à l'autoroute. Il était recouvert en permanence de dossiers, de piles de photos, de communiqués de service. Le seul article personnel était un cube de Plexi, cadeau de mon premier coéquipier. On y lisait la devise : *Les rails ne donnent pas la destination du train.*

Je me suis servi un thé et j'ai retrouvé Jacobi dans la salle d'interrogatoire n° 1. J'ai tracé deux colonnes à la craie sur un tableau noir sur pied : une pour ce qu'on savait et une pour ce qu'on devait vérifier.

Le premier entretien de Jacobi avec les parents du marié n'avait rien donné. Le père était un gros bonnet de Wall Street qui dirigeait une firme de rachats à l'échelon international. Il déclara que sa femme et lui étaient restés jusqu'au départ du dernier invité et avaient « raccompagné les enfants à l'étage ». Ils ne leur connaissaient aucun ennemi. Pas de dettes, pas de dépendance à une substance quelconque, pas de menaces. Rien de susceptible d'engendrer un acte si horrible et si inconcevable.

Une enquête auprès des clients du vingt-neuvième étage avait été légèrement plus couronnée de succès. Un couple de Chicago avait remarqué un homme rôdant dans le couloir, non loin de la suite du Mandarin, la veille au soir, aux alentours de dix heures et demie. Ils le décrivirent comme étant de taille moyenne, le cheveu court et brun, vêtu d'un costume sombre, peut-être d'un smoking. Il avait un carton de bouteille entre les mains.

Deux sachets de thé et deux emballages vides de Pepcid plus tard prouvaient que l'on avait retourné ces questions dans tous les sens, des heures durant. Il était sept heures et quart. Notre temps de travail se terminait à cinq.

— Tu n'as pas de rendez-vous, ce soir, Lindsay ? m'a finalement demandé Jacobi.

— Je ne suis pas en manque de rendez-vous, Warren.

— Ouais, c'est bien ce que je disais — pas de rendez-vous, ce soir.

Sans se donner la peine de frapper, Sam Roth, notre lieutenant, surnommé Joyeux, a passé sa tête à la porte. Il nous a balancé un numéro du *Chronicle* de l'après-midi sur la table.

— Visez-moi ça.

Le gros titre claironnait AU HYATT, LA NUIT DE NOCES TOURNE AU MASSACRE. J'ai lu à haute voix l'article en première page :

— « Face à une vue imprenable sur la baie, dans un univers accessible uniquement aux riches de ce monde, le corps du jeune marié (vingt-neuf ans) gisait, recroquevillé près de la porte. »

Il a froncé le sourcil.

— Alors quoi, est-ce qu'on a invité cette journaliste à faire un tour sur la scène de crime ? Elle connaît tous les noms, a fait un croquis des lieux.

Le papier était signé Cindy Thomas.

Je me suis souvenue de la carte dans mon sac, j'ai poussé un long soupir. *Cindy Thomas, bon Dieu.*

— Je ferais peut-être bien de l'appeler pour savoir si on est sur une piste, a continué Roth.

— Vous ne voulez pas entrer ? ai-je demandé. Regardez le tableau. Un coup de main ne serait pas de refus.

Roth n'a pas bougé, mordillant sa lèvre renflée. Il allait refermer la porte, mais il fit volte-face.

— Lindsay, je veux vous voir dans mon bureau à neuf heures moins le quart demain. Il faut qu'on examine cette affaire soigneusement. Car à présent, c'est la vôtre.

Là-dessus, il a refermé la porte.

Je me suis attablée, comme écrasée par un poids trop lourd. La journée s'était écoulée et je n'avais pas eu un instant de répit pour gérer ma propre actualité.

— Ça va ? m'a demandé Jacobi.

Je l'ai regardé, à deux doigts de tout lui dire ou peut-être même d'éclater en sanglots.

— Dure, dure, la scène de crime, a-t-il fait dans l'embrasure de la porte. Tu devrais rentrer, prendre un bain, etc.

Je lui ai souri, lui étant reconnaissante de cette attention soudaine, si peu dans son caractère.

Après son départ, j'ai fait face aux colonnes quasi vierges sur le tableau. Je me suis sentie si faible et si vide que j'ai eu du mal à me remettre debout. Peu à peu, les événements de la journée, ma visite chez Orenthaler, me sont revenus en mémoire. La tête m'a tourné en réentendant son avertissement : *Mortellement, Lindsay*.

Puis j'ai pris violemment conscience que huit heures allaient sonner.

Je n'avais pas appelé le spécialiste d'Orenthaler.

Chapitre 11

Ce soir-là, en rentrant, j'ai tenu compte des conseils de Jacobi.

D'abord, j'ai promené ma chienne, Martha la Douce. Deux de mes voisins s'en occupent pendant la journée, mais elle est toujours prête pour notre petite récréation quotidienne. Après la promenade, je me suis débarrassée de mes baskets, j'ai jeté arme et vêtements sur le lit avant de prendre une longue douche chaude en compagnie d'un Killian's.

L'image de David et Mélanie Brandt fut balayée pour la nuit : qu'ils reposent en paix.

Mais restaient Orenthaler et Negli. Et l'appel à ce spécialiste que j'avais redouté de passer toute la journée sans pouvoir m'y résoudre.

J'eus beau lever mon visage face au jet brûlant, je n'ai pu me laver de cette longue journée. Ma vie avait changé. Il ne s'agissait plus seulement de combattre les criminels dans la rue. Je devais lutter pour sauver ma peau.

Au sortir de la douche, je me suis brossé les cheveux et me suis contemplée longuement dans la glace. Une idée qui me vient rarement m'a traversé l'esprit : j'étais jolie. Pas un canon, mais mignonne. Grande, pas loin d'un mètre soixante-quinze ; avec une silhouette présentable pour quelqu'un qui se livre de temps à autre à des orgies de bière et de glaces caramel-praliné. J'avais l'œil brun, animé, plein de vie. Et je ne me dégonflais jamais.

Comment pouvais-je mourir ?

49

Ce soir, mon regard était différent, cependant. Terrifié. Tout me semblait différent. Surfe sur la vague, m'a soufflé une voix intérieure. Ne baisse pas la garde. Comme tu l'as toujours fait.

J'avais beau la repousser, la question ne cessait de me tarauder : Pourquoi moi ?

J'ai enfilé un survêt, me suis coiffée en queue de cheval et suis passée dans la cuisine mettre de l'eau à bouillir pour les pâtes et réchauffer une sauce que j'avais mise au frigo deux trois jours plus tôt.

Pendant que tout ça mijotait, j'ai mis un CD de Sarah McLachlan et me suis installée au comptoir de la cuisine avec un verre de Bianco rouge, ouvert la veille. J'ai caressé Martha la Douce en musique.

Depuis que mon divorce avait été prononcé, deux ans plus tôt, je vivais seule. *Je détestais ça.* J'adore les gens, avoir des amis. J'aimais mon mari, Tom, plus que ma vie même — jusqu'à ce qu'il me quitte en me disant : « Lindsay, je ne peux pas t'expliquer. Je t'aime, mais il faut que je m'en aille. J'ai besoin de vivre avec quelqu'un d'autre. Je n'ai rien d'autre à te dire. »

Je pense qu'il était sincère, mais c'est le truc le plus débile et le plus triste que j'aie jamais entendu. Ça m'a brisé le cœur en mille morceaux. Et il l'est resté. Alors, même si je déteste vivre seule — à l'exception de Martha la Douce, bien entendu — j'ai peur de me remettre avec quelqu'un. Et si lui aussi cessait de m'aimer du jour au lendemain ? Je ne pourrais pas le supporter. Alors je repousse, ou j'abats, à peu près tous les hommes qui s'approchent de moi.

Mais, bon Dieu, comme je déteste vivre seule.

Et ce soir, entre tous.

Ma mère est morte d'un cancer du sein juste à la

fin de mes études universitaires. J'avais fait transférer mon dossier depuis Berkeley pour l'aider et m'occuper avec elle de Cat, ma petite sœur. Comme pour la plupart des coups durs de son existence, le départ de mon père compris, maman a pris en compte sa maladie seulement quand il a été trop tard pour faire quoi que ce soit.

Je n'avais vu mon père que deux fois depuis mes treize ans. Il portait l'uniforme de Central depuis vingt ans. Et avait la réputation d'un très bon flic. Il se rendait dans ce bar, L'Alibi, où il assistait aux matches des Giants après le boulot. Parfois, il m'emmenait, « sa jolie petite mascotte », pour que ses potes m'admirent.

Une fois la sauce prête, je l'ai versée sur les *fusilli* et j'ai emporté assiette et salade sur ma terrasse, Martha à mes basques. Elle m'avait suivie comme mon ombre depuis que je l'avais adoptée à la SPA. Je vivais sur Potrero Hill, dans une maison bleue rénovée, avec vue sur la baie. Mais rien de comparable avec celle dont on jouissait dans la suite du Mandarin.

Je me suis assise, j'ai balancé mes pieds sur une chaise et j'ai posé l'assiette en équilibre sur mes genoux. De l'autre côté de la baie, les lumières d'Oakland brasillaient comme un millier d'yeux malveillants.

J'ai fixé cette galaxie d'éclairs lumineux, senti mes yeux se gonfler de larmes et, pour la deuxième fois de la journée, je me suis surprise à pleurer. Martha m'a poussée gentiment de la truffe avant d'achever les pâtes à ma place.

Chapitre 12

A neuf heures moins le quart, le lendemain matin, j'ai frappé à la vitre dépolie du bureau du lieutenant Roth, au Palais. Roth m'aime bien — *comme une autre de ses filles*, à ce qu'il dit. Il n'a pas idée comme il peut se montrer condescendant. Je suis tentée de lui répondre que je l'aime bien — *comme un grand-père*.

Je m'attendais à la foule — du moins, à deux cols blancs de l'IGS ou peut-être au capitaine Welting, qui supervise le bureau des inspecteurs — mais, quand il m'a fait signe d'entrer, je n'ai aperçu qu'une seule autre personne dans la pièce.

Un type à l'air sympa en chemise de batiste et cravate à rayures, le cheveu court et brun, carré d'épaules. Il avait un beau visage intelligent qui parut s'animer en me voyant entrer, mais ça ne signifiait qu'une seule chose pour moi : Une grosse légume. Quelqu'un du service de presse ou de la mairie.

J'ai eu brusquement le sentiment désagréable qu'ils venaient de parler de moi.

Chemin faisant, j'avais mis au point une réfutation convaincante concernant la violation du cordon de sécurité par la presse : j'étais arrivée en retard sur les lieux moi-même et le vrai problème, c'était le crime. Mais Roth m'a surprise.

— Le Blues de la Marche Nuptiale, voilà comment ils appellent ça, m'a-t-il en me jetant le *Chronicle* du matin à la figure.

— J'ai lu, ai-je répliqué, soulagée de me reconcentrer sur l'affaire.

Il jeta un coup d'œil au monsieur de la mairie.

— On va nous bassiner avec ça à n'en plus finir. Les deux gamins étaient riches, issus de l'Ivy League, populaires. Une tragédie dans le genre John-John Kennedy et sa blonde épouse.

— Qui ils étaient m'importe peu, ai-je répondu. Ecoutez-moi, Sam, à propos d'hier...

Il m'a arrêtée de la main.

— Oublions hier. J'ai déjà eu Mercer, le directeur général, au bout du fil. Cette affaire mobilise toute son attention.

Il a jeté un coup d'œil en coin au bureaucrate élégamment vêtu.

— Bref, il tient à ce qu'on verrouille cette affaire. Ce qui s'est passé dans d'autres enquêtes-vedettes ne peut se reproduire ici.

Puis, s'adressant à moi :

— On change les règles en l'occurrence.

Soudain, l'atmosphère dans la pièce s'est alourdie du malaise d'un coup monté sous-jacent.

Alors le monsieur de la mairie s'est avancé. J'ai remarqué que ses yeux portaient les ridules de l'expérience.

— Le maire et le D.G. Mercer ont pensé qu'on pourrait conduire cette enquête en nouant une alliance inter-services. A savoir, si vous étiez prête à travailler avec un nouvel élément, m'a-t-il dit.

— Quel nouvel élément ?

Je les ai dévisagés tour à tour avant de poser mon regard sur Roth pour finir.

— Je vous présente votre nouveau coéquipier, m'a annoncé ce dernier.

Je me fais baiser royalement, m'a soufflé une voix intérieure. Ils ne feraient pas le même coup à un mec.

— Chris Raleigh, fit Grosse Légume de la mairie, en me tendant la main.

Je ne lui ai pas tendu la mienne.

— Ces dernières années, a continué Roth, le capitaine Raleigh a travaillé à titre d'agent de liaison entre la communauté et le bureau du maire. Il s'est spécialisé dans la gestion des affaires potentiellement délicates.

— La gestion ?

Raleigh a levé les yeux au ciel à mon intention, tâchant de faire preuve de modestie.

— Contenir... contrôler les dégâts... guérir après coup les plaies du corps social.

— Ah, je vois, ai-je répliqué, vous êtes un homme de marketing.

Il sourit. Il exsudait par tous les pores la confiance en soi parfaitement rodée que j'associais aux types d'hommes qui prenaient place autour des grandes tables rondes de la mairie.

— Avant cela, a poursuivi Roth, Chris a été commissaire, là-haut, à Northern.

— Autant dire le quartier des ambassades, ai-je ironisé.

Tout le monde plaisantait sur le secteur Nord à sang bleu, qui s'étendait de Nob Hill à Pacific Heights. Les incidents les plus graves s'y réduisaient à des bonnes femmes B.C.B.G. qui entendaient des bruits suspects devant leurs résidences ou à des touristes tardifs qui se retrouvaient à la porte de leur bed and breakfast.

— On s'occupe aussi de la circulation autour de la base de Presidio, m'a contrée Raleigh avec un autre sourire.

Je l'ai ignoré et me suis tournée vers Roth.

— Et que devient Warren dans l'histoire ?

Lui et moi, on s'était partagé la moindre affaire, ces deux dernières années.

— On réaffectera Jacobi. J'ai un job en or pour lui et sa grande gueule.

Ça ne me plaisait guère de laisser mon coéquipier à la traîne, ses vannes débiles et le reste. Mais Jacobi était le pire ennemi de lui-même.

A ma très grande surprise, Raleigh m'a demandé :

— Vous êtes d'accord, inspecteur ?

Je n'avais pas vraiment le choix et j'ai fait oui de la tête.

— Si je ne vous ai pas dans les pattes. En plus, vous avez l'air de mieux choisir vos cravates que Jacobi.

— Cadeau de la fête des Pères.

Il rayonnait. Je n'en revins pas de ressentir une pointe de déception. Bon Dieu, Lindsay. Je ne lui avais pas vu d'alliance. *Lindsay !*

— Je vous retire toutes vos autres missions, m'a annoncé Roth. Pas d'obligations conflictuelles. Jacobi peut s'occuper des arrières, s'il veut rester sur le coup.

— Alors qui dirige ? ai-je demandé à Joyeux.

J'étais coéquipière en chef de Jacobi ; j'étais habituée à avoir la charge des affaires qu'on me confiait.

Roth a gloussé.

— Monsieur travaille avec le maire. C'est un ex-commissaire. D'après vous, qui dirige ?

— Et si on disait que, sur le terrain, c'est vous qui mènerez les opérations, a suggéré Raleigh. Et, dans ce que nous ferons de nos découvertes, ce sera moi.

J'ai hésité, le jaugeant sans un mot. Bon Dieu, il était si conciliant.

Roth a tourné les yeux vers moi.

— Vous voulez bien demander à Jacobi s'il émet des réserves similaires ?

Raleigh a soutenu mon regard.

— Ecoutez, je vous tiendrai au courant quand on ne pourra pas s'arranger.

Je ne pouvais guère espérer mieux comme négociation. La donne avait changé. Mais du moins, l'affaire ne m'échapperait-elle pas.

— Bon, comment dois-je vous appeler ? Commissaire ?

Avec une aisance désinvolte, Raleigh a jeté sa veste de sport marron clair sur son épaule et s'est dirigé vers la porte.

— Je ne fais plus partie de la police depuis cinq ans, mon nom de famille suffira.

— Va pour Raleigh, ai-je dit avec un léger sourire. Vous avez déjà vu un cadavre pendant que vous étiez à Northern ?

Chapitre 13

La plaisanterie sur la morgue, qui court à la crime, c'est qu'en dépit de son climat dégueu, l'endroit est idéal pour bosser. Rien de tel que l'odeur âcre du formol ou l'éclat déprimant des couloirs carrelés comme à l'hosto pour transformer la corvée de suivre des pistes mortes et enterrées en inspiration.

Mais, comme on dit, c'est là qu'on trouve les corps.

Ça, et puis il fallait que je voie ma copine Claire.

Il n'y a pas grand-chose à dire de Claire Washburn,

si ce n'est qu'elle est brillante, totalement accomplie et, sans conteste ma meilleure amie au monde. Depuis six ans, elle est le médecin légiste chef de la municipalité : tout le monde à la crime sait que ce titre est immérité au possible, puisqu'elle occupe en réalité le poste d'Anthony Righetti. Ce dernier est son tout-puissant patron, arrogant et voleur de réputation, mais Claire s'en plaint rarement.

A notre avis, Claire est à elle seule le bureau du coroner. Mais peut-être l'idée d'une femme à ce poste n'est toujours pas intégrée, même à San Francisco.

Une femme, et une Black.

Dès notre arrivée, on nous a introduits, Raleigh et moi, dans le bureau de Claire. Elle portait sa blouse blanche de médecin avec brodé en haut sur sa poche gauche « Papillon », son surnom.

La première chose qu'on remarque en voyant Claire, c'est qu'elle trimballe vingt-cinq kilos de trop.

— Je pète la forme, plaisante-t-elle toujours. La forme ronde.

La deuxième, c'est son attitude : sûre d'elle et vive. On sait qu'elle ne peut pas s'en foutre. Elle a le corps d'un brahmane, un œil d'aigle et l'âme inoffensive d'un papillon.

En nous voyant entrer, elle m'a adressé un sourire las mais satisfait, comme si elle avait travaillé une bonne partie de la nuit. Je lui ai présenté Raleigh et Claire m'a décoché un clin d'œil impressionné.

Tout ce qu'au fil des années, j'avais accumulé, moi, de finasseries de la rue, elle l'exprimait en sagesse innée. Qu'elle réussisse à équilibrer les exigences de son boulot en ménageant son patron avide de reconnaissance, tout en élevant deux ados, tenait du miracle. Et son mariage avec Edmund, qui jouait de la grosse caisse dans l'orchestre symphonique de San Francisco, me redonnait de l'espoir pour l'institution matrimoniale.

— Je t'attendais, m'a-t-elle dit pendant qu'on s'embrassait. Je t'ai appelée d'ici, hier au soir. Tu n'as pas eu mon message ?

En sentant ses bras réconfortants autour de moi, un flot d'émotion m'a submergée. J'ai eu envie de tout lui raconter. Sans la présence de Raleigh, je crois que j'aurais tout déversé — Orenthaler, Negli — en bloc.

— J'étais crevée, ai-je répondu. Super-crevée. J'ai eu une longue et dure journée.

— Ne me dites pas, a dit Raleigh en pouffant, que vous vous connaissez.

— Préparation standard à l'autopsie.

Claire m'a souri alors qu'on se séparait.

— On ne vous apprend pas ça à la mairie ?

Il a ouvert les bras de façon badine.

— Hum, hum, fit Claire en me pressant l'épaule. Il va vous falloir le mériter. Bref, a-t-elle fait en redevenant sérieuse. J'ai terminé les préliminaires ce matin. Vous voulez voir les corps ?

J'ai opiné.

— Préparez-vous : ces deux-là ne font pas une très bonne pub pour La Boutique du Mariage.

Elle nous a fait franchir une série de portes étanches en direction de la Crypte, la grande pièce réfrigérée où l'on stocke les corps.

J'ouvrais la marche avec Claire, qui m'a tirée vers elle et m'a chuchoté à l'oreille :

— Laisse-moi deviner. Tu as embrassé Jacobi sur le nez et il s'est soudain transformé en prince charmant.

— Il travaille pour la mairie, Claire, lui ai-je

répondu en souriant. On me l'a envoyé pour qu'il s'assure que je ne m'évanouis pas au premier sang.

— Dans ce cas, m'a-t-elle répliqué en poussant la lourde porte de la Crypte, tu devrais te serrer fort contre lui.

Chapitre 14

Cela faisait maintenant six ans que je côtoyais des cadavres. Mais ce que j'ai vu m'a fait frissonner de dégoût.

Les corps mutilés des mariés étaient allongés côte à côte, sur des civières, le visage figé au moment horrifique de leur mort.

David et Mélanie Brandt.

Leur expression spectrale affirmait plus fortement que jamais que la vie n'est régie ni par la justice ni par la clémence. Je me suis concentrée sur la figure de Mélanie. La veille, dans sa robe de mariée, elle m'avait paru tragique et tranquille.

Aujourd'hui, dans sa pleine nudité tailladée, son corps était figé dans une pose horrible et grotesque. Tout ce que j'avais enfoui au plus profond de moi est remonté précipitamment à la surface.

Six années à la crime et je n'avais jamais détourné les yeux. Je les ai détournés à présent.

J'ai senti Claire me soutenir par le bras et me suis laissée aller contre elle.

Je fus surprise de constater que c'était contre

Raleigh. Je me suis redressée, furieuse et embarrassée.

— Merci, ça va, lui ai-je soufflé.

— Ça fait huit ans que je fais ce boulot, a dit Claire et cette fois, j'ai eu envie de détourner les yeux, moi aussi.

Elle a ramassé un dossier sur une table d'examen près de David Brandt. Elle a montré du doigt la blessure au couteau béante, à vif, sur sa poitrine, à gauche.

— On l'a poignardé une fois dans le ventricule droit. Vous pouvez voir ici que la lame en pénétrant a percé la jointure entre la quatrième côte et le sternum. Elle a rompu le nœud auriculo-ventriculaire qui assure la conductibilité myocardique. Techniquement, le cœur s'est arrêté.

— Il est mort d'une crise cardiaque ? a demandé Raleigh.

Elle a enfilé une paire de gants chirurgicaux qui ont masqué ses mains aux ongles laqués de rouge.

— D'une dissociation électromécanique. Ce qui est une façon élégante de décrire ce qui se passe quand on vous poignarde en plein cœur.

— Et l'arme ? l'ai-je interrompue.

— Au stade actuel, tout ce que je sais, c'est qu'il s'agit d'une lame standard. Aucune marque distinctive au point d'entrée. Une chose est sûre, c'est que l'assassin est de taille moyenne, entre un mètre soixante-dix et un mètre soixante-quinze, droitier, tout cela en se basant sur l'angle d'impact. Vous pouvez voir ici que l'incision est légèrement en biseau vers le haut. Ici, a-t-elle fait, en sondant la plaie. Le jeune marié faisait un mètre quatre-vingts. Chez sa

femme, qui mesurait un mètre soixante-cinq, la première entaille est en biseau vers le bas.

J'ai cherché des abrasions sur les mains et les bras
du marié.

— Des traces de lutte ?

— Impossible. Le pauvre garçon était effrayé et
affolé.

J'ai opiné en baissant les yeux sur le visage du
jeune marié.

Claire a fait non de la tête.

— Ce n'est pas tout à fait ce que je voulais dire.
Les garçons de Charlie Clapper ont récupéré des
échantillons de liquide sur les chaussures du marié
et le plancher de l'entrée où on l'a retrouvé.

Elle leur montra une fiole contenant quelques gouttes d'un liquide trouble.

Raleigh et moi, nous l'avons regardée sans comprendre.

— De l'urine, nous a expliqué Claire. Le pauvre garçon a apparemment tout lâché dans son froc. Ça a dû
être un sacré jet.

Elle a remonté un drap blanc sur le visage de David
Brandt en hochant la tête.

— Je suppose que c'est un secret que nous pou-
vons garder entre nous. Malheureusement, a-t-elle
ajouté en soupirant, les choses ne se sont pas passées
aussi rapidement pour la mariée.

Elle nous a conduits devant la civière où reposait
cette dernière.

— Peut-être l'a-t-elle surpris. On voit sur ses poignets et ses mains des traces de lutte. Ici, a-t-elle fait
en pointant du doigt une abrasion rougie sur le cou.
J'ai essayé de prélever du tissu de sous ses ongles,
on verra ce que ça donnera. Bref, la première blessure

se situe dans la partie supérieure de l'abdomen et a perforé les poumons. Avec le temps, étant donné les pertes de sang, c'est ce qui a pu causer la mort.

Elle a désigné une seconde, puis une troisième vilaine incision sous le sein gauche, situées comme chez le jeune marié.

— Son péricarde était si plein de sang qu'on aurait pu le tordre comme une lavette humide.

— Tu redeviens technique, ai-je dit.

— L'enveloppe en forme de sac qui contient le cœur. Le sang s'y rassemble et comprime le muscle tant et si bien que le cœur ne peut plus se remplir du sang qui boucle sa grande circulation. Et il finit par s'étrangler lui-même.

L'image du cœur de la mariée s'étouffant dans son propre sang me donna le frisson.

— On dirait qu'il veut dupliquer les plaies, ai-je dit en examinant les points d'entrée de la lame.

— J'ai pensé à ça, fit Claire. Droit fil jusqu'au cœur.

Raleigh a froncé le sourcil.

— Alors l'assassin pourrait être un professionnel ?

Claire a haussé les épaules.

— Si l'on s'en tient au descriptif des plaies, peut-être. Mais je ne le crois pas.

Sa voix hésitait. J'ai levé les yeux et j'ai fixé les siens.

— Ce que j'ai besoin de savoir, c'est si elle a subi des violences sexuelles ?

Elle a dégluti.

— Il y a des traces évidentes de pénétration post-mortem. La muqueuse vaginale a été grièvement élargie, et j'ai découvert des petites lacérations au niveau de l'entrée.

Mon corps s'est raidi sous l'effet de la rage.

— *Elle a été violée.*

— *Si* elle l'a été, a répliqué Claire, ça s'est passé de très moche façon. Je n'ai jamais vu de cavité vaginale aussi distendue. A franchement parler, je ne crois pas qu'il s'agisse de pénétration pénienne.

— Un instrument contondant ? a demandé Raleigh.

— Certainement assez large... mais il y a des abrasions le long des parois vaginales compatibles avec une chose en forme d'anneau.

Claire a repris son souffle.

— Personnellement, je parierais pour un poing.

La nature choquante et violente de la mort de Mélanie Brandt me fit à nouveau frissonner. On l'avait mutilée, profanée. Un poing. Il y avait là une sauvagerie brutale, déterminée et définitive. Son agresseur n'avait pas simplement tenté de réaliser son fantasme cauchemardesque mais avait voulu aussi la mortifier. *Pourquoi ?*

— Si vous pouvez intégrer une chose encore, suivez-moi, a dit Claire.

Elle nous a menés dans un laboratoire adjacent par une porte battante.

Sur une couche de papier stérile blanc, reposait la veste de smoking souillée de sang que nous avions trouvée près du marié.

Claire l'a soulevée par le col.

— Clapper me l'a prêtée. Bien entendu, le truc évident, c'était de confirmer à qui était le sang qui se trouvait dessus.

Le pan de gauche, devant, portait l'entaille fatale et était maculé de sang sombre.

— Où ça devient vraiment intéressant, c'est que je n'ai pas trouvé que du sang de David Brandt sur la veste, nous a dit Claire.

Raleigh et moi, surpris, sommes restés bouche bée.

— Celui du tueur ? a-t-il dit, ouvrant de grands yeux.

Elle a fait non.

— Non, celui de *la mariée*.

Je me suis remémoré rapidement la scène de crime. Le marié avait été tué près de la porte ; sa femme, à quinze mètres de là, dans la chambre nuptiale.

— Comment le sang de la mariée a-t-il pu se trouver sur sa veste ? ai-je dit, en pleine confusion.

— La même question m'a posé problème. Alors j'ai tout repris par le début et j'ai plaqué la veste sur le torse du marié. La déchirure ne correspond pas tout à fait à la plaie. Regardez, la blessure du marié se trouve ici. A hauteur de la quatrième côte. La veste est tailladée dix centimètres plus haut. En y regardant de plus près, cette saleté de veste n'est même pas de la même marque que le pantalon. Elle vient de chez Joseph Abboud.

Claire m'a fait un clin d'œil, en me voyant me torturer les méninges.

La veste n'était pas celle du marié. Elle appartenait à celui qui l'avait tué.

Claire a fait des yeux ronds.

— Il n'y a pas de professionnel qui tienne. Aucun de ceux que je connais ne laisserait ça derrière lui.

— Il a peut-être juste tenté d'utiliser le mariage comme couverture, a suggéré Raleigh.

Une autre possibilité, bien plus glaçante, m'avait déjà frappée.

— Ça peut être l'un des invités.

Chapitre 15

Dans les bureaux du *San Francisco Chronicle*, Cindy Thomas, en pleine surchauffe cérébrale, avait du mal à ne pas s'emmêler les doigts sur le clavier.

Le *deadline* de l'après-midi tombait à peine dans une heure.

D'un chasseur du Hyatt, elle avait obtenu le nom de deux invités du mariage Brandt qui séjournaient encore à l'hôtel. Après un nouveau tour là-bas, la veille au soir, elle avait pu retracer en un tableau tragique et crève-cœur — avec vœux, toasts et dernière danse romantique à l'avenant — les ultimes instants des jeunes mariés.

Tous les autres journalistes en étaient encore à assembler le peu de détails livrés par la police. Jusque-là, elle les devançait. Elle était gagnante et c'était super. Elle était aussi certaine que c'était son meilleur article depuis son entrée au *Chronicle* et peut-être même depuis qu'elle était étudiante à Michigan University.

Au journal, le coup d'éclat de Cindy au Hyatt en avait fait une vedette instantanée. Des gens qu'elle connaissait à peine prenaient soudain le temps de la féliciter. Même l'éditeur, qu'on voyait rarement à l'étage « Métropole », descendit découvrir à quoi elle ressemblait.

« Métropole » couvrait une certaine manif à Mill Valley à propos de la construction d'une déviation qui avait accru la circulation aux abords d'une zone scolaire.

Elle en était à la première page.

Tout en tapant, elle remarqua que Sidney Glass, son rédac'chef, se dirigeait vers son bureau. Glass était connu au journal sous le sobriquet d'El Sid. Il se campa en face d'elle avec un soupir distant.

— Il faut qu'on parle.

Elle ralentit sa frappe et leva les yeux.

— J'ai deux spécialistes des affaires criminelles, hyper-furax, que ça démange de s'occuper de cette enquête. Suzy est à la mairie où elle attend une déclaration du maire et du directeur de la police. Stone a esquissé un portrait des deux familles. Ils ont vingt ans de maison et deux Pulitzer à eux deux. Et c'est leur domaine.

Cindy sentit son cœur prêt à s'arrêter de battre.

— Que leur avez-vous dit ? lui demanda-t-elle.

Derrière le regard dur d'El Sid, elle entrevit l'avidité de la première équipe, des journalistes chevronnés, dotés de leurs propres enquêteurs, tentant de se tailler un chemin à coups de serpe dans cette histoire. *Son* reportage.

— Montrez-moi ce que vous avez, finit par dire le rédac'chef.

Il la contourna, jeta un coup d'œil par-dessus son épaule, lut quelques lignes sur l'écran de son ordinateur.

— Beaucoup de choses sont O.K. Vous le savez probablement. « Angoissé » vient là, fit-il, pointant le moniteur du doigt. Il qualifie « le père de la mariée ». Rien ne fout plus les boules à Ida Morris que des qualificatifs pas à leur place et les inversions.

Cindy se sentit rougir.

— Je sais, je sais, j'essaie de boucler dans les temps. Le *deadline* tombe à...

— Je connais le *deadline*, fit le rédac'chef en la fusillant du regard. Mais ici, si vous bouclez, vous bouclez correctement.

Il fixa Cindy, pendant ce qui lui parut un temps interminable, d'un œil scrutateur qui la maintint sur des charbons ardents.

— Surtout si vous voulez rester sur ce coup-là.

La figure de Glass, impassible en général, fut agitée d'un tic nerveux et il ne fut pas loin de lui sourire.

— Je leur ai dit que vous suiviez le truc et personne d'autre, Thomas.

Cindy réprima l'envie de serrer dans ses bras son rédac'chef, revêche et autoritaire.

— Vous voulez que je me rende à la mairie ? demanda-t-elle.

— Non, là où ça se passe vraiment, dans cette suite. Retournez à l'hôtel Hyatt.

El Sid s'éloignait déjà, les mains dans les poches de son pantalon.

Mais il se retourna.

— Bien entendu, si vous comptez rester sur ce coup, vous avez intérêt à vous dégotter une source policière dans la place — et plus vite que ça.

Chapitre 16

En quittant la morgue, on est retournés au bureau, Raleigh et moi, quasi en silence. De nombreux détails des meurtres me chiffonnaient. Pourquoi le tueur avait-il emporté la veste de la victime ? Pourquoi avait-il laissé la bouteille de champagne ? Ça n'avait pas de sens.

— On a maintenant un crime sexuel sur les bras, et des plus moches.

Je me suis tournée vers lui sur le passage pour piétons menant au Palais.

— Je veux soumettre les résultats d'autopsie à Milt Fanning et aux ordinateurs du FBI. Il faut aussi qu'on rencontre les parents de la mariée. Il nous faudra un historique de tous ceux avec qui elle est sortie avant David. Et une liste des invités au mariage.

— Pourquoi ne pas attendre une confirmation sur ce dernier point, m'a dit mon nouveau coéquipier, avant qu'on attaque sous cet angle.

Je me suis arrêtée et je l'ai dévisagé.

— Vous voulez voir si quelqu'un va réclamer une veste ensanglantée aux objets perdus ? Je ne comprends pas. Qu'est-ce qui vous turlupine ?

— Ce qui me turlupine, m'a répondu Raleigh, c'est que je ne tiens pas à ce que le service vienne troubler le chagrin des familles avec un tas d'hypothèses tant qu'on n'a pas de nouveaux éléments. On est en possession — ou pas — de la veste du tueur. C'était — ou pas — un invité.

— A qui pensez-vous qu'elle appartenait, au rabbin ?

Il m'a souri brièvement.

— On a pu la laisser là pour nous mettre sur une fausse piste.

Il paraissait avoir changé subitement de ton.

— Vous prenez vos distances ? lui ai-je demandé.

— Non, fit-il. Tant qu'on n'a rien de solide, comme un ex-petit ami de la mariée ou la victime d'une réduction d'effectifs à laquelle Gerald Brandt aurait prêté la main et qu'on pourrait présenter comme suspect possible. J'aimerais mieux qu'on ne rebraque pas les projecteurs sur eux à moins qu'on ait du solide pour aller plus loin.

Et voilà. Le baratin. Emballer, endiguer, calmer le jeu. Brandt et le chancelier Weil, le père de la mariée, étaient des V.I.P. Trouvez-nous les méchants, Lindsay. Et ne faites pas courir de risques au service, pendant l'enquête.

J'ai renâclé.

— J'ai pensé que la possibilité que l'assassin ait assisté au mariage nous suffisait pour aller plus loin.

— Tout ce que je suggère, Lindsay, c'est qu'on obtienne une confirmation quelconque avant de nous mettre à éplucher la vie sexuelle du garçon d'honneur.

J'ai opiné, sans le quitter des yeux.

— Entre-temps, *Chris*, on poursuivra sur notre lancée les autres pistes vraiment sérieuses en notre possession.

On s'est dévisagés en silence, tendus.

— Très bien, pourquoi à votre avis, l'assassin a échangé sa veste avec celle du jeune marié ?

Il s'adossa au bord d'un muret de ciment.

— D'après moi, il portait la sienne quand il les a tués. Elle était couverte de sang et il fallait qu'il sorte sans se faire remarquer. La veste du marié était sur le sol, à sa portée. Alors, il a fait main basse dessus.

— Et vous vous imaginez qu'il s'est donné tant de mal pour la taillader et tout et tout, en pensant que personne ne s'en apercevrait. Pas la même taille, pas le même tailleur. Et que ça passerait comme une lettre à la poste. Raleigh, *pourquoi l'abandonner derrière lui* ? Pourquoi ne pas fourrer la veste ensanglantée dans un sac ? Ou ne pas la rouler sous sa nouvelle veste ?

— D'accord, m'a concédé Raleigh. Je n'en sais rien. Pourquoi, d'après vous ?

J'ignorais pourquoi le tueur avait agi de la sorte, mais une hypothèse effrayante prenait forme dans ma tête.

— Hypothèse n° 1, il a paniqué, ai-je répondu. Peut-être que le téléphone a sonné ou que quelqu'un a frappé à la porte.

— Pendant la nuit de noces ?

— Je crois entendre mon ex-coéquipier.

Je suis repartie vers le Palais et il m'a rattrapée. Il m'a tenu ouvertes les portes vitrées. Au moment où je les franchissais, il m'a attrapé le bras.

— Et l'hypothèse n° 2 ?

Je me suis immobilisée, je l'ai dévisagé carrément, cherchant à déterminer jusqu'où je pouvais aller avec lui.

— Quelles sont vos vraies compétences dans le cas qui nous occupe, au fond ? lui ai-je demandé.

Il a souri, avec un air sûr de lui et confiant.

— J'ai été marié.

Je n'ai pas répondu. Hypothèse n° 2 : la peur montait en moi. L'assassin signait-il ses crimes ? Jouait-il avec nous ? Laissait-il délibérément des indices ? Les auteurs de crimes passionnels ne laissaient pas d'indices comme la veste. Les tueurs professionnels, non plus.

Les *serial killers* en laissaient, eux.

Chapitre 17

La fenêtre à laquelle se tenait Phillip Campbell jouissait d'une vue à couper le souffle sur la baie. Mais c'était le cadet de ses soucis, perdu qu'il était dans ses pensées.

C'est parti. Tout est en jeu, songeait-il. La Ville sur la Baie ne serait plus jamais la même, non ? Je ne serai plus jamais le même. C'était compliqué — pas ce que ça semblait être, mais beau à sa manière.

Il avait fermé la porte de son bureau, comme il le faisait toujours quand il s'absorbait dans ses recherches. Récemment, il avait cessé de déjeuner avec ses collègues de travail. Ils l'excédaient. Avec leurs vies pleines de soucis mesquins. La Bourse. Les Giants et les 49*ers*. Leurs destinations de vacances. Ils avaient des rêves tellement futiles, simples, petits-bourgeois. Les siens avaient de la hauteur. Il ressemblait aux nababs de la Silicon Valley en train d'élaborer leur tout derniers produits.

De toute façon, tout ça, c'était derrière lui. A présent, il avait un secret. Le plus grand secret du monde.

Il poussa ses paperasses de business au coin de son bureau. Ça, c'est l'ancien monde, se dit-il. L'ancien moi. *Le raseur. L'abeille ouvrière.*

Il déverrouilla le tiroir supérieur gauche. Derrière le fouillis personnel habituel, il y avait un petit coffre gris. Tout juste assez grand pour contenir un paquet de bristols.

Voici mon univers à présent.

Il repensa au Hyatt. Au beau visage de porcelaine de la mariée et aux fleurs de sang sur sa poitrine. Il n'arrivait toujours pas à croire à ce qui s'était passé. Le *crac* du couteau fendant le cartilage. Le hoquet du dernier souffle de la jeune femme. Et du sien, évidemment.

C'était quoi leur nom de famille, déjà ? Ah bon Dieu, il avait oublié. Non, Brandt. On en parlait partout dans les journaux et aux infos télévisées.

A l'aide d'une clé au bout de sa chaîne, il ouvrit la petite boîte. Le sortilège enivrant de ses rêves se répandit dans la pièce.

Une pile de fiches. Rangées par ordre alphabétique. Il les feuilleta l'une après l'autre. De nouveaux noms... *King... Merced... Passeneau... Peterson...*

Rien que des futurs mariés.

Chapitre 18

Plusieurs messages urgents m'attendaient sur mon bureau à mon retour de la morgue. *Bien* — l'urgence était de mise.

Charlie Clapper du CSU. Rapport préliminaire prêt. Des journalistes : de l'Associated Press, des télévisions locales. Et même la fille du *Chronicle* qui m'avait laissé sa carte.

Je grignotai le poulet grillé et la salade de poire que j'avais apportés, tout en rappelant Clapper.

— Seulement les bonnes nouvelles, ai-je plaisanté en entendant sa voix me répondre.

— Dans ce cas, je peux te donner un numéro 900. Pour deux dollars la minute, on te dira tout ce que tu veux entendre.

Je l'ai perçu dans le ton de sa voix.

— Tu n'as rien trouvé ?

— Des partielles à la pelle, m'a répondu le chef du CSU, désignant par là les empreintes peu concluantes que son équipe avait relevées dans la pièce.

— Celles de la mariée et du marié, celles du sous-directeur, celles de l'équipe de ménage.

— Vous avez « saupoudré » les corps ? ai-je insisté.

L'assassin avait soulevé Mélanie Brandt du sol.

— La boîte de champagne, aussi ?

— Bien sûr. Rien. Quelqu'un s'est montré prudent.

— Et par terre ? Des fibres, des empreintes de pas ?

— Rien, à part la pisse, a fait Clapper en éclatant de rire. Tu crois que je fais de la rétention d'infos ? Tu es futée, Lindsay, mais je chope des assassins depuis plus longtemps que toi. En attendant, j'ai quelqu'un qui examine cette veste de smok au microscope. Je te tiendrai au courant. Roger !

— Merci, Charlie, ai-je marmonné, déçue.

En feuilletant plus avant ma pile de messages, le nom de Cindy Thomas est venu au premier plan.

En temps normal, je n'ai pas l'habitude de rappeler les journalistes au beau milieu d'une enquête. Mais cette fille-là avait été assez géniale pour monter jusqu'au lieu du crime et cependant assez sympa pour faire machine arrière quand elle m'avait coincée dans les toilettes.

Je l'ai jointe à son poste.

— Merci de me rappeler, inspecteur, m'a-t-elle dit, d'un ton reconnaissant.

— Je vous devais bien ça. Merci à vous de m'avoir aidée à décompresser à l'hôtel.

— Ça arrive à tout le monde. Mais j'ai une question à vous poser : vous prenez toujours autant votre boulot à cœur ? Vous êtes de la criminelle, non ?

Je n'avais ni le temps ni le courage de jouer au plus fin, je me suis donc rabattue sur la vanne de Jacobi :

— Je pleure toujours à un mariage. En quoi puis-je vous être utile, Ms Thomas ?

— Cindy... Je vais vous faire une fleur. Quand je vous en aurai fait cinq, peut-être m'en ferez-vous une.

— On a un meurtre sur les bras. On ne va pas jouer à donnant-donnant. Et si nous nous recroisons, vous vous apercevrez que je ne saute pas de joie quand je me sens endettée envers quelqu'un.

— J'espérais entendre votre version sur le meurtre des jeunes mariés, m'a-t-elle dit.

— Ce n'est pas Tom Stone qui couvre les affaires criminelles au *Chronicle* ? ai-je demandé.

Je l'ai entendue reprendre son souffle.

— Je ne vous mentirai pas. Habituellement, je m'occupe des infos locales à la rubrique « Métropole ».

— Eh bien, vous tenez là un vrai sujet d'article maintenant. « Le Mariage Paradisiaque vire à l'Infernal. » Vous ne mâchez pas vos mots.

— A vrai dire, inspecteur — d'un ton soudain étouffé — je n'avais jamais rien vu de pareil. De voir David Brandt étendu par terre... le soir de sa nuit de noces. Je sais ce que vous devez penser, mais ce n'est pas l'article simplement. J'aimerais vous aider de tout mon possible.

— Je suis sensible à ça, mais puisque l'on a tous ces porteurs de badges qui se baladent par ici. On doit leur donner une chance, non ? De toute façon, il faut que vous sachiez que le fait d'avoir réussi à vous faufiler jusqu'au vingt-neuvième étage n'a pas vraiment contribué à me mettre dans les petits papiers du commissaire divisionnaire. J'ai une responsabilité tactique sur la scène de crime.

— Je n'ai jamais pensé que je réussirais.

— Alors voilà établi qu'on ne sait pas qui a une dette envers qui. Mais puisque c'est mon tour...

La voix de la journaliste a repris un ton péremptoire.

— Je vous ai appelée pour avoir votre réaction à une info que nous allons révéler dans la soirée. Vous savez que le père du marié dirige une firme spécialisée dans les rachats. Notre chef de la rubrique affaires a arraché à Bloomberg qu'ils s'étaient retirés à la dernière minute d'un accord de principe avec le numéro trois de la construction automobile russe, Kolya-Novgorod. Brandt participait à hauteur de deux cents millions de dollars. Kolya est l'un de ces conglomérats russes sur lesquels une nouvelle branche de capitalistes du marché noir a mis la main. Sans le liquide, l'on m'a dit que c'est quasiment la banqueroute. D'après ma source, l'atmosphère est devenue des plus hargneuses.

J'ai éclaté de rire.

— Hargneuse, Ms Thomas ? Je pourrais le devenir un peu, moi aussi.

— Il paraîtrait que certains des Russes sont restés avec leurs queues et leurs kopecks entre les jambes.

Nouvel éclat de rire de ma part.

— Comploter en vue de commettre un meurtre tombe sous le coup de la loi fédérale, lui ai-je dit. S'il y a quelque chose là-dessous, vous devriez passer un coup de fil à la Cour suprême.

— J'ai juste cru bon de vous en informer. En attendant, vous ne voulez pas me jeter un os à ronger concernant une autre des pistes que vous examinez ?

— Bien entendu. Et j'aurais la prudence de vous dire qu'elles sont « à l'étude ».

— Merci, fit-elle en soupirant. Avez-vous déjà ciblé certains suspects ?

— C'est ce qu'on vous a dit de me demander au *Chronicle* ? Vous savez bien que je ne peux pas divulguer ça.

— *Off the record*. Sans citer ma source. A titre amical.

Tout en l'écoutant, je me suis revue, toute nouvelle recrue, tâchant de faire mon trou. Je me suis souvenue combien l'univers de la police était un monde fermé, m'avait été barré jusqu'à ce que quelqu'un m'ait ouvert une minuscule brèche pour que je m'y faufile.

— Comme je vous l'ai dit, Ms Thomas, ai-je fait d'un ton radouci, je ne vous promets rien.

— Cindy, insista la journaliste. Appelez-moi au moins Cindy. En prévision de la prochaine fois où vous serez coincée dans les toilettes, en ayant baissé la garde.

— O.K., *Cindy*. Soyez sûre que je ne vous oublierai pas.

Chapitre 19

Je ne voulais pas rentrer chez moi, tout en sachant que je ne pouvais rester au Palais plus longtemps.

J'ai fait main basse sur mon sac, ai gagné en vitesse le garage en sous-sol et j'ai démarré mon fidèle et poussiéreux Bronco sans trop savoir où j'allais.

J'ai roulé droit devant moi — la Quatrième, la Troisième, j'ai pris Mission, je suis passée devant le Moscone Center — cafés, boutiques fermées. Direction l'Embarcadero.

J'ai contourné Battery, m'éloignant de la baie. Je ne savais où aller, mais mes mains semblaient dotées d'autonomie et me mener quelque part. Des images des jeunes mariés assassinés me traversaient brièvement l'esprit. La voix d'Orenthaler par bribes. J'avais appelé pour finir le Dr Medved, l'hématologue, pour prendre rendez-vous.

En approchant de Sutter, j'ai obliqué. Soudain, j'ai su où je me dirigeais.

Je me suis arrêtée à Union Square. Sans même le vouloir, je me suis retrouvée devant l'entrée brillamment illuminée du Hyatt.

J'ai montré mon badge au directeur et j'ai pris l'ascenseur jusqu'au vingt-neuvième étage.

Un seul agent en uniforme montait la garde devant la suite du Mandarin. Je l'ai reconnu : David Hale de Central. Il s'est levé en me voyant approcher.

— Vous ne saviez pas où aller, inspecteur ?

Du *gaffeur* jaune entrecroisé barrait l'entrée de la suite. Hale m'a donné la clé. J'ai ôté une ou deux bandes de *gaffeur* et me suis glissée sous ce qui restait. J'ai tourné le verrou et je suis entrée.

Si l'on n'a jamais rôdé seul sur le lieu d'un meurtre fraîchement commis, l'on ignore à coup sûr à quoi ressemble cette impression de malaise et d'angoisse. Je sentais les spectres de David et Mélanie Brandt flotter encore dans la pièce.

J'étais certaine que quelque chose m'avait échappé. Et j'étais sûre aussi que ça se trouvait ici. Mais *quoi ?*

La suite était à peu près telle que je l'avais laissée. On avait emporté le tapis d'Orient du salon au labo de Clapper. Mais la position des corps et les traces de sang étaient clairement délimitées à la craie bleue.

J'ai regardé l'endroit où David Brandt était mort. Dans ma tête, j'ai reconstitué ce qui avait dû se passer.

Ils se portent mutuellement un toast. (Je le savais d'après les verres de champagne retrouvés à moitié pleins sur une table près de la terrasse.) Peut-être vient-il de lui offrir les boucles d'oreilles. (L'écrin ouvert était sur la tablette de la salle de bains.)

On frappe. David Brandt va répondre. C'était comme si des secrets bourdonnaient dans l'air, bruissant de chuchotis.

L'assassin entre avec la boîte de champagne. David le connaît peut-être. Il l'a peut-être laissé une heure plus tôt à la réception. Le couteau fait son apparition. Un seul coup porté. Le marié est cloué contre la porte, apoplectique. Ça arrive si vite qu'il ne peut pas crier. « Le pauvre garçon a tout lâché dans son froc » avait dit Claire.

La mariée ne crie pas, elle ? Peut-être qu'elle est

dans la salle de bains (*cf.* l'écrin). Ou peut-être y est-elle entrée pour mettre les boucles d'oreilles ?

Le tueur arpente la suite. Il intercepte la mariée qui sort de la salle de bains sans rien soupçonner.

J'imagine Mélanie Brandt — radieuse, débordant de joie. Lui aussi le remarque. Etait-ce quelqu'un de son entourage ? Venait-elle de le quitter ? Mélanie connaissait-elle son assassin ?

Il existe un dicton navajo qui dit : « Même l'absence de vent a une voix. » Dans la chambre d'hôtel tranquille, je suis à l'écoute d'un aveu.

Raconte-moi, Mélanie. *Je suis ici pour toi.* Je t'écoute.

J'ai la chair de poule en réanimant le moindre détail du meurtre. Elle lutte, tente de s'échapper (*cf.* les ecchymoses et les légères abrasions sur ses bras et son cou). Le tueur la poignarde au pied du lit. Il est horrifié et en même temps excité comme un fou par ce qu'il vient de faire. Elle ne meurt pas sur le coup. Il est obligé de la poignarder encore. Et encore.

Quand il a fini, il l'emporte sur le lit. (Il ne tire pas le corps. Il n'y a pas de traînées de sang sur le sol.) C'est important. Il est prévenant avec elle. Ce qui m'incline à penser qu'il la connaît.

Peut-être qu'autrefois, il a été amoureux de Mélanie ? Il lui replie les bras sur la poitrine, telle une gisante. Comme une princesse endormie. Peut-être qu'il se raconte que tout n'est qu'un mauvais rêve.

Nulle part dans la pièce, je ne perçois le mode opératoire clinique d'un tueur professionnel ou à gages. Ni même celui de quelqu'un qui n'en est pas à sa première victime.

Je reste à l'écoute.

Une colère féroce lui chauffe le sang. Il comprend qu'il ne la reverra jamais plus. Sa princesse...

Il est tellement furieux qu'il veut se coucher près d'elle au moins une fois. La sentir.

Mais il ne peut pas. Ça la profanerait. Mais il faut qu'il la possède. Alors il soulève sa robe. Et se sert de son poing.

Autour de moi, tout me le crie. Je suis sûre qu'il y a une dernière chose que je ne vois pas. Qui ne m'est pas révélée. Qu'est-ce qui m'échappe ? Qu'est-ce qui a échappé à tout le monde jusqu'ici ?

J'avance vers le lit. Je me représente Mélanie, frappée à mort de façon horrible, mais son visage demeure calme, non accusateur. Il la laisse comme ça. Il ne prend pas les boucles d'oreilles. Il n'emporte pas l'énorme solitaire.

Et puis cela me frappe avec la force explosive d'un train qui surgit de l'obscurité d'un tunnel. Ce qui manquait. Ce que je n'avais pas vu. Bon Dieu, Lindsay !

Les alliances !

J'ai repassé dans mon esprit l'image de Mélanie couchée là. Ses mains délicates, tachées de sang. *Le diamant était toujours là, mais... Seigneur ! Est-ce possible ?*

Je me suis précipitée dans l'entrée et me suis remémoré le corps recroquevillé du marié.

Ils étaient unis depuis quelques heures seulement. Ils venaient de se jurer leur foi. Mais ne portaient pas d'anneaux d'or.

Pas d'alliances.

Le tueur ne prend pas les boucles d'oreilles, ai-je compris.

Il prend les alliances.

Chapitre 20

A neuf heures, le lendemain matin, j'étais dans le bureau du Dr Victor Medved, agréable petit homme aux traits finement ciselés qui, avec sa trace d'accent d'Europe de l'Est, me flanquait une trouille bleue.

— Negli est un tueur, déclara-t-il sans ambages. Il dérobe au corps sa capacité de transporter l'oxygène. Au début, les symptômes sont manque d'énergie, affaiblissement du système immunitaire et une légère tendance au vertige. En définitive, vous pouvez connaître un dysfonctionnement cérébral similaire à celui consécutif à une attaque et commencer aussi bien à perdre vos facultés mentales.

Il s'est levé, s'est approché de moi et m'a saisi le visage entre ses mains douces. Il m'a dévisagée à travers ses verres épais.

— Vous êtes déjà pâlotte, m'a-t-il dit en palpant mes joues de ses pouces.

— Ça prend toujours un peu de temps avant que mon sang ne fasse un tour, le matin, ai-je dit avec un sourire, tâchant de masquer la peur qui m'étreignait le cœur.

— Bon, d'ici à trois mois, m'a dit le Dr Medved, à moins que nous inversions le mouvement, vous aurez l'air d'un fantôme. Un fantôme ravissant, soit, mais un fantôme tout de même.

Il revint à son bureau et prit ma courbe.

— Vous êtes inspecteur de police.

— De la criminelle, lui ai-je précisé.

— Alors, aucune raison de s'illusionner. Mais je

n'entends pas vous déstabiliser. L'anémie aplastique peut être inversée. Jusqu'à trente pour cent des patients réagissent favorablement à un traitement de transfusions bihebdomadaires de sang frais. Pour ceux sur lesquels ce traitement est sans effet, un pourcentage égal peut en fin de compte être traité par le biais d'une greffe de moelle osseuse. Mais cela nécessite au préalable une chimiothérapie douloureuse, histoire de booster les globules blancs.

Je me suis raidie. Les prédictions cauchemardesques d'Orenthaler se réalisaient.

— Existe-t-il un moyen pour savoir qui réagit positivement au traitement ?

Medved se croisa les mains en faisant non de la tête.

— La seule façon, c'est de l'entamer. Puis l'on voit.

— Je m'occupe d'une affaire importante. Le Dr Orenthaler m'a dit que je pouvais continuer à travailler.

Medved a fait une moue dubitative.

— Vous pouvez tant que vous vous en sentirez la force.

J'ai expiré lentement, avec difficulté. Combien de temps pourrai-je cacher ça ? A qui en parler ?

— Si ça marche, combien de temps avant de noter une amélioration ? ai-je demandé avec espoir.

Il a tiqué.

— Il ne s'agit pas de prendre une aspirine contre la migraine. J'ai bien peur que la route ne soit longue.

Je me suis souvenue de la réponse encourageante de Roth, concernant mes chances de passer lieutenant.

Tu es au pied du mur, Lindsay. C'est le plus grand défi de ton existence.

— Et si ça ne marche pas, combien de temps... avant que les choses ne commencent à...

— A empirer ? Abordons le traitement avec optimisme et confiance. On en discutera au fil des événements.

Tout était ouvert à présent. L'affaire, ma carrière, tous mes objectifs. Les enjeux avaient changé. Je me baladais avec une bombe à retardement dans ma poitrine, au mécanisme bien remonté, incendiaire. Et j'ai songé qu'il se pourrait bien que je ne sois que la mèche qui se consumait lentement.

— On commence quand ? ai-je demandé tranquillement.

Il m'a griffonné les coordonnées d'un cabinet dans le même immeuble. Au deuxième étage. Service de consultation externe Moffett. Pas de date.

— Si ça ne vous fait rien, j'aime autant commencer tout de suite.

Chapitre 21

La nouvelle du marché négocié par Gerald Brandt avec les Russes avait éclaté et ce gros titre s'étalait en devanture des kiosques à journaux : LE PÈRE DU MARIÉ A PEUT-ÊTRE PROVOQUÉ L'IRE DES RUSSES.

Le *Chronicle* rapportait que le FBI prenait l'affaire au sérieux. *Super.*

Deux poches d'un demi-litre d'hémoglobine enrichie dans le corps, j'ai finalement rejoint mon poste vers dix heures et demie. J'ai dû faire un gros effort pour chasser de ma tête l'image du sang épais et cramoisi qui s'égouttait lentement dans ma veine.

Roth a prononcé mon nom — son visage reflétait sa grogne habituelle.

— Le *Chronicle* accuse les Russes et le FBI semble être d'accord, a-t-il fait en se penchant sur mon bureau.

Il m'a mis un exemplaire de l'édition du matin sous les yeux.

— Je l'ai vu. Ne laissez pas le FBI y mettre le nez, ai-je dit. C'est notre affaire.

Je lui ai raconté la soirée de la veille, mon retour sur la scène de crime. Lui affirmant que j'étais presque sûre que l'agression sexuelle sur le cadavre ajoutée à la veste ensanglantée et aux alliances manquantes plaidait en faveur d'un meurtrier solitaire et obsessionnel.

— Ce n'est pas un tueur russe professionnel. Il lui a pratiqué un *fist-fucking*, lui ai-je rappelé. Et cela, pendant sa nuit de noces.

— Vous voulez que je dise au FBI de se tenir à l'écart, a fait Roth, parce que cette affaire vous *tient énormément à cœur* ?

— C'est une affaire criminelle. Il s'agit d'un crime sexuel très spécial et très pervers, pas d'un complot international.

— Peut-être que l'hypothèse du tueur russe a besoin d'être étayée par une preuve. Ou bien peut-être était-il un maniaque sexuel par-dessus le marché.

— Quelle preuve ? Tous les journaux et les chaînes de télé du pays ont parlé de cette histoire. De toute façon, est-ce que les tueurs à gages ruskofs n'ont pas pour habitude de trancher un doigt, d'ailleurs ?

Roth a poussé un soupir de frustration. Son tic habituel n'était plus seul à traduire son agitation.

— Il faut que je file, ai-je dit.

J'ai projeté mon poing en l'air en espérant que Roth pigerait la plaisanterie.

Gerald Brandt était encore au Hyatt, attendant que le corps de son fils lui soit rendu. Je l'ai rejoint dans sa suite où je l'ai trouvé seul.

— Vous avez lu les journaux ? lui ai-je demandé pendant qu'on s'attablait à l'ombre d'un parasol sur la terrasse.

— Les journaux, Bloomberg, une journaliste du *Chronicle* qui a appelé toute la nuit. Ce qui est suggéré, c'est de la démence totale, m'a-t-il dit.

— La mort de votre fils est un acte de démence, Mr Brandt. Vous désirez que je sois franche avec vous en ce qui concerne l'enquête ?

— Que voulez-vous dire, inspecteur ?

— On vous a demandé l'autre jour si vous connaissiez quelqu'un qui pourrait avoir eu envie de vous nuire...

— Et j'ai répondu à votre collaborateur, *pas de la sorte*.

— Vous ne croyez pas que certaines factions en Russie pourraient être *un petit peu* furieuses contre vous pour vous être retiré du marché ?

— Nous ne traitons pas avec des factions, Miss Boxer. On compte parmi les actionnaires de Kolya quelques-uns des hommes les plus puissants du pays. Quoi qu'il en soit, vous me faites passer pour un suspect. Ce n'était que du bizness. Des négociations. Dans le champ de nos activités, on gère ce genre de choses chaque semaine. La mort de David n'a rien à voir avec Kolya.

— Comment pouvez-vous en être aussi certain, Mr Brandt ? Votre fils et sa femme sont morts.

— Parce que les négociations n'ont *jamais cessé*, inspecteur. Il s'agissait d'une ruse au bénéfice des médias. Nous avons conclu le marché, hier au soir.

Il a mis fin à l'entretien en se levant.

J'ai appelé ensuite Claire. Je mourais d'envie de lui parler. J'étais en manque de ma dose de Claire quotidienne. J'avais aussi besoin qu'on m'aide sur l'affaire.

Sa secrétaire m'a dit qu'elle était en plein appel-conférence et de demeurer en ligne.

— Ah, ces experts en médecine légale, rouspéta Claire en prenant l'appel. Ecoute un peu ça... un gus qui roulait à cent dans une zone limitée à cinquante a emplafonné la Lexus d'un vieux monsieur, garé en double file, qui attendait sa femme. Tué sur le coup. A présent, le chauffard est en train de faire un procès à la succession de la victime qu'il accuse d'avoir stationné dans une zone interdite. Chaque partie veut sa part du gâteau, experts inclus. Righetti me pousse en avant parce que le cas va faire l'objet d'un article dans un journal professionnel. Certains de ces salopards, tu leur donnes trois francs six sous pour avoir le fond de leurs pensées et tu sais ce que tu obtiens ?

— De la petite monnaie, ai-je répondu avec un sourire.

Claire était *drôle*.

— C'est ça. J'ai à peu près trente secondes. Tu vas comment, toi ? m'a-t-elle demandé. Je t'aime, ma chérie. Tu me manques. Tu veux *quoi*, Lindsay ?

J'ai hésité. J'aurais aimé pouvoir tout déverser, mais je me suis bornée à lui demander si les Brandt portaient des alliances quand on les lui avait amenés.

— Non, pas que je sache, m'a-t-elle répondu. On a

inventorié des boucles d'oreilles et un diamant aussi gros qu'un globe oculaire. Mais pas d'alliances. Je l'ai remarqué de moi-même. En fait, c'est pour ça que je t'ai appelée hier au soir.

— Les grands esprits se rencontrent, ai-je dit.

— Les esprits occupés, du moins, m'a-t-elle contrée. Comment avance ton affaire abominable.

— Je n'en sais rien, ai-je fait en soupirant. Ce qui nous attend, c'est d'éplucher une liste de trois cents invités pour voir si par hasard l'un d'entre eux n'aurait pas eu une dent contre les victimes ou leurs familles. Tu as vu comment la presse monte ça en épingle. Une vengeance des Russes ! Le FBI rôde aux alentours et le D.G. Mercer corne aux oreilles de Roth de charger un *vrai* inspecteur de l'enquête. A ce propos, j'ai lancé Jacobi sur la piste de la veste. Ça mis à part, tout avance gentiment.

Claire éclata de rire.

— Tiens bon, ma douce. Si quelqu'un peut résoudre l'énigme de ces assassinats, c'est bien toi.

— J'aimerais qu'il n'y ait rien d'autre sur le feu... ai-je fait, laissant ma phrase en suspens.

— Tout va bien ? a repris Claire. A t'entendre, je ne reconnais pas ton irrévérence coutumière.

— En fait, j'ai quelque chose à te dire. Peut-être qu'on pourrait se retrouver quelque part samedi ?

— Bien sûr, m'a dit Claire. Ah, merde... j'oubliais la fête de remise du diplôme de Reggie. Ça peut attendre vingt-quatre heures ? Je viendrai bruncher avec toi d'un coup de voiture, dimanche.

— Oui, ça peut attendre, ai-je répondu, ravalant ma déception. Dimanche, ça serait super, je me réjouis.

J'ai raccroché en souriant. Un instant, je me suis sentie plus d'attaque. Prendre date avec Claire a suffi

87

à me donner l'impression qu'on m'ôtait un poids des épaules. Dimanche, ça me donnait le temps de me préparer. A apprendre comment gérer mon traitement et mon boulot.

Raleigh s'est pointé sans se presser.

— Un café, ça vous dit ?

J'ai pensé qu'il m'asticotait pour savoir quand j'étais arrivée. Il a dû sentir mon animosité.

Il m'a agité sous le nez une grande enveloppe kraft, puis a haussé les épaules.

— La liste des invités de la noce Brandt. J'ai pensé que vous aimeriez la voir.

Chapitre 22

On est descendus Chez Roma, un de ces cafés à l'européenne, tout en stuc et haut plafond, de l'autre côté de la rue, en face du Palais. Je préfère Chez Peets, mais Chez Roma, c'est plus près.

J'ai commandé un thé et Raleigh est revenu avec un *moka latte* et une tranche de cake à la citrouille qu'il a posée devant moi.

— Vous vous êtes déjà demandé comment ces endroits font pour être rentables ? m'a-t-il dit.

— Quoi ? ai-je fait, en le regardant.

— Il y en a à chaque coin de rue. On y sert la même chose et le prix moyen d'une consommation doit tourner autour de, disons... deux dollars et trente-cinq cents ?

— Ce n'est pas un rendez-vous, Raleigh, l'ai-je coupé. Examinons la liste.

— Peut-être plus près des trois dollars, trois dollars cinquante. Ils peuvent s'estimer heureux s'ils font quatre cent mille de recette brute.

— Raleigh, s'il vous plaît, ai-je fait en perdant patience.

Il a poussé l'enveloppe vers moi.

Je l'ai ouverte et déployé en éventail huit à neuf pages de noms et d'adresses portant l'en-tête de la firme de Gerald Brandt. J'ai immédiatement situé certains invités du côté du marié. Bert Rosen, ancien ministre des Finances des Etats-Unis. Sumner Smith, milliardaire qui avait fait fortune dans les années quatre-vingts suite à de très juteuses spéculations. Chip Stein, le producteur de cinéma, copain de Spielberg ; Maggie Sontero, la décoratrice tendance du SoHo new-yorkais. Flopée de noms connus et gros sac d'embrouilles.

Du côté de la mariée, il y avait plusieurs personnalités de premier plan de la région de San Francisco. Fernandez, le maire. Arthur Abrams, l'avocat bien connu. Je m'étais affrontée à son équipe une ou deux fois dans le box, alors que je témoignais dans des affaires criminelles. Willie Upton, directeur des écoles publiques.

Raleigh a rapproché sa chaise de la mienne. Côte à côte, on a examiné le reste de la liste. Des colonnes de couples aux noms précédés de titres honorifiques, impressionnants.

C'était une liste longue, qui ne révélait rien, apparemment impénétrable.

J'ignorais ce que j'attendais — simplement que

quelque chose me saute aux yeux. Quelque nom irradiant d'une culpabilité méconnue, même des familles.

Raleigh poussa un soupir inquiet.

— Cette liste me flanque la trouille. Prenez-en cinquante, j'en prends cinquante et donnez le reste à Jacobi. On se retrouve tous les trois ici dans quinze jours et on voit ce qu'on a trouvé.

La perspective de harceler ces gens-là — dont chacun allait se récrier avec des cris d'orfraie en exigeant le pourquoi d'une enquête menée sur eux — ne me remplissait ni de joie ni de grandes espérances.

— Vous pensez que Fernandez, le maire, pourrait être un maniaque sexuel et un assassin ? ai-je marmonné. Moi, oui.

Ce qui m'échappa ensuite me surprit complètement :

— Vous m'avez bien dit que vous avez été marié ?

Si on devait faire équipe, autant que ça soit clair. Et la vérité, c'était que j'étais curieuse.

Raleigh a opiné après une légère hésitation. Il m'a semblé discerner de la douleur dans ses yeux.

— En fait, je le suis toujours. Notre divorce sera prononcé le mois prochain. Après dix-sept ans.

Je lui ai adressé un signe de sympathie des paupières.

— Excusez-moi. Arrêtons là l'interrogatoire.

— Non, ça va. Ce sont des choses qui arrivent. Soudain, nos routes ont semblé bifurquer. Pour être plus précis, Marion est tombée amoureuse du propriétaire de l'agence immobilière où elle travaillait. C'est une vieille histoire. Je crois que j'ai toujours mélangé les couteaux et les fourchettes.

— J'aurais pu vous tirer d'embarras, ai-je dit. Fourchette à gauche, couteau à droite. Vous avez des enfants ?

— Deux grands fils. Quatorze et douze ans. Jason, c'est le sportif. Teddy, une tête. Il a créé un site Internet pour sa classe de sixième. Je les ai un week-end sur deux. Ils sont la prunelle de mes yeux, Lindsay.

Je n'avais aucun mal à voir Raleigh en super-papa. Tapant dans un ballon le samedi, installant l'ordinateur dans son fumoir. Et pour couronner le tout, il semblait déborder d'affection. Peu à peu, se faisait jour en moi l'idée qu'il n'était pas un adversaire.

— Je crois, a-t-il repris en me souriant, que savoir disposer les couverts n'aide pas vraiment, pourtant. Vous êtes divorcée, je me trompe ?

— Oh-oh. Je vois qu'on a fait sa petite enquête, ai-je dit. Je sortais de l'école de police. Tom était en deuxième année de droit à Berkeley. Il voulait d'abord s'orienter vers le pénal. On se voyait déjà des deux côtés de la barrière. Je m'imaginais dans le box des témoins et Tom le Terrible m'en balançant des vertes et des pas mûres pendant le contre-interrogatoire. En fin de compte, il a opté pour le droit d'entreprise.

— Et ?

— C'était sa vision des choses, pas la mienne. Je n'étais pas prête pour le country-club. C'est une vieille histoire, non ? ai-je fait en souriant. Mais la vérité, c'est qu'il m'a plaquée. Et m'a réduit le cœur en miettes ou quelque chose d'approchant.

— On dirait qu'on a certaines choses en commun, a fait Raleigh gentiment.

Il avait décidément de la gentillesse plein les yeux. *Arrête ça, Lindsay.*

— Si l'on doit tout se dire, ai-je répondu pince-sans-rire, ces six derniers mois, j'ai eu une liaison torride avec Warren Jacobi.

Raleigh s'esclaffa en feignant d'être surpris.

— Wouah, Jacobi ne me semble pas votre type d'homme. A quoi tient cette attirance fatale ?

J'ai pensé à Tom, mon ex-mari, puis à un autre homme qui m'avait sérieusement intéressée. A ce qui m'attirait toujours quand je laissais quelqu'un devenir intime avec moi.

— A des mains douces. Et je crois, à un cœur tendre.

— Alors qu'est-ce que vous en dites ? a fait Raleigh. On place des pots de confiture maison sur les étagères, on donne aux cafés des noms plus oléolé comme Brise d'Arabie, Sirocco. Vous ne pensez pas qu'on pourrait faire remonter la recette moyenne ?

— A quoi tout cela rime-t-il, Raleigh ?

Son œil bleu clair m'a lancé un regard qui balançait entre l'embarras souriant et le pétillement.

— Ça fait seize ans que je suis dans la police. Alors, on en vient à penser... j'ai cet endroit que j'aime entre tous, là-haut à Tahoe. Peut-être qu'une de ces boutiques franchisées...

— Désolée, mais je vous vois mal derrière un comptoir à servir des muffins.

— C'est le truc le plus sympa que vous m'ayez dit jusqu'ici.

Je me suis levée, j'ai fourré l'enveloppe sous mon bras et me suis dirigée vers la porte.

— A bien y réfléchir, vous feriez un meilleur boulanger qu'un flic.

— Là, je vous retrouve, m'a-t-il fait en souriant. Une bonne vanne à tout propos. Ne baissez surtout pas la garde.

En sortant, radoucie, je lui ai dit :

— J'ai un endroit de prédilection, moi aussi.

— Peut-être m'y emmènerez-vous un jour.

— Peut-être.

Raleigh me surprenait — l'expérience vient en vivant. C'était vraiment un type sympa. Je me suis demandé si ses mains étaient douces.

Chapitre 23

Quand Rebecca Passeneau se contempla dans l'absolue splendeur de sa robe de mariée, elle sut qu'elle n'était plus la petite fille à sa maman.

C'est toi mon bébé. Elle avait entendu ces mots-là depuis ses premiers jours sur terre.

Avec trois grands frères, il n'était pas difficile d'imaginer pourquoi. Sa mère avait toujours désiré une fille. Papa, aussi ; mais les années passant, ils avaient supposé qu'il n'était plus temps. L'aîné — Ben, le risque-tout — s'était tué avant sa naissance. Ses parents, meurtris, ne songeaient pas à avoir un autre enfant. Et puis, miracle, Becky survint.

— *Mon bébé*, entendit-elle sa mère s'exclamer dans son dos.

— Oh, maman, soupira Becky, sans pouvoir réprimer un sourire.

Elle continua à se regarder. Elle était belle. Dans sa longue robe bustier de tulle blanc en avalanche, elle resplendissait, pareille à la plus charmante créature du monde. Michael serait si heureux. Avec tous ces préparatifs — l'hôtel à Napa, les fleurs, les retouches de dernière minute à sa robe — elle avait failli croire que ce jour-là ne viendrait jamais. Mais à présent, on y était presque. *Vendredi.*

Ms Perkins, la vendeuse de chez Saks, ne put qu'exprimer son admiration.

— Vous allez leur briser le cœur, ma chérie.

Becky virevolta, surprenant son reflet dans le miroir à trois faces, et sourit.

— N'est-ce pas ?

— Ton père et moi voulons te donner quelque chose, lui dit sa mère.

Elle plongea sa main dans son sac et en sortit un petit étui en suédine. Il contenait sa broche en diamant, un ovale de quatorze carats sur un rang de perles qu'elle tenait de sa propre mère.

Elle s'approcha de Becky et lui agrafa le bijou autour du cou.

— C'est magnifique, hoqueta Becky. Oh maman !

— On me l'a donnée le jour de mon mariage, dit sa mère. Elle m'a procuré une belle vie. Maintenant, elle est à toi.

Becky Passeneau restait ensorcelée par le miroir. La robe magnifique, le diamant au creux de sa gorge.

Elle serra sa mère dans ses bras.

— Je t'aime, maman. Tu es la meilleure des mères.

— Maintenant plus rien ne te manque, fit sa mère, la larme à l'œil.

— Non, pas tout à fait, dit Ms Perkins.

Elle courut au fond et revint aussi vite avec un bouquet de fleurs. Artificielles. Une pâle imitation, un accessoire de vente, mais sur le moment, elles parurent les plus belles du monde.

Elle les donna à Becky qui les serra sur son cœur. Elle vit son sourire rayonnant reflété trois fois. Les trois femmes reculèrent sous le coup de l'admiration.

— Maintenant, il ne vous manque plus rien, fit Ms Perkins.

Non loin de là, chez Saks, regardant Becky essayer sa robe époustouflante, Phillip Campbell ne pouvait pas être plus d'accord.

— Ton grand jour approche, murmura-t-il d'une voix douce. Que tu es belle.

Chapitre 24

Le lendemain matin, Milt Fanning de l'unité crimes sexuels du FBI a livré son rapport. Son ordinateur avait recraché une poignée de crimes apparentés, mais il m'a fait savoir qu'aucun d'eux n'offrait une piste solide.

Pour commencer, ils avaient programmé les agressions sexuelles mettant en jeu un *fist-fucking* et ça avait donné plusieurs affaires, la plupart des crimes homosexuels. L'une d'elles, l'assassinat de deux prostituées à Compton, remontait à 1992, mais Nicholas Chito, son auteur, purgeait une peine incompressible de vingt-cinq ans à San Quentin.

Il y avait eu plusieurs meurtres dans des hôtels, dont l'un même, dans l'Ohio, concernait des nouveaux mariés : le jeune époux avait ouvert le vagin de sa bien-aimée au couteau en découvrant qu'il n'était pas le premier. Mais il n'y avait là rien de local ni même d'exceptionnel, rien de tangible nous fournissant une piste.

J'étais déçue, mais point surprise. Tout ce que nous

avions découvert jusqu'ici me persuadait que lorsque Mélanie et David Brandt s'étaient retrouvés face à leur assassin au Hyatt, ce n'était pas la première fois qu'ils se rencontraient.

J'ai vu Jacobi arriver, nonchalant, de l'extérieur. Depuis deux jours, il m'évitait — accomplissant ses missions, plus particulièrement les recherches sur le champagne et la veste de smoking.

Au bout de deux ans, je savais que lorsque Jacobi ne me charriait pas, il n'était pas content.

— Comment se passent tes recherches ? ai-je demandé.

Il m'a adressé un bref sourire crispé.

— Chin et Murphy appellent tous les marchands de vin dans un rayon de soixante kilomètres. Tu crois vraiment qu'un de ces mecs garde une trace de ce genre de truc ? D'après eux, cette bouteille aurait pu être commandée n'importe où dans le pays. Il faut aussi prendre en compte la vente par correspondance. Et l'Internet. Nom de Dieu !

Je savais que c'était un pari risqué. Mais combien de personnes paient deux cents dollars une bouteille de champagne ?

— Pourtant — il m'a fait enfin face avec un sourire satisfait — on a récolté quelques noms.

Comme pour mieux me torturer, Jacobi a feuilleté une trentaine de pages de son bloc. Puis plissant les yeux, il s'est éclairci la voix et m'a déclaré :

— Bon, c'est parti... le Golden State, boutique de vins et spiritueux sur Crescent. *Krug. Clos du Mesnil.*

Il a prononcé ces derniers mots en massacrant le français.

— Mille neuf cent quatre-vingt-neuf. Quelqu'un a

passé commande d'une caisse en mars dernier, sous le nom de Roy C. Shoen.

— Tu as vérifié auprès de lui ?

Il a opiné.

— Jamais entendu parler d'un Brandt. C'est un dentiste. D'après moi, les dentistes fortunés aiment les vins millésimés.

Il tourna la page.

— Ensuite, nous avons Les Vins de ma vigne dans Mill Valley. Murphy s'en est chargé.

Pour la première fois depuis plusieurs jours, il m'a souri pour de bon.

— L'acheteur s'appelait Murphy, lui aussi. C'est un client régulier. Il donnait un dîner pour l'anniversaire de sa femme. Si tu m'accordes une matinée de libre, j'irai vérifier, mais j'ai pensé y envoyer Murphy. Histoire de se marrer.

— Plus de chance avec la veste de smok ?

— On a appelé le fabricant. Quinze magasins vendent cette marque dans la région. A condition qu'elle vienne de par ici. On a convoqué leur représentant du coin. En retrouver le propriétaire... ça sera pas de la tarte.

— Tant que tu y es, Warren, l'ai-je taquiné, tâche de te dégotter une cravate correcte.

— Oh oh. Et comment tu t'en sors sans moi ? m'a demandé Jacobi, en me regardant bien en face, la déception lisible sur son visage.

Je me suis sentie mal à l'aise.

— Je fais aller.

Puis plus sérieusement :

— Je regrette, Warren. Tu sais bien que je n'ai pas réclamé ce type.

Il a opiné, mal à l'aise à son tour.

— Tu veux que je contrôle tous ceux qu'on a dénichés et qui donnent dans le champ millésimé ?

J'ai fait non de la tête. Je me suis levée, j'ai laissé tomber une copie de la liste des invités des Brandt sur son bureau.

— Je veux que tu compares avec les noms de cette liste pour voir s'il y a un recoupement possible.

Il l'a feuilletée, a sifflote en déchiffrant certains des noms les plus prestigieux.

— Dommage, Boxer. Pas de Murphy ni de Shoen. Peut-être qu'il va nous falloir attendre le couple numéro deux.

— Qu'est-ce qui te fait dire ça ? ai-je demandé.

Jacobi avait beau être un emmerdeur, c'était un bon flic avec du nez pour flairer un mode récurrent.

— On recherche un frimeur chicos qui aime faire des saletés avec de jeunes mariées, mortes de préférence, hein ?

J'ai opiné avec en tête ce que m'avait dit mon premier coéquipier. Ne te bats jamais avec un porc, Lindsay. Vous serez sales tous les deux. Mais le porc, il adore ça.

— J'imagine que ça va être duraille pour un mec comme ça d'obtenir un rencard, a constaté Jacobi.

Chapitre 25

La première semaine de l'enquête sur les jeunes mariés était derrière moi. Incroyable.

L'équipe de Jacobi avait pilonné dans les recherches

sur le champagne et la veste de smok, mais était bredouille jusque-là. Raleigh et moi, on avait interrogé une vingtaine d'invités, du maire jusqu'au meilleur ami du marié. Tous étaient tétanisés et écœurés, incapables de mettre le doigt sur une chose qui pourrait nous faire aller de l'avant.

Je ne pouvais me concentrer que sur un seul point — il nous fallait du solide — et vite — avant que ce collectionneur d'alliances ne frappe à nouveau.

J'ai subi ma seconde transfusion. En regardant le sang rouge et épais s'écouler goutte à goutte dans mes veines, j'ai prié qu'il me redonne des forces, mais je n'en savais rien. Tout ça sur le rythme lent et régulier d'un tic-tac d'horloge.

Et pour ça, l'horloge tictaquait. La mienne, celle du D.G. Mercer.

Le samedi, à six heures, Jacobi a refermé son bloc, enfilé sa veste sport, fourré son arme dans sa ceinture.

— A plus, Boxer, m'a-t-il dit.

Raleigh a fait un saut avant de s'en aller.

— Je vous dois une bière. On y va ?

Une bière aurait été la bienvenue, ai-je songé. Je m'habituais même à la compagnie de Raleigh. Mais quelque chose m'a soufflé que si je le suivais maintenant, j'allais tout lui déballer : Negli, mon traitement, la peur qui me comprimait le cœur.

J'ai refusé d'un signe de tête.

— Je vais rester dans les parages, je crois, ai-je répondu avec un haussement d'épaules poli.

— Vous avez quelque chose de prévu demain ?

— Oui, j'ai rendez-vous avec Claire. Puis, je viendrai ici. Et vous ?

— Jason participe à un tournoi de foot à Palo Alto. J'emmène mes deux garçons.

— Sympa.

Oui, sympa. Tel l'écho de quelque chose que je pourrais rater dans la vie.

— Je serai de retour demain soir.

Il m'avait donné son numéro de bipeur, dès le premier jour.

— Je suis à une heure de route. N'hésitez pas à appeler si un truc se présente.

Raleigh une fois parti, mon coin dans la salle de garde a sombré dans le silence. L'enquête était close pour ce soir. Deux, trois membres de l'équipe de nuit bavardaient dans le couloir.

Je ne m'étais jamais sentie aussi seule de ma vie. Je savais que si je rentrais chez moi maintenant, je laisserais derrière moi un lien vital pour l'affaire. Que je trahirais une promesse tacite faite à Mélanie. Encore un coup d'œil, me suis-je dit. Revois ça encore une fois.

Pourquoi le tueur emportait-il les alliances ?

Une vague d'épuisement m'a balayée jusqu'aux veines. Mes cellules de combat toutes neuves sapaient mes forces tout en me défendant, en se multipliant. La cavalerie chargeait, à ma rescousse. L'espoir attaquait le doute. Ça semblait une folie.

Je devais laisser dormir David et Mélanie cette nuit. J'ai fermé l'épais dossier criminel en remettant en place l'élastique et l'ai déposé sur le plateau métallique « Affaires en cours ». A côté de dossiers similaires.

Puis, je suis restée assise à mon bureau dans la salle de garde, plongée dans l'obscurité, encore quelques minutes. Et je me suis mise à pleurer.

Livre deux

Le Murder Club Féminin

Chapitre 26

Becky DeGeorge, rayonnante de son premier jour comme épouse de Michael, sortit du hall de l'hôtel en tenant son mari par la main. Elle respira l'air frais de la nuit : que ça faisait du bien après une telle journée.

Malgré la brièveté de leur vie maritale, Michael et, elle avaient fait l'amour plusieurs fois et pris deux douches sensuelles ensemble. Ils avaient mis le nez dehors pour un dernier brunch, obligatoire, avec leurs familles. Ils s'étaient excusé, avaient filé à l'étage et fait sauter le bouchon d'une dernière bouteille de champagne. Michael avait mis une cassette porno et, en la regardant, ils avaient joué des rôles inhabituels et excitants. Il semblait avoir plusieurs fantasmes liés au fait de porter des vêtements féminins.

Demain, ils s'en iraient à Mazatlan pour une semaine paradisiaque où elle explorerait toutes les zones érogènes du corps de Michael qu'il lui restait à découvrir. Peut-être même sortiraient-ils une ou deux fois pour voir les dauphins.

Jusque-là, décida-t-elle, tout se passait très bien.

Ce soir, ils allaient à la Blanchisserie Française, le meilleur restaurant de Napa Valley. D'après la rumeur, c'était l'endroit où il fallait dîner et ils avaient réservé six mois à l'avance. Becky avait l'eau à la bouche en rêvant d'une suite fabuleuse de saveurs inconnues : foie gras, canard aux baies sauvages, le tout arrosé d'un champagne hors de prix.

Au cours du bref trajet jusqu'à leur voiture, une limousine noire vint s'arrêter près d'eux. La vitre passager se baissa et un chauffeur en uniforme sortit la tête.

— Mr et Mrs DeGeorge ?

Ils se regardèrent, interloqués, puis sourirent.

— Oui, c'est nous.

— Je suis à votre disposition, déclara le chauffeur. Avec les compliments de l'hôtel.

Becky était au septième ciel.

— Vous voulez dire pour nous ?

Une fois déjà, dans son boulot de secrétaire juridique, elle avait roulé dans une limousine fabuleuse, mais c'était coincée sur la banquette arrière avec quatre avocats préoccupés.

— On l'a louée et réglée pour la soirée, fit le chauffeur avec un clin d'œil.

Les jeunes mariés échangèrent un regard surpris.

— Personne ne m'a parlé de ça, dit Michael, apparemment ravi d'être pris pour un V.I.P.

Becky jeta un coup d'œil dans l'habitacle.

— Oh, Michael.

Sièges en cuir luxueux, bar d'acajou poli avec verres en cristal. Les lumières tamisées offraient une atmosphère romantique. Il y avait même une bouteille de chardonnay à rafraîchir dans un seau à glace. Becky songea au plaisir d'arriver au restaurant le plus mode de Napa dans cette merveilleuse voiture.

— Allez viens, Michael, dit-elle en riant, le tirant presque à l'intérieur. Ça va être un voyage de rêve.

— Je vous attendrai à la sortie du restaurant,

ajouta le chauffeur. Et il se trouve que vous parlez à quelqu'un qui connaît les routes les plus pittoresques de la Napa Valley.

Elle vit que Michael était sur le point de céder.

— Ne voulez-vous pas traiter votre princesse royalement ?

Tout comme il l'avait fait quand elle l'avait accueilli d'un sourire au bureau la première fois, tout comme au lit hier au soir, elle le vit changer d'avis lentement. Il était parfois un peu trop prudent. Les comptables l'étaient souvent. Mais elle trouverait toujours moyen de le décontracter.

— Tout ce que veut Becky, conclut Michael[1].

Chapitre 27

— Nouveaux mariés ? demanda Phillip Campbell, le cœur battant.

Les phares éblouissants des voitures qui les croisaient le transperçaient comme des rayons X, mettant à jour ses désirs les plus enfouis.

— Vingt-six heures, vingt-deux minutes et... quarante-cinq secondes, gazouilla Becky.

Le cœur de Campbell cognait fort. Elle était parfaite. Ils allaient parfaitement ensemble. *Même mieux qu'il ne l'avait espéré.*

---

1. Allusion à la chanson *Tout ce que veut Lola*, tirée de la comédie musicale *Oklahoma*. (*N.d.T.*)

La route était vide, ne semblant mener nulle part. Mais lui savait où il allait.

— Servez-vous à boire. C'est du Palmeyer dans le seau. Certains pensent que c'est le meilleur cru de la vallée.

L'assassin roulait, excité, les nerfs à vif.

Est-ce l'acte le pire qu'on ait jamais commis ? Est-ce que je peux le commettre à nouveau ? Plus pertinent : est-ce que je pourrai m'arrêter un jour ?

Il jeta un coup d'œil à l'arrière, vit Michael et Becky se servant le vin. Il entendit le cliquetis de verres trinqués, puis quelque chose à propos d'années de bonheur. Le froid au cœur, il les vit s'embrasser.

Il détestait jusqu'au moindre pore de leurs corps. *Ne voulez-vous pas traiter votre princesse royalement ?* Il tripota le flingue posé sur ses genoux. Il changeait d'arme du crime.

Au bout d'un moment, Campbell quitta la route pour s'engager dans un chemin escarpé qui grimpait la colline.

— Où allons-nous, chauffeur ? fit le mari depuis la banquette arrière.

Il jeta un coup d'œil dans le rétroviseur et sourit avec assurance aux DeGeorge.

— J'ai pensé vous faire prendre la route touristique. Les plus beaux panoramas sur la vallée. Et je ne vous en déposerai pas moins au restaurant à huit heures.

— On ne tient pas à être en retard, l'avertit timidement le jeune marié. J'ai eu plus de mal à réserver une table que l'hôtel.

— Oh, ça va, mon lapin, fit chorus Becky avec un timing parfait.

— Ça va se dégager un peu plus haut, leur dit-il.

106

C'est vraiment joli. En attendant, détendez-vous. Mettez de la musique. Je vais vous montrer les plus belles vues. Très romantiques.

Il appuya sur un bouton et un mince faisceau de lumières clignotantes se mit à balayer le toit de la partie arrière en un *light show* d'une douceur romantique.

— Oooh, dit Becky à l'apparition des lumières. C'est tellement génial.

— Je vais remonter la vitre de séparation pour le reste de la balade. On n'est jeunes mariés qu'une fois. Sentez-vous libres de faire tout ce qu'il vous plaît. Considérez que la nuit est à vous.

Il laissa la vitre entrouverte, afin de pouvoir les voir et les entendre pendant qu'il s'enfonçait dans les collines. Ils se câlinaient à présent, s'embrassant à qui mieux mieux. La main du marié remontait le long de la cuisse de Becky. Elle pressa ses hanches contre les siennes.

La route se fit cahoteuse et par intermittence, l'asphalte crevassé cédait la place à de la terre mêlée de gravillons. Ils grimpaient toujours. Des deux côtés, les pentes étaient treillissées de vignes assombries.

Les petits rires de Becky se transformèrent en soupirs rauques au rythme régulier. La respiration de Phillip Campbell s'accéléra. Non loin de lui, il entendait la jeune mariée haleter. La même sensation, veloutée et tiède, qu'une semaine auparavant au Grand Hyatt lui chauffa les cuisses. Michael pénétrait Becky et elle gémit.

Quel est l'acte le pire ?

Dans une clairière, il arrêta la voiture et éteignit les phares. Il prit l'arme à feu et la mit en position de tir continu.

Puis il abaissa la vitre de séparation.

Dans la lumière ambiante, il vit Becky, sa robe noire de cocktail retroussée autour de la taille.

— Bravo ! s'exclama-t-il.

Ils levèrent la tête, stupéfaits.

Il perçut un éclair de peur dans l'œil de la mariée. Elle tenta de se couvrir.

C'est alors que le tueur prit conscience que le flot tiède qui lui baignait les cuisses et les genoux était sa propre urine.

Il vida le chargeur sur Michael et Becky DeGeorge.

Chapitre 28

Ce dimanche matin-là, pour la première fois de la semaine, je me suis réveillée pleine d'espoir. Je suis comme ça... ou plutôt *j'étais* comme ça.

Il faisait beau et clair dehors ; la baie scintillait, semblant partager le même état d'esprit que moi. Je devais bruncher avec Claire et tout lui avouer.

Le dimanche matin, il y a un endroit où je vais toujours. Celui que je préfère, avais-je dit à Raleigh.

Mais d'abord je descends jusqu'à Marina Green, en collants, et je fais mon jogging à l'ombre du pont.

Des matins tels que celui-ci, je me sens en communion avec tout ce que vivre à San Francisco a de beau. La côte brune de Marin County, la rumeur de la baie, même l'ex-prison d'Alcatraz qui monte la garde.

J'ai couru mes cinq kilomètres minimum habituels

sur le port, avant de gravir les deux cent douze marches de pierre qui mènent à Fort Mason Park.

Même avec Negli, j'y arrivais encore. Ce matin, il semblait me laisser en paix.

J'ai continué à courir en dépassant des chiens lâchés en liberté, des amoureux en promenade matinale, des Chinois chauves vêtus de gris qui se chamaillaient en jouant au mah-jong. Toujours vers le même lieu, en haut de la falaise, dominant la baie à l'est. Il était huit heures moins le quart.

Personne ne savait que je venais ici. Ni pourquoi. Comme tous les dimanches, je suis tombée sur un petit groupe qui pratiquait le taï chi. Des Chinois, pour la plupart, conduits, comme chaque semaine, par le même vieillard en casquette de tricot gris et pull-over.

Je me suis arrêtée pour souffler et me suis jointe à eux, comme je le faisais chaque dimanche depuis dix ans, depuis la mort de ma mère. Ils ne me connaissaient pas. Ni ce que je faisais ni qui j'étais. Et je ne les connaissais pas non plus. Le vieillard m'a saluée du même bref signe de tête que d'habitude.

On lit ceci dans Thoreau : « *Le Temps n'est que le ruisseau où je m'en vais pêchant. J'y bois et, tout en buvant, j'aperçois son lit sablonneux et découvre qu'il est à fleur d'eau. Le courant glisse plus loin, l'éternité demeure. Je boirai plus profond et pêcherai dans le ciel dont le lit est caillouteux d'étoiles.* »

Je crois bien avoir lu ce passage une centaine de fois. Il résume parfaitement ce que je ressens ici, en haut. Que je fais partie du cours d'eau.

Ni Negli.

Ni crimes ni visages déformés par la mort.

Ni marié ni mariée assassinés.

J'ai fait mon Cygne du matin, mon Dragon et je me suis sentie aussi libre et légère qu'avant qu'Orenthaler m'ait annoncé la nouvelle.

Le chef du groupe m'a saluée de la tête. Personne ne m'a demandé si j'allais bien. Ni comment s'était passée ma semaine.

J'ai juste accueilli le nouveau jour en sachant que j'avais la chance de l'avoir devant moi.

Mon endroit préféré.

Je suis rentrée chez moi avant onze heures, un fond de café et le *Chronicle* du dimanche entre les mains. Je prévoyais de jeter un œil à la rubrique « Métropole », pour voir s'il y avait quelque chose sur l'affaire, dû à la plume de ma nouvelle meilleure amie, Cindy Thomas, de prendre une douche et d'être fin prête pour retrouver Claire à une heure.

Il était onze heures vingt-cinq quand le téléphone a sonné. A ma grande surprise, j'ai reconnu la voix de Raleigh au bout du fil.

— Vous êtes prête ? m'a-t-il demandé.

— Quasiment. Pourquoi ? J'ai des trucs prévus.

— Annulez. Je passe vous chercher. On va à Napa.

— A Napa ?

Son ton n'avait rien de léger ni de badin.

— Que se passe-t-il ?

— Je suis allé au bureau ce matin, au cas où. Pendant que je m'y trouvais, le standard de Central m'a passé l'appel d'un certain Hartwig. Il est lieutenant à Napa. On lui a signalé la disparition d'un jeune couple. Des jeunes mariés en lune de miel.

Chapitre 29

Le temps que j'appelle Claire pour annuler, que je me douche, que je dissimule mes cheveux humides sous une casquette des Giants, coiffée à l'envers, et que je me fringue peu ou prou, l'Explorer blanc de Raleigh me klaxonnait d'en bas.

En le rejoignant, j'ai remarqué — comment faire autrement — qu'il me détaillait : cheveux mouillés, jean, blouson de cuir noir.

— Sympa, votre look, Boxer, m'a-t-il dit en souriant et en mettant le moteur en route.

Il était en tenue décontractée, en pantalon tank froissé et polo bleu passé. Il avait un look sympa, lui aussi, mais je n'allais pas le lui dire.

— Ce n'est pas un rendez-vous, Raleigh, l'ai-je averti.

— Vous vous répétez, m'a-t-il répondu en haussant les épaules, avant d'appuyer sur le champignon.

On s'est arrêtés devant l'Auberge Napa Highlands soixante-quinze minutes plus tard, à l'heure exacte, me suis-je fait la remarque, où j'étais censée décharger tout ce que j'avais sur le cœur à Claire.

L'auberge en question se révéla être l'un de ces centres de remise en forme classieux où j'ai toujours rêvé de me rendre. Elle était enfouie dans les montagnes sur la Stag's Leap Road. A première vue, avec son pavillon principal en rondins de séquoia et ses fenêtres en arceaux de verre trempé, les clients qui venaient ici ne devaient pas exactement connaître les privations.

Deux voitures de police vert et blanc étaient garées le long de l'allée circulaire, devant l'entrée de l'hôtel. Dans le hall, on nous aiguilla vers le bureau du directeur, où un type nerveux et roux, semblant à peine sorti de l'école, faisait face à deux flics du coin.

— Hartwig, se présenta un type dégingandé en *street-wear*.

Il tenait une tasse en papier de chez Starbucks.

— Pardon de vous bousiller votre week-end, s'excusa-t-il avec un accent traînant et amical.

Il nous passa une photo de mariage du couple disparu. Elle était encadrée dans l'un de ces « trucs fantaisie » en Plexi avec le Golden Gate au premier plan.

— Cadeau de noces, a-t-il reconnu. Mr et Mrs Michael DeGeorge. Ils sont de par chez vous. Ils travaillent tous les deux dans un gros cabinet de comptabilité en ville. Ils se sont mariés vendredi soir.

En fait, c'était une gentille photo : elle, l'œil brillant, avait d'épais cheveux châtains ; lui, rougeaud et l'air sérieux, des lunettes cerclées. *Oh non, pas eux. Pas à nouveau.*

— Quand les a-t-on vus pour la dernière fois ? ai-je demandé.

— A sept heures et quart hier soir. Le personnel de l'hôtel les a vus descendre pour aller dîner à la Blanchisserie Française, m'a répondu Hartwig. Le concierge leur a fait un plan du trajet, mais ils ne sont jamais arrivés là-bas.

— Ils sont partis dîner et on n'en a plus entendu parler ?

Hartwig n'arrêtait pas de se frotter la joue.

— D'après le directeur, ils sont arrivés la veille dans une Lexus or. Le personnel de l'accueil aux portes confirme qu'ils ont fait avec une petite balade, dans l'après-midi.

— Ah oui ? ai-je opiné pour l'encourager à continuer.

— La voiture est encore au parking.

— Ont-ils reçu des messages de l'extérieur susceptibles de nous intéresser ? ai-je demandé.

Hartwig s'est rapproché d'un bureau et m'a tendu un petit paquet de fiches. Je les ai feuilletées. *Maman. Papa. Julie et Sam. Vicki et Don. Bon voyage.*

— On a fouillé les alentours de l'hôtel au peigne fin. Puis on a étendu les recherches. Ça fait penser un peu aux assassinats de par chez vous. Grand mariage, festivités. Puis, *pouf*, plus personne.

— Ça y ressemble un peu, ai-je reconnu. Sauf qu'on a retrouvé des corps.

L'expression du flic de Napa s'est durcie.

— Croyez-moi, je ne vous ai pas fait venir jusqu'ici pour nous aider à remplir les déclarations de personnes disparues.

— Qu'est-ce qui vous rend si sûr de vous ? lui a demandé Raleigh.

— Le concierge a reçu un appel hier soir. C'était le restaurant qui confirmait leur réservation.

— Et alors ?

Hartwig a avalé une gorgée de café avant de nous regarder en face.

— Personne ne les a appelés du restaurant.

Chapitre 30

Le couple en lune de miel n'avait reçu aucune visite inhabituelle ni projeté aucune excursion. La réservation à la Blanchisserie Française n'avait été faite que pour deux.

Ce qui aggravait les choses, c'était qu'ils avaient manqué leur vol prévu pour le Mexique.

Laissant Raleigh fureter à l'extérieur, j'ai examiné rapidement leur chambre : énorme lit en séquoia aux draps rabattus, une valise prête, piles de vêtements, affaires de toilette. Beaucoup de fleurs — des roses principalement. Peut-être Becky DeGeorge les avait-elle apportées de la réception.

Rien n'indiquait que les DeGeorge comptaient ne pas prendre leur avion le lendemain matin.

J'ai rejoint Raleigh dehors. Il parlait à un groom qui, selon toute apparence, était le dernier à avoir vu les DeGeorge s'en aller.

Quand on s'est retrouvés seuls, Raleigh m'a dit :

— Avec deux des flics du coin, on a fouillé sur une centaine de mètres dans les bois.

Il a secoué la tête avec exaspération.

— Pas même une empreinte de pas. J'ai fait le tour de la voiture, aussi. Elle est verrouillée. Ni sang ni trace de lutte. Et pourtant *quelque chose* leur est arrivé par ici. Quelqu'un les a abordés. A vingt, trente mètres de l'hôtel.

J'ai jeté avec une certaine frustration un regard circulaire sur l'allée et le parking à proximité. Une voiture de la police locale était postée à l'extérieur de l'entrée du domaine.

— Il ne les aborde pas. Trop risqué. Trop de visibilité. Peut-être quelqu'un est-il passé les prendre.

— Les réservations n'étaient faites que pour deux, m'a-t-il contrée. Et le portier est formel : ils se dirigeaient vers leur voiture.

— Alors, ils se sont *évaporés* ?

Notre attention fut détournée par le bruissement d'une longue limousine noire qui enfilait l'allée de gravier du relais. Elle vint s'arrêter sous le séquoia qui surplombait l'entrée.

Raleigh et moi avons vu la porte de l'hôtel s'ouvrir et le portier la franchir en poussant un chariot à bagages. Le chauffeur de la limousine est descendu d'un bond pour ouvrir le coffre.

La même idée nous a frappés au même moment.

— C'est tiré par les cheveux, m'a dit Raleigh en surprenant mon regard.

— Peut-être, ai-je acquiescé, mais cela expliquerait comment quelqu'un a eu accès auprès d'eux sans attirer l'attention. Je crois qu'on devrait vérifier si l'on a signalé un vol de limousine ces derniers temps dans la Bay Area.

Une autre voiture a emprunté l'allée, une Mazda argent, qui alla se garer à l'autre extrémité du rond-point. A ma grande consternation, une femme en pantalon cargo et sweat-shirt de l'université du Michigan en est descendue prestement.

— Raleigh, vous vous êtes bien vanté d'être particulièrement doué pour la rétention d'infos ?

Il m'a regardée comme si j'avais demandé à Einstein : la relativité, ça vous connaît, hein ?

— O.K., ai-je fait, l'œil sur la silhouette qui approchait, motus sur tout ça.

Cindy Thomas se dirigeait vers nous.

Chapitre 31

— Ou bien vous avez pour flairer un reportage le nez le plus fin que j'aie jamais connu, ai-je dit à Cindy avec colère, ou bien je dois commencer à vous ranger parmi les suspects possibles.

C'était la deuxième fois qu'elle jouait les intruses sur une scène de crime éventuelle.

— Ne me dites pas que je viens troubler une idylle inter-services ? a-t-elle répliqué d'un ton railleur.

Ça m'a rendue fumasse. On était face à une situation embryonnaire. Si l'info était diffusée prématurément dans les médias, cela ruinerait toutes les chances qu'avait le service de conserver le contrôle de l'affaire. J'imaginais déjà le gros titre cauchemardesque : LE TUEUR DES JEUNES MARIÉS A ENCORE FRAPPÉ. Roth en ferait une jaunisse. Pour la seconde fois, je n'aurais pas réussi à verrouiller la scène de crime et, de plus, à la même journaliste.

— Comment s'appelle votre amie ? m'a demandé Raleigh.

— Cindy Thomas, s'est-elle présentée, en lui tendant la main. Et vous ?

— Cindy travaille au *Chronicle*, ai-je lancé afin de le prévenir.

Raleigh s'y est repris à deux fois pour lui serrer la

116

main tel un employé licencié à qui l'on présente son remplaçant.

— Ecoutez-moi, je vais être très claire, Ms Thomas, ai-je articulé d'un ton ferme. J'ignore si vous avez suffisamment de métier pour avoir acquis le sens du comment ça marche ces choses-là. Mais si vous envisagez de faire autre chose que de me dire la raison de votre présence ici, avant de remballer votre nécessaire de petite journaliste et vous tirer en voiture, vous allez vous retrouver vite fait sur la liste noire du service.

— Appelez-moi Cindy, m'a-t-elle rappelé. Mais en premier lieu, il y a une question bien plus intéressante à me poser, et c'est : comment se fait-il que je tombe sur vous, ici ?

Raleigh et moi l'avons fusillée du regard avec une impatience grandissante.

— Répondez à *ma* question, l'ai-je pressée.

— Très bien, a-t-elle dit avec une moue. Vous deux grimpant ici un dimanche en quatrième vitesse, le capitaine Raleigh battant les bois et le parking, vous-même cuisinant le personnel de l'hôtel, votre air emprunté à tous les deux. Tout ça additionné fait sens. Tout comme le fait qu'un cordon de police n'isole pas l'endroit, ce qui veut dire qu'aucun crime n'a encore été commis. Que quelqu'un a disparu peut-être. Comme ce sur quoi vous travaillez tous les deux est de notoriété publique, il n'est pas trop exagéré de supposer qu'il s'agit peut-être d'un couple de jeunes mariés. Et qu'il est donc possible que notre tueur de la lune de miel ait frappé une seconde fois.

J'écarquillai les yeux.

— Ou bien — elle a souri — je me suis grossière-

117

ment trompée et vous êtes venus jouer les taste-vin pour le club de dégustation inter-services.

— Vous avez déduit tout ça simplement en nous observant ? lui ai-je demandé.

— Pour être tout à fait honnête, *non*.

Elle a désigné de la tête le portail de l'hôtel.

— Je tiens le plus gros d'un flic du coin, la grande gueule avec laquelle j'ai bavassé, là-bas.

Je n'ai pu m'empêcher de sourire.

— Soyons sérieux, vous comprenez bien que vous ne pouvez rien publier de ce qui se passe ici, a fait Raleigh.

— Un nouveau couple de jeunes mariés assassiné ? Selon le même mode opératoire ? Vous parlez que je vais le publier, a-t-elle fait avec une résolution dédaigneuse.

Je voyais la situation qui allait droit au casse-pipe.

— Une chose que j'envisagerais sérieusement à votre place, c'est de remonter en voiture et de retourner en ville.

— Vous diriez la même chose à Fitzpatrick ou à Stone ?

— Si vous rentrez en ville, je vous revaudrai ça.

Elle a esquissé un sourire.

— Vous plaisantez, n'est-ce pas ? Repartir comme je suis venue ?

— Oui, tout bêtement.

Cindy a secoué la tête.

— Je regrette. Primo, je me ferais probablement virer et, deuzio, impossible que je laisse passer un truc pareil.

— Et si je rentrais avec vous ? ai-je lancé, à brûle-pourpoint. Et si vous pouviez obtenir *grosso modo* ce que vous recherchez, en étant dans le secret des dieux, tout en me prenant en considération ?

En voyant les yeux de Raleigh lui sortir de la tête, je lui ai servi mon air « laissez-moi gérer ça ».

— Quand cette histoire va éclater, a insisté Cindy, elle échappera totalement à notre contrôle.

— Et quand ça arrivera, elle sera toute à *vous*.

Ses yeux s'étrécirent. Elle ruminait dans sa tête pour déterminer si elle pouvait me faire confiance.

— Vous voulez dire que vous m'en garantissez l'exclusivité ?

Je m'attendais à ce que Raleigh fasse objection. A ma grande stupéfaction, il obtempéra.

— Tous les communiqués passent par le D.G. Mercer ? a demandé Cindy.

— Oui. Tous ceux rendus *publics*.

J'ai dévisagé Raleigh au comble de l'énervement. Si je ne pouvais pas me fier à lui, à notre retour en ville, je risquais de devoir faire face à un blâme général. J'aurais Roth sur le dos, ou pis, Mercer. Mais je sentais déjà que ma crainte était infondée.

— Donc, je vais me faire raccompagner en ville par Miss Thomas, ai-je dit, guettant sa réaction.

— Cindy, a reparti la journaliste avec une détermination renouvelée.

Raleigh a acquiescé de façon graduelle.

— Je vais en finir avec Hartwig. On se reparle très vite. Miss Thomas, tout le plaisir a été pour moi.

Je lui ai décoché un sourire de gratitude. Puis prenant la journaliste par le bras, le lui ai dit :

— Allez, venez, Cindy, je vais vous expliquer le b.a.-ba, chemin faisant.

Chapitre 32

Je ne sais pas pourquoi j'ai fait ça.

C'était risqué, irréfléchi, le contraire précisément de tout ce qui m'avait amenée aussi loin dans ma carrière.

Peut-être voulais-je juste balancer *faites chier* dans la poire des autorités. A Roth, à Mercer. Histoire de mener les choses à ma guise.

Peut-être l'affaire prenant de l'ampleur, je désirais simplement conserver l'illusion que j'en gardais le contrôle.

Ou peut-être, voulais-je simplement y intégrer quelqu'un d'autre.

— Avant d'aller plus loin, ai-je dit en saisissant Cindy au poignet alors qu'elle mettait le moteur en route. Il faut que je sache quelque chose. Comment avez-vous découvert ce qui se passait ici ?

Elle a respiré un grand coup.

— D'abord vous me faites repousser l'article décisif pour ma carrière. Et je dois aussi vous livrer mes sources ?

— *Tout* ce qu'on va faire à partir de maintenant en dépend.

— J'aimerais mieux vous laisser deviner, a fait Cindy.

— Pour que ça fonctionne, il faudra que ça soit basé sur la confiance.

— Mais la confiance, ça doit marcher dans les deux sens, non, inspecteur ?

On est restées assises dans la Mazda surchauffée,

jonchée de gobelets plastique vides, comme campées sur nos positions.

— O.K., ai-je obtempéré.

Je lui ai livré le peu qu'on savait et le pourquoi de notre présence, cet après-midi-là, à Napa : les DeGeorge disparus après s'être mariés vendredi soir. Et la possibilité qu'ils soient le couple numéro deux.

— Rien de tout ça ne doit être imprimé, ai-je insisté, tant que nous n'avons pas de confirmation. Je vous donnerai le feu vert.

Elle avait les yeux qui brillaient devant la confirmation soudaine de ses hypothèses.

— A votre tour, maintenant. Il n'y avait pas aucune presse, ici. Pas même locale. Comment avez-vous eu vent de ça ?

Cindy a mis la Mazda en route.

— Je vous ai dit que j'appartenais à la rubrique « Métropole », m'a-t-elle souligné, tandis que la voiture rejoignait la route principale. J'ai bataillé dur pour rester sur ce reportage. Mon patron m'a donné le week-end pour dénicher un truc qui tienne la route sur ce gros coup-là. Vous m'aviez envoyé balader, alors, j'ai planqué devant chez vous depuis hier en attendant que quelque chose se passe.

— Vous m'avez filée ?

— En désespoir de cause, et ça a payé.

J'ai déroulé le film de mes dernières quarante-huit heures.

— Au cinéma ? A la marina, ce matin ?

Elle a rougi légèrement.

— J'allais laisser tomber quand votre coéquipier s'est pointé. Je n'ai eu qu'à vous coller au train dans votre virée.

121

Je me suis appuyée au dossier du siège et j'ai éclaté de rire.

— Pas si en désespoir de cause, ai-je murmuré. Ça fait des années que des truands tombent avec cette méthode.

J'étais à la fois soulagée et embarrassée.

Pendant le trajet retour en ville, j'ai étoffé les règles de notre accord. J'ai déjà procédé ainsi quand un journaliste fouine de trop près et met une enquête en danger. Elle ne pouvait rien publier sur cette histoire tant qu'on n'avait aucune confirmation. Quand ce serait le cas, je ferais en sorte qu'elle soit prévenue en premier. Je lui donnerais une longueur d'avance, mais rien qu'une petite longueur.

— Il n'y a pas d'échappatoire, ai-je dit avec fermeté. Nous nouons actuellement une relation hyperprioritaire. Ça dépasse tout ce que vous avez déjà connu — avec votre petit ami ou un collègue de boulot. Même avec votre patron. Tout ce que je vous confie doit rester entièrement entre nous tant que je ne vous donne pas le feu vert pour le diffuser.

Cindy a opiné mais je voulais m'assurer qu'elle avait bien compris.

— Si votre patron vous demande d'où vous tenez tout ça, vous vous bornerez à hausser les épaules. Si un gros bonnet des services de police — le D.G. Mercer en personne compris — vient garer sa limousine devant votre porte et vous invite à y monter pour vous tirer les vers du nez, vous l'enverrez promener. Si le bureau du D.A. vous convoque devant un grand jury, vous somme de lui livrer vos sources et si un juge vous colle en cellule — vous vous assurez simplement d'avoir suffisamment de lecture pour tuer le temps.

— Je comprends, m'a dit Cindy.

J'ai lu dans ses yeux que c'était vrai.

Le reste du trajet, on a parlé de nous, de nos boulots respectifs, de nos hobbies. Et quelque chose d'inattendu a pris forme : j'ai commencé à bien aimer Cindy.

Elle m'a demandé depuis combien de temps j'étais flic, et je lui en ai confié bien plus que je ne l'avais prévu. Que mon père était flic lui aussi et qu'il nous avait quittées quand j'avais treize ans. Que j'étais en sociologie à l'université d'Etat de San Francisco. Et que je voulais prouver que je pouvais marquer ma différence dans un monde dominé par les hommes. Que ce que j'étais et ce que je faisais, c'était, en grande partie, pour tenter de prouver simplement que j'étais à ma place.

Elle répliqua qu'elle avait fait aussi des études de sociologie, à Michigan University. Et avant qu'on ait atteint Marin County, on avait découvert avec ahurissement qu'on avait en commun quelques autres menus détails.

Son frère cadet était né le 5 octobre, jour de mon anniversaire. Elle aussi faisait du yoga et la femme qui m'avait initiée, il y avait des années de ça à San Francisco sud, le lui enseignait actuellement à Corte Madera. On aimait toutes les deux les récits de voyages et les polars — Sue Grafton, Patricia Cornwell, Elizabeth George. On adorait les livres de cuisine.

Cindy avait perdu son père jeune — dix-sept ans plus tôt — étrangement, quand elle aussi avait treize ans.

Mais la coïncidence la plus glaçante — celle qui m'a donné un sentiment d'inquiétante étrangeté — c'est qu'il était mort d'une leucémie, apparentée à la même maladie dégénérative que celle qui avait cours en moi.

J'ai failli lui confier mon secret, me suis retenue de justesse. Claire, d'abord. Mais comme nous approchions du Golden Gate, j'eus la prémonition que je roulais aux côtés de quelqu'un qui allait faire partie de ma vie, et à coup sûr, de quelqu'un dont j'aimais la présence.

Aux abords de la ville, j'ai appelé Claire. Des heures après celle de notre rendez-vous, mais elle me parut toujours désireuse qu'on se retrouve — et j'avais beaucoup à lui communiquer.

On s'est fixé rendez-vous Chez Susie, pour dîner cette fois au lieu de bruncher. Elle m'a pressée de lui révéler ce que j'avais découvert dans la journée.

— Je te mettrai au courant là-bas, lui ai-je dit.

Puis j'ai fait pour la seconde fois de la journée une chose qui m'a surprise.

— Ça t'ennuie si je viens avec une amie ? lui ai-je demandé.

Chapitre 33

Cindy et moi, on en était déjà à notre deuxième margarita quand Claire a fait son entrée. Même à trois mètres, son sourire parut illuminer toute la pièce. Je me suis levée et je l'ai serrée très fort dans mes bras.

— Z'avez pas pu attendre Big Mama ? a-t-elle fait, en repérant la collection de verres vides.

— La journée a été longue, lui ai-je expliqué. Salue Cindy.

— Enchantée, a dit Claire, en lui serrant la main.

Bien que date ait été prise entre elle et moi, Claire était de celles qui s'adaptaient facilement à tout ce qui se présentait.

— Lindsay m'a parlé de vous, a fait Cindy, couvrant le boucan.

— La plupart de ce qu'elle vous a dit est vrai, à moins qu'elle ne vous ait raconté que j'étais une espèce de crack de la médecine légale, a fait Claire avec un grand sourire.

— En fait, elle s'est bornée à me dire que vous étiez l'une de ses très bonnes amies.

Chez Susie était un café plein d'animation aux murs en trompe-l'œil, où l'on servait des plats antillais assez bons. On y jouait un peu de reggae et un peu de jazz. C'était un endroit où l'on pouvait se lâcher, parler, crier et même faire un billard.

Loretta, notre serveuse attitrée, est arrivée et on a poussé Claire à se prendre une margarita perso, tout en commandant une autre tournée d'ailes de poulet épicées.

— Raconte-moi la remise de diplôme de Reggie, ai-je dit.

Claire a subtilisé une aile dans notre plat et hoché la tête tristement.

— Ça fait du bien d'apprendre qu'après tant d'années d'études, ils peuvent dire autre chose qu'*à donf*, *elle est bonne* ou *ça craint un max*. Ils ressemblent à une bande de jeunes rappeurs frimeurs, mais les grossièretés les plus énormes, ils finiront par s'en débarrasser, un jour ou l'autre.

— Si c'est pas le cas, il leur restera toujours

125

l'académie de police, lui ai-je dit en souriant, prise d'un léger vertige.

Claire m'a souri.

— Je suis ravie de te voir ayant repris du poil de la bête. Quand on s'est parlé l'autre jour, on aurait dit que Joyeux t'écrasait les orteils de tout son poids avec ses pompes craignos.

— Joyeux ? demanda Cindy.

— Mon patron. On l'a surnommé comme ça, car son respect de l'humanité de ceux sous ses ordres nous met le cœur en joie.

— Ah bon, j'ai cru que vous parliez de mon rédac'-chef, a ricané Cindy. Ce mec est heureux uniquement quand il peut menacer quelqu'un de lui supprimer ses avantages. Il ne se doute absolument pas comme il peut être condescendant et dévalorisant.

— Cindy travaille au *Chronicle*, ai-je précisé à Claire, en voyant sa réaction de surprise.

Il existait une zone tacitement interdite entre la police et la presse. Pour la survoler, en tant que journaliste, il fallait le mériter.

— Tu écris tes mémoires, ma petite ? m'a demandé Claire avec un sourire prudent.

— Peut-être.

La version courte. Mais avec des tas de choses à dire.

On a servi à Claire sa margarita et on a levé nos verres.

— Aux puissances régnantes, ai-je porté mon toast.

Cindy a éclaté de rire.

— Aux puissances merdiques, celles des enfoirés et des m'as-tu-vu, qui essaient de nous maintenir sous le joug.

Claire a glapi son approbation et l'on a trinqué comme les plus vieilles amies du monde.

— Vous savez, quand je suis entrée au journal, a fait Cindy, grignotant une aile, l'un des vieux de la vieille m'a raconté que c'était l'anniversaire du rédac'-chef dont je parlais. Alors je lui ai envoyé un e-mail de bon anniversaire. Je me suis dit que comme il était mon patron et tout ça, c'était un moyen de briser la glace, de lui arracher peut-être un sourire. Un peu plus tard dans la journée, ce connard me convoque. Il est tout sourire, toute politesse dehors. Il a des sourcils broussailleux, touffus comme des queues d'écureuil. Il me désigne de la tête le siège en face de lui. Je me dis alors, tiens... ce mec est humain en fin de compte.

Claire a souri. J'ai vidé avec enthousiasme le fond de mon second verre.

— Alors ce salopard me balance, l'air matois : « Thomas, dans l'heure et demie qui vient, soixante de mes journalistes vont prendre tout ce qui n'a pas le sens commun dans cette saloperie de monde et se débrouiller, peu ou prou, à le faire tenir en quarante pages maxi. Mais c'est rassurant de savoir que, alors que tout un chacun court follement contre la montre, vous avez le temps de coller un gentil petit soleil sur ma journée. » Il a terminé en me donnant une semaine pour choisir le vainqueur d'un concours de classe de cinquième intitulé « Pourquoi je veux être rédacteur en chef d'un jour ».

J'ai éclaté de rire et j'ai restitué un peu du contenu de mon verre.

— Ça entre dans la catégorie « Aucune bonne action ne demeure impunie ». Qu'est-ce que tu as fait ?

Cindy s'est fendue d'un large sourire.

— J'ai prévenu par e-mail tout le service que c'était l'anniversaire du boss. Ces cons-là n'ont pas arrêté de se faire jeter de son bureau, blancs comme un linge, toute la journée.

Loretta est revenue faire un tour et on a commandé : du poulet sauce piquante, des *fajitas* et une grosse salade pour trois. Plus trois Dos Equis pour faire passer le tout. On a arrosé nos ailes de Toasty Lady, cette sauce jamaïcaine meurtrière, et regardé l'œil de Cindy devenir vitreux sous le violent coup de semonce.

— Rite initiatique, ai-je fait en souriant, maintenant, tu es des nôtres.

— C'est soit la sauce piquante soit un tatouage, a claironné Claire, pince-sans-rire.

Cindy a semblé évaluer l'info puis, en se retournant, elle a remonté une manche de son T-shirt. Et nous a exposé deux petites clefs de sol gravées au gras de l'épaule.

— Le revers d'une éducation traditionnelle, nous a-t-elle dit avec un petit sourire.

Mon regard a croisé celui de Claire — et on a rugi toutes les deux notre approbation.

Puis Claire a soulevé d'un geste brusque son chemisier en piquant un fard. Juste en dessous de son ample taille brune, elle nous a révélé le dessin d'un minuscule papillon.

— Lindsay m'a mise au défi un jour, a-t-elle admis. C'était après ta rupture avec ce procureur de San Jose. On est descendues à Big Sur le soir même. Entre nanas. Pour décompresser. Et pour finir, on est rentrées avec ça.

— Eh bien, où est le tien ? m'a demandé Cindy en se tournant vers moi.

— J'peux pas te le montrer.

— Allez, m'a-t-elle encouragé. Voyons ça.

Avec un soupir, j'ai roulé sur ma fesse gauche tout en me tapotant la droite.

— C'est un gecko de quelques centimètres. Avec une toute petite queue, vraiment mimi. Quand un suspect m'en fait voir de dures, je le colle contre le mur en le menaçant de le lui fourrer sous le nez de si près qu'il le prendra pour Godzilla.

Un silence chaleureux nous a enveloppées. Pendant un instant, le visage de David et Mélanie Brandt, et même Negli, m'ont semblé à des millions de kilomètres. On se payait du bon temps, c'est tout.

J'ai senti quelque chose survenir, qui ne m'était pas arrivé depuis longtemps et dont j'avais sacrément besoin.

Je me suis sentie en phase.

Chapitre 34

— Bien, maintenant qu'on est amies pour la vie..., a dit Claire à la fin du repas, comment vous vous êtes rencontrées vous deux, au fait ? Aux dernières nouvelles, tu t'en allais du côté de Napa enquêter sur la disparition de nouveaux mariés.

Michael et Becky DeGeorge qui, un instant plus tôt, me semblaient si loin, me sont revenus en catastrophe.

J'avais tant de choses à lui raconter, mais la journée avait dévié si subtilement de son cours prévu.

Je me suis sentie presque fourbe, cachottière, de lui relater ce qui s'était passé à Napa tout en laissant de côté l'importante mutation qui se produisait dans mon corps.

Claire digéra le tout avec cette finesse d'esprit qui n'appartenait qu'à elle. On l'avait consultée dans plusieurs affaires de meurtres en série, à titre de médecin légiste en chef et d'expert.

Je retournais une idée dans ma tête. Dans mon état d'affaiblissement, la responsabilité de mener en solo une enquête concernant de multiples meurtres, soumise à une intense exposition médiatique, ne me réjouissait guère. Ce qui est sorti m'a surprise la première.

— Aimeriez-vous me donner un coup de main ?

— Un coup de main ? a fait Claire, cillant sous l'effet de la surprise. Comment ça ?

— Ce machin va exploser, Claire, ai-je dit. Si un tueur de jeunes mariés est lâché dans la nature, ça va focaliser l'attention à l'échelle nationale. Cette affaire présente un intérêt pour chacune d'entre nous. Peut-être qu'on pourrait se réunir comme ça, toutes les trois. *Off the record.*

Claire m'a regardée avec prudence.

— Tu suggères qu'on fasse ça de notre propre chef ?

— Sont réunies autour de cette table les as des as du bureau de médecine légale, de la criminelle et même de la presse, noyées jusqu'aux yeux dans les margaritas.

Plus j'y pensais, plus j'étais sûre que ça pouvait marcher.

On pouvait rassembler n'importe quels indices provenant de l'enquête officielle, les mettre en commun, court-circuiter la bureaucratie et ses « couvrons nos arrières » purement politiques. Trois femmes qui prendraient leur pied à en remontrer à l'orthodoxie masculine. Et pour couronner le tout, on partageait une réelle compassion pour les victimes.

Soudainement, cette idée m'a paru briller de tous ses feux.

Claire secouait la tête avec incrédulité.

— Allez, l'ai-je pressée, tu ne crois pas que ça peut marcher ? Tu ne penses pas qu'on serait bonnes ?

— Il ne s'agit pas du tout de ça, m'a-t-elle répliqué. Je te connais depuis dix ans et pas une seule fois, je ne t'ai entendue réclamer de l'aide pour quoi que ce soit.

— Eh bien, surprise, surprise, ai-je dit, en la fixant droit dans les yeux. J'en réclame aujourd'hui.

J'ai tâché de lui faire toucher du doigt que quelque chose me turlupinait, qui dépassait peut-être de beaucoup cette affaire. Que je n'étais pas sûre de pouvoir gérer ça. Que son aide ne serait pas de refus. Qu'il y avait quelque chose de plus là-dedans.

Claire a fini par se fendre d'un sourire d'acquiescement minimal.

— *In margarita veritas*, j'en suis.

Je l'ai regardée, rayonnante de gratitude. Puis je me suis tournée vers Cindy.

— Et toi ? Tu marches ?

Elle en bégaya.

— Je... je... ne sais pas trop ce qu'en dirait Sid Glass — mais je l'emmerde, j'en suis aussi.

On a choqué nos verres.

Le Murder Club Féminin était né.

Chapitre 35

Le lendemain matin, je suis arrivée au bureau directement après une transfusion à huit heures, me sentant nauséeuse et un peu dans le coaltar. La première chose que j'ai faite, ce fut d'éplucher l'édition matinale du *Chronicle*. A mon grand soulagement, il n'y avait rien en première page qui se rapportât aux disparus de Napa. Cindy avait tenu parole.

J'ai aperçu Raleigh qui sortait du bureau de Roth, les manches retroussées sur des avant-bras musclés.

Il m'a lancé un sourire circonspect — révélateur de son inconfort suite à l'accord conclu avec Cindy, la veille. D'un clin d'œil bleu, il m'a fait signe de sortir dans le couloir.

— Il faut qu'on parle, m'a-t-il dit, alors qu'on se tassait près de l'escalier.

— Ecoutez, Raleigh, ai-je dit. Je regrette vraiment pour hier. J'ai pensé que ça nous ferait gagner du temps.

Le feu couvait dans son regard sombre.

— Peut-être devriez-vous me préciser en quoi cette fille vaut qu'on compromette notre mainmise sur cette affaire.

J'ai haussé les épaules.

— Vous avez lu quoi que ce soit sur Napa dans la presse de ce matin ?

— Vous avez contrevenu à un ordre direct du D.G. Si ça ne vous met pas au trou, ça en creuse sûrement un pour moi.

— Alors vous auriez préféré dénicher un article sur un serial killer dans le *Chronicle* ?

Il s'est adossé au mur.

— Ça, c'est du ressort de Mercer.

Un policier de ma connaissance, montant l'escalier quatre à quatre, nous a dépassés en me grommelant un salut. J'ai failli ne pas lui faire de signe de tête en réponse.

— O.K., ai-je dit, alors comment vous voulez que je la joue ? Vous voulez que j'aille tout déballer à Sam Roth ? Je suis d'accord.

Il a hésité. Je voyais qu'il était partagé, évaluant les conséquences. Après ce qui m'a paru une éternité, il a fait non de la tête.

— A quoi bon à ce stade ?

Le soulagement m'a envahie. Je lui ai effleuré le bras en lui souriant un peu longuement.

— Merci.

— Lindsay, a-t-il ajouté, j'ai vérifié auprès de la police de la route. On n'a signalé aucun vol de limousine, la semaine dernière.

Cette info, et l'impasse qui en découlait, a eu le chic de me décourager.

Une voix en provenance de la salle de garde a gueulé :

— Elle est dans les parages, Boxer ?

— Je suis là, ai-je beuglé en retour.

C'était Paul Chin, l'un des jeunes gradés brillants et efficaces qu'on nous avait affectés.

— Un certain lieutenant Frank Hartwig demande à vous parler au téléphone. Il dit qu'il vous connaît.

J'ai couru et j'ai attrapé le combiné posé sur le bureau.

— Lindsay Boxer, à l'appareil.

— On les a retrouvés, inspecteur, m'a dit Hartwig.

Chapitre 36

— C'est le gardien qui les a découverts, a murmuré Hartwig, hochant la tête d'un air sinistre.

On grimpait un sentier menant à une petite cave vinicole de la Napa Valley.

— J'espère que vous êtes prêts. J'ai jamais rien vu de pire. On les a tués pendant qu'ils faisaient l'amour.

Raleigh et moi, on avait foncé à St Helena, laissant la 29, « la route du vin », pour emprunter à l'est Hawk Crest Road jusqu'à ce qu'elle grimpe en lacets en haut des montagnes et ne soit plus goudronnée. On avait fini par tomber sur un écriteau en bois : *Sparrow Ridge*.

— Le gardien monte ici deux fois par semaine. Il les a trouvés ce matin à sept heures. L'endroit ne sert plus, a poursuivi Hartwig.

Je voyais qu'il était nerveux, secoué.

La cave n'était qu'un grand hangar en tôle ondulée, rempli d'équipements brillants ultra-modernes : fouloirs, cuves de fermentation, rangées de fûts de vieillissement, empilés.

— Vous avez probablement l'habitude de ce genre de meurtre, a fait Hartwig en nous précédant à l'intérieur. L'odeur âcre a frappé nos narines. J'en ai eu l'estomac soulevé. On ne se fait jamais aux scènes de crime.

On les a tués pendant qu'ils faisaient l'amour.

Plusieurs membres de l'équipe locale du CSU étaient serrés au-dessus de la trappe ouverte d'un gros pressoir en inox. Ils examinaient deux monticules souillés : les corps de Michael et Becky DeGeorge.

— Ah merde, Lindsay, a murmuré Raleigh.

Le mari, en blazer et pantalon kaki, nous dévisageait. Il avait un trou de la taille d'une pièce de monnaie au milieu du front. Sa femme, sa robe noire remontée jusqu'au cou, était sur lui. Une frayeur intense lui figeait le visage et son soutien-gorge rabaissé sur sa taille laissait voir ses seins éclaboussés de sang. Elle avait sa petite culotte aux genoux.

Ce triste spectacle donnait la nausée.

— Leur mort remonte à quand approximativement, vous le savez ? ai-je demandé à Hartwig, qui semblait à deux doigts de vomir.

— D'après l'état des blessures, le médecin légiste penche pour une fourchette entre vingt-quatre et trente-six heures. On les a tués le soir même où ils ont disparu. Nom de Dieu, c'étaient encore des mômes.

J'ai scruté le corps tristement ensanglanté de la jeune femme, puis mon regard s'est porté sur ses mains.

Rien. Pas d'alliance.

— Vous m'avez bien dit qu'on les a tués en pleine action ? ai-je demandé. Vous en êtes sûr ?

Hartwig a fait un signe de tête à l'assistant du médecin légiste. Ce dernier a fait rouler en douceur le corps de Becky DeGeorge loin de celui de son mari.

Se dressa hors du pantalon kaki défait de Michael DeGeorge ce qui restait de son érection finale, parfaitement conservée.

Une rage me traversa comme une coulée de lave.

Les DeGeorge n'étaient que deux gosses. Ils avaient la vingtaine, comme les Brandt. Qui pouvait faire une chose aussi abominable ?

— On peut voir ici qu'on les a traînés, nous a dit Hartwig en montrant sur le sol en ciment des traces de sang séché.

Ces salissures menaient à des traces de pneus, clairement imprimées sur le sol. Deux hommes du shérif délimitaient leurs contours avec du gaffeur jaune.

Raleigh s'est baissé pour les examiner.

— Jantes larges, mais pneus de quatorze pouces. La gomme est en bon état. Un 4 X 4 aurait des roues de seize pouces. D'après moi, il s'agit d'une grosse berline de luxe.

— Je ne vous pensais pas agent de terrain, lui ai-je dit.

Il sourit.

— J'ai passé un été quand j'étais étudiant à travailler au stand de ravitaillement sur le circuit NASCAR[1]. Je peux changer un pneu plus vite qu'un barman, un billet de vingt dollars. D'après moi, il s'agit d'une Cadillac ou d'une Lincoln.

Une limousine, ai-je lu dans son regard.

De mon côté, j'ai repassé dans ma tête une phrase de Claire : *Relie les crimes.*

Il n'est pas commun qu'un assassin récurrent change de méthode. Les tueurs, maniaques sexuels, aiment jouir d'une certaine proximité avec leurs victimes : étranglement, matraquage, armes blanches. Ils ont envie de sentir leurs victimes se débattre, expirer. Ils aiment (envahir) le domicile de leur victime. Abattre quelqu'un d'un coup de feu, c'est faire preuve d'un

_____

1. NASCAR, célèbre course de stock-cars. *(N.d.T.)*

136

détachement clinique. Ça ne procure aucune excitation.

Un instant, je me suis demandé s'il n'y aurait pas deux assassins. Mimétiques. Mais non, impossible.

Personne d'autre n'était au courant pour les alliances.

Je me suis approchée de Becky DeGeorge au moment où le médecin remontait la fermeture Eclair d'une housse sur son corps. J'ai plongé mon regard dans ses yeux. Ils faisaient l'amour. Les avait-il forcés à le faire ? Les avait-il surpris ?

Un psychopathe sexuel qui change de méthode. Un tueur qui laisse des indices.

Qu'avait-il laissé ici ?

Qu'est-ce qui nous échappait ?

Chapitre 37

Je me suis rempli les poumons d'air frais, à peine posé le pied dehors. Chris Raleigh, Hartwig et moi avons dévalé la route de terre. Le fond de la vallée s'étendait en dessous de nous. Des rangées de vignes à l'abandon nous enserraient de chaque côté. Nous étions silencieux. Terrassés, sous le choc.

Une idée effrayante m'a transpercée. Nous étions à une altitude de trois cents mètres, complètement isolés. Quelque chose clochait.

— Pourquoi *ici*, Hartwig ?

— Pourquoi pas, c'est un endroit reculé et personne n'y monte jamais.

— Ce que je voulais dire, ai-je insisté, c'est

137

pourquoi *ici* ? Ce lieu en particulier. Qui connaît cet endroit ?

— Du haut en bas de ces pentes, ce ne sont que propriétés isolées. Les grands groupes ont bouffé le fond de la vallée. Ces terres-là demandent plus de travail que de capital. Vérifiez sur les listings. Des dizaines d'entre elles sèchent sur pied à chaque saison. Tout le monde dans le coin connaît des endroits tels que celui-ci.

— Les premiers meurtres ont eu lieu en ville. Pourtant, il savait exactement où aller. A qui appartient ce clos ?

Hartwig a secoué la tête.

— Chais pas.

— Je vais le découvrir. Et je repasserai en revue leur chambre. Quelqu'un les avait dans le collimateur. Connaissait leurs projets. Brochures de voyage, cartes professionnelles, voyez si on trouve quelque chose auprès des services de location de limousines.

Plus bas, j'ai entendu le son d'un gros véhicule qui grimpait la route de terre. J'ai aperçu un Bronco des services de médecine légale de San Francisco qui s'arrêtait.

Claire Washburn était au volant. Je lui avais demandé de venir — dans l'espoir de comparer les indices des deux scènes de crime.

Je lui ai ouvert la portière et lui ai dit avec gratitude :

— Merci d'être venue, ma chérie.

Claire a fait non de la tête avec solennité.

— J'aurais aimé que les choses tournent différemment. C'est le genre d'appel que je n'aime jamais recevoir.

138

Elle a extirpé sa lourde silhouette de l'habitacle avec une agilité surprenante.

— J'ai un rendez-vous plus tard en ville, mais j'ai pensé jeter un coup d'œil au lieu du crime et à prendre contact avec le responsable.

J'ai présenté Claire à Frank Hartwig.

— Votre légiste est bien Bill Toll, n'est-ce pas ? lui a-t-elle demandé avec autorité.

Il a cillé, visiblement mal à l'aise. D'abord, il nous avait, moi et Raleigh, comme consultants. Mais il nous avait conviés. Et voilà que le légiste de San Francisco rappliquait.

— Du calme, je l'ai déjà joint sur son mobile, a dit Claire. Il m'attend.

Elle a aperçu l'équipe médicale penchée sur les sacs jaunes.

— Pourquoi ne pas aller jeter un coup d'œil, a-t-elle fait.

Tâchant de maintenir un semblant d'ordre, Hartwig lui a collé aux talons.

Raleigh a rejoint mes côtés. Il avait l'air fatigué.

— Ça va ? lui ai-je demandé.

Il a fait non de la tête. Il gardait les yeux fixés sur le hangar où l'on avait jeté les corps pour s'en débarrasser.

Je me suis souvenue de la façon dont il m'avait calmée à la morgue.

— Ça fait longtemps que vous n'avez pas eu à encaisser un truc aussi moche ?

— Ça n'a rien à voir, m'a-t-il dit, avec ce même regard déstabilisé. Je voulais que vous sachiez... où que cela nous mène, mes liens avec la mairie n'entrent pas en ligne de compte. Il ne s'agit pas plus de rétention d'infos, Lindsay : je veux ce type.

Pour ma part, j'en étais déjà arrivée à la même conclusion. Rien à voir avec « la grande cravate ». Ni avec mes visées sur le poste de lieutenant. Ni même avec mon combat contre Negli.

On est restés tous les deux, côte à côte, un certain temps.

— Quoique je doute, a-t-il fini par dire en brisant le silence, que vous et moi, on soit vraiment qualifiés pour représenter le dernier carré de l'institution du mariage.

Chapitre 38

Phillip Campbell roulait depuis les premières lueurs du jour au volant de l'imposante limousine de location. Il était nerveux, speedé — et il adorait ça.

Il avalait les kilomètres avec détermination dans un coaltar qui s'éternisait ; il traversa le Bay Bridge et poursuivit vers l'est sur la 80. Il se libéra enfin de la circulation matinale près de Vallejo, veillant à ne pas dépasser cent au compteur.

Il ne tenait pas à se faire épingler pour excès de vitesse.

Les journaux le traitaient de monstre. De psychopathe, de cas sociologique. A la télé, des experts décortiquaient ses mobiles, son passé, ses futurs assassinats éventuels.

Ils ne savent rien. Ils se trompent sur toute la ligne. Ils ne trouveront que ce que je veux bien qu'ils trouvent. Ils ne verront que ce que je veux bien qu'ils voient.

Passé la frontière du Nevada, il n'y avait pas loin jusqu'à Reno, qu'il jugeait une ville vulgaire, bonne pour les cow-boys sur le retour. Il resta sur la route, évita le Strip. De larges boulevards où s'alignaient maisons en stuc, stations-service, armureries, boutiques de prêts sur gages. On pouvait tout se procurer par ici sans qu'on vous pose beaucoup de questions. C'était l'endroit idéal où s'acheter un flingue, se défaire d'une bagnole ou les deux.

Non loin du centre, il vira dans un Lumpy's. Il gara la voiture sur une place vide du parking, ouvrit la boîte à gants, récupéra les papiers bien pliés et poussa un soupir de soulagement.

La limousine était propre comme un sou neuf. Sans aucune tache. Nul fantôme n'y chuchotait. La veille, toute la journée, il l'avait nettoyée et astiquée, frottant les taches de sang jusqu'à ce que la dernière trace disparaisse. A présent, le véhicule était muet, aussi avare de confidences que le jour où il l'avait pris.

Il respirait mieux. Comme si Michael et Becky DeGeorge n'avaient jamais existé.

En quelques minutes, il avait réglé la location de la voiture et appelé un taxi pour qu'il le conduise à l'aéroport.

Une fois là, il s'enregistra, parcourut un journal de San Francisco devant un kiosque à journaux. Rien sur Michael et Betty. Il s'avança vers la porte d'embarquement.

Il s'acheta une bouteille de jus d'abricot et un en-cas végétarien dans un fast-food.

Il franchit la porte 31, vol de Reno Air pour San Francisco. Il prit un siège et entama son repas.

Une jeune femme craquante vint s'asseoir près de lui. Blonde, beau petit cul, juste assez vulgaire pour attirer l'œil. Elle portait au cou une chaîne en or avec son nom, écrit en script : Brandee. Plus un minuscule diamant monté en bague.

Il la salua d'un sourire distrait.

Elle se délesta d'un sac à dos Kipling, but une lampée à une bouteille d'eau en plastique et sortit *Mémoires d'une geisha* en poche. Cela l'intéressa qu'elle lise, entre tous, un ouvrage traitant d'une femme servile. C'était un signe.

— C'est un bon bouquin ? fit-il en lui souriant.

— Tout le monde le dit, répondit-elle. Je le commence à peine.

Il se pencha et respira la senteur citronnée cheap de son parfum.

— Difficile à croire, continua-t-il, que l'auteur soit un homme.

— On en reparlera.

Elle feuilleta quelques pages, puis ajouta :

— C'est mon fiancé qui m'en a fait cadeau.

Phillip Campbell sentit se hérisser les poils de ses avant-bras.

Son cœur se mit à battre la chamade. Il se caressa le bouc d'un doigt frémissant.

— Ah — et c'est quand, le grand jour ?

Chapitre 39

Raleigh est rentré en ville avec notre voiture. Je suis restée en arrière et Claire m'a ramenée. J'avais besoin de lui dire ce qui m'arrivait. Claire et moi sommes les meilleures amies du monde depuis des années. On se parle au moins une fois par jour. Je savais pourquoi j'avais du mal à la mettre au courant de ma maladie — je voulais la ménager. Ne pas l'accabler avec mes problèmes. Je l'aimais tant.

Tandis que la fourgonnette de fonction cahotait en descendant la route de montagne, je lui ai demandé si elle avait pu glaner quelque chose sur la scène de crime.

— Ils étaient en plein rapport sexuel avant d'être assassinés, m'a-t-elle répondu, sûre d'elle. J'ai noté une dilatation des lèvres vaginales et des sécrétions sur ses cuisses à elle. Tout ça au pif — je n'ai eu que quelques minutes — mais je crois qu'on a descendu le mari en premier, Lindsay. L'unique blessure à la tête est propre et suggère qu'il a été expédié sans résistance. De plein fouet. Les blessures de Rebecca indiquent autre chose. On lui a tiré dessus par-derrière. A travers les omoplates, la nuque. A une distance que je n'évaluerais pas à plus d'un mètre, un mètre cinquante. Si le sperme correspond et qu'ils faisaient la chose quand ça s'est passé, ça suggère qu'elle était sur lui. Ce qui signifierait que quelqu'un a dû vraiment s'approcher de près, sans se faire remarquer pendant qu'ils étaient en train. Il est arrivé près d'eux, dans son dos à elle. Puisque, d'après tes dires, ils n'ont pas utilisé leur voiture ce soir-là, ils se rendaient quelque part, c'est évident. Je crois que c'est compatible avec ta théorie selon laquelle ils se trouvaient dans un véhicule X quand ça s'est produit. Le tueur se tenait à l'avant. Alors pourquoi pas d'une limousine ?

— C'est tout ?

J'ai secoué la tête et j'ai souri à Claire.

— Comme je te l'ai dit, je n'ai eu que quelques minutes. De toute façon, c'était ta théorie. Si finalement, elle s'avère exacte, je n'aurai fait que relier les points.

On a roulé un peu. Je cherchais toujours les mots adéquats.

— Et ton nouveau coéquipier, il est comment ? a demandé Claire.

J'ai opiné mon approbation.

— Il se révèle O.K. Il m'a soutenue auprès de Roth et de Mercer.

— Toi qui étais si sûre qu'il n'était qu'un chien de garde du bureau du maire.

— J'avais tort.

— Ça ne serait pas la première fois que tu as tout faux pour finir sur un mec, a fait Claire.

J'ai grimacé, prétendument vexée, en ignorant le grand sourire de mon amie.

— De toute façon, chien de garde ou non, a poursuivi Claire, il est vachement plus mignon à regarder que Jacobi.

— Et plus intelligent, aussi. Quand on est allés à Napa hier dans son Explorer, j'ai branché la stéréo. Il avait une cassette de l'*Attrape-cœurs* dans le lecteur.

— Alors, il y a anguille sous roche ? a poursuivi Claire, l'air inquisiteur.

— Tu veux dire à part quatre innocents tués ?

— Avec Chris Raleigh, Lindsay. Il appartient au bureau du maire, c'est un beau mec et ton carnet de bal n'est pas tout à fait celui de Gwyneth Paltrow. Ne me dis pas qu'il n'est pas ton type.

— On a été absorbés par l'affaire, Claire.

— Ouais, gloussa-t-elle. Il n'est pas marié, hein ?

— Arrête, Claire, ai-je plaidé. Je ne suis pas prête pour ça, c'est tout.

Devant son clin d'œil complice, je me suis retrouvée en train de m'imaginer nouant une idylle avec Raleigh. Si j'étais rentrée de Napa avec lui au lieu de Cindy, si je l'avais invité à monter (ce dimanche n'étant qu'un dimanche en solitaire de plus), si j'avais préparé en vitesse un truc sorti du frigo, si on avait partagé une bière devant le soleil se fondant dans la baie. Je l'ai revu en train de me mater. *Sympa, votre look, Boxer*. Il avait remarqué. La vérité, c'était que j'avais remarqué des choses chez lui, aussi. *Son regard, sensible et patient*. J'ai même écouté jusqu'au bout *The Shipping News*. Ça ne serait pas si difficile.

Même assise là, à faire mine de pouvoir tomber amoureuse, la rêverie s'écrabouillait. La vie s'écoulait lentement de moi.

Une histoire avec Raleigh ou n'importe qui, ça n'était même plus envisageable à présent.

J'ai jeté un coup d'œil à Claire, qui engageait la voiture sur la 101. J'ai inspiré un grand coup.

— Tu as déjà entendu parler d'un truc qui s'appelle l'anémie aplastique de Negli ? lui ai-je demandé.

Chapitre 40

C'est sorti tout à trac — de façon si inattendue — que ce que je venais de dire n'a pas vraiment éveillé d'écho chez Claire.

Elle m'a répondu comme si elle traitait d'un problème médical dans son labo.

— Maladie du sang. Plutôt rare, grave. Le corps cesse de produire des érythrocytes.

— Des globules rouges, ai-je dit.

Claire m'a jeté un coup d'œil.

— Pourquoi ? Ce n'est pas ta sœur Cat ? a-t-elle demandé.

J'ai fait non de la tête. Raide comme un piquet, j'ai regardé fixement devant moi, l'œil vitreux.

Ce fut probablement cette longue pause qui a provoqué sa prise de conscience.

— Pas toi ? a chuchoté Claire.

Une atroce tranquillité a figé l'habitacle.

— Oh, Lindsay, a-t-elle gémi, la mine soudain abattue.

Elle a arrêté le Bronco sur le bas-côté, puis m'a serrée dans ses bras.

— Qu'est-ce que t'a dit ton médecin ?

— Que c'est grave et que l'issue peut être fatale.

J'ai vu la gravité de cette annonce balayer son visage. Sa blessure, sa peine. Claire était médecin, pathologiste. Elle avait pigé ce qui était en jeu avant même que je ne la regarde au fond des yeux.

Je lui ai appris que je subissais déjà des tranfusions de sang frais deux fois par semaine.

— C'est pour ça que tu m'avais donné rendez-vous l'autre jour ? Oh, Lindsay. Pourquoi ne pas me l'avoir dit tout simplement ?

Aucun de mes raisonnements passés ne me paraissait clair à présent.

— Je voulais tellement. Mais j'avais peur. Peut-être encore plus de me l'avouer à moi-même. Alors, je me suis laissé absorber par l'affaire.

— Quelqu'un le sait ? Jacobi ? Roth ?

J'ai fait non de la tête.

— Raleigh ?

J'ai repris mon souffle.

— Tu penses toujours que je suis prête pour l'homme de ma vie ?

— Ma pauvre petite, m'a dit Claire, doucement. Oh, Lindsay, Lindsay, Lindsay.

Elle tremblait de tous ses membres, je le sentais. Je l'avais atteinte.

Soudain, j'ai lâché entièrement prise — la peur, la honte, l'incertitude m'ont balayée.

Je me suis cramponnée à Claire en comprenant que sans elle rien ne m'aurait empêchée de céder à la panique. Je me suis mise à pleurer, alors on s'est retrouvées en larmes toutes les deux. Ça faisait du bien, pourtant. Je n'étais plus seule.

— Je suis avec toi, ma chérie, a murmuré Claire. Je t'aime, petite.

Chapitre 41

Le meurtre de Napa a changé toute la donne.

Le DPSF et ses tentatives de résoudre l'affaire subissaient des attaques cinglantes. On nous mettait la pression de tous les côtés.

Des gros titres à sensation claironnaient l'ouvrage d'un tueur sadique d'une espèce entièrement nouvelle. Des équipes de tournage étrangères à la ville bourdonnaient dans le Palais. Des photos du mariage

147

tragique et des scènes de famille déchirantes ouvraient toutes les infos télévisées.

Le groupe d'intervention que je dirigeais se réunissait deux fois par jour. Deux autres inspecteurs de la CSU et un psychologue s'y sont ajoutés. Il nous a fallu remettre nos dossiers au FBI. L'enquête n'était désormais plus confinée à quelque fantôme surgi du passé de David ou de Mélanie Brandt. L'histoire prenait de l'ampleur, de la profondeur, devenant plus tragique et plus menaçante.

Démarchant les marchands de vin, l'équipe de Jacobi avait déterré quelques noms, rien de plus.

La veste ensanglantée ne nous menait nulle part non plus. Le problème, c'était que la coupe du smoking datait de quatre, cinq ans. Des quinze boutiques de la Bay Area, aucune ne conservait de listes des modèles des divers fournisseurs, aussi était-il quasiment impossible de remonter cette piste. Nous avons dû éplucher leurs factures une par une.

Mercer a triplé nos enquêteurs.

L'assassin choisissait ses victimes avec une très grande précision. Les deux meurtres avaient eu lieu un jour après le mariage ; ils reflétaient une connaissance spécifique des modes d'hébergement et des itinéraires des victimes. Les deux couples avaient encore en leur possession la plupart de leurs objets de valeur : montres, portefeuilles, bijoux. Les seuls objets manquants étaient leurs alliances.

Il s'était débarrassé des DeGeorge dans un endroit isolé en apparence, mais où il était sûr qu'on les trouverait.

Il avait laissé d'autres indices énormes, à charge pour nous de les relever. Ça n'avait pas de sens.

Le tueur sait exactement ce qu'il fait, Lindsay.

Il sait ce que vous faites.

Il faut trouver un lien entre les crimes.

Il fallait que je trouve le commun dénominateur. Comment il faisait la connaissance de ses victimes. Comment il en savait autant sur eux et sur elles.

Raleigh et moi, on s'est partagé les possibilités. Il a pris en charge tous ceux qui avaient réservé les itinéraires des Brandt et des DeGeorge : agences de voyages, services de limousine, hôtels. Moi, je me suis rabattue sur les organisateurs de mariages. On finirait bien par trouver un point commun entre les meurtres.

— Si on n'avance pas sous peu, a grogné Raleigh, il y aura dans cette ville un paquet de rabbins et de prêtres avec une chiée de temps mort sur les bras. Qu'est-ce que cherche ce maniaque ?

Je n'ai pas répondu, songeant que je le savais. Il était à la poursuite du bonheur, du rêve et des attentes. Il s'ingéniait à détruire la seule chose qui nous permet à tous d'avancer : l'espoir.

Chapitre 42

Ce soir-là, Claire Washburn emporta une tasse de thé dans sa chambre dont elle referma tranquillement la porte. Puis elle se remit à pleurer.

Nom de Dieu, Lindsay, murmura-t-elle. Tu aurais pu me faire confiance.

Elle éprouvait le besoin d'être seule. Toute la soirée, elle avait eu des sautes d'humeur, s'était sentie dans tous ses états. Et ça ne lui ressemblait pas. Le

149

lundi, jour de relâche de l'orchestre symphonique, Edmund faisait toujours la cuisine. C'était l'un de leurs rituels, soirée en famille avec papa aux fourneaux et les garçons chargés de la vaisselle. Ce soir, il leur avait préparé leur plat préféré, poulet aux câpres et au vinaigre. Mais tout était allé de travers et par sa faute à elle.

Une pensée l'obsédait. Elle était médecin, un médecin qui s'occupait exclusivement des morts. Elle n'avait jamais sauvé la vie de quelqu'un. Elle était un médecin qui ne guérissait personne.

Elle entra dans sa penderie, enfila un pyjama de flanelle, passa dans la salle de bains et nettoya soigneusement la peau brune et lisse de sa figure. Puis elle s'examina.

Elle n'était pas belle, du moins pas dans le genre que la société nous apprend à admirer. Elle était tout en rondeurs, sa taille informe fusionnant avec ses hanches. Même ses mains — ses mains compétentes, efficaces, qui manipulaient toute la journée des instruments délicats — étaient potelées.

Sa seule légèreté, disait toujours son mari, c'était quand elle était sur une piste de danse.

Cependant, à ses propres yeux, elle s'était toujours sentie bénie des dieux, privilégiée. Parce que issue d'un quartier difficile, un ghetto noir de San Francisco, elle avait réussi à devenir médecin. Parce qu'elle était aimée. Parce qu'on lui apprenait à donner de l'amour. Parce qu'elle avait tout ce qu'elle avait toujours désiré.

Ça ne lui semblait pas juste. Lindsay était celle qui avait du mordant dans la vie et, maintenant, elle s'écoulait d'elle goutte à goutte. Elle ne pouvait même pas l'envisager d'une façon professionnelle, avec le détachement clinique d'un médecin confronté à une maladie inévitable. C'est l'amie en elle qui souffrait.

Le médecin qui ne guérissait personne.

Après avoir fini la vaisselle, aidé par les garçons, Edmund entra et vint s'asseoir près d'elle sur le lit.

— Tu couves quelque chose, chaton, dit-il, en lui massant l'épaule. Chaque fois que tu te roules en boule avant neuf heures, je sais que tu n'es pas dans ton assiette.

Elle fit non de la tête.

— Je ne suis pas malade, Edmund.

— Alors, qu'est-ce qu'il y a ? C'est cette affaire monstrueuse ?

Claire leva une main.

— C'est Lindsay. Je suis rentrée de Napa en voiture avec elle, hier. Elle m'a appris une terrible nouvelle. Elle est très malade. Elle est atteinte d'une maladie sanguine très rare. Une forme d'anémie du nom d'aplasie de Negli.

— Et c'est grave, cette anémie de Negli ?

Claire opina, l'œil embué.

— Très grave, bon Dieu.

— Oh, mon Dieu, murmura Edmund. Pauvre Lindsay.

Il lui prit la main et, assommés, ils restèrent assis un moment en silence.

Claire finit par le rompre.

— Je suis médecin. Je vois la mort chaque jour. Je connais les causes et les symptômes sous toutes les coutures. Mais je ne sais pas *guérir*.

— Tu nous guéris tout le temps, dit Edmund. Tu me guéris chaque jour de ma vie. Mais il y a des moments où même tout ton amour et ton intelligence stupéfiante ne peuvent pas changer les choses.

Elle se blottit dans ses bras puissants et sourit.

— T'es joliment futé pour un joueur de grosse caisse. Alors, on peut faire quoi, merde ?

— Seulement ça, dit-il en l'entourant de ses bras.

Il serra fort Claire très longtemps ; elle savait qu'à ses yeux, elle était la plus belle femme du monde. Ça aidait.

Chapitre 43

Le lendemain après-midi, j'ai aperçu fugitivement pour la première fois le visage de l'assassin.

Chris Raleigh parlait à des gens qui s'étaient occupés des voyages des victimes. Moi, je vérifiais ceux qui avaient organisé leurs mariages.

Deux sociétés différentes. Pour les DeGeorge, Falbalas. Pour les Brandt, une conseillère à la mode, Miriam Campbell. Rien là qui fasse lien.

J'étais à mon bureau quand le planton m'a passé un appel.

C'était Claire. Elle venait juste de rentrer de Napa où elle avait examiné les corps des victimes avec le coroner du comté.

Elle avait l'air excité.

— Viens ici, m'a-t-elle dit. Vite.

— Tu as trouvé un lien. Becky DeGeorge a-t-elle subi des violences sexuelles ?

— Lindsay, on a affaire à un malade.

« Ils étaient *vraiment* en train de faire la chose quand on les a tués », m'a confié Claire quelques minutes plus tard quand je l'ai rejointe au labo. On a trouvé des traces de sperme chez Rebecca DeGeorge qui correspondent à celles qu'on a prélevées chez son mari. Et l'examen des blessures a confirmé ce que je soupçonnais. On a lui tiré dans le dos. Le sang de Rebecca a trempé les vêtements de son mari. Elle le chevauchait... mais ce n'est pas pour ça que je t'ai demandé de venir.

Elle m'a fixée de ses très grands yeux et j'ai senti qu'elle allait me dire quelque chose d'important.

— J'ai pensé qu'il valait mieux ne pas ébruiter ça, a-t-elle fait. Moi seule et le légiste de là-bas sommes au courant.

— Au courant de quoi, Claire ?

Dans le labo, j'ai repéré un microscope sur un comptoir et l'une de ces boîtes de Pétri étanches dont je me souvenais depuis les cours de biologie du lycée.

— Comme dans le cas de la première victime, me dit-elle, tout excitée, il y a eu violence sexuelle additionnelle sur le cadavre. Seulement cette fois, c'était beaucoup moins évident. Les lèvres de la vulve étaient normales, comme on le supposerait après un rapport lambda, et il n'existait pas d'abrasions internes comme chez la première mariée. Toll n'a rien vu mais *je cherchais*, moi, un signe de violence supplémentaire. Et je l'ai trouvé, à l'intérieur du vagin, comme s'il me criait « Coucou, Claire, attrape-moi ».

Elle a saisi la boîte de Pétri et une pince à épiler, puis retiré doucement le couvercle. Ses yeux pétillaient.

Elle a soulevé un unique poil roux d'un centimètre du récipient transparent.

— Il n'appartient pas au mari ?

Claire a fait non de la tête.

— Regarde toi-même.

Elle a donné une chiquenaude au microscope. Je me suis penchée et sur l'arrière-plan d'un blanc lumineux, j'ai aperçu deux poils : le premier mince, luisant, brun foncé ; le second court, frisé en forme de faucille.

— Tu as sous les yeux deux prélèvements de Michael DeGeorge, m'a-t-elle expliqué. Le plus long est un cheveu, l'autre un poil pubien.

Puis elle a placé le poil retiré de la boîte de Pétri sur une autre lame de verre qu'elle glissa sous l'oculaire, côte à côte avec les deux autres. Mon pouls s'est mis à battre fort. J'ai cru comprendre le but de la manœuvre.

Le nouveau poil était d'un brun roussâtre et deux fois plus épais que ceux de DeGeorge. Il comportait de minuscules filaments entortillés autour de la gaine. Il appartenait d'évidence à quelqu'un d'autre.

— Il n'est ni crânien ni pubien. *C'est un poil de barbe*, m'a annoncé Claire, en se penchant par-dessus mon épaule.

Je me suis éloignée du microscope et je l'ai regardée, bouleversée.

On avait retrouvé un poil facial du tueur dans le vagin de Becky DeGeorge.

— *Post mortem*, m'a-t-elle précisé, pour bien enfoncer le clou.

Chapitre 44

Comme l'avait dit Claire, on reconstituait notre assassin pièce par pièce comme un puzzle. Sa taille, son visage, ses manies fétichistes. Sa façon de tuer.

Il me fallait maintenant établir comment il pistait ses victimes.

Raleigh et moi, on mettait toute la gomme sur l'aspect voyage et organisation du mariage. On avait une quinzaine d'inspecteurs remontant des pistes sur le terrain. A présent qu'on disposait d'un signe particulier, on est revenus aux invités, en épluchant la liste pour y dénicher un barbu qu'on aurait pu voir traîner ses guêtres à la réception.

J'avais bon espoir que cet élargissement des recherches donnerait des résultats. L'un des invités aurait remarqué quelqu'un. On découvrirait une agence de voyages commune, une fuite quelque part. Ou encore l'une des enquêtes de Jacobi nous fournirait un recoupement.

Le lendemain matin, Hartwig m'a passé un coup de fil.

— Les Vignobles de Sparrow Ridge... appartiennent à un groupe qu'on connaît ici sous le nom de Black Hawk Partners. Ed Lester, un avocat du coin, monte des partenariats fonciers.

— Vous savez où il se trouvait pendant le week-end ?

— Oui. A Portland. J'ai vérifié. Il a participé à un marathon, là-bas. Je l'ai joint au moment où il regagnait son bureau. Il était bien à Portland.

Je n'en étais pas moins certaine que quel que fût celui qui s'était débarrassé des corps, il n'était pas tombé par hasard sur cette cave écartée. Elle signifiait quelque chose pour l'assassin.

— Cet endroit lui appartient en bloc ?

— Hum-hum. Black Hawk combine des accords. Il rabat des financements extérieurs dus à des nantis. Des gens qui désirent investir dans le commerce du vin. Lester agit en tant qu'associé gérant.

— Avec qui s'est-il associé sur ce coup-là ?

— Je ne sais pas. Des investisseurs.

J'ai ravalé un soupir, tâchant de demeurer patiente.

— Quels investisseurs ?

— En général, des investisseurs qui tiennent à garder l'anonymat. Ecoutez, inspecteur, je sais où vous voulez en venir, mais ce type ne traite qu'avec des gens bien établis. Croyez-moi, n'importe qui aurait pu tomber sur ce site. Des agents immobiliers, quelqu'un qui l'aurait repéré, n'importe qui du coin. J'aurai à traiter avec ces gens-là, bien après votre départ.

J'ai coincé le récepteur contre mon cou et j'ai pivoté sur mon siège en direction de la fenêtre.

— C'est une enquête sur des meurtres multiples, lieutenant, les pires que j'aie jamais vus. Le site en question se trouve tout au bout de cinq kilomètres de route de terre. Le premier venu, roulant dans le noir avec deux cadavres, aurait pu s'en débarrasser en toute sécurité bien avant, n'importe où. L'auteur de ces crimes, quel qu'il soit, devait connaître l'existence de cette cave vinicole. Et je ne pense pas qu'il s'agisse de quelqu'un de la région. Je ne crois pas qu'il attirerait l'attention si près de l'endroit où il réside. Recontactez-moi quand vous saurez qui sont les associés de Lester.

J'ai raccroché au nez d'Hartwig.

Une certaine dose de mon optimisme s'effilochait.

Raleigh rentra bredouille de ses recherches auprès des agences de voyages. Les Brandt étaient passés par l'intermédiaire de Travel Ventures, société qui pourvoyait aux besoins d'une clientèle haut de gamme. Les DeGeorge avaient eu recours aux services de Journeytime, en dehors de Los Altos.

On a fait décortiquer les registres du personnel des deux compagnies. Elles n'avaient aucun lien entre elles : pas d'accord de coopération, pas un seul agent de voyages ayant travaillé dans les deux. Il était possible que l'on ait piraté leur système informatique, déclara le directeur de Journeytime, mais découvrir qui était quasiment impossible.

Déception de mon côté, également. Je possédais les dossiers des deux organisateurs de mariage. Imprimeurs, orchestres, photographes, traiteurs, fleuristes. Rien ne concordait. Les Brandt et les DeGeorge vivaient dans deux mondes séparés. Comment le tueur identifiait-il ses victimes ? Je n'avais toujours pas trouvé d'indice.

Chapitre 45

J'ai convoqué ensemble Claire et Cindy à une seconde réunion entre filles. Cette fois, l'humeur était radicalement différente. Ni rires, ni tapes dans les mains, ni margaritas. Deux nouvelles personnes étaient mortes, on n'avait aucun suspect mais une affaire qui prenait de l'ampleur. Des indices qui ne menaient rapidement nulle part. Une pression intense nous tombait dessus.

Claire fut la première arrivée. Elle m'a embrassée et m'a demandé comment je me sentais.

— J'en sais rien, ai-je admis.

J'avais subi trois séances de traitement.

Parfois, je me sentais forte. A d'autres moments, l'après-midi en particulier, je me sentais comme le fantôme de moi-même.

— Medved m'a dit qu'il réexaminera mon taux de globules rouges, la semaine prochaine.

Cindy est arrivée ensuite. Elle portait un débardeur sous une chemise d'homme écossaise et un jean brodé. Elle était très jolie et habillée cool pour la ville. Je ne lui avais pas reparlé depuis mardi quand je l'avais autorisée à publier les détails des seconds meurtres. Même en reculant son article d'un jour, elle avait fait un scoop dans la rubrique « Métropole ».

— Je crois que ça commence à rendre, a-t-elle annoncé en nous lançant sa nouvelle carte au logo rouge vif du *Chronicle*. J'ai lu *Cindy Thomas, journaliste au service Metro Crime*.

On lui a porté un toast en la félicitant chaleureusement avant de la charrier un petit peu, histoire de lui éviter la grosse tête. A quoi servaient les amies autrement ?

Je leur ai dit que du côté des agents de voyages et des organisateurs de mariages, ça n'avait rien donné.

— Deux, trois choses me tracassent sérieusement, ai-je dit. *L'arme à feu*... les détraqués sexuels ne changent pas de mode opératoire, d'habitude. Il fait partie intégrante de leur jouissance.

— C'est une étrange combinaison, est tombée

d'accord Claire. Il planifie ses coups avec un tel sang-froid. Il semble au courant de tout. Où le mariage à lieu, le numéro de la chambre, l'itinéraire du voyage de noces. Comment s'échapper. Pourtant, quand il tue, c'est au bord de la fureur. Ça ne lui suffit simplement pas de les tuer. Il faut qu'il les *profane*.

J'ai acquiescé.

— C'est là qu'est la clé. Il tue dans le cadre d'un mariage, il y a là pour lui quelque chose d'intolérable. Mais je crois que son obsession se porte avant tout sur les mariées. Les deux mariés ont été liquidés rapidement. Comme s'il ne leur attachait aucune importance. Mais les mariées..., elles, le fascinent vraiment.

— Alors où rôderait ce type pour repérer ses victimes potentielles, ai-je demandé à haute voix. Si vous vouliez assassiner de jeunes mariées, où iriez-vous les dénicher ?

— Il leur faut choisir une alliance, a suggéré Claire. Un bijoutier.

— Ou à la mairie, fit Cindy. Il leur faut une licence.

Je l'ai regardée en pouffant.

— Ça collerait sûrement si un employé municipal était derrière tout ça.

— Un traiteur, ont dit simultanément Claire et Cindy.

— Un photographe, a ajouté Claire.

Je me suis imaginé un salopard de barjot, caché derrière son objectif. C'étaient toutes de bonnes hypothèses. Ça ne nécessitait que du temps et du personnel pour les passer en revue avant que le tueur ne refrappe.

— Le bizness matrimonial, ça n'est pas exactement mon rayon, ai-je dit à Claire. C'est pourquoi vous êtes ici.

159

— Alors il est en sommeil notre club des trois dégourdies ? s'est-elle exclamée, en éclatant de rire. Et mon rôle de légiste top niveau, là-dedans ?

Il y a eu des petits rires de frustration autour de la table. On a toutes pris une nouvelle gorgée de bière. *Le Murder Club Féminin. C'était une bonne chose. Hommes s'abstenir.*

— Quel est le lien, bon sang ? ai-je demandé. Il *veut* qu'on mette le doigt dessus. C'est pour ça qu'il laisse des indices. Il veut qu'on découvre le lien.

Chacune de nous s'est tue, perdue dans ses pensées.

— Je le touche presque du doigt, ai-je continué. Dans la cérémonie, la célébration, elles-mêmes, il y a quelque chose qui le met dans une rage maladive. Quelque chose qu'il lui faut piétiner. L'espoir, l'innocence ? Les mariés, il les tue sur-le-champ. Mais les mariées ? Comment les choisit-il ?

— S'il vit dans un monde distordu par ses rêves, a pensé Cindy à haute voix, il ira là où son fantasme est le plus fort, le plus intense. Il peut chercher à accroître sa colère en les observant d'un endroit où il reste insoupçonnable.

Alors une lueur s'est allumée dans l'œil de Claire.

— J'y pense : moi, j'irais là où elles achètent leurs robes de mariée. C'est là que je choisirais mes victimes.

Chapitre 46

En arrivant au travail, le lendemain matin, j'ai trouvé un fax d'Hartwig : la liste des associés à Sparrow Ridge. J'ai chargé Jacobi de vérifier. Puis j'ai appelé mes contacts chez les deux organisateurs de mariage concernés, Falbalas et Miriam Campbell.

Je n'en attendais pas grand-chose. Jusque-là, tout avait débouché sur du vide. A ma grande stupéfaction, les deux organisateurs me le confirmèrent : Mélanie Brandt et Becky DeGeorge avaient acheté leur robe au même endroit.

La Boutique des mariages de chez Saks.

C'était le premier lien tangible entre les deux affaires. Il pouvait ne mener à rien, mais je sentais dans la moelle de mes os la sensation prometteuse et bien réelle d'une piste solide.

J'étais chez Saks à l'ouverture du magasin, à dix heures. La Boutique des mariages était au second étage, nichée dans un recoin près de Cadeaux & porcelaine fine.

J'ai intercepté Maryanne Perkins à son arrivée au travail, un gobelet de café fumant en main. La gérante de la boutique était une femme affable et élégante d'une cinquantaine d'années, tout à fait du genre à s'être occupée de futures mariées depuis vingt ans. Elle a délégué ses fonctions à quelqu'un et m'a fait entrer dans une petite pièce encombrée, pleine de photos d'épousées parues dans des magazines.

— En apprenant la chose, j'ai été effondrée,

m'a-t-elle dit, en agitant la tête, le visage décomposé. Mélanie était ici, il y a quinze jours à peine.

Elle m'a fixée d'un œil peiné.

— Elle était si belle... Mes mariées sont comme mes filles, inspecteur. J'ai l'impression d'avoir perdu l'un des miens.

— L'un des vôtres ? ai-je fait en la fixant. Vous n'êtes pas au courant ?

— Au courant de quoi ?

J'ai appris à Maryanne Perkins ce qui était arrivé à Becky DeGeorge.

Choquée, horrifiée, bouleversée, ses yeux verts se sont gonflés de larmes. Elle me regardait sans me voir comme si elle fixait un mur.

— Oh mon Dieu...

Elle a repris son souffle, entrecoupé.

— Mon mari et moi, avons passé quelques jours dans notre bungalow de Modesto. Elle allait juste... Oh mon Dieu... qu'est-ce qu'il se passe, inspecteur ?

Immédiatement, un flot de questions se sont bousculées. Qui pouvait connaître leur clientèle ? D'autres vendeuses ? Les gérantes ? On avait déterminé que l'assassin était du sexe masculin. Des hommes travaillaient-ils à la boutique ?

Chacune de ces questions a arraché une réponse négative à une Maryanne Perkins frappée d'incrédulité. L'ensemble du personnel était le même depuis huit ans au minimum. Aucun homme. *Tout comme notre Murder Club.*

Elle s'adossa au fauteuil, fouillant sa mémoire pour le moindre détail qu'elle pourrait y puiser.

— On l'admirait Becky. Elle était superbe. On aurait dit qu'elle ne s'était jamais envisagée sous cet angle, mais en se voyant dans sa robe, ça lui a paru

162

soudain limpide. Sa mère lui avait donné cette broche — perles et diamants — et je me suis précipitée au bureau chercher des fleurs. C'est alors que j'ai remarqué quelqu'un. Il se tenait là-bas.

Elle m'a montré l'endroit du doigt.

— Il avait les yeux rivés sur Becky. Je me souviens d'avoir pensé : « Regardez, même lui vous trouve belle. » Je m'en souviens à présent.

Fiévreusement, j'ai relevé son signalement : fin quarantaine, peut-être moins.

— Je n'ai pas vraiment bien regardé, m'a dit la gérante. Il était barbu.

J'étais certaine que c'était lui ! Ça confirmait que Claire avait raison. Il devait trouver ses victimes chez Saks, *d'où il les suivait à la trace.*

Je n'ai pas relâché ma pression.

— Comment peut-on apprendre les détails d'un mariage ? La date ? Le lieu ? L'endroit de la lune de miel ?

— Nous consignons ce genre de renseignements, m'a dit Maryanne Perkins, quand une jeune fille choisit une robe. Certains nous sont nécessaires comme la date, pour les délais de confection. Cela nous aide à mieux connaître la mariée. La plupart d'entre elles déposent leurs listes de mariage ici.

Mieux connaître la mariée.

— Qui a accès à ces renseignements ?

Elle secoua la tête.

— Uniquement nous... mes assistantes et moi. C'est un rayon pas très important. Parfois, on partage les informations avec Cadeaux & porcelaine fine.

J'ai senti que je touchais enfin au but. Mon cœur cognait dans ma poitrine à grands coups.

— Il faut que je voie tout ce que vous avez sur

Mélanie Brandt et Becky DeGeorge ainsi que sur toute cliente pour laquelle vous travaillez en ce moment. *Il repérait ses victimes potentielles ici, n'est-ce pas ?* Il y a de grandes chances qu'il revienne. Quelqu'un sur la liste du magasin pourrait bien être la prochaine de *sa* liste.

J'ai vu le visage de Ms Perkins se défaire. Elle semblait confrontée à une vision horrible.

— Il y a autre chose qu'il faut que vous sachiez.

— Quoi donc ?

— Il y a environ un mois de ça, après l'inventaire, on a remarqué la disparition de notre book de mariées.

Chapitre 47

A peine de retour au Palais, j'ai appelé Claire et Cindy pour leur faire part de ce que j'avais découvert chez Saks, puis je suis allée rejoindre Chris Raleigh.

Je lui ai tout raconté et on a décidé d'implanter une inspectrice de l'unité des crimes sexuels dans le magasin. J'ai expédié un dessinateur voir Maryanne Perkins chez Saks.

Chris, à son tour, m'a appris quelque chose d'important. Roth et Mercer avaient communiqué nos dossiers de l'affaire au FBI.

J'ai ressenti comme un coup de poignard en pleine poitrine. J'ai couru aux toilettes, ai refermé la porte derrière moi, me suis appuyée au carrelage froid et

ébréché. *Salopards de mecs qui veulent tout contrôler !*
Roth et Mercer, espèces de salauds !

Je me suis dévisagée dans la glace. J'avais le rouge
aux joues, la peau enflammée.

Le FBI. C'était mon affaire — celle de Claire, de
Cindy et de Raleigh. Elle avait plus d'importance pour
moi que toute autre dont je m'étais occupée.

J'ai soudain senti mes jambes flageoler. *Negli ?* Le
médecin m'avait avertie que j'aurais des crises de
nausée ou des vertiges. Ma quatrième transfusion
était prévue chez Moffett, le service d'hématologie, à
cinq heures et demie.

Une sensation de vide accablante me tirait vers le
bas, dans une alternance de colère et de peur. Je com-
mençais à résoudre cette affaire. Je n'avais pas besoin
que des intrus, en costume sombre et épingle de cravate, s'agitent alentour en menant maladroitement
une autre enquête.

J'ai tiqué en me regardant dans la glace. Mes joues,
rougies par la colère, étaient à présent pâles et sans
vie. Mes yeux étaient d'un gris larmoyant. Mon corps
semblait entièrement vidé de couleur.

Je me suis dévisagée jusqu'à ce qu'une voix familière reprenne du poil de la bête à l'intérieur de moi.
Allez. Ressaisis-toi. Tu vas gagner — tu gagnes toujours.

Je me suis aspergé le visage d'eau froide. La sueur
qui me baignait la nuque se mit à refluer.

Va pour cette fois. J'ai expiré avec un léger sourire.
Mais que je ne t'y reprenne pas.

Peu à peu, une lueur familière s'est allumée dans
mon œil et ma figure a retrouvé sa coloration normale. Il était quatre heures vingt. Je devais être chez
Moffett à cinq heures. Je m'attaquerai demain aux
noms de chez Saks.

Après m'être appliqué quelques touches de maquillage, j'ai regagné mon bureau.

A ma grande contrariété, Raleigh s'est pointé.

— A présent, vous allez pouvoir gérer leurs retombées, lui ai-je aboyé sans nécessité, en faisant référence au FBI.

— Je n'étais pas au courant, m'a-t-il répondu. Dès que je l'ai su, je vous l'ai dit.

— Ouais, ai-je opiné, je sais.

Raleigh s'est levé, est venu s'asseoir au coin de mon bureau, face à moi.

— Quelque chose ne va pas, hein ? Dites-moi. Je vous en prie.

Comment savait-il ? Peut-être était-il meilleur enquêteur que je voulais bien le croire.

Un instant, j'ai eu envie de lui parler. *Mon Dieu, comme je voulais que ça sorte.*

Puis Raleigh a fait quelque chose de tout à fait inattendu.

Il m'a décoché un de ces sourires confiants auxquels je ne pouvais faire autre chose que de me rendre. Il m'a soulevée de mon fauteuil et serrée contre lui.

J'ai été tellement surprise que je n'ai même pas résisté. J'étais comme de la gelée tremblotante dans ses bras. Ça n'avait vraiment rien d'érotique, et pourtant aucune bouffée de passion ne m'avait jamais traversée plus puissamment.

Raleigh m'a gardée ainsi jusqu'à ce que l'anxiété lentement se dissolve. Ici même, dans cette salle de garde merdique. Je ne savais que faire tout en ne désirant pas me libérer. Ni qu'il me relâche.

— Je pourrais vous coller un rapport pour ça, ai-je fini par marmonner contre son épaule.

Il n'a pas bougé.

— Vous voulez un stylo ?

Lentement, je me suis dégagée. Dans chaque nerf de mon corps, j'ai senti refluer un état d'alerte intense.

— Merci, ai-je murmuré avec gratitude.

— Vous n'avez pas l'air dans votre assiette, m'a-t-il dit gentiment. Notre journée est presque terminée. Vous voulez en parler devant un café ? Rien qu'un café, Lindsay, pas un rendez-vous.

J'ai regardé ma montre et soudain, j'ai vu qu'il était presque cinq heures. Il fallait que je me rende chez Moffett.

Je lui ai jeté un coup d'œil dans lequel il a lu, j'espère, *une autre fois*, alors que je me suis contentée de lui dire :

— J'peux pas. Faut que j'y aille.

Chapitre 48

La jolie et souriante préposée aux réservations fit poliment signe au suivant dans la queue.

— Bienvenue à l'hôtel du Front de Lac.

Phillip Campbell s'approcha du comptoir. Il remarqua son prénom, Kaylin. Kaylin avait l'œil vif, le sourcil en broussaille. Il lui rendit son sourire. Esquisse de flirt. Il lui tendit un avis de confirmation.

— C'est la première fois que vous descendez chez nous, Mr Campbell ? pépia l'employée d'un ton haut perché.

Il lui dit : « Oui en effet », en souriant.

Alors qu'elle rentrait sa réservation, il suivit des yeux ses mouvements en se caressant pensivement les poils durs de sa barbe.

Il voulait qu'elle remarque son geste, qu'elle se souvienne de son visage, peut-être même de quelque chose qu'il avait dit.

Un beau jour, quand un agent diligent du FBI viendrait la trouver avec un portrait-robot ou une photo, il voulait que ce petit écureuil caquetant se remémore cet instant de façon précise en frissonnant. Il voulait qu'elle se souvienne de tout.

Comme il l'avait fait avec la vendeuse de la Boutique des mariages de chez Saks.

— Vous êtes venu visiter le musée, Mr Campbell ? demanda Kaylin, tout en tapant.

— Non, assister au mariage Voskuhl, révéla-t-il.

— Tout le monde me répond ça, fit-elle en souriant.

Il fixa ses ongles au vernis pêche qui cliquetaient sur le clavier.

— J'ai pour vous une luxueuse chambre avec une belle vue, dit-elle en lui tendant la clé avec un nouveau sourire. Bon mariage et bon séjour.

— Merci bien, fit Campbell aimablement.

Au moment où il allait s'éloigner, il capta son regard et lui dit :

— A propos de mariage — j'aime bien votre alliance.

Une fois dans sa chambre, il ouvrit les rideaux et comme elle le lui avait promis, il se retrouva face à un panorama imprenable.

Sur Cleveland, Ohio.

Chapitre 49

Je l'ai vu... ce salopard. Qu'est-ce qu'il faisait ici ?

Par une grosse affluence, dans une foule pressée, sur Lower Market. Se déplaçant d'un pas vif dans la cohue, se frayant un passage vers le bac.

Mon sang s'est figé à sa vue.

Il portait une chemise bleue ouverte, une veste de velours marron. Il avait l'air d'un prof de fac. Tout autre jour, j'aurais pu passer devant lui, ne jamais le remarquer. Il était mince, sans signe particulier, sauf un.

Sa barbe roussâtre.

Sa tête dépassait puis replongeait dans la foule. Je l'ai suivi, incapable de diminuer la distance qui nous séparait.

— Police ! ai-je crié dans le vacarme.

Mon cri s'est dissous dans la masse pressée et indifférente. A tout moment, je pouvais le perdre de vue.

J'ignorais son nom, je ne connaissais que ses victimes. Mélanie Brandt, Rebecca DeGeorge.

Tout à coup, il s'est arrêté. Il a regimbé contre le flux, s'est tourné droit vers moi.

Son visage m'a paru illuminé, brillant sur un fond sombre comme l'une de ces icônes russes du Moyen Age. Au milieu du brouhaha, nos regards se sont croisés.

Il y a eu entre nous un instant de reconnaissance captivée, de clarification. Il a su qui j'étais. Celle qui le poursuivait.

Alors, horrifiée, je l'ai vu s'enfuir ; la foule qui fourmillait l'a englouti, l'emportant loin de moi.

— Arrêtez ou je tire ! ai-je crié.

Une sueur froide m'a inondé le cou. J'ai sorti mon arme.

— Couchez-vous, j'ai crié, mais les banlieusards de l'heure de pointe ont poursuivi leur petit bonhomme de chemin, lui faisant un bouclier. Il allait me semer. L'assassin m'échappait.

J'ai levé mon arme, concentrée sur sa barbe rousse.

J'avais rêvé. Je me suis retrouvée dans ma cuisine, au comptoir, en faisant tourner du chardonnay dans mon verre. Mon appartement présentait sa tranquillité habituelle. Pas de foule qui se ruait en avant, pas de visages fugitifs. Rien que Martha la Douce, paressant sur son futon.

Une bouilloire d'eau fumait sur la gazinière. Ma sauce préférée était prête — ricotta, *zucchini*, basilic. Le tout au son d'un CD de Tori Amos.

A peine une heure plus tôt, j'étais hérissée de tuyaux et de perfs. Mon cœur battait au rythme de métronome des bips réguliers d'un moniteur.

Et merde, je voulais retrouver ma vie d'avant. Mes vieux rêves d'antan. J'aspirais aux sarcasmes de Jacobi, au mépris de Sam Roth, à mon jogging à Marina Green. Je désirais des enfants — même si ça signifiait que je me remarie.

Soudain, la sonnette d'en bas a bourdonné. Qui venait à cette heure ? Je suis allée répondre d'un pas traînant :

— Qui est là ?

— J'ai cru comprendre que vous aviez un endroit où aller, a répondu une voix brouillée par la friture.

Celle de Raleigh.

Chapitre 50

— Qu'est-ce que vous fabriquez ici ? ai-je répliqué, sous le coup de la surprise.

J'étais ravie mais sur des charbons ardents. Mes cheveux étaient remontés, je portais un vieux T-shirt de Berkeley dans lequel je dormais à l'occasion. Et ma transfusion m'avait vidée et mise à cran. Quant à mon petit nid douillet, c'était un vrai souk.

— Je peux monter ? a fait Raleigh.

— Pour affaires ou personnel ? ai-je demandé. Faut pas qu'on retourne à Napa, hein ?

— Pas ce soir.

Je l'ai entendu rire.

— Cette fois, j'ai apporté le mien.

Je n'ai pas tout à fait compris sa remarque, mais je lui ai ouvert en bas. Je suis revenue en courant dans la cuisine, j'ai baissé le feu sous les pâtes et en deux temps, trois mouvements, j'ai ramassé des coussins par terre et les ai jetés sur le divan, puis j'ai transporté une pile de magazines sur une chaise dans la cuisine.

Je me suis passé du *gloss* sur les lèvres et j'ai libéré mes cheveux quand on a sonné à la porte.

Raleigh, chemise ouverte et pantalon tank, portait une bouteille de vin. Kunde. Très bon choix. Il me lança un sourire d'excuse.

— J'espère que vous ne m'en voulez pas de cette intrusion.

— Personne ne fait intrusion chez moi. Je vous ai permis d'entrer, ai-je dit. Qu'est-ce qui vous amène ?

Il éclata de rire.

— Je passais dans le quartier.

— Vous passiez, tiens donc ? Vous habitez de l'autre côté de la baie.

Il opina, laissant tomber son alibi sans résistance.

— Je voulais simplement m'assurer que vous alliez bien. Vous ne sembliez pas dans votre assiette, au commissariat.

— C'est sympa, Raleigh, ai-je dit en le regardant droit dans les yeux.

— Alors ? Ça va comment ?

— Bien. Je me sentais juste un peu submergée. Roth. Le truc avec le FBI. Ça va, maintenant. Vraiment.

— Tant mieux, m'a-t-il dit. Hum, ça sent bon.

— J'étais en train de me préparer quelque chose.

Je me suis tue, réfléchissant à ce que j'allais dire.

— Vous avez dîné ?

Il a fait non de la tête.

— Non, non. Mais je ne veux pas m'imposer.

— Pourquoi avoir apporté du vin en ce cas ?

Il m'a décoché l'un de ses sourires irrésistibles.

— Si je ne vous avais pas trouvée, il y a un endroit où je vais toujours, au coin de la Deuxième et de Brannan.

Je lui ai rendu son sourire et j'ai fini de lui ouvrir ma porte.

Raleigh est entré dans l'appartement. Il a regardé autour de lui, impressionné, hochant la tête. Il a observé les poteries, un blouson de base-ball en satin noir et or de Willie Mays, ma terrasse et sa vue sur la baie. Il a levé la bouteille.

— J'en ai déjà une de débouchée sur le comptoir, ai-je dit. Servez-vous un verre. Je m'occupe de la bouffe.

172

Je suis passée dans la cuisine, me remémorant que je sortais d'un service de consultation externe pour une maladie grave et que, de toute façon, nous étions coéquipiers. Avec un chouïa d'excitation irrépressible, j'ai sorti un autre set de table.

— Numéro vingt-quatre des Giants ? m'a-t-il dit en portant la voix. Ce blouson, il est authentique ?

— C'est celui de Willie Mays. Mon père m'en a fait cadeau pour mes dix ans. Il voulait un garçon. Je l'ai gardé depuis.

Il est entré dans la cuisine, a fait pivoter un tabouret vers le comptoir. Pendant que je remuais les *penne*, il s'est servi un verre de vin.

— Vous cuisinez toujours pour vous comme ça ?

— Une vieille habitude, ai-je dit. Je devenais grande et ma mère travaillait tard. Ma sœur avait six ans de moins que moi. Parfois, ma mère ne rentrait pas avant huit heures. D'aussi loin qu'il m'en souvienne, j'ai toujours dû préparer le dîner.

— Et votre père, il était où ?

— Il est parti lorsque j'avais treize ans, ai-je dit, en touillant un mélange moutarde, huile de pépins de raisin, vinaigre balsamique et citron afin d'en faire une vinaigrette pour la salade.

— Alors, c'est votre mère qui vous a élevées ?

— On peut le dire comme ça. Parfois, j'ai l'impression de m'être élevée toute seule.

— Jusqu'à votre mariage.

— Ouais, puis je l'ai quelque peu élevé, lui aussi, ai-je dit en souriant. Vous êtes plutôt curieux, Raleigh.

— Les flics le sont en général. Vous ne le saviez pas ?

— Si. Les vrais de vrais.

Raleigh a fait mine d'être vexé.

173

— Je peux vous aider à faire quelque chose ? m'a-t-il proposé.

— Vous n'avez qu'à râper le fromage, ai-je dit en souriant.

J'ai poussé un morceau de parmesan et une râpe métallique vers lui.

On est restés comme ça pendant qu'il râpait, en attendant que les pâtes cuisent. Martha la Douce s'est faufilée dans la cuisine et a laissé Raleigh la câliner.

— Vous ne sembliez pas vous-même cet après-midi, a-t-il fait en caressant la tête de Martha. D'habitude, vous gériez les conneries de Roth sans ciller. On aurait dit que quelque chose allait de travers.

— Rien ne va de travers, ai-je menti. Du moins pas maintenant. Si vous voulez tout savoir.

Je me suis appuyée au comptoir et je l'ai bien regardé. C'était mon coéquipier, et bien plus que ça, c'était une personne en qui je pouvais avoir confiance, ai-je pensé. Ça faisait très longtemps que je n'avais pas accordé ma confiance à quelqu'un dont le sexe commençait par la lettre H. *Peut-être qu'en d'autres circonstances...* me disais-je.

La voix obsédante de Tori Amos emplissait l'atmosphère.

— Vous aimez danser ? m'a demandé Raleigh soudain.

Je l'ai regardé, surprise pour de bon.

— Je ne danse pas, je cuisine.

— Vous ne dansez pas... vous cuisinez ? a répété Raleigh, plissant le front.

— Ouais. Vous savez ce qu'on dit de la cuisine.

Il a jeté un regard autour de lui.

— Ce que *moi*, je dirais, c'est que ça ne semble pas

vous réussir. Peut-être que vous devriez essayer la danse.

La musique était douce, langoureuse et, malgré mes tentatives pour le nier, une partie de moi n'avait qu'une envie, qu'on la prenne dans les bras.

Sans même que je dise oui, mon satané coéquipier m'a saisi la main et m'a fait contourner le comptoir en me tirant à lui. Je voulais résister, mais une petite voix intérieure me poussait à la reddition, me soufflant : *Lâche prise, Lindsay. C'est un type bien. Tu sais que tu peux lui faire confiance.*

Alors, j'ai cédé et j'ai laissé Chris Raleigh me prendre dans ses bras. Et j'ai aimé ça.

On est restés debout tout d'abord, à tanguer, avec raideur. Puis je me suis surprise à abandonner ma tête contre son épaule, sentant que rien ne pouvait plus m'atteindre, un certain temps du moins.

— Ce n'est pas un rendez-vous, ai-je murmuré.

Je me suis laissée dériver vers un lieu vraiment agréable où l'amour, l'espoir et tous mes rêves étaient encore à ma portée.

— A vrai dire, ai-je avoué à Raleigh, je suis contente que vous soyez passé.

— Moi aussi.

Alors j'ai senti qu'il me serrait contre lui. Un frisson m'a parcouru le dos, que j'ai eu du mal à reconnaître pour ce qu'il était.

— Elles sont comme ça, hein, Raleigh ? lui ai-je dit.

— Quoi donc, Lindsay ?

— *Vos mains. Douces.*

Chapitre 51

James et Kathy Voskuhl dansaient ensemble pour la première fois — et pour rompre la tradition, c'était un rock.

Le rythme entraînant de *La Bamba* endiabla l'atrium brillamment éclairé du Rock and Roll Hall of Fame de Cleveland.

— Allez, tout le monde danse ! s'écria le marié. Faites comme nous !

Des jeunes filles aux cheveux teints, en robes rétro vertes ou rouges bouffantes — genre années soixante — virevoltaient sur la piste de danse, leurs cavaliers arborant des chemises de soie à la Travolta. Les jeunes mariés, s'étant changés, entrèrent en piste et effectuèrent un numéro singeant *La Fièvre du samedi soir*.

Ça fout quasiment tout en l'air, songea Phillip Campbell.

Il la voulait en blanc.

Et la voilà, cheveux gras striés de rouge, des lunettes en œil-de-chat, en robe moulante verte.

Cette fois, Kathy, tu es allée trop loin.

Une quarantaine de tables, avec au centre de chacune le portrait d'une icône du rock and roll, remplissaient le grand hall du musée. Une banderole scintillante accrochée au plafond de verre proclamait *James et Kathy*.

Avec un crescendo bruyant, la chanson se termina. Une foule d'invités en sueur refluèrent vers leur table, reprenant souffle, s'éventant. Des serveurs en gilet

176

noir sillonnaient la pièce, remplissant les verres de vin.

La mariée alla embrasser un couple radieux en tenue de soirée. Sa maman et son papa. Phillip Campbell ne pouvait détacher ses yeux d'elle. Il vit son père lui lancer un regard aimant, comme voulant lui dire *on en a bavé, ma chérie, mais à présent, tout ira bien. Maintenant, tu fais partie du club, fonds en fidéicommis, petits-enfants aux cheveux carotte et tout le bataclan.*

Le marié, nonchalant, vint chuchoter quelque chose à l'oreille de Kathy. Elle lui pressa le bras, lui décochant un sourire affectueux et timide. Alors qu'il s'éloignait, elle parut lui dire du bout des doigts, *je ne serai pas longue.*

Dans un dernier déhanchement, le marié quitta le hall principal. Il jeta un coup d'œil ou deux derrière lui et chaque fois, Kathy lui refit signe de la main.

Campbell décida de le suivre, en gardant une distance prudente. Il suivit un large couloir bien éclairé partant de l'atrium. A mi-chemin, James Voskuhl jeta un nouveau coup d'œil prudent en arrière. Puis il ouvrit une porte et entra dans les toilettes pour hommes.

L'assassin s'avança. Personne d'autre dans le couloir. Il sentait monter une envie irrépressible.

Il enfonça les doigts dans la poche de sa veste, toucha l'acier froid de son arme. Il débloqua le cran de sûreté. Il ne pouvait plus contrôler ce qui lui passait par la tête.

Vas-y, entre, le mettait au défi une voix. *Fais-le.*

Il pénétra dans une atmosphère embuée et jaunâtre. Personne aux urinoirs ni devant les lavabos. Une odeur âcre emplit ses narines : celle de la marijuana.

177

— C'est toi, mon amour ? s'écria d'un ton affectueux le marié.

La moindre connexion nerveuse du corps de Campbell était au garde à vous. Ce dernier marmonna une réponse inaudible.

— Tu ferais mieux de rappliquer vite fait, chouchou, éructa le marié, si tu veux finir ce pétard.

Phillip Campbell poussa la porte.

Le marié leva les yeux, stupéfait, un joint aux lèvres.

— Eh, mec, t'es qui, bordel ?

— Celui qui tue les vermines inutiles comme toi.

Là-dessus, il tira. Une seule fois.

La tête de James Voskuhl bascula en arrière. Du rouge éclaboussa le carrelage. Le marié vacilla une fois, puis s'affala en avant, tassé sur lui-même.

L'écho du coup de feu parut ébranler toute la pièce. Des effluves de cordite se mêlèrent à la fumée de l'herbe.

Un calme étrange s'empara de Phillip Campbell, un sentiment d'intrépidité. Il remit d'aplomb la tête du marié.

Puis il attendit.

Le bruit d'ouverture de la porte et la rumeur de la fête lointaine qui entra en même temps le transpercèrent.

— Tu es là, Vosk ? cria une voix féminine.

C'était elle. La mariée.

— Qu'est-ce que tu fumes là-dedans, du goudron ?

Kathy pouffa. Elle s'approcha des lavabos et il entendit de l'eau qui coulait.

Campbell l'apercevait par une fente de la cabine. Elle était devant le lavabo et démêlait sa chevelure avec un peigne. Il eut une inspiration. Comment il allait mettre ça en scène. *Ce que la police découvrirait.*

Il mobilisa toutes son énergie pour conserver son sang-froid — et la laisser venir à lui.

— T'as intérêt à me garder une taffe ou deux, mon bonhomme, s'écria la mariée.

Il la vit s'approcher d'un pas dansant. *Si près à présent. Si incroyablement délicieuse. Quel moment.*

Quand elle ouvrit la porte, son *regard* signifia tout pour lui.

Quand elle vit James barbouillé de bave rouge et reconnut soudain avec effarement le visage de l'assassin, dont l'arme la visait entre les yeux.

— Je te préfère en blanc, Kathy, se contenta de dire ce dernier.

Puis il pressa la détente — et un éclair aveuglant pulvérisa les verres en œil-de-chat.

Chapitre 52

J'ai pointé tôt le lundi matin, un peu nerveuse à l'idée de revoir Raleigh à la suite de notre dîner dansant, me demandant où tout cela nous mènerait, quand Paul Chin, l'un des inspecteurs du groupe d'intervention, s'est précipité vers moi.

— Lindsay, il y a une femme dans la salle d'interrogatoire n° 4 dont je crois que vous devriez entendre le témoignage.

Depuis la diffusion d'un signalement de l'agresseur sur les ondes, des gens avaient appelé avec des témoignages erronés et des pistes en impasse. L'un des boulots de Chin était de les vérifier, quelle que soit leur invraisemblance.

— C'est une dingue ou une fan de la police, celle-là ? ai-je demandé avec un sourire sceptique.

— Je crois que c'est une vraie de vraie, a fait Chin. Elle a assisté au premier mariage en invitée.

J'ai quasiment bondi de mon fauteuil pour le suivre. En sortant de la salle de garde, j'ai aperçu Raleigh qui arrivait. *Chris.*

L'espace d'un instant, un frisson de plaisir m'a parcourue. Il était parti vers onze heures, après qu'on eut sifflé les deux bouteilles de vin. On a dîné, discuté de nos boulots respectifs dans les forces de l'ordre, puis des hauts et des bas de nos vies maritales et de nos célibats.

Ça avait été une agréable soirée. Qui avait ôté la pression de l'affaire. J'en avais même oublié Negli.

Ce qui m'effrayait un peu, c'était le tremblement intérieur qui me soufflait qu'il pourrait y avoir quelque chose de plus. Je m'étais surprise à le dévisager vendredi soir, pendant qu'il m'aidait à débarrasser la table, en songeant à une autre époque...

J'ai croisé Raleigh qui portait un café et un journal.

— Chin a un témoin dans la quatre, lui ai-je dit en lui prenant le bras. Elle déclare avoir vu l'agresseur. Vous voulez venir ?

Dans ma hâte, je l'avais déjà dépassé, sans même lui accorder une seconde pour se ressaisir. Il a déposé son journal sur le bureau de notre planton et enfilé l'escalier.

Dans l'étroite salle d'interrogatoire, était assise une femme élégante et séduisante d'une cinquantaine d'années. Chin me la présenta : Laurie Birnbaum. Elle m'a paru tendue, nerveuse.

Chin s'est assis à côté d'elle.

— Mrs Birnbaum, voudriez-vous redire à l'inspecteur Boxer ce que vous venez de me raconter ?

Elle était très effrayée.

— C'est la barbe qui m'a fait me rappeler. Je n'y avais jamais repensé jusqu'à aujourd'hui. C'est si affreux.

— Vous avez assisté au mariage Brandt ? lui ai-je demandé.

— Oui, nous étions invités par la famille de la mariée, m'a-t-elle répondu. Mon mari travaille avec le chancelier Weil à l'université.

Elle a bu une gorgée de café avec nervosité.

— Ça s'est passé très brièvement. Mais ça m'a donné le frisson.

Chin a enclenché un magnéto portatif.

— Je vous en prie, continuez, lui ai-je dit d'un ton apaisant.

Une fois de plus, je me suis sentie proche de *lui* — ce salopard à barbe rousse.

— Je me tenais près de lui. Il avait cette barbe rousse grisonnante. Un genre de bouc. Comme on en porte à Los Angeles. Il avait l'air plus vieux, quarante-cinq ans, cinquante peut-être, mais il avait un drôle d'air. Je ne m'exprime pas bien, hein ?

— Vous lui avez parlé ? ai-je demandé, tâchant de lui communiquer que même si elle n'avait pas l'habitude, moi si. Même mes collègues masculins reconnaissaient que j'étais la meilleure de l'étage pour le question-réponse. Ils disaient en plaisantant que c'était « un truc de nana ».

— Je venais de quitter la piste, s'est-elle souvenue,

181

et en levant les yeux, je l'ai vu planté là. J'ai dit quelque chose comme « Belle fête... du côté du marié ou de la mariée ? » Un instant, je l'ai même trouvé plutôt séduisant. Alors, il m'a comme fusillée du regard. Et je l'ai pris pour l'un de ces banquiers d'affaires arrogants, du côté Brandt.

— Que vous a-t-il dit ? ai-je fait.

Elle s'est massée le front, s'efforçant de se souvenir.

— Il m'a répondu d'une façon très étrange qu'ils avaient *de la chance.*

— Qui avait de la chance ?

— David et Mélanie. J'ai sans doute répondu : « Vous ne trouvez pas qu'ils en ont ? » Ils formaient un si beau couple, tous les deux. Et il m'a répliqué : « Oh, mais si, ils ont de la chance. »

Elle m'a regardée, très troublée.

— Il a aussi ajouté autre chose... qu'ils étaient *élus.*

— Elus ?

— Oui, il m'a fait : « Oh mais si, ils ont de la chance... vous pouvez même dire qu'ils sont élus. »

— Il portait le bouc, dites-vous ?

— C'est ça qui était très bizarre. Sa barbe le vieillissait, mais tout le reste de sa personne était jeune.

— Le reste de sa personne ? Comment ça ?

— Son visage, sa voix. Je sais que ça doit sembler étrange, mais ça n'a duré qu'un instant, quand j'ai quitté la piste de danse.

On avait obtenu d'elle le maximum. Taille, couleur de cheveux, tenue vestimentaire. Le tout confirmait les rares détails déjà en notre possession. L'assassin avait une petite barbe roussâtre et portait un smoking — dont il avait abandonné la veste dans la suite du Mandarin.

Je brûlais d'un feu intérieur. J'étais certaine que Laurie Birnbaum était fiable. *La barbe*. *Le smok*. On reconstituait peu à peu son apparence.

— Y a-t-il autre chose ? Quelque chose qui vous aurait sauté aux yeux ? Un signe particulier ? Un tic ?

Elle a fait non de la tête.

— Ça s'est passé si vite. C'est seulement quand j'ai vu le portrait de lui dans le *Chronicle*...

J'ai regardé Chin, lui signifiant par là qu'il était temps de convoquer un dessinateur pour peaufiner les détails. Je l'ai remerciée et suis retournée à mon bureau. On établirait un portrait-robot d'après ses dires qu'on utiliserait avec celui établi d'après le témoignage de Maryanne Perkins de chez Saks.

L'enquête criminelle était entrée dans une nouvelle phase. Elle devenait brûlante. On avait une planque opérationnelle devant la Boutique des mariages de chez Saks. L'une après l'autre, on contactait les personnes dont le nom figurait sur la liste du magasin, toutes celles qui avaient commandé une robe de mariée au cours de ces derniers mois.

Le cœur me cognait. Le visage que j'avais imaginé, mon rêve du barbu roux, se mettait en place. Je sentais qu'on le cernait.

Mon téléphone a sonné.

— Ici, Boxer, ai-je répondu, tout en parcourant les noms du registre des mariages de chez Saks.

— McBride à l'appareil, a fait une voix sourde d'un ton pressant. Je suis un inspecteur de la crime de Cleveland.

Chapitre 53

— J'ai ici un meurtre qui colle avec le schéma de ceux dont vous vous occupez, m'a expliqué McBride. Deux tués par balles, pile entre les yeux.

Il m'a décrit la mort brève et grotesque de James et Kathy Voskuhl, lors de leur mariage au Rock and Roll Hall of Fame. Cette fois, le tueur n'avait même pas attendu la fin de la cérémonie.

— Quel calibre le type de Napa Valley a-t-il utilisé ? m'a demandé McBride.

— Un neuf millimètres, lui ai-je dit.

— Idem.

La tête me tourna un peu. *Cleveland ?*

Une voix me martelait : *Et merde, qu'est-ce que Barbe Rousse est-il allé faire dans l'Ohio ?* On venait juste de marquer un point, en découvrant où il repérait ses victimes. Le savait-il ? Et si c'était le cas — *comment ?*

Le crime de Cleveland était soit dû au mimétisme, ce qui était parfaitement possible, ou bien l'affaire prenait de l'ampleur et le large, ce qui pouvait nous mener n'importe où.

— Vous avez des photos de la scène du crime avec vous, McBride ? ai-je demandé.

— Ouais, grogna-t-il. Juste sous les yeux. Crades. Explicites, sexuellement parlant.

— Vous pouvez me trouver un gros plan de leurs mains ?

— O.K., mais pourquoi leurs mains ?

— Ils portaient quelque chose, McBride ?

Je l'ai entendu farfouiller parmi les clichés.

— Des alliances, vous voulez dire ?

— Banco, inspecteur. Ouais.

J'ai prié pour que ça ne soit pas notre homme. *Cleveland*... ça réduirait en miettes ce qui me faisait pressentir qu'on se rapprochait de lui. Est-ce que Barbe Rousse allait transporter son mode opératoire à travers le pays ?

Un instant plus tard, McBride m'a confirmé ce que je ne voulais pas entendre.

— Ils n'ont pas d'alliances.

Ce salopard se déplaçait. On avait établi une surveillance là où l'on pensait qu'il pourrait se montrer et il était trois mille deux cents kilomètres plus loin. Il venait d'assassiner un couple en pleine réception de mariage dans l'Ohio. Merde, merde, merde.

— Vous dites qu'on a retrouvé les corps dans une position sexuelle explicite ? ai-je demandé à McBride, consternée.

Le flic de Cleveland a marqué une hésitation. Il a fini par me dire :

— Le marié a été descendu sur le siège des chiottes. C'est là qu'on l'a trouvé. Raide comme un piquet, jambes écartées. La mariée a été abattue au même endroit, au moment où elle entrait. On a retrouvé suffisamment de sa cervelle sur la porte pour nous le confirmer. Elle était face contre terre. Euh, enfin, la tête fourrée entre ses jambes à lui.

J'ai gardé le silence, me représentant la chose en pensée, haïssant de plus en plus chaque jour ce salopard d'une cruauté inhumaine.

— Vous voyez... comme pour une fellation, a fini par dire McBride. Mes enquêteurs ont quelques questions à vous poser.

— Vous me les poserez vous-même. Je serai là demain.

Chapitre 54

Le lendemain matin à six heures et demie, Raleigh et moi étions en route pour Cleveland. McBride est venu nous accueillir à la descente d'avion. Il n'était pas tel que je l'avais imaginé : ni ventripotent, ni d'âge mûr, ni catholique irlandais. Il était exalté, avec des traits émaciés, avait trente-huit ans à tout casser et c'était un Black.

— Vous êtes plus jeune que je ne pensais, m'a-t-il dit en souriant.

Je lui ai rendu son sourire en lui disant :

— Et vous carrément moins irlandais que prévu.

Pendant le trajet vers la ville, il nous a mis au courant vite fait.

— Le marié était de Seattle. Il était dans le business de la musique. Il travaillait avec des groupes de rock. Un producteur... un type du marketing. La mariée a grandi ici, dans l'Ohio. A Shaker Heights. Son père est avocat d'affaires. C'était une rousse, mignonne, avec des lunettes.

Il a pris une enveloppe kraft sur le tableau de bord et me l'a lancée sur les genoux. Elle contenait une série de tirages sur papier glacé de la scène du crime, évoquant de vieilles photos de la guerre des gangs. Le marié était assis dans le box, figé par la surprise, le haut du crâne explosé. La mariée était affalée sur ses genoux à lui, recroquevillée dans une flaque de leurs sangs mélangés.

La vue du couple m'a remplie d'une terreur froide. Tant que le tueur sévissait dans le nord de la Californie, je sentais qu'on le cadrait. Maintenant, il était lâché dans la nature.

On a cuisiné McBride : comment les victimes avaient pu atterrir dans les toilettes pour hommes et de quoi avait l'air la sécurité du Hall of Fame.

Chacune de ses réponses contribuait à me convaincre encore plus qu'il s'agissait bien du même bonhomme : *Qu'est-ce qu'il était venu foutre ici ?*

On a quitté la route pour prendre Lake Shore Boulevard. Une enfilade d'immeubles modernes s'élevait autour de nous.

— Nous y voilà, a annoncé McBride.

J'ai aperçu à distance le Rock and Roll Hall of Fame, scintillant devant nous comme un bijou grossièrement taillé. Un tueur tordu avait frappé dans le lieu le plus célèbre de la ville. Il était peut-être déjà de retour à San Francisco. Ou avait gagné Chicago ? New York ? Topeka ? Et être en pleins préparatifs d'un nouveau double meurtre sordide. Ou peut-être était-il dans une chambre d'hôtel de l'autre côté de la place à guetter notre arrivée.

Barbe Rousse pouvait être partout et n'importe où.

Chapitre 55

Pour la troisième fois en quinze jours, j'ai dû me rendre sur les lieux d'un double crime atroce.

McBride nous a menés au premier étage et fait traverser un atrium sinistrement désert jusqu'à des

187

toilettes pour hommes à l'accès barré par des flics et des des croisillons de ruban jaune.

— Des toilettes publiques, me dit Raleigh. Ça empire à chaque coup.

Et pourtant, cette fois, il n'y avait ni cadavres ni découvertes horrifiantes. On avait transporté depuis longtemps les victimes à la morgue. A leur place, leurs silhouettes délimitées au gaffeur et à la craie ; des photos écœurantes en blanc et noir étaient scotchées aux murs.

Je voyais ce qui s'était passé. Comment le marié avait été tué le premier, son sang souillant le mur derrière le siège. Comment Barbe Rousse avait attendu et surpris Kathy Voskuhl, la mariée, quand elle était entrée, puis l'avait mise dans cette position provocante, entre les cuisses de son mari. L'avait profanée.

— Comment se sont-ils retrouvés ici en plein mariage ? a demandé Raleigh.

McBride nous a désigné l'une des photos sur le mur.

— On a retrouvé un joint consumé près de James Voskuhl. On en a déduit qu'il est venu ici pour la fumette. D'après moi, sa femme l'a rejoint.

— Personne n'a rien vu, cependant ? Ils n'ont quitté la réception en compagnie de personne ?

McBride a fait non de la tête.

J'ai ressenti la même colère sourde que j'avais déjà éprouvée à deux reprises. Je détestais cet assassin. Ce saccageur de rêves. A chacun de ses forfaits, je le détestais davantage. Ce salaud nous persiflait. Chaque scène de crime était une affirmation. Chaque fois, plus dégradante.

— Quelles étaient les mesures de sécurité ce soir-là ? ai-je demandé.

McBride a haussé les épaules.

— Toutes les issues, sauf la principale, étaient fermées. Il y avait un garde à l'accueil. Tous les invités du mariage sont arrivés en même temps. Deux autres gardes assez foireux se baladaient, mais en général, dans ce genre de cérémonie, ils aiment à garder profil bas.

— J'ai vu des caméras un peu partout, a insisté Raleigh. Il doit y avoir de la matière sur bande.

— C'est ce que j'espère, nous a dit McBride. Je vais vous présenter à Sharp, le chef de la sécurité. On peut y aller tout de suite.

Andrew Sharp était un homme sec et nerveux, la mâchoire carrée, la lèvre mince et pâle. Il avait l'air terrifié. La veille encore, il avait un job plutôt pépère, aujourd'hui, la police et le FBI étaient partout.

Devoir donner des explications à deux flics de l'extérieur, venus de San Francisco, n'arrangeait pas les choses. Il nous a emmenés dans son bureau, fait tomber une Marlboro light de son paquet et regardé Raleigh.

— J'ai une réunion avec le directeur adjoint dans une dizaine de minutes.

On ne s'est même pas donné la peine de s'asseoir.

— Vos hommes ont-ils noté quelque chose d'inhabituel ?

— Il y avait trois cents invités, madame l'inspecteur. Tout ce beau monde rassemblé dans l'atrium d'entrée. Mon personnel d'ordinaire ne se mêle pas aux invités, sauf pour s'assurer que personne ne s'approche des objets exposés, un verre à la main.

— Comment est-il sorti, alors ?

Sharp a pivoté sur son fauteuil et pointé un doigt vers un plan agrandi du musée.

— Soit par l'entrée principale, ici, par laquelle vous êtes passée, soit par une issue qu'on laisse ouverte sur la véranda, par-derrière. Elle donne sur la promenade du Lac. Il y a un café là, pendant l'été. La plupart du temps, elle est condamnée, mais les familles ont demandé à ce qu'elle reste ouverte.

— On a tiré deux coups de feu, ai-je dit. Et personne n'a rien entendu ?

— On était censés avoir affaire à des gens de la haute. Vous pensez qu'ils avaient envie de voir mes hommes rôder dans le coin ? On ne garde que deux, trois gars pour s'assurer que des invités trop zélés ne s'égarent pas dans les zones interdites. Et j'aurais dû en avoir qui patrouillent dans les couloirs menant aux toilettes ? Pour empêcher qu'on vole le papier hygiénique ?

— Et les caméras de surveillance ?

Sharp a soupiré.

— Elles couvrent les salles d'exposition, bien entendu. Les issues principales... avec un balayage du hall principal. Mais il n'y en a aucune dans le couloir où la fusillade a eu lieu. Ni dans les chiottes. De toute façon, la police visionne les cassettes avec les membres des deux familles à l'heure où nous parlons. Ça serait vachement plus facile si on savait qui on cherche, merde.

J'ai sorti de ma serviette la copie d'un portrait-robot. Il montrait un visage maigre au menton proéminent, les cheveux peignés en arrière, avec un bouc légèrement ombré.

— Pourquoi ne pas commencer par lui.

Chapitre 56

McBride devait retourner à son bureau pour une réunion de presse concernant l'enquête. Il me fallait imaginer la raison de la venue du tueur à Cleveland et quels liens, s'il y en avait, cela entretenait avec les meurtres de San Francisco. La prochaine étape, c'était de rencontrer les parents de la mariée.

Shaker Heights était une banlieue chic, en pleine floraison de la mi-été. Dans la moindre rue, des pelouses vertes montaient jusqu'à d'élégantes demeures abritées d'arbres. L'un des hommes de McBride m'y a conduite en voiture tandis que Raleigh retournait au Hilton du Front de Lac pour rencontrer la famille du marié.

La maison des Kogut, en brique rouge normande, était coiffée d'un dais de grands chênes. La sœur aînée de la mariée m'a accueillie à la porte en se présentant : Hillary Bloom. Elle m'a installée dans un fumoir confortable aux multiples tableaux : livres, télé 16/9, photos d'elle et sa sœur enfants, de mariages.

— Kathy était la plus rebelle de nous deux, m'a expliqué Hillary. Un esprit libre. Ça lui a pris du temps pour se trouver, mais elle était en train de se caser. Elle avait un bon job — dans une agence de publicité de Seattle. C'est là qu'elle a rencontré James. Elle venait juste de sortir d'en prendre.

— De prendre quoi ? ai-je demandé.

— Comme je l'ai dit — elle était libre d'esprit. Kathy était comme ça.

Ses parents, Hugh et Christine Kogut, entrèrent

dans la pièce. Et je fus témoin du choc et de la stupéfaction de gens dont la vie était en miettes.

— Elle enchaînait les liaisons, a reconnu sa mère. Mais elle avait une passion pour la vie.

— Elle était jeune, c'est tout, a dit son père. Peut-être l'avons-nous trop gâtée. Elle a toujours été poussée à faire des expériences.

Sur les photos d'elle — cheveux roux et regard effronté — je voyais la même joie de vivre que l'assassin avait dû évidemment voir chez ses deux premières victimes. Ça m'a rendue triste et lasse.

— Savez-vous pourquoi je suis ici ? ai-je fini par leur demander.

Le père a acquiescé.

— Pour déterminer s'il existe un rapport avec ces horribles crimes commis dans l'Ouest.

— Bien, alors pouvez-vous me dire si Kathy avait un lien quelconque avec San Francisco ?

J'ai aperçu un vague et sinistre écho sur leurs visages.

— Après l'université, elle a vécu quelques années là-bas, dit la mère.

— Elle est allée à UCLA, a précisé le père. Elle est restée un ou deux ans à Los Angeles. Elle a essayé d'intégrer l'un des grands studios. Elle a commencé comme intérimaire à la Fox. Puis elle a obtenu ce job dans la publicité à San Francisco, et dans le milieu musical. C'était une vie survoltée. Fêtes, lancements, et sans doute, bien pire. On n'était pas très heureux, mais pour Kathy, c'était une grande chance.

Elle a vécu à San Francisco. Je leur ai demandé s'ils avaient déjà entendu les noms de Mélanie Weil ou de Rébecca Passeneau.

Ils ont fait non de la tête.

— Avez-vous eu vent d'une liaison qui aurait mal tourné ? De quelqu'un de jaloux ou d'obsédé qui aurait désiré lui nuire ?

— Dans ses liaisons, Kathy semblait toujours faire preuve d'imprudence, a déclaré Hillary, légèrement à cran.

— Je l'avais avertie, a renchéri la mère. Mais elle ne voulait qu'en faire à sa tête.

— A-t-elle évoqué quelqu'un en particulier pendant la période où elle a vécu à San Francisco ?

Tous les regards se sont tournés vers Hillary.

— Non, personne en particulier.

— Personne ne se détache du lot ? Elle a vécu là-bas un certain temps. Elle n'est restée en rapport avec personne après son départ ?

— Il me semble me rappeler l'avoir entendu dire qu'elle continuait à aller là-bas de temps en temps, a dit le père. Pour affaires.

— Les vieilles habitudes ont la peau dure, a lâché Hillary, narquoise, les lèvres pincées.

Il devait y avoir un lien quelconque. Un témoin des années qu'elle avait passées là-bas. *Quelqu'un* était venu jusqu'ici pour la voir morte.

— Y avait-il parmi les invités quelqu'un de San Francisco ? ai-je demandé.

— Une amie, a dit le père.

— Merrill, ajouta la mère. Merrill Cole. Shortley, à présent. Je crois qu'elle est descendue au Hilton, si elle y est encore.

J'ai sorti le portrait-robot de l'assassin, sans aucune garantie.

— Je sais que c'est un peu rude, mais connaissez-vous cet homme ? Quelqu'un qui connaissait Kathy ?

Avez-vous vu quelqu'un lui ressemblant de près ou de loin au mariage ?

L'un après l'autre, les Kogut ont hoché négativement la tête.

Je me suis levée pour partir. Je leur ai demandé de me contacter si jamais un détail quelconque leur revenait, même insignifiant en apparence. Hillary m'a raccompagnée jusqu'à la porte.

— Une chose encore, ai-je dit, sachant que c'était un peu tiré par les cheveux. Par hasard, Kathy a-t-elle acheté sa robe de mariée à San Francisco ?

Hillary m'a regardée d'un œil vide et a fait non de la tête.

— Non, dans une boutique de fripes. A Seattle.

La réponse m'a tout d'abord cueillie à froid. Et puis, en un éclair, j'ai vu qu'il y avait vraiment là un truc que je cherchais. Les deux premiers meurtres avaient été commis par quelqu'un qui pistait ses victimes à distance. Voilà pourquoi il les trouvait de la façon que l'on avait déterminée. Il les suivait.

Mais celle-ci, Kathy, on l'avait choisie de façon différente.

J'étais sûre que quel soit l'auteur du meurtre il la connaissait.

Chapitre 57

J'ai roulé direct jusqu'au Hilton sur le Lake Shore Boulevard où j'ai pu attraper Merrill Shortley juste avant qu'elle ne s'en aille à l'aéroport. Elle se révéla être élégante, avoir vingt-sept ans environ, des cheveux châtains mi-longs coiffés en chignon sur la nuque.

— Avec un petit groupe, on est restés debout toute la nuit, m'a-t-elle dit, en guise d'excuse pour la fatigue qu'accusaient ses traits. J'aurais aimé rester encore mais qui sait quand ils finiront par restituer le corps. J'ai un bébé d'un an.

— Les Kogut m'ont dit que vous habitiez à San Francisco.

Elle s'est assise au bord du lit en face de moi.

— A Los Altos. Je m'y suis installée il y a deux ans, après mon mariage.

— J'ai besoin de tout savoir sur Kathy Kogut à San Francisco, lui ai-je expliqué. Si elle a eu des amants, si elle a rompu, s'il y a quelqu'un par hasard qui aurait eu une raison de faire ça.

— Vous pensez qu'elle *connaissait* ce fou ? s'est-elle récriée, le visage fermé.

— Peut-être, Merrill. Vous pouvez nous aider à le découvrir. Vous voulez bien nous aider ?

— Kathy se tapait des mecs, a fait Merrill après un léger temps. Elle s'est toujours montrée libre en ce domaine.

— Voulez-vous dire que c'était une fille facile ?

— On peut voir les choses comme ça. Elle plaisait aux hommes. Ça bougeait pas mal à l'époque. Musique, cinéma. Des trucs alternatifs. Elle prenait tout ce qui la faisait se sentir vivante.

Je pigeais le tableau.

— Drogues incluses ?

— Je viens de vous le dire, tout ce qui la faisait se sentir vivante. Oui, Kathy prenait des drogues douces.

Merrill, bien que jolie, avait le visage dur d'une sur-
vivante de la rue qui s'était métamorphosée en pom-
pom maman.

— Vous vient-il quelqu'un à l'esprit qui aurait pu
lui vouloir du mal ? Quelqu'un qui était excessivement
fasciné par elle ? Peut-être jaloux, quand elle est
partie ?

Merrill a réfléchi deux secondes, a secoué la tête.

— Je ne vois pas.

— Vous étiez intimes, toutes les deux ?

Elle a opiné. Et en même temps, ses yeux se sont
voilés.

— Pourquoi a-t-elle changé de ville ?

— Elle s'était dégotté un super-boulot. On aurait
dit qu'elle avait fini par grimper dans l'échelle sociale.
Son père et sa mère avaient toujours désiré ça. Bien
dans le genre Shaker Heights. Ecoutez, j'ai vraiment
un avion à prendre.

— Y a-t-il des chances que Kathy ait fui quelque
chose ?

— Si l'on mène la vie qu'elle menait, on fuit toujours quelque chose.

Merrill Shortley a haussé les épaules, l'air ennuyé.

Merrill avait une attitude, une froideur que je n'aimais pas. Elle se drapait dans l'aura cynique d'un
passé dissolu. Et je soupçonnais qu'elle me dissimulait quelque chose.

— Et vous, qu'avez-vous fait, Merrill ? Vous avez
épousé un gros sac de Silicon Valley ?

Elle a fait non de la tête. Avant de finir par sourire
imperceptiblement.

— Un gestionnaire de fonds.

Je me suis penchée en avant.

— Donc, vous ne vous souvenez de personne sortant du lot ? Quelqu'un avec qui elle serait restée en relation ? Dont elle aurait eu peur ?

— Ces dernières années, m'a dit Merrill Shortley, j'ai eu beaucoup de mal à me souvenir de quelqu'un sortant du lot.

— C'était *votre amie*, ai-je insisté, en élevant le ton. Vous voulez que je vous montre à quoi elle ressemble à présent ?

Merrill s'est levée, a gagné la coiffeuse et commencé à ranger dans un sac en cuir affaires de toilette et produits de maquillage. A un moment, elle s'est arrêtée et s'est aperçue en reflet dans le miroir. Jetant un coup d'œil par-dessus son épaule, elle a surpris mon regard posé sur elle.

— Il y a peut-être ce type avec lequel Kathy a vécu quelque chose. Une grosse pointure. Plus âgé qu'elle. Elle m'a dit que je le connaissais — mais n'a pas voulu me donner son nom. Je pense qu'elle l'a rencontré grâce à son job. Si je m'en souviens bien, il était marié. Je ne sais pas comment ça s'est terminé. Ni qui a rompu. Ni même s'il y a eu une fin tout court.

Je me suis sentie inondée d'un flux d'adrénaline.

— Qui est-ce, Merrill ? Il est possible qu'il ait tué votre amie.

Elle a secoué la tête.

— Vous avez vu cet homme ?

Elle a refait non de la tête.

J'ai insisté.

— Vous êtes sa seule amie de l'époque qu'elle invite à son mariage et vous ne l'avez jamais rencontré, ne serait-ce qu'une fois ? Vous ne savez même pas son nom ?

Elle m'a souri, décontractée.

— Elle se protégeait. Elle ne me disait pas tout.

Parole de scout, inspecteur. Je suppose qu'il s'agissait d'une figure médiatique.

— Vous l'avez beaucoup vue ces deux dernières années ?

Merrill a fait non de la tête. Elle jouait les vraies garces. Très nouveau riche de Silicon Valley.

— Son père m'a dit qu'elle allait encore à San Francisco. Pour affaires.

Merrill a haussé les épaules.

— Je ne sais pas. Il faut que j'y aille.

J'ai ouvert brusquement mon sac et en ai retiré l'une des photos de la scène de crime que McBride m'avait données, celle de Kathy, les yeux grands ouverts, affalée en un tas sanglant aux pieds de son mari.

— C'est l'une de ses connaissances qui a fait ça. Vous voulez qu'on vous intercepte à l'avion et qu'on vous jette dans une cellule de détention à titre de témoin ? Vous pourrez appeler l'avocat de votre mari, mais ça lui prendra quand même quarante-huit heures pour vous tirer de là. Quelle sera la réaction du petit monde techno-gestionnaire face à cette nouvelle ? Je suis sûre de pouvoir la faire passer dans le *Chronicle*.

Merrill s'est détournée, le menton tremblant.

— Je ne sais pas qui c'était. Simplement qu'il était plus âgé, marié, le genre d'enfoiré super-friqué. Porté sur la chose et pas très relax là-dessus. Kathy m'a dit qu'il jouait à de petits jeux sexuels avec elle. Mais qui que ce fût, elle se taisait toujours, se montrait protectrice. Le reste, il faudra le trouver vous-même.

— Elle a continué à voir cet homme, n'est-ce pas ?

J'étais en train de recoller les morceaux.

— Même après être partie à Seattle. Même après avoir rencontré son mari.

Elle m'a lancé un sourire indéfinissable.

— Bien vu, inspecteur. Jusqu'au dernier moment.

— Quel dernier moment ?

Merrill Shortley a décroché le téléphone.

— Chambre 302. Préparez ma note. Je suis très pressée.

Elle s'est levée, a mis son sac Prada en bandoulière, un imper coûteux sur le bras. Puis elle m'a regardée en me disant sèchement :

— Le tout dernier moment.

Chapitre 58

— Pas étonnant que la mariée n'ait pas été en blanc, m'a dit Raleigh en fronçant le sourcil, après que je lui eus rapporté mon entretien avec Merrill Shortley.

McBride nous avait organisé un dîner Chez Nonni, un italien donnant sur le lac, à un jet de pierre de notre hôtel.

L'entretien de Raleigh avec les parents du marié n'avait rien livré d'important. James Voskuhl était un aspirant musicien, qui avait zoné en marge du milieu musical de Seattle, et avait fini par faire son trou en représentant deux, trois groupes prometteurs. Il n'avait aucun lien connu avec San Francisco.

— Le tueur connaissait Kathy, ai-je dit. Comment

l'aurait-il dénichée ici, autrement ? Ils avaient une liaison.

— Jusqu'au dernier moment ?

— Au *tout* dernier moment, ai-je répondu. Ce qui signifie peut-être, ici même, à Cleveland. Ce n'étaient pas des enfants de chœur. Merrill m'a dit que ce type était plus âgé qu'elle, marié, porté sur la chose, prédateur. Ce qui colle avec le style des meurtres. Quelqu'un qu'elle a connu à San Francisco a dû voir Barbe Rousse. *Quelqu'un sait.* Merrill prétend que Kathy protégeait son amant, sans doute parce qu'il était célèbre.

— Vous pensez que Merrill Shortley n'a pas tout dit ?

— Peut-être. Ou bien la famille. J'ai l'impression qu'ils cachent quelque chose.

Il avait commandé un Chianti de 1997 et quand on nous l'a servi, il a incliné son verre :

— A David et Mélanie, Michael et Becky, James et Kathy.

— On leur portera un toast à l'arrestation de cet immonde salopard, ai-je dit.

C'était la première fois qu'on se retrouvait en tête à tête à Cleveland et j'ai ressenti soudain une certaine nervosité. On avait toute une soirée devant nous et peu importe que nous revenions sans cesse à l'affaire ou que nous plaisantions « ceci n'est pas un rendez-vous galant », il y avait ce tiraillement, cette corde qui vibrait à l'intérieur de moi, me disant que ce n'était pas le moment de démarrer quoi que ce soit avec qui que ce soit, pas même avec le beau et charmant Chris Raleigh.

Alors pourquoi m'être changée, avoir enfilé un pull-over bleu layette et un pantalon seyant au lieu de garder la chemise de batiste et le vieux jean que j'avais portés toute la journée ?

On a commandé. J'ai pris un osso buco, des épinards, une salade ; Raleigh, du veau paillard.

— Peut-être que c'était quelqu'un avec qui elle travaillait ? a dit Raleigh. Ou en rapport avec son job ?

— J'ai demandé à Jacobi de vérifier à son agence de Seattle. Son père m'a dit qu'elle continuait à descendre à San Francisco pour affaires. Je veux savoir si c'est vrai.

— Et si ça ne l'est pas ?

— Alors soit elle cachait quelque chose, soit c'est eux.

Il a pris une gorgée de vin.

— Pourquoi se marier si elle avait encore une liaison avec ce type ?

J'ai haussé les épaules.

— Ils disent tous que Kathy se rangeait enfin des voitures. J'aimerais voir à quoi elle ressemblait à cette époque, s'ils appellent ça se ranger.

J'ai pensé que j'aimerais refaire une tentative auprès de sa sœur, Hillary. Je me suis rappelé quelque chose qu'elle m'avait dit. *Les vieilles habitudes ont la peau dure.* J'avais cru qu'elle faisait allusion à la drogue et aux fêtes. *Voulait-elle parler de Barbe Rousse ?*

— McBride m'a dit que demain matin on devrait pouvoir visionner les bandes au musée.

— Ce type était *là*, Raleigh, ai-je affirmé avec certitude. Il était là, ce soir-là. Kathy connaissait son assassin. Il nous reste juste à découvrir qui c'est.

Raleigh a encore rempli mon verre d'un peu de vin.

— On fait équipe à présent, hein, Lindsay ?

— Bien sûr, ai-je dit, un peu surprise par sa

question. Ne venez pas me dire que je ne vous fais pas confiance.

— Non, je veux dire, on a connu trois doubles meurtres, on s'est engagés à voir le bout de cette affaire, je vous ai soutenue auprès de Mercer. Je vous ai même aidée à ranger après le dîner chez vous, l'autre soir.

— Ouais, et alors ?

J'ai souri. Mais son visage ne se départait pas d'un soupçon de gravité. J'ai tenté de deviner où il voulait en venir.

— Il est peut-être temps que vous m'appeliez Chris, qu'est-ce que vous en dites ?

Chapitre 59

Après le dîner, Chris et moi nous sommes dirigés vers notre hôtel en empruntant le front de lac bordé d'arbres. Une brise fraîche et brumeuse me léchait le visage.

Nous n'avons pas dit grand-chose. Cette même appréhension nerveuse me démangeait sous la peau.

A l'occasion, nos bras s'effleuraient. Il avait retiré sa veste et ses épaules et son torse se dessinaient solidement. Non pas que je m'arrête à des choses superficielles de ce genre.

— Il est encore tôt, a-t-il dit.

— Cinq heures et demie, chez nous, ai-je répondu. Je pourrais encore joindre Roth. Peut-être devrais-je remettre sa pendule à l'heure.

Raleigh a souri.

— Vous avez déjà appelé Jacobi. Je parie qu'avant même d'avoir raccroché, il était dans le bureau de Roth.

Au fil de notre marche, on aurait dit qu'une force insupportable m'attirait, puis me repoussait.

— De toute façon, ai-je dit, pour une fois, je ne me sens pas d'humeur à appeler.

— Et vous vous sentez d'humeur pour quoi ?

— Promenons-nous simplement.

— Les Indians jouent ce soir. Vous voulez qu'on resquille ? Le match doit en être à la cinquième manche.

— On est de la police, Raleigh.

— Ouais, ça ne serait pas bien. Vous voulez qu'on aille danser, alors ?

— Non, ai-je fait, encore plus fermement. Je n'ai pas envie de danser.

Chacun de mes mots semblait chargé d'un message secret.

— Je commence à m'apercevoir — je me suis tournée vers lui — que j'ai du mal à me rappeler de vous appeler Chris.

— Et moi, je commence à m'apercevoir, m'a-t-il répondu en me faisant face, que j'ai du mal à tenter de prétendre qu'il ne se passe rien entre nous.

— Je sais, ai-je murmuré, le souffle coupé, mais je ne peux pas, c'est tout.

C'était vraiment la chose stupide à dire, mais tout en le désirant autant que lui, une plus grande hésitation encore me retenait.

— Ça veut dire que je ressens quelque chose aussi. Et qu'une partie de moi désire ce que je ressens. Mais pour l'instant, je ne sais pas si je peux. C'est compliqué, Chris.

J'étais nerveusement en état d'alerte générale.

On s'est remis à marcher, la brise soufflant du lac a soudain rafraîchi ma nuque en sueur.

— Compliqué parce qu'on travaille ensemble ?

— Oui, c'est ça, ai-je menti. Je suis sortie avec des types de la boutique deux ou trois fois.

— *C'est* ça... et quoi d'autre ? a dit Raleigh.

Des désirs par milliers me criaient intérieurement de me rendre. Ce qui me passait par la tête était de la folie pure. Je voulais qu'il me touche ; et en même temps, pas. Nous étions seuls sur le quai. A cet instant, s'il me prenait contre lui, se penchait et m'embrassait, je ne savais pas ce que je ferais.

— J'en ai envie, ai-je dit, ma main se tendant vers la sienne, mon regard plongeant dans ses yeux d'un bleu profond.

— Vous ne me dites pas tout, a-t-il ajouté.

J'ai dû mobiliser toute mon énergie pour m'empêcher de tout lui avouer. Je ne sais pas pourquoi je ne l'ai pas fait. Au tréfonds de moi, quelque chose désirait qu'il me désire et qu'il continue à penser que j'étais une femme forte. Je sentais la chaleur de son corps et je me disais qu'il pouvait sentir vaciller la résolution du mien.

— Je ne peux simplement pas à l'heure qu'il est, ai-je dit dans un souffle.

— Vous savez, je ne serai pas éternellement votre coéquipier, Lindsay.

— Je le sais. Et peut-être, ne serai-je pas éternellement capable de vous dire non.

J'ignore si je fus déçue ou soulagée d'apercevoir notre hôtel. Une partie de moi voulait se précipiter dans ma chambre, ouvrir grand les fenêtres et aspirer une goulée d'air de la nuit.

Je fus presque heureuse de ne pas avoir à décider quand Raleigh m'a prise par surprise.

Il s'est penché sur moi sans prévenir et a posé ses lèvres sur les miennes. Le baiser était très léger, comme s'il me demandait gentiment *je peux ?*

J'ai laissé le baiser s'attarder. *Les mains douces... les lèvres douces.*

Ce ne fut pas comme si je n'avais jamais imaginé qu'une chose pareille puisse arriver. C'était exactement comme je l'avais imaginé. Je voulais rester maîtresse de moi, mais ça y était, tout à trac, et je m'abandonnais. Juste au moment où j'allais céder pour de bon, la peur s'est emparée de moi — la peur de la vérité inéluctable.

J'ai baissé la tête, me suis détachée de lui lentement.

— C'était agréable. Pour moi, du moins, a dit Raleigh, en posant son front contre le mien.

J'ai acquiescé, tout en ajoutant :

— Je ne peux pas, Chris.

— Pourquoi toujours rester sur la réserve, Lindsay ? m'a-t-il demandé.

J'avais envie de lui répondre : *parce que je vous trompe.* Et de lui dire tout ce qui se passait.

Mais j'étais contente de le tromper, en dépit du désir le plus fort que j'aie éprouvé depuis des années.

— Parce que je veux poisser Barbe Rousse, voilà tout, ai-je répondu.

205

Chapitre 60

Le lendemain matin, l'inspecteur McBride nous a laissé un message : nous devions le retrouver dans le bureau de Sharp au Hall of Fame.

Quelque chose apparaissait sur la cassette.

Dans une salle de conférences chichement décorée, le chef de la sécurité du musée, McBride et plusieurs membres de la crime du CPD étaient installés face à un moniteur vidéo à écran large, posé sur un meuble en noyer.

— Au début, a commencé un Sharp, pénétré de son importance, on s'est passé la bande avec des membres des deux familles, en s'arrêtant sur le moindre visage qui ne leur était pas familier. Votre dessin, fit-il en se tournant vers moi, nous a aidés à resserrer le filet.

Il braqua une télécommande vers l'écran.

— Les premiers extraits que vous allez voir concernent l'entrée principale.

L'écran s'alluma, du noir et blanc standard de surveillance. C'était si bizarre, si étrange. Plusieurs invités habillés de façon voyante semblaient arriver en même temps, la plupart attifés en rock stars. L'un d'eux était en Elton John. Sa cavalière avait les cheveux teints en bataille, ses mèches alternant le clair et le foncé. Genre Cindy Lauper. J'ai reconnu un Chuck Berry, un Michael Jackson, deux trois Madonna, un Elvis Presley, un Elvis Costello.

Sharp a fait défiler la bande en avance rapide, c'était maintenant une série de séquences, montées à

la suite. Un couple plus âgé arrivait, en tenue de soirée traditionnelle. Dans leur dos, presque collé à eux,
un homme évitant clairement la caméra, le visage
détourné.

— *Là !* s'est écrié Sharp.

Je l'ai vu ! Mon cœur battait follement dans ma poitrine. Barbe Rousse, nom de Dieu !

C'était une ressemblance horrible, granuleuse. L'individu, sentant la caméra braquée sur lui, s'empres-
sait de sortir du champ. Peut-être était-il venu faire
des repérages des caméras de sécurité plus tôt. Peut-
être était-il simplement assez malin pour éviter d'être
filmé plein pot. Quoi qu'il en soit, il se faufilait dans
la foule et disparaissait.

La colère m'a mise en boule.

— Vous pouvez revenir en arrière et arrêter ? ai-je
dit à Sharp. Il faut que je voie son visage.

Il a brandi sa télécommande et l'image a gagné en
netteté et en luminosité.

Je me suis levée. Je fixais un gros plan du visage de
l'assassin en partie dans l'ombre.

On ne distinguait clairement ni ses yeux ni ses
traits : seulement son profil perdu. Un menton proéminent et le contour d'un bouc.

Il ne faisait aucun doute dans mon esprit qu'il
s'agissait du tueur. J'ignorais son nom, je voyais à
peine sa figure. Mais l'image floue que Claire et moi
avions d'entrée esquissée mentalement, je l'avais
maintenant devant les yeux.

— Vous ne pouvez pas faire mieux ? a insisté
Raleigh.

Un membre du service technique du musée lui a
répondu :

— Ça doit être technologiquement possible. Mais

207

sur cette bande de mauvaise qualité, voilà ce que ça donne.

— On le rechope plus tard, a fait Sharp.

Il a mis en avance rapide et s'arrêta sur une vue en grand angle du hall principal, où se tenait la réception de mariage. Ils furent en mesure de faire un zoom avant sur le même homme en smoking, se tenant en marge de la cohue, en observation. Une fois l'image agrandie, elle perdit de sa définition et devint granuleuse.

— Il évite volontairement de fixer les caméras, ai-je chuchoté à Raleigh. Il connaît leur emplacement.

— On a soumis ces plans aux deux familles, a fait Sharp. Personne ne le remet. Personne ne peut l'identifier. Bon, il y a une chance que ça ne soit pas lui. Mais si on se base sur votre portrait-robot...

— C'est *lui*, ai-je dit fermement.

J'avais le regard scotché sur l'écran granuleux. J'étais sûre également que nous avions sous les yeux l'amant mystérieux de Kathy Voskuhl.

Chapitre 61

Hillary savait. J'en étais quasiment sûre. Mais pourquoi cachait-elle une chose pareille liée à la mort de sa sœur, je n'arrivais pas à me l'imaginer. *Les vieilles habitudes ont la peau dure*, avait-elle dit.

Je voulais la revoir et je l'ai jointe par téléphone à la maison de famille de Shaker Heights.

— J'ai eu la chance de parler à Merrill Shortley, lui ai-je dit. J'ai besoin d'éclaircir quelques points.

— C'est un moment très stressant pour ma famille, comprenez-vous, inspecteur, m'a répliqué Hillary. On vous a dit tout ce que l'on savait.

Je ne désirais pas y aller trop fort. Elle avait perdu sa sœur en d'horribles circonstances. La maison de ses parents était endeuillée et en souffrance. Elle n'était nullement obligée de me parler.

— Merrill m'a dit quelques petites choses concernant Kathy. Sur son mode de vie...

— Nous vous avons déjà dit tout cela, m'a-t-elle répondu sur la défensive. Mais nous vous avons dit aussi qu'après sa rencontre avec James, elle s'était rangée.

— C'est de cela que je veux vous parler. Merrill s'est souvenue de *quelqu'un* qu'elle voyait à San Francisco.

— Je croyais que nous vous avions dit que Kathy sortait avec beaucoup d'hommes.

— Avec celui-là, ça a duré longtemps. Il était plus vieux, marié. Un gros bonnet. Une célébrité, peut-être.

— Je n'étais pas la gardienne de ma sœur, s'est plainte Hillary.

— J'ai besoin d'un nom, Ms Bloom. Cet homme pourrait être son assassin.

— J'ai peur de ne pas comprendre. Je vous ai déjà dit ce que je savais. Ma sœur ne me faisait pas vraiment de confidences. On menait des vies complètement différentes. Je suis sûre que vous avez déjà ajouté deux plus deux — il y avait beaucoup de choses que je n'approuvais pas.

— Vous m'avez dit lors de notre précédent entretien : « Les vieilles habitudes ont la peau dure. » A quelles habitudes faisiez-vous allusion ?

— Je crains bien de ne pas voir ce que vous voulez dire. La police de Cleveland s'occupe de l'affaire, inspecteur. On ne pourrait pas lui laisser faire son boulot ?

— J'essaie de vous aider Ms Bloom. Pourquoi Kathy a-t-elle quitté San Francisco ? Je crois que vous le savez. Quelqu'un la maltraitait-il ? Kathy avait-elle des ennuis ?

Hillary a repris d'un ton effrayé.

— Merci de tout ce que vous faites, inspecteur, mais je vais raccrocher maintenant.

— Ça surgira un jour ou l'autre, Hillary. C'est toujours comme ça que ça se passe. Via un agenda, sa note de téléphone. Kathy n'est pas seule en cause. Il y a quatre autres morts en Californie. Ils étaient eux aussi pleins d'espoir pour le temps qu'il leur restait à vivre, tout comme votre sœur. Et ils ne méritaient pas ça.

Elle a eu un sanglot dans la voix.

— Je ne vois pas du tout de quoi vous parlez.

J'ai senti qu'il me restait une dernière chance.

— C'est là que gît la vérité vraiment moche d'un assassinat. Si mon métier d'inspecteur de la criminelle m'a appris quelque chose, c'est que rien n'est fixé pour toujours. Hier, vous n'étiez qu'une innocente victime mais aujourd'hui vous êtes dans le bain vous aussi. Ce tueur va frapper une nouvelle fois et vous regretterez toute votre vie de ne pas m'avoir confié tout ce que vous saviez, quoi que ce fût.

Il y a eu un silence lourd de signification sur la ligne. Je savais ce qu'il trahissait : la lutte qui se livrait dans la conscience d'Hillary Bloom.

Puis il y eut un déclic. Elle avait raccroché.

Chapitre 62

Notre vol retour pour San Francisco décollait à quatre heures de l'après-midi. Je détestais, ô combien, repartir sans un nom. En particulier, quand je me sentais si près du but.

Quelqu'un de célèbre.

Porté sur la chose.

Pourquoi le protégeaient-ils ?

Bref, on avait beaucoup avancé en tout juste deux jours. Il était clair pour moi qu'une seule et même personne avait commis les trois doubles meurtres. Nous avions une piste solide la rattachant à San Francisco, une identité possible, une description confirmée. La piste était chaude ici et le serait encore plus, une fois rentrés.

Les deux enquêtes se mèneraient à l'échelon local. La police de Cleveland chargerait celle de Seattle de faire une perquisition au domicile de la mariée. Peut-être quelque chose dans ses effets personnels, un agenda, un e-mail sur son ordinateur divulgueraient-ils l'identité de son amant de San Francisco.

En attendant de monter à bord de notre avion pour quitter Cleveland, j'ai appelé ma boîte vocale. J'avais deux messages, l'un de Cindy, l'autre de Claire, me demandant des nouvelles de mon voyage et de *notre affaire*. Plus ceux de journalistes insistant pour que je commente le crime de Cleveland.

Puis j'entendis le timbre guttural de Merrill Shortley. Elle me laissait son numéro en Californie.

Je l'ai composé le plus vite que j'ai pu. Une

gouvernante m'a répondu et j'ai entendu un bébé qui pleurait.

Quand Merrill a pris l'appel, j'aurais juré que sa froideur de surface avait craqué en partie.

— J'ai pensé, a-t-elle attaqué, que j'avais omis de vous dire quelque chose hier.

— Oui ? Ça fait du bien à entendre.

— Ce type dont je vous ai parlé ? Celui avec lequel Kathy était maquée à San Francisco ? Je vous ai dit la vérité. Je n'ai jamais su son nom.

— Bon, continuez.

— Mais il y avait certaines choses... je vous ai dit qu'il la traitait mal. Il était très porté sur des jeux sexuels. Accessoires, scénarios. Peut-être même qu'il filmait un peu. Le problème, c'était que *Kathy aimait ces jeux-là.*

Merrill s'est tue assez longtemps avant de poursuivre.

— Eh bien, je crois qu'il l'a poussée, qu'il l'a forcée à dépasser les limites de l'acceptable pour elle. Je me souviens d'avoir vu des marques sur son visage, des ecchymoses sur ses jambes. C'est surtout mentalement qu'il l'a brisée. Aucune de nous ne ramenait Tom Cruise à la maison, mais il y a une époque où Kathy vivait vraiment dans la peur. Elle était sous son emprise.

J'ai commencé à voir où elle voulait en venir.

— C'est la raison pour laquelle elle a déménagé, n'est-ce pas ? ai-je dit.

J'ai entendu Merrill Shortley soupirer à l'autre bout du fil.

— Oui.

— Alors pourquoi continuait-elle à venir le voir

depuis Seattle ? Vous avez dit que sa liaison avec lui a duré jusqu'à la fin.

— Mais je n'ai jamais dit que Kathy savait ce qui était bon pour elle, m'a répliqué Merrill Shortley.

Je voyais à présent l'existence de Kathy Kogut adopter la forme d'une tragédie inévitable. J'étais certaine qu'elle avait fui San Francisco, tenté d'échapper à la mainmise de cet homme. Sans réussir à s'en libérer.

Etait-ce vrai aussi des autres mariées assassinées ?

— J'ai besoin d'un nom, Mrs Shortley. Quel qu'il soit, il se pourrait bien qu'il ait tué votre amie. Il y a eu quatre autres victimes. Plus il demeure en liberté, plus il y a de chances qu'il recommence.

— Je vous l'ai déjà dit, inspecteur, *je ne connais pas son nom*.

J'ai élevé la voix pour me faire entendre dans le vacarme du terminal.

— Merrill, *quelqu'un* doit le connaître. Vous l'avez fréquentée plusieurs années, avez fait la fête ensemble.

Merrill a hésité.

— A sa façon, Kathy était loyale. Elle disait que son nom était très connu. Une espèce de célébrité. Quelqu'un que je connaissais. Elle le protégeait. Ou peut-être qu'elle se protégeait elle-même.

Mon esprit a fait rapidement la connexion avec les milieux du cinéma et de la musique. *Elle avait de mauvaises fréquentations*. Elle était dépassée par les événements et comme beaucoup de personnes qui se sentent piégées, elle s'est enfuie. Pas assez loin, malheureusement.

— Elle a dû vous confier quelque chose, l'ai-je pressée. Que faisait-il ? Où vivait-il ? Où se retrouvaient-ils ? Vous étiez comme deux sœurs.

Des méchantes sœurs ?

— Je vous le jure, inspecteur. Je me suis creusé la cervelle.

— Alors quelqu'un doit savoir. Qui ? Dites-le-moi.

J'ai entendu Merrill Shortley émettre un petit rire sans joie.

— Demandez à sa sœur.

Avant de monter dans l'avion, j'ai bipé McBride et laissé un message détaillé sur sa boîte vocale. L'amant de Kathy était probablement une célébrité. C'était la raison de son départ de San Francisco. Le profil collait avec le style de notre assassin. Sa sœur, Hillary, pouvait connaître le nom du tueur.

Une fois à bord, je n'ai pu penser qu'à une chose, à savoir qu'on touchait au but. Raleigh était là, à mes côtés. Pendant le décollage, je me suis appuyée à son bras, m'abandonnant totalement à mon épuisement.

Mes ennuis de santé me semblaient à des millions de kilomètres. Je me suis rappelé quelque chose que j'avais dit à Claire. Je lui avais dit que retrouver ce salopard me donnait la résolution pour aller de l'avant. Le Barbe Rousse de mon rêve qui m'avait échappé.

— On va le choper, ai-je dit à Raleigh. On ne peut pas le laisser tuer d'autres jeunes mariés.

Chapitre 63

Huit heures du matin, le lendemain. J'étais à mon bureau.

J'avais plusieurs façons de poursuivre l'enquête.

Hillary Bloom était la voie la plus directe, à supposer, comme l'avait suggéré Merrill, qu'elle fût en mesure de nous fournir un nom. Il était clair qu'à sa façon entortillée, elle tentait d'épargner à sa famille le chagrin nouveau de voir Kathy stigmatisée publiquement comme une lamentable esclave sexuelle de ses pulsions, trompant son futur époux juste avant qu'ils ne se jurent fidélité.

Tôt ou tard, un nom ferait surface. Venant d'elle ou de Seattle.

Avant toute autre chose, j'ai appelé le cabinet de Medved et j'ai repris un rendez-vous, en remplacement de celui que j'avais annulé, pour le jour même à cinq heures. Après un laps de temps très court, la secrétaire m'a dit que le médecin me recevrait en personne.

Peut-être avait-il de bonnes nouvelles à m'annoncer. A vrai dire, je me sentais un peu plus résistante. Peut-être que le traitement commençait à porter ses fruits.

Il était difficile de reprendre la routine après mon absence de San Francisco. Les meilleures pistes se trouvaient à présent à Cleveland. J'ai lu quelques rapports concernant les indices sur lesquels Jacobi enquêtait, et réuni le groupe d'intervention à dix heures.

Pour le moment, les pistes les plus prometteuses — les poils et la Boutique des mariages de chez Saks — avaient découlé de mes rencontres avec Claire et Cindy. Je n'ai pas pu résister et j'ai téléphoné à Claire avant midi.

— Mets-moi au courant, m'a-t-elle dit tout excitée, je croyais qu'on était associées.

— Je n'y manquerai pas, lui ai-je répondu. Préviens Cindy. Et retrouvez-moi pour déjeuner.

Chapitre 64

Nous étions appuyées toutes les trois à un muret de pierre dans le parc de la Mairie, picorant des sandwiches à la salade que nous avions achetés dans une épicerie voisine. *Nouvelle réunion du Murder Club.*

— Tu avais raison, ai-je dit à Claire en lui passant une copie du photogramme de Barbe Rousse se faufilant dans la réception de mariage à Cleveland.

Elle le dévisagea intensément. Claire a relevé les yeux une fois qu'elle eut confirmation de ses premières suppositions concernant le physique de l'assassin. Elle eut un étrange petit sourire.

— Je n'ai fait que déchiffrer ce que ce salaud-là a laissé derrière lui.

— Peut-être, ai-je dit, en lui faisant un clin d'œil. Mais je parie que Righetti n'y aurait vu que du feu.

— C'est vrai, se permit-elle, rayonnante de satisfaction.

C'était une journée lumineuse de fin juin ; une brise piquante, soufflant du Pacifique, parfumait l'air. Des employés de bureau entretenaient leur bronzage ; des groupes de secrétaires bavassaient à tout va.

Je leur ai raconté ce que j'avais découvert à Cleveland, sans souffler mot de ce qui s'était passé entre Chris Raleigh et moi au bord du lac.

Quand j'eus achevé de rapporter la révélation choquante de Merrill Shortley, Cindy a affirmé :

— Peut-être que tu aurais dû rester là-bas, Lindsay.

J'ai fait non de la tête.

— Ce n'est pas mon affaire. Je ne suis allée là-bas qu'en consultation. A présent, je sers de point commun entre trois juridictions.

— Tu penses que Merrill Shortley n'a pas tout dit ? a demandé Claire.

— Non. Si elle savait quelque chose, elle ne me l'aurait pas caché.

— La mariée devait avoir d'autres amis ici, a dit Cindy. Elle était dans la pub. Si ce type est célèbre, peut-être qu'elle l'a rencontré dans son job.

J'ai opiné.

— J'ai quelqu'un sur le coup pour vérifier. On a aussi le D.P. de Seattle qui passe son appart au peigne fin.

— Où travaillait-elle quand elle vivait ici ? a demandé Claire.

— Une agence du nom de Bright Star Medias. Apparemment, elle avait des contacts avec le milieu musical local.

Cindy a siroté du thé glacé.

— Pourquoi ne pas me laisser y aller voir ?

— Tu veux dire comme tu as fait au Hyatt ? ai-je questionné.

Elle a souri.

— Non, davantage comme à Napa Valley. Allez... je suis journaliste. Je passe mes journées avec des gens formés à dénicher des saloperies sur n'importe qui.

J'ai mordu dans mon sandwich.

— D'accord, ai-je fini par lui dire. Fais comme tu le penses.

— En attendant, est-ce que je peux publier tout ce qu'on a pour l'instant, s'est enquise Cindy.

La plupart des infos étaient classées top secret. Si ça paraissait au grand jour, on pointerait le doigt sur moi.

— Tu peux parler du style similaire du meurtre de Cleveland. Comment on a découvert les corps. Du séjour de la mariée ici et des milieux qu'elle fréquentait. Mais interdiction absolue de citer le nom de Merrill Shortley.

De la sorte, j'espérais que l'assassin sentirait que le filet se resserrait sur lui. Ça pourrait le faire réfléchir à deux fois avant de tuer à nouveau.

Cindy est partie s'acheter un *gelato* chez un marchand ambulant de crèmes glacées voisin. Claire en a profité pour poser la question :

— Alors comment tu te sens ? Ça va ?

J'ai poussé un long soupir en haussant les épaules.

— Envie de vomir. Vertiges. On m'avait prévenue. J'ai une séance de traitement, cet après-midi. Medved m'a dit qu'il serait là.

J'ai aperçu Cindy qui revenait.

— Tenez, a déclaré Cindy gaiement.

Elle avait acheté trois *gelati*.

Claire a porté la main à sa poitrine en mimant une crise cardiaque.

— J'ai à peu près besoin d'une glace comme le Texas d'un vent chaud au mois d'août.

— Moi aussi, ai-je fait en éclatant de rire.

Mais elle était à la mangue et vu ce qui me rongeait ça m'a paru une vaine précaution de refuser.

Claire a fini par accepter la sienne, elle aussi.

— Bon, ce que tu ne nous as pas dit explicitement,

a-t-elle fait avec un lent coup de langue, c'est ce qui s'est passé entre Mr Chris Raleigh et toi en O-H-I-O.

— Parce qu'il n'y a rien à dire, ai-je répondu en haussant les épaules.

— On croirait que les flics apprennent à mentir mieux que les autres, a fait Cindy en éclatant de rire.

— Tu écris pour la page des potins ? ai-je demandé.

Malgré moi, je me suis sentie rougir. Le regard avide de Claire et de Cindy pesait sur moi, me laissant entendre qu'il était vain de résister.

Je me suis assise en lotus sur le muret. Puis je leur ai fait un résumé de la situation : le long slow dans mon appartement, ce qui m'a valu un *Tu ne danses pas, petite, tu cuisines*, de Claire. Je leur ai décrit ensuite le plaisir anticipé d'être assise près de lui dans l'avion ; la promenade au bord du lac et ma nervosité ; mes doutes, mes hésitations, les conflits intérieurs qui me retenaient.

— Le fond des choses, c'est que j'ai dû faire des efforts surhumains pour ne pas lui arracher ses vêtements, là au bord du lac.

Et j'ai ri de mes propres paroles et de l'effet qu'elles devaient avoir produit.

— Et pourquoi tu ne l'as pas fait, ma petite ? m'a dit Claire, ouvrant de grands yeux. Ça ne t'aurait pas fait de mal.

— J'en sais rien, ai-je répondu.

Mais je mentais : je le savais. Et malgré son sourire réconfortant, Claire le savait elle aussi. Elle m'a pressé la main. Cindy ne comprenait rien à ce qui se passait.

— Je suis prête à perdre dix kilos, a plaisanté Claire, rien que pour voir la tête de Joyeux si vous

vous étiez fait choper en train de faire la chose dans les fourrés.

— Deux policiers de San Francisco, a déclaré Cindy adoptant le ton d'une présentatrice de journal télévisé, sur la piste du tueur des jeunes mariés à Cleveland, ont été surpris *dans le plus simple appareil*, dans les bosquets du bord du lac.

On a failli s'étouffer de rire, toutes les trois. *Que c'était bon.*

Cindy a haussé les épaules.

— Et ça, Lindsay, je me verrais dans l'obligation de l'imprimer.

— A partir de dorénavant, a pouffé Claire, je pressens que les choses vont devenir super-chaudes dans la voiture radio.

— Je ne crois pas que ce soit le genre de Chris, ai-je dit pour sa défense. Tu oublies qu'il est du genre *Attrape-cœurs.*

— Oh oh... c'est *Chris*, à présent, hein ? a fait Claire d'un ton rêveur. Et ne sois pas si sûre de ça. Edmund joue de trois instruments, connaît la musique sur le bout des doigts depuis Bartók jusqu'à Keith Jarrett, mais il s'est montré à la hauteur de l'occasion dans les endroits les plus inattendus.

— Où par exemple ? ai-je demandé en riant.

Elle a fait non de la tête, jouant les timides.

— Je ne veux simplement pas que tu penses qu'un homme qui se comporte avec une certaine dignité ne la met pas de côté quand on en vient là.

— Allez, l'ai-je exhortée, tu as mis ça en train. Je t'écoute.

— Disons pour aller vite que j'en ai vu des raides sur ma table d'examen qui n'avaient rien à voir avec les macchabées.

J'ai failli lâcher mon *gelato* sur le sol.

— Tu rigoles ? Toi ? Et Edmund ?

Les épaules de Claire tressautaient de plaisir.

— Au point où j'en suis... une fois, on a fait ça dans une loge du parterre, après une répétition de l'orchestre symphonique.

— Mais à quoi ça rime ? Vous n'arrêtez pas de marquer votre territoire comme des caniches, me suis-je exclamée.

Le visage rond de Claire s'est éclairé.

— Tu sais, ça ne remonte pas à hier. Quoique, en y repensant, la fois dans mon bureau lors de la fête de Noël du coroner... ça ne fait pas si longtemps.

— Puisque nous en sommes à mettre nos âmes à nu, a insinué Cindy, quand je suis arrivée au *Chronicle*, j'ai eu une histoire avec l'un des cadres du Bloc-Notes. On se retrouvait à la bibliothèque. Tout au fond du rayon Immobilier. Personne n'y venait jamais.

Cindy, confuse, a fait la grimace, mais Claire a gloussé d'approbation.

J'étais abasourdie. J'apprenais la face cachée, refoulée d'une personne que je connaissais depuis dix ans. Mais je ressentais aussi un peu de honte. *Je n'avais rien à raconter, moi.*

— Bon, a dit Claire en me regardant. Qu'est-ce que l'inspecteur Boxer nous sort du placard pour qu'on en profite ?

J'ai essayé de me souvenir d'une seule fois où j'avais fait quelque chose de totalement dingue. En fait, en matière de sexe, je ne me considérais pas comme coincée. Mais j'ai eu beau fouiller ma mémoire, mes élans passionnels se terminaient toujours entre deux draps.

J'ai haussé les épaules, bredouille.

— Eh bien, tu ferais mieux de t'y mettre, m'a dit Claire en agitant le doigt. Quand je pousserai mon dernier soupir, je ne repenserai pas à toutes ces conférences où j'ai pris la parole. On n'a que de rares occasions dans la vie de vraiment se déchaîner, aussi autant ne pas les laisser passer quand elles se présentent.

Un léger remords m'a transpercée comme la pointe d'un couteau. A cet instant-là, je n'aurais su dire ce que je désirais le plus : ma place sur la liste — ou un nom à mettre sur ce Barbe Rousse de malheur. A mon avis, j'avais envie des deux.

Chapitre 65

Deux, trois heures plus tard, j'étais assise, vêtue de ma blouse d'hôpital, dans le service hématologique Moffett.

— Le Dr Medved aimerait vous dire un mot avant que nous ne commencions, m'a dit Sara, l'infirmière chargée de me transfuser.

Je me sentais nerveuse en la voyant installer l'appareil à perfusion. En vérité, je me sentais très bien, n'ayant eu ni douleur ni nausée, en dehors de l'incident dans les toilettes pour dames de la semaine précédente.

Le Dr Medved entra, un dossier sous le bras. Il avait un visage amical mais pas sûr de lui.

Je lui ai fait un petit sourire faiblard.

— Rien que des bonnes nouvelles ?

Il s'est assis en face de moi sur le rebord d'un comptoir.

— Vous vous sentez comment, Lindsay ?

— Je ne me sentais pas si mal la dernière fois.

— Fatiguée ?

— Un tout petit peu. En fin de journée, ce genre-là.

— Des accès de nausée ? Des malaises ?

J'ai admis avoir vomi une ou deux fois.

Il a porté une brève indication sur une feuille.

Il en a parcouru d'autres dans le dossier.

— Je vois que vous avez subi quatre transfusions de sang jusqu'ici...

Plus il prenait son temps, plus mon cœur s'affolait. Pour finir, il a reposé le dossier et m'a regardée bien en face.

— J'ai bien peur que votre taux d'érythrocytes n'ait continué de baisser, Lindsay. Vous pouvez voir ici la courbe évolutive.

Medved m'a passé une feuille.

Se penchant en avant, il a pêché un stylo dans sa poche. Il y avait un diagramme sur le papier.

Il l'a suivi avec le stylo. La courbe descendait régulièrement. *Merde*.

J'ai senti mes poumons se vider sous le coup de la déception.

— Je vais de mal en pis, ai-je conclu.

— Pour être franc, a reconnu le médecin, ce n'est pas là l'évolution qu'on espérait.

J'avais ignoré cette possibilité, m'enterrant dans l'affaire, certaine que mon taux s'améliorerait. J'avais bâti cette opinion sur la confiance naturelle que j'étais trop jeune et trop pleine d'énergie pour être vraiment malade. J'avais une tâche à remplir, une tâche importante, ma vie à vivre.

J'étais en train de mourir, hein ? Oh, mon Dieu.

— Qu'est-ce qui se passe maintenant ? ai-je articulé péniblement. Ma voix n'était plus qu'un murmure.

— Je tiens à continuer le traitement, a répliqué Medved. En fait, je veux augmenter le nombre de séances. Parfois, ce genre de choses prend un peu de temps avant de porter ses fruits.

— Mortel, le test, ai-je plaisanté d'un ton morne.

Il a opiné.

— A partir de maintenant, j'aimerais que vous veniez trois fois par semaine. Et je vais augmenter la dose de trente pour cent.

Il est descendu lourdement du comptoir.

— Globalement, il n'y a aucune raison immédiate de s'alarmer, m'a-t-il déclaré sur un ton légèrement réjouissant. Vous pouvez continuer de travailler — c'est-à-dire, si vous vous en sentez capable.

— *Il le faut*, ai-je dit à Medved.

Chapitre 66

Je suis rentrée en conduisant au radar. L'instant d'avant, je bataillais pour débrouiller cette satanée affaire, celui d'après, je luttais pour sauver ma peau.

Il me fallait un nom. Je le voulais plus que jamais à présent. Et je voulais reprendre ma vie d'avant. Je voulais tenter la totale — le bonheur, le succès, quelqu'un avec qui les partager, un enfant. Et maintenant que j'avais rencontré Raleigh, je savais que j'avais une chance d'obtenir tout ça. Si je pouvais tenir. Si je

224

pouvais par ma volonté insuffler des cellules saines dans mon corps.

J'ai regagné mon appartement. Martha la Douce me faisait fête, aussi je l'ai emmenée pour une petite balade. Puis je me suis morfondue, passant par des hauts et des bas entre le désir de me battre et la tristesse de ne pouvoir y arriver. J'ai même envisagé de me faire à manger. Je pensais que ça me calmerait.

J'ai sorti un oignon et en ai tranché deux rondelles. Et j'ai compris comme tout ça était dingue.

Il fallait que je parle à quelqu'un. J'avais envie de crier *Putain, je mérite pas ça* et cette fois, j'avais envie que quelqu'un l'entende.

J'ai pensé à Chris, à ses bras réconfortants autour de moi. A ses yeux, à son sourire. J'aurais aimé pouvoir le lui dire. Il viendrait immédiatement. Et je pourrais poser ma tête sur son épaule.

J'ai appelé Claire. A peine m'a-t-elle entendue qu'elle a compris que ça allait terriblement mal.

— J'ai très peur.

Je n'ai pas eu besoin de lui en dire plus.

On a parlé une heure au téléphone. Enfin, moi, j'ai parlé.

J'étais dans un état comateux — paniquée par l'imminence du prochain stade de Negli. J'ai dit à Claire que coincer ce salaud-là me donnait la volonté de continuer à lutter. Cela m'empêchait de n'être qu'une malade de plus. J'avais un but précis.

— Est-ce que ça a changé quelque chose pour toi, Lindsay ? m'a-t-elle demandé doucement.

— Non, je le veux, lui, plus que jamais.

— Alors, voilà ce qu'on va faire. Toi, moi et la petite Cindy. On est là pour t'aider à te battre. On est ton soutien, Lindsay. Juste pour cette fois, tâche de ne pas la jouer en solo.

Au bout d'une heure, elle m'avait suffisamment calmée pour qu'on se souhaite bonne nuit.

Je me suis roulée en boule sur le canapé. Martha et moi, pelotonnées sous une couverture, on a regardé *Dave*, l'un de mes films préférés. Quand Sigourney Weaver rend visite à la fin à Kevin Kline dans son nouveau bureau, je pleure à chaque fois.

Je me suis endormie, espérant que ma vie, elle aussi, se terminerait par un *happy end*.

Chapitre 67

Le lendemain matin, je m'y suis remise plus fort que jamais. Je croyais toujours qu'on brûlait, qu'on était peut-être à quelques heures de mettre un nom sur Barbe Rousse.

J'ai appelé Jim Heekin, le contact de Roth dans les forces de police de Seattle. Heekin m'apprit qu'ils passaient en revue les biens de la mariée pendant qu'on parlait. Si quelque chose en sortait, il me tiendrait immédiatement au courant.

On a obtenu une réponse d'Infortech, où avait travaillé Kathy Voskuhl à Seattle. Au cours des trois ans où elle avait tenu son poste, on ne trouvait nulle trace d'un seul remboursement pour des voyages d'affaires. Son job consistait à élargir la clientèle à Seattle. Si elle s'était rendue plusieurs fois à San Francisco, c'était par ses propres moyens.

J'ai fini par appeler McBride. Les Kogut affirmaient toujours qu'ils ne savaient rien de plus. Mais la veille, il avait rencontré le père, qui semblait prêt à céder. C'était râlant que leur tentative désespérée de sauvegarder la vertu de leur fille leur obscurcisse le jugement.

Etant donné que j'étais une femme, m'a suggéré McBride, peut-être qu'une nouvel essai de ma part leur ferait franchir le pas. J'ai appelé Christine Kogut, la mère de la mariée.

Quand je l'ai eue au bout du fil, sa voix était différente, lointaine, détachée, moins tourmentée.

— L'assassin de votre fille court toujours, ai-je dit.

Je n'ai pas pu me contenir plus longtemps.

— Les familles des deux autres couples souffrent. Je pense que vous *savez* qui faisait du mal à Kathy. Je vous en prie, aidez-moi à le mettre hors d'état de nuire.

Quand elle a pris enfin la parole, le chagrin et la honte faisaient trembler sa voix.

— L'on élève une fille, inspecteur, et on l'aime tant qu'on pense qu'elle sera toujours cette partie de vous-même qui ne s'en ira jamais.

— Je sais, ai-je dit, la sentant hésiter. *Elle connaît son nom, oui ou merde ?*

— C'était une beauté... tout le monde tombait amoureux d'elle. Un esprit libre. Un jour, pensions-nous, un esprit aussi libre que le sien ferait d'elle ce qu'elle était destinée à devenir. C'est ce qu'on a essayé d'inculquer à tous nos enfants. Mon mari soutient qu'on a toujours préféré Kathy. Peut-être qu'on a contribué à ce que tout ça lui arrive.

Je n'ai rien ajouté. Je savais ce que ça exigeait de

livrer ce que l'on garde à l'intérieur de soi. J'avais envie qu'elle y parvienne toute seule.

— Vous avez des enfants, inspecteur ?

— Pas encore, lui ai-je dit.

— C'est si difficile à croire que *votre bébé*, il vous cause tant de chagrin. On l'a suppliée de rompre. On lui a même trouvé son nouveau job. On l'a aidée à déménager nous-mêmes. On pensait : si seulement ça pouvait la séparer de lui.

Je suis restée silencieuse, la laissant aller à sa propre allure.

— Elle était malade, comme une droguée, inspecteur. Elle ne pouvait pas s'en empêcher. Mais ce que je ne comprends pas, c'est *pourquoi*, lui, il lui voulait tant de mal. Il lui a dérobé toute sa pureté. Pourquoi avait-il besoin de faire du mal à ma Kathy ?

Donnez-moi son nom. Qui est-il ?

— Elle était fascinée par ce qu'il incarnait. C'était comme si elle perdait son libre arbitre dès que cet homme était en jeu. Elle nous a fait honte jusqu'à la fin. Et même maintenant — elle a baissé le ton — je me demande encore comment quelqu'un qui aimait ma fille a pu la tuer. J'ai bien peur de ne pas y croire. C'est en partie pour ça que je ne voulais pas vous le dire.

— Dites-le-moi maintenant, ai-je fait.

— Je pense qu'elle l'a rencontré à la première de l'un de ses films. Il lui a dit qu'il avait en tête un visage comme le sien quand il avait imaginé l'une de ses héroïnes.

Ce fut alors que Mrs Kogut m'a dit son nom.

Mon corps est devenu gourd.

Je connaissais ce nom. Je l'ai reconnu. Barbe Rousse était bien quelqu'un de *célèbre*.

Chapitre 68

Je suis restée assise à ruminer les connexions possibles. Les pièces du puzzle se mettaient en place. C'était l'un des associés minoritaires des Vignobles de Sparrow Ridge, où l'on s'était débarrassé du second couple. Il avait connu Kathy Kogut pendant des années à San Francisco. En avait fait sa proie. Il était plus âgé. Marié.

Célèbre.

En lui-même, le nom du suspect ne prouvait rien. Il avait à peine connu la dernière des mariées. Et il avait un lien indirect avec le lieu du crime des seconds meurtres.

Mais, en se basant sur les descriptions de Merrill Shortley et de Christine Kogut, il avait un tempérament brutal et peut-être un mobile pour commettre ces assassinats pervers. La conviction montait en moi qu'il ne faisait qu'un avec Barbe Rousse.

J'ai agrippé Raleigh.

— Qu'est-ce qu'il se passe ? m'a-t-il demandé. Y a le feu ? Où ça ?

— Je vais le foutre ici même. Regardez bien.

Je l'ai traîné dans le bureau de Roth.

— J'ai un nom, ai-je annoncé lançant mon poing en l'air.

Ils m'ont regardée en ouvrant de grands yeux.

— *Nicholas Jenks.*

— L'écrivain ? a dit Raleigh, bouche bée.

J'ai opiné.

— Il a été l'amant de Kathy Kogut à San Francisco. La mère de Kathy a fini par cracher le morceau.

Je leur ai retracé les relations, un peu le fait du hasard, qu'il avait avec au moins trois des victimes.

— Ce type est... *connu*, a bafouillé Roth. Il a fait tous ces gros films à succès.

— C'est précisément là que je veux en venir. Merrill Shortley m'a dit que c'était quelqu'un dont Kathy tâchait de préserver l'incognito. Ça se recoupe avec ce type, Sam.

— Il a des relations très bien, s'est écrié Roth. Jenks et sa femme sont invités à toutes les grandes réceptions. J'ai vu sa photo avec le maire. N'a-t-il pas participé aux enchères pour garder les Giants ici ?

L'atmosphère dans le bureau de Joyeux est devenue lourde et pesante devant les risques et le danger potentiels.

— Vous auriez dû entendre la description que les Kogut en ont donnée, Sam, ai-je dit. Quelqu'un de bestial, de prédateur. A mon avis, on va découvrir qu'il avait une liaison avec *les trois filles*.

— Je pense que Lindsay a raison, a dit Chris.

Roth faisait défiler lentement les données dans sa tête. Nicholas Jenks était célèbre, une figure nationale, intouchable. Le lieutenant avait l'air d'avoir gobé une huître avariée.

— Pour l'instant, vous n'avez rien contre lui, m'a-t-il répliqué. Ou au mieux des preuves indirectes.

— Nous avons établi un lien entre lui et quatre des morts. On pourrait le prendre face à face, comme on le ferait avec le premier venu. On pourrait en parler au procureur.

Roth a levé la main. Nicholas Jenks était l'un des citoyens les plus éminents de San Francisco. Le mettre en examen pour meurtre était dangereux. *On avait intérêt à ne pas se tromper.* J'ignorais ce que pensait Joyeux. Mais j'ai fini par remarquer qu'il décrispait sa nuque, déglutissait de façon imperceptible, ce qui dans son langage équivalait à un feu vert.

— Vous pouvez en parler au D.A., a-t-il fait. Appelez Jill Bernhardt.

Il s'est tourné vers Raleigh.

— Hors de question de rendre ça public avant d'avoir quelque chose de vraiment solide.

Malheureusement, Jill Bernhardt, l'adjointe du D.A., était coincée au tribunal. Sa secrétaire déclara qu'elle n'en sortirait qu'en fin de journée. Trop dommage. Je connaissais un peu Jill, je l'aimais bien. Elle était dure, mais d'une intelligence éblouissante. Elle avait même de la conscience.

Raleigh et moi, on a bu une tasse de café, examinant ce que nous devions faire ensuite. Roth avait raison. Du strict point de vue d'un mandat, nous n'avions rien. Une confrontation directe pouvait se révéler périlleuse. Avec un type de son acabit, il fallait être sûr de son fait. Il rendrait coup pour coup.

Warren Jacobi est entré d'un pas traînant, un rictus d'autosatisfaction bouffissant sa figure.

— Va y avoir du champagne comme s'il en pleuvait, a-t-il marmonné.

J'ai pris ça comme un nouveau sarcasme qui nous visait, Raleigh et moi.

— Pendant des semaines, j'peux pas pousser le bouchon plus loin dans cette direction merdique...

Il s'est assis et a incliné la tête vers Raleigh.

— *Bouchon*... *Champagne*... ça marche, commissaire, hein ?

— Pour moi, oui, a fait Raleigh.

Jacobi a continué :

— Et puis hier, Jennings revient avec trois endroits qui ont vendu quelques caisses du mousseux en question. L'un des acheteurs est un comptable de San Mateo. Le plus curieux, c'est que son nom est fiché. Il se trouve qu'il a fait deux ans à Lampoc pour escroquerie boursière. Mais un poil tiré par les cheveux, non ? Meurtres en série, escroquerie boursière...

— Peut-être qu'il a une dent contre ceux qui font des déclarations de revenus conjointes, ai-je dit à Jacobi avec un sourire.

Il a fait la moue.

— La deuxième est une femme cadre à 3Com qui fait des réserves pour fêter son quarantième anniversaire. Ce Clos du Mesnil est un vrai *collector*. C'est du vin français, à ce qu'on m'a dit.

J'ai levé les yeux, attendant qu'il en vienne au fait.

— Et maintenant le troisième larron, voilà pourquoi j'ai dit qu'il en *pleuvait*... Une grosse salle des ventes, Butterfield & Butterfield. Il y a trois années de ça, elle a vendu deux caisses de quatre-vingt-dix-neuf. A raison de deux mille cinq cents dollars la caisse, plus la commission. A un collectionneur privé. Au début, on n'a pas voulu me donner son nom. Mais on les a pressés. Il se trouve que c'est une grosse pointure. Ma femme, c'est l'une de ses fans. Elle a lu tous ses livres.

Raleigh et moi, on était tout ouïe.

— Les livres de qui, Warren ? l'ai-je encouragé.

— Je m'imagine que je ferais figure de héros si je rapportais à la maison un exemplaire dédicacé. Vous n'avez pas lu *La Part du lion* de Nicholas Jenks ?

Chapitre 69

La déclaration de Jacobi m'a fait l'effet d'un coup de coude en plein plexus solaire. Et en même temps, m'a ôté tous mes doutes.

Kathy Kogut, Sparrow Ridge, le champagne Clos du Mesnil. Jenks était maintenant relié aux trois meurtres.

Il était Barbe Rousse.

Je n'avais qu'une envie : courir affronter Jenks tout en sachant que c'était impossible. J'avais envie de m'approcher, de plonger mon regard dans ses yeux suffisants et de lui faire savoir que je savais.

En même temps, j'étais oppressée, j'étouffais, la poitrine prise. J'ignorais si j'allais avoir la nausée, si c'était l'effet de Negli ou de ma rage trop longtemps contenue.

Quoi qu'il en fût, je savais qu'il me fallait sortir.

— Je m'en vais, ai-je dit à Raleigh.

J'avais très peur.

Raleigh, troublé et très étonné, m'a vue me précipiter dehors.

— Eh ! oh ! j'ai dit un truc qui fallait pas ? ai-je entendu Jacobi demander.

J'ai fait main basse sur ma veste et mon sac, j'ai dévalé les marches jusqu'à la rue. Mon sang se démenait comme un beau diable. Et j'étais saisie de sueurs froides.

Une fois retrouvée la fraîcheur du jour, j'ai avancé dans la rue d'un bon pas.

Je n'avais aucune idée de l'endroit où j'allais. Je me sentais comme une touriste, une étrangère, errant de

233

par la ville pour la première fois de sa vie. Bientôt, foule, magasins, passants ont surgi, ignorant tout de moi. Je voulais me perdre quelques minutes. Starbucks, Kinko's, Empress Travel. Défilé rapide de noms familiers.

J'étais poussée par un besoin irrépressible, unique. *Je voulais le regarder au fond des yeux.*

Sur Post, je me suis retrouvée devant une librairie Borders. J'y suis entrée.

Elle était spacieuse et claire, présentoirs et étagères alignaient les nouveautés. Je ne me suis pas renseignée. Je me suis contentée de regarder. Sur une table devant moi, j'ai aperçu ce que je cherchais.

La Part du lion. Cinquante exemplaires, peut-être. Epais, d'un bleu vif, certains étaient en pile, d'autres sur la tranche.

La Part du lion. De Nicholas Jenks.

Mon cœur était prêt d'exploser. Je me sentais sous l'emprise d'un droit indescriptible, indéniable. D'une mission, d'un but. Voilà pourquoi j'étais inspecteur de police. *Pour un moment comme celui-ci.*

J'ai saisi un exemplaire du livre de Jenks et j'ai regardé la quatrième de couverture.

J'avais sous les yeux l'assassin des jeunes mariés. J'en étais sûre.

C'était le visage de Nicholas Jenks, taillé à la serpe, qui me le révélait. Ses yeux gris, froids et stériles, dominateurs.

Et aussi autre chose.

Sa barbe rousse, mouchetée de gris.

Livre trois

Barbe Rousse

Chapitre 70

Jill Bernhardt, substitut du D.A., à laquelle on avait assigné l'affaire des jeunes mariés, après s'être débarrassée de ses Ferragamos, a glissé une jambe sous ses fesses sur le fauteuil de cuir, derrière son bureau. Elle m'a dévisagée de son œil bleu vif.

— Allons droit au but. Vous pensez que le tueur des jeunes mariés c'est Nicholas Jenks ? m'a-t-elle demandé.

— J'en suis sûre, ai-je affirmé.

Jill était mate de peau, séduisante de façon désarmante. Des cheveux bouclés d'un noir de jais encadraient un visage en ovale. C'était une battante, trente-quatre ans et la star montante du bureau de Bennett Sinclair.

Il suffisait de savoir que c'était Jill, procureur de troisième année, qui avait mené l'affaire La Frade, où l'ancien adjoint du maire fut mis en examen pour trafic d'influence. Personne, le D.A. inclus, ne désirait couler sa carrière en s'attaquant au puissant collecteur de fonds. Jill le coinça, le mit à l'ombre pour une vingtaine d'années. Elle fut promue et occupait maintenant le bureau voisin de celui de Big Ben en personne.

A tour de rôle, Raleigh et moi avons énuméré ce

qui reliait Nicholas Jenks au triple double meurtre : le champagne trouvé sur la scène du premier crime ; sa participation dans les Vignobles de Sparrow Ridge ; sa liaison explosive avec Kathy Voskuhl, la troisième mariée.

Jill a éclaté d'un rire franc et sonore.

— Si vous voulez arrêter ce type parce qu'il a foutu la vie de quelqu'un en l'air, ça sera sans moi. Essayez du côté de l'*Examiner*. Par ici, j'ai bien peur qu'il nous faille des faits.

— On l'a connecté à trois doubles meurtres, Jill, lui ai-je rappelé.

Elle a eu un sourire sceptique signifiant *Désolée, il faudra repasser.*

— La piste champagne pourrait fonctionner, si vous l'aviez coincé. Ce qui n'est pas le cas. Le partenariat foncier ne mène à rien. Rien de tout ça ne le rattache directement à un seul des crimes. Un personnage public comme Nicholas Jenks — doté des relations qu'il a — l'on ne s'amuse pas à l'accuser sans preuves substantielles.

Elle a poussé sur le côté une montagne de dossiers.

— Vous voulez pêcher au gros, les gars ? Allez vous chercher une canne plus solide.

Je suis restée bouche bée devant sa réaction coupante à notre affaire.

— Je n'en suis pas à ma première enquête criminelle, Jill.

Elle a eu un mouvement du menton.

— Et moi, je n'en suis pas non plus à ma première affaire faisant la une.

Puis elle a souri, s'est radoucie.

— Pardon, m'a-t-elle dit. C'est l'une des expressions préférées de Bennett. Je dois passer beaucoup trop de temps parmi les requins.

— Il s'agit d'un assassin multirécidiviste, a ajouté Raleigh, la frustration se lisant de plus en plus dans ses yeux.

Jill était dotée d'une résistance implacable, genre « prouvez-le-moi ». Ayant déjà travaillé avec elle sur des affaires criminelles à deux reprises, je savais qu'elle était infatigable et bien préparée, une fois dans le prétoire. Une fois, elle m'avait invitée à aller « à la pêche » avec elle, au cours d'un procès où j'étais témoin. J'avais renoncé, en nage, au bout d'une demi-heure exténuante, alors que Jill, questionnant sans répit, avait poursuivi à une folle allure, quarante-cinq minutes non-stop. Deux années après sa sortie de l'Ecole, elle avait épousé un jeune associé d'une des premières sociétés de capital-risque de la ville, dépassé un bataillon de procureurs carriéristes pour se retrouver bras droit du D.A. Dans une ville de « battants », Jill était le genre de fille pour qui tout baignait.

Je lui ai passé le photogramme du Hall of Fame, puis la photo de Nicholas Jenks. Elle les a examinés, puis haussé les épaules.

— Tu sais ce qu'un expert cité par la partie adverse en ferait ? C'est du pipi de chat. Si la police de Cleveland pense pouvoir obtenir un verdict de culpabilité avec ça, sans moi.

— Je ne veux pas que Cleveland me vole Jenks, ai-je dit.

— Alors reviens me trouver avec quelque chose que je puisse présenter à Big Ben.

— Pourquoi ne pas lancer une perquisition ? a suggéré Raleigh. On serait peut-être à même de vérifier

239

si la bouteille de champagne du premier meurtre fait partie du lot qu'il a acheté.

— Je pourrais soumettre l'idée à un juge, songea Jill à voix haute. Il doit bien exister un membre de la magistrature qui pense que Jenks a assez fait de mal comme ça à la littérature pour le mettre hors d'état de nuire. Mais je crois que vous commettriez une erreur.

— Pourquoi ?

— Une pute accro au crack, elle, on peut l'arrêter sur de simples présomptions. Dans le cas d'un Nicholas Jenks, mieux vaut une mise en examen. Si vous le prévenez que vous l'avez dans le collimateur, vous passerez plus de temps à repousser ses avocats et la presse qu'à constituer le dossier. Si c'est lui, vous n'aurez qu'une chance, et une seule, de dénicher ce qui vous permettra de l'épingler. Pour l'instant, il vous faut davantage.

— Claire a dans son labo un poil de barbe lié au second meurtre, celui des DeGeorge, ai-je dit. On peut obliger Jenks à nous donner un échantillon de la sienne.

Elle a fait non de la tête.

— Avec ce que vous avez en votre possession, son acceptation serait purement volontaire de sa part. Sans parler de ce que vous pourriez perdre si vous vous trompez.

— Tu veux dire en négligeant d'autres pistes ?

— Je veux dire sur un plan politique — et personnel. Tu connais la règle du jeu, Lindsay.

Elle a rivé son regard d'un bleu intense sur moi. Je voyais d'ici les gros titres, retournant l'affaire contre nous. Dans le genre des plantages O. J. Simpson et Jon Benet Ramsey. Dans les deux cas, il semblait que la police était autant en accusation que les coupables potentiels.

Jill s'est levée, a défroissé sa jupe bleu marine, s'est penchée au-dessus de son bureau.

— Ecoute, si ce type est coupable, j'aimerais le mettre en pièces tout autant que toi. Mais tout ce que vous m'apportez c'est une malheureuse préférence pour une marque de champagne et un témoin oculaire à sa troisième vodka tonic. A Cleveland du moins, ils ont une liaison antérieure avec l'une des victimes, ce qui procure un mobile possible, mais pour l'instant, aucune des deux juridictions n'a assez d'éléments pour aller plus avant. En outre, a admis Jill pour finir, deux des personnages les plus médiatisés de la ville surveillent chacun de mes mouvements, tu crois vraiment que le D.A. et le maire laisseront passer ça ?

Puis, en me fixant sans se lasser :

— Tu es certaine que c'est lui, Lindsay ?

Il était lié aux trois affaires. La voix désespérée de Christine Kogut résonnait clairement dans ma tête. J'ai gratifié Jill de mon ton le plus convaincu.

— C'est lui le tueur.

Elle a contourné son bureau.

— Tu me le paieras cher si jamais ça ruine toutes mes chances de publier mes mémoires à la quarantaine, a-t-elle fait avec un demi-sourire.

Au-delà du sarcasme, j'ai vu une lueur flamber dans l'œil de Jill Bernhardt, la même lueur résolue que j'y avais vue quand elle allait « à la pêche ». Ça m'a atteinte comme une giclée de bombe lacrymo.

— Banco, Lindsay.

J'ignorais à quoi carburait Jill. Le pouvoir ? Le désir de bien faire ? La manie de se surpasser ? Quoi que ce fût, je ne pensais pas que ce soit très éloigné de ce qui me consumait déjà intérieurement.

Mais en l'écoutant établir avec à propos les grandes lignes de ce qu'il nous fallait pour obtenir une condamnation, une idée des plus tentante s'est emparée de moi.

Celle de lui faire rencontrer Claire et Cindy.

Chapitre 71

Installée à un vieux bureau métallique dans la salle miteuse de la bibliothèque en sous-sol du *Chronicle*, Cindy Thomas compulsait les microfiches d'articles de quatre ans d'âge. Il se faisait tard. Huit heures passées. A travailler dans les entrailles de l'immeuble, elle se sentait comme une égyptologue dépoussiérant des tablettes couvertes de hiéroglyphes, longtemps enfouies. Elle saurait désormais pourquoi on appelait ce lieu « les Catacombes ».

Mais elle sentait qu'elle tenait le bon bout. La poussière livrait des secrets, et quelque chose qui valait le coup lui serait bientôt révélé.

Février... Mars 1996. Le rouleau se dévidait à grande vitesse.

Quelqu'un de célèbre, avait dit l'amie de la mariée de Cleveland. Cindy déroulait toujours la pellicule. C'était le prix à payer pour un article. Tard le soir et huile de coude.

Un peu plus tôt, elle avait appelé Bright Star Medias, l'agence de relations publiques pour laquelle

Kathy Kogut avait travaillé à San Francisco. La nouvelle de la mort de leur ancienne employée ne les avait atteints que le jour même. Cindy demanda quels films Bright Star avait lancés. Elle fut déçue d'apprendre que la boîte ne s'occupait pas de cinéma. Le Capitole, lui dit-on. La salle de concert. Voilà de quoi s'occupait Kathy.

Sans se démonter, Cindy entra le nom de Bright Star dans la banque de données du *Chronicle*. Tous les sujets d'articles, les noms, les compagnies, les critiques des dix dernières années y étaient répertoriés. Elle constata avec un plaisir mitigé que la recherche lui fournissait plusieurs réponses.

C'était un travail fastidieux, décourageant. Les articles couvraient une période de plus de cinq ans. Ce qui recouvrait l'époque où Kathy vivait à San Francisco. Chaque article figurait sur une microfiche différente.

Ce qui obligeait à retourner aux fichiers. Et à reformuler des demandes. A raison de trois articles à la fois. Au bout de quatre voyages, l'archiviste de nuit lui tendit sa planchette en lui disant :

— Tiens, Thomas. Elle est à toi. Amuse-toi bien.

Il était dix heures et quart. Elle n'avait pas entendu une mouche voler depuis plus de deux heures — quand elle finit par tomber sur quelque chose d'intéressant.

La date : 10 février 1995. Catégorie Arts d'aujourd'hui. « Pour Sierra, le groupe local, nouveau film, nouveau hit. »

Cindy lut le texte en diagonale, en ne s'arrêtant que sur les points saillants : projets d'album, tournée de huit villes, déclarations du chanteur.

« Sierra interprétera la chanson lors de la teuf de

243

demain soir, au Capitole, pour booster la sortie du film, *Mauvaise longueur d'onde.* »

Son cœur s'arrêta net. Elle se précipita sur l'article du lendemain qu'elle dévora sans attendre : « ... s'est emparé du Capitole. Chris Wilcox, la star bien connue, était présente. » Une photo avec une actrice appétissante. « Bright Star... d'autres vedettes de l'industrie musicale y assistaient. »

Elle parcourut des yeux trois photos de presse qui illustraient le papier. En caractères minuscules, au bas de chaque cliché, elle déchiffra le nom du photographe : Sal Esposito. Exclusivité du *Chronicle*.

Photographies. Cindy quitta d'un bond le bureau des microfiches et retraversa à toute allure la zone moisie où des ballots de vieux numéros jaunis s'empilaient sur trois mètres de haut. De l'autre côté des Catacombes, c'était la morgue photographique du *Chronicle*. Des rangées et des rangées de clichés non utilisés.

Elle n'avait encore jamais pénétré là.... en ignorait le mode de rangement.

L'endroit donnait la chair de poule, en particulier à cette heure tardive.

En un éclair, elle comprit que les travées étaient classées chronologiquement. En suivant les panonceaux au bout de chacune d'elles, elle trouva février 1995. Elle parcourut des yeux l'extérieur des dossiers, jusqu'à celui daté du 10.

Quand elle le repéra, il était sur la plus haute étagère. Où autrement que là ? Elle grimpa sur la plus basse et, se haussant sur la pointe des pieds, descendit le dossier.

Sur le sol poussiéreux, Cindy feuilleta frénétiquement une liasse de classeurs retenus par un élastique.

Comme dans un rêve, elle tomba sur l'un d'eux où on lisait en grosses lettres noires sur la couverture : « Première de *Mauvaise longueur d'onde* — Esposito. » C'était ça...

A l'intérieur, il y avait quatre planches-contact, plusieurs photos noir et blanc sur papier glacé. Quelqu'un, le journaliste probablement, avait inscrit le nom de chaque personne au stylo et au bas de chaque cliché.

Son regard se figea quand ses yeux rencontrèrent la photo qu'elle espérait. Quatre personnes portaient un toast à l'objectif, bras dessus bras dessous. Elle reconnut le visage de Kathy Kogut d'après les photos que Lindsay avait rapportées. Rousse et bouclée. Lunettes à monture tendance.

A ses côtés, souriant au photographe, il y avait un autre visage que Cindy connaissait. Elle en eut le souffle coupé. Comprendre qu'elle avait fini par déchiffrer les hiéroglyphes la laissait les doigts tremblants.

Barbe roussâtre bien taillée, sourire complice — comme s'il savait où tout cela aboutirait un jour.

Aux côtés de Kathy Kogut, se tenait le romancier Nicholas Jenks.

Chapitre 72

Ma surprise fut totale en voyant surgir Cindy chez moi sur le coup de onze heures et demie du soir. Pleine de fierté, elle a bafouillé en exultant :

— Je sais qui était l'amant de Kathy Kogut.

— Nicholas Jenks, ai-je répliqué. Entre, Cindy. Martha, couché.

La chienne tirait sur ma chemise de nuit des Giants.

— Ah bon Dieu, gémit-elle à haute voix. J'étais si regonflée. J'ai cru que je l'avais trouvé.

Elle l'avait trouvé. Elle avait coiffé au poteau McBride *et* Seattle. Deux escouades d'enquêteurs confirmés, sans oublier le FBI. Je l'ai regardée avec une admiration non simulée.

— Comment ?

Trop agitée pour s'asseoir, Cindy a arpenté mon salon tout en me retraçant les étapes de sa stupéfiante découverte. Elle a déplié une copie de la photo de presse montrant Jenks et Kathy Kogut à la première du film. Je l'observais, tournant autour du canapé, tâchant de se ressaisir. *Bright Star... Sierra... Mauvaise longueur d'onde.* Elle ne tenait pas en place.

— Je suis une bonne journaliste, Lindsay, m'a-t-elle fait.

— Je le sais, ai-je dit en souriant. Mais tu ne peux simplement pas *écrire* tout ça.

Cindy a stoppé net — comprenant soudain ce qu'elle avait négligé de prendre en considération et qui l'atteignait en pleine figure comme une tarte à la crème.

— Ah mon Dieu, a-t-elle gémi. C'est comme se trouver sous la douche avec Brad Pitt sans pouvoir le toucher.

Elle m'a regardée en souriant à demi, mais aussi comme si on lui enfonçait des ongles acérés dans le cœur.

— Cindy... — je l'ai attirée contre moi — tu n'aurais même pas su qu'il fallait le chercher si je ne t'avais pas tuyautée sur Cleveland.

Je suis passée à la cuisine.

— Tu veux du thé ? lui ai-je crié.

Elle s'est affalée sur le canapé en poussant une nouvelle plainte.

— Une bière. Et puis non, pas de bière. Un bourbon.

Je lui ai désigné mon petit bar près de la terrasse. Quelques instants plus tard, on s'installait. Moi, avec ma tisane Senteurs du soir, Cindy avec un verre de Wild Turkey, Martha, à l'aise à nos pieds.

— Je suis fière de toi, Cindy, lui ai-je dit. Tu as trouvé le nom. Tu as devancé deux départements de police. Quand tout sera fini, je ferai en sorte qu'on parle de toi dans la presse.

— Mais c'est moi, la presse, s'est exclamée Cindy, avec un sourire forcé. Et qu'est-ce que tu veux dire avec ton « Quand tout sera fini » ? Tu le tiens.

— Pas tout à fait, ai-je dit en secouant la tête.

Je lui ai expliqué que tout ce qu'on avait, même des éléments qu'elle ne connaissait pas — le vignoble, le champagne — étaient des preuves indirectes. On ne pouvait même pas le forcer à nous soumettre un poil de barbe.

— Alors, qu'est-ce qu'il faut faire ?

— Rattacher solidement Nicholas Jenks au premier crime.

Elle s'est soudain mise à plaider pour sa paroisse.

— Je dois publier ça, Lindsay.

— Non, ai-je insisté. Personne n'est au courant, Roth et Raleigh mis à part. Et aussi une autre personne...

— Qui ça ? a fait Cindy, en tiquant.

— Jill Bernhardt.

— L'adjointe du D.A. ? Son bureau, c'est comme

une passoire qui tenterait de traverser le Pacifique. Il fuit de partout.

— Pas Jill, ai-je promis. Il n'y aura pas de fuite venant d'elle.

— Comment peux-tu en être aussi sûre ?

— Parce que Jill Bernhardt veut coincer ce type tout autant que nous, ai-je affirmé avec conviction.

— Et c'est tout ? a grogné Cindy.

J'ai siroté une gorgée de tisane, puis l'ai fixée droit dans les yeux.

— Et parce que je l'ai invitée à rejoindre notre groupe.

Chapitre 73

Le lendemain, on s'est retrouvées après le travail pour prendre un verre Chez Susie ; c'était l'intronisation de Jill dans le groupe.

Toute la journée, je n'avais pu me concentrer sur autre chose que l'idée de confronter Jenks avec ce que nous savions et l'accuser. Je voulais accélérer le mouvement — jusqu'à notre affrontement face à face. Je voulais qu'il sache qu'on le tenait. *Ce salopard de Barbe Rousse.* En attendant nos verres, j'ai mentionné deux trois faits nouveaux. La fouille de la maison de Kathy Kogut à Seattle nous avait livré le nom et le numéro de téléphone de Jenks, qui figuraient dans le répertoire de la jeune morte. Une recherche auprès de Northwest Bell avait indiqué qu'on lui avait passé trois appels le mois dernier — l'un d'eux, trois jours avant le mariage à Cleveland. Cela confirmait ce que nous avait dit Merrill Shortley.

— *Jusqu'au tout dernier moment*, a cité Claire. Ça fout la trouille.

On avait soumis la photo de Jenks à Maryanne Perkins de chez Saks parmi un ensemble de cinq autres. On avait désespérément besoin de quelque chose qui le relie au premier crime. Elle n'a hésité que quelques secondes devant la ressemblance.

— C'est lui, a-t-elle affirmé.

Puis après un temps d'hésitation :

— Quoique ce soit difficile à dire. Ça a été si rapide. Et il était loin.

L'idée d'un avocat de la défense se livrant à son contre-interrogatoire ne me souriait pas trop. Jill ne m'a pas surprise en partageant mon avis.

Une margarita a suffi pour qu'elle intègre notre groupe sans bavure.

Claire l'avait rencontrée quelques fois en témoignant dans des procès. Elles avaient développé un respect mutuel pour leur ascension respective dans des domaines à dominante masculine.

On a posé des questions à Jill sur elle et elle nous a répondu qu'elle avait fait son droit à Stanford et que son père était avocat d'affaires à Dallas. Ce secteur ne l'intéressait pas, son mari Steve se le réservait, lui qui dirigeait un secteur spéculatif pour la Bank America.

Ils habitaient à Burlingame — quartier huppé, aisé — faisaient du trekking et de l'escalade dans le désert de Moab. Et n'avaient pas d'enfants.

— Pour le moment, ça n'est pas compatible, a-t-elle ajouté.

Jill semblait au faîte d'une existence marquée par un succès rapide. En même temps, quelque chose paraissait lui manquer. Peut-être était-elle lasse de ses accomplissements menés tambour battant.

On nous a servi nos verres ; Claire et moi avons porté un toast à l'ingéniosité de Cindy qui avait sorti le nom de Jenks en un temps record. Et battu au poteau deux départements de police.

Claire a levé son verre vers elle.

— Tu es plutôt bonne pour une bleusaille, pas de doute. Mais tu n'es pas encore la reine.

Elle m'a souri.

— Bon, laissez-moi réfléchir, a dit Jill en nous jetant un regard circulaire. Je sais que je sais me tenir dans les dîners et tout ça... mais ce n'est pas pour ça que vous m'avez demandé de venir, n'est-ce pas ? Il semblerait que toutes les facettes soient représentées ici : la presse, la police, la médecine légale. Quel genre de groupe est-ce là ?

J'ai répondu puisque c'était moi qui l'avais invitée.

— Un groupe de femmes. De femmes qui grimpent les échelons chacune dans son domaine. Pour faire respecter la loi et l'ordre.

— Ouais, et avec des mollassons pour boss, a remarqué Cindy.

— Sur ce point, j'ai les qualités requises, a dit Jill. Et ça ne mange pas de pain que chacune d'entre vous soit *reliée de près ou de loin* à l'affaire des jeunes mariés.

J'ai retenu mon souffle. Jill pouvait tout gâcher si elle le désirait, mais elle était venue ici.

— On a comme qui dirait travaillé ensemble, ai-je reconnu. En dehors de l'enquête.

Devant des margaritas, je lui ai expliqué comment on s'était rencontrées à l'origine, comment on s'était retrouvées sur cette affaire pour essayer de la résoudre en mettant en commun ce qu'on savait, en *free-lance*. Comment c'était devenu une sorte de lien. Comment les choses avaient gagné en profondeur.

Jill a haussé le sourcil.

— J'espère que vous en faites bénéficier l'enquête officielle.

— Bien entendu, ai-je insisté. Enfin, d'une certaine manière.

Je lui ai précisé qu'on ne donnait à Cindy que ce que le service allait communiquer à la presse. Et le plaisir qu'il y avait à prendre la tangente pour faire avancer l'affaire.

— Je sais que ça joue différemment quand on colle à la légalité, ai-je dit. Si l'un de ces points te met mal à l'aise...

On était toutes comme en suspens, à attendre sa réponse. Loretta s'est approchée et on lui a commandé une autre tournée. *On était toujours suspendues à la réaction de Jill.*

— Disons que je vous avertirai quand ça deviendra inconfortable pour moi, a fait Jill en ouvrant grand ses yeux bleus. Entre-temps, vous allez avoir besoin de corroborations bien plus solides si vous voulez aller devant les tribunaux.

On a poussé, toutes les trois, un soupir de soulagement et penché nos verres presque vides vers notre nouveau membre.

— Bon, il a une appellation particulière, votre groupe ? a demandé Jill.

On a échangé un regard, haussé les épaules, fait non de la tête.

— On forme une sorte de *Murder Club*, ai-je dit.

— Lindsay nous a élues, a fait Claire avec un large sourire.

— La Brigade Margarita, a lancé Jill. Ça ouvre des perspectives.

— Les Mal Embouchées, a surenchéri Claire en pouffant.

— Un jour ou l'autre, chacune d'entre nous aura le pouvoir, a fait Cindy. Les Crim's Nanas, a-t-elle proposé avec un sourire satisfait. C'est ce que nous sommes et ce que nous faisons.

— Retenez-moi si je me mets à rugir, a dit Jill.

On s'est regardées autour de la table. On était des femmes fines, séduisantes et qui ne s'en laissaient pas compter. On aurait le pouvoir — un jour ou l'autre.

La serveuse nous a apporté notre commande. On a levé nos verres :

— A nous.

Chapitre 74

Je rentrai chez moi en voiture, vraiment ravie d'avoir intégré Jill dans le groupe. Mais il ne m'a pas fallu longtemps pour que l'idée que je faisais de la *rétention* d'information avec mes amies fasse son petit bonhomme de chemin.

Mon bipeur s'est déclenché.

— Où étiez-vous passée ? m'a demandé Raleigh quand je l'ai rappelé.

— Je rentrais chez moi. Crevée.

— Vous êtes partante pour qu'on se parle un petit peu ? Je suis Chez Mahoney.

Chez Mahoney était un bar sombre, près du Palais, bondé d'habitude de flics après leur service.

— J'ai déjà mangé, lui ai-je dit.

— Retrouvez-moi là-bas quand même, a insisté Raleigh : ça concerne l'affaire.

Je n'étais qu'à quelques minutes. Chez Mahoney se trouvait sur Brannan. Pour aller à Potrero Hill, je devais passer devant.

Je me suis sentie un peu nerveuse, encore une fois. J'avais peur qu'on ne joue plus dans les règles. La règle voulait que des coéquipiers ne sortent pas ensemble. Les gens qui mouraient à petit feu, non plus. Je savais que si je laissais les choses suivre leur cours, tout pouvait arriver. Ce n'était pas un coup accidentel d'une nuit que le raisonnement effaçait le lendemain matin. J'avais beau le désirer très fort, je freinais des quatre fers. Terrifiée de tout révéler. De me laisser aller. De le mettre dans le bain.

Je fus soulagée en apercevant Raleigh qui m'attendait à l'extérieur du bar. Il s'est approché de ma voiture. Je n'ai pu m'empêcher de remarquer qu'il en jetait, comme d'habitude.

— Merci de m'éviter d'entrer, lui ai-je dit.

Il s'est penché à ma portière.

— Je me suis rencardé sur Nicholas Jenks, m'a-t-il dit.

— Et ?

— Il a quarante-huit ans. A commencé son droit, n'a pas terminé ses études. S'est mis à écrire des romans dès sa première année. En a rédigé deux qui n'ont abouti à rien. Puis *Mauvaise longueur d'onde*, ce polar tordu, a cassé la baraque. Il y a quelque chose que vous devez savoir. Il y a sept ans de ça, plus ou moins, la police s'est rendue chez lui pour une histoire de violences conjugales.

— Qui avait appelé ?

— Sa femme, sa première femme.

Raleigh s'est carrément accoudé.

— J'ai sorti le rapport. Les premiers arrivés sur les lieux l'ont décrite passablement amochée. Des bleus plein les bras. Une grosse ecchymose sur le visage.

Une idée m'a traversé la tête — Merrill Shortley et ce qu'elle m'avait dit du copain de Kathy : *il était très branché sur les jeux sexuels*.

— Sa femme a porté plainte ? ai-je demandé.

Chris a fait non de la tête.

— Ça n'est pas allé plus loin. Elle n'a jamais engagé de poursuites. Depuis, il a encaissé le pactole. Six énormes best-sellers. Des films, des scénarios. Une nouvelle femme, aussi.

— Ce qui veut dire que l'ancienne aurait peut-être quelque chose à nous dire.

Il arborait un air de satisfaction.

— Alors, je peux vous inviter à dîner, Lindsay ?

Je suais à grosses gouttes. Je ne savais plus si je devais descendre ou rester au volant. *Si jamais je descends...*, me suis-je dit.

— J'ai déjà mangé. J'avais un engagement, Chris.

— Jacobi, a-t-il fait en souriant.

Il pourrait toujours m'avoir avec un sourire pareil.

— Une sorte de groupe de femmes. On se réunit entre nous, une fois par mois. On se raconte nos vies. Vous savez, problèmes de nounous, maisons de campagne et autres. Des choses comme ça.

— J'en connais une ? a demandé Raleigh.

— Peut-être qu'un jour, je vous les présenterai.

On s'éternisait sur place. Mon sang battait lentement dans ma poitrine. L'avant-bras de Raleigh effleurait doucement le mien. Ça me rendait folle. Il fallait que je dise quelque chose.

— Pourquoi m'avoir fait venir ici, Chris ?

— A cause de Jenks, m'a-t-il répliqué. Je ne vous ai pas tout dit. On a vérifié s'il possédait des armes à feu auprès de Sacramento.

Il m'a regardée avec une lueur dans l'œil.

— Il en a plusieurs d'enregistrées. Un fusil de chasse Browning calibre vingt-deux. Un Renfield 30-30. Une Remington 45.

Il me faisait marcher. Je savais qu'il avait trouvé la perle rare.

— Il y a aussi un Glock Special, Lindsay. 1990. *Neuf millimètres*.

Mon sang n'a fait qu'un tour.

Chris tiqua.

— L'arme idéale, Lindsay. Il faut qu'on retrouve ce flingue.

J'ai serré le poing et je l'ai cogné à celui de Raleigh en signe de triomphe. Ça se bousculait dans ma tête, Sparrow Ridge, les appels téléphoniques, à présent un Glock Special. Tout n'était encore qu'indirect, mais ça se mettait en place.

— Vous faites quoi demain, Raleigh ? ai-je demandé en souriant.

— Je suis libre comme l'air. Pourquoi ?

— Il est temps qu'on parle à ce type, face à face, je crois.

Chapitre 75

Tout en haut des falaises, au-dessus du pont du Golden Gate, le 20, El Camino del Mar était une demeure en stuc, de style espagnol avec un portail de fer, protégeant l'allée de terre cuite.

Barbe Rousse — Nicholas Jenks — vivait ici.

La maison de ce dernier était basse, imposante, entourée de haies taillées et d'azalées en fleur. Sur le rond-point de l'allée, on voyait une grande sculpture de fer, *Madone à l'enfant* de Botero.

— L'écriture doit payer, a dit Raleigh en sifflant légèrement, tandis qu'on s'approchait de la porte d'entrée.

On avait pris rendez-vous auprès de la secrétaire de Jenks et on devait le rencontrer à midi. Sam Roth m'avait avertie de le prendre avec des pincettes.

Une gouvernante nous a reçus aimablement à la porte, nous a escortés jusqu'à un solarium spacieux en nous annonçant que Mr Jenks descendrait dans très peu de temps. La pièce luxueuse semblait sortir tout droit d'un magazine de décoration — riche papier mural, mobilier oriental, table basse en acajou, souvenirs et photographies sur des étagères. Elle donnait sur un patio dallé avec vue sur le Pacifique.

J'avais vécu à San Francisco toute ma vie sans jamais savoir qu'on pouvait rentrer chez soi le soir et y retrouver un tel panorama.

Pendant qu'on patientait, j'ai examiné les photos disposées sur une table gigogne. Jenks en compagnie d'une série de visages connus. Michael Douglas, le numéro un de Disney, Bill Walsh des *49ers*. Sur d'autres figurait une femme séduisante que je déduisis être sa nouvelle épouse — charmante, souriante, cheveux blond vénitien — dans divers lieux exotiques : à la plage, au ski, sur une île de la Méditerranée.

Dans un cadre d'argent, un 13×18 les montrait tous deux au centre d'une énorme rotonde illuminée. Le dôme du palais des Beaux-Arts. C'était une photo de mariage.

Là-dessus, Nicholas Jenks est entré. Je l'ai reconnu immédiatement d'après ses photos.

Il était beaucoup plus mince que je ne l'avais imaginé. Soigné, bien foutu, pas plus d'un mètre quatre-vingts, en chemise blanche habillée, au col ouvert, sur un jean élimé comme il faut. Mon regard s'est porté aussitôt sur sa barbe roussâtre, mouchetée de gris.

Barbe Rousse, ça fait du bien de te rencontrer enfin.

— Désolé de vous avoir fait attendre, inspecteurs, nous a-t-il dit avec un sourire tranquille. Mais je crains de me montrer revêche si je ne fais pas mon nombre de pages chaque matin.

Il a tendu la main, remarquant la photo que je tenais toujours.

— Un peu le décor des *Noces de Figaro*, non ? Pour ma part, j'aurais préféré un mariage civil sans apprêts, mais Chessy disait que si elle arrivait à me piéger dans un smoking, elle ne douterait plus jamais de mon amour pour elle.

Me faire charmer par cet homme ne m'intéressait pas, mais il était beau et dominait immédiatement la situation. Je percevais ce qui chez lui attirait certaines femmes. Il nous a fait signe de prendre place sur le canapé.

— Nous espérions pouvoir vous poser quelques questions, lui ai-je dit.

— A propos de ces meurtres de jeunes mariés... ma secrétaire m'en a informé. C'est fou... terrible. Mais ces actes, si incroyablement abominables, réclament du moins une légère mesure de sympathie.

— Pour les victimes, ai-je répliqué en reposant sa photo de mariage sur la table.

— Tout le monde prend parti pour les victimes, nous a dit Jenks. Mais c'est ce qui se passe dans la tête du tueur qui fait rentrer du cash sur mon compte. La plupart des gens s'imaginent que ces actes sont simplement dictés par la vengeance. La plus *morbide* des vengeances... ou encore le désir d'asservissement, comme dans la plupart des viols. Mais je n'en suis pas certain.

— Quelle est votre théorie, Mr Jenks ? a demandé Chris.

Il lui a posé la question comme s'il était un fan.

Jenks a soulevé une carafe de thé glacé.

— Vous voulez boire quelque chose ? Je sais que c'est une chaude journée, même si je suis terré dans mon bureau depuis huit heures, ce matin.

On a refusé d'un signe de tête. J'ai sorti un dossier de mon sac et l'ai posé sur mes genoux. Je me suis souvenue de l'admonestation de Joyeux : *Jouez-la piano. Jenks est un V.I.P. Pas vous.*

Nicholas Jenks s'est versé un grand verre de thé avant de poursuivre.

— D'après ce que j'ai lu, ces assassinats me semblent une forme de viol, de viol de l'innocence. Le tueur agit de façon à ce que *personne ne lui pardonne.* Dans le cadre le plus sacré de notre société. A mes yeux, ces assassinats sont un acte de suprême purification.

— Malheureusement, Mr Jenks, ai-je dit en ignorant ses conneries, nous ne sommes pas venus ici solliciter votre avis de professionnel. Il y a des questions reliées à ces crimes qu'on aimerait vous poser.

Jenks s'est carré dans son fauteuil. Il avait l'air surpris.

— Votre formulation rend la chose terriblement officielle.

— Ça dépend entièrement de vous, ai-je dit, en sortant un magnétocassette de mon sac. Ça vous dérange si je mets ça en marche ?

Il m'a fixée d'un œil soupçonneux, puis m'a fait un signe de la main comme si c'était sans importance.

— Bon, j'aimerais commencer, Mr Jenks, par ces assassinats... avez-vous eu connaissance de ces meurtres autrement que par ce que vous avez lu dans la presse ?

— Quelle connaissance ?

Jenks a pris un temps de réflexion pour la forme. Puis il a secoué la tête.

— Non. Aucune.

— Avez-vous lu qu'il y avait eu un troisième meurtre ? La semaine dernière. A Cleveland.

— Oui, j'ai vu ça. Je lis cinq à six quotidiens tous les jours.

— Et avez-vous lu aussi qui étaient les victimes ?

— Elles étaient de Seattle, non ? L'une d'elles, je me rappelle, était une sorte d'organisateur de concerts.

— Le marié, ai-je opiné. James Voskuhl. La mariée a vécu à une époque ici, en ville, en fait. Son nom de jeune fille était Kathy Kogut. Est-ce que l'un ou l'autre de ces noms vous dit quelque chose ?

259

— Non. Ils devraient ?

— Vous n'avez jamais rencontré l'un d'entre eux ? L'intérêt que vous prenez à cette affaire est donc tout à fait banal... dicté par une curiosité morbide ?

Il m'a dévisagée.

— Oui. La curiosité morbide fait partie de mon boulot.

J'ai ouvert mon dossier et en ai sorti la photo du dessus. Il s'amusait avec nous tout comme il l'avait fait en semant des indices en chemin.

J'ai fait glisser le cliché sur la table.

— Voici qui pourrait vous rafraîchir la mémoire, lui ai-je dit. Il s'agit de Kathy Kogut, la jeune mariée assassinée l'autre soir. L'homme à ses côtés, c'est *vous*, je crois.

Chapitre 76

Lentement, Barbe Rousse a pris la photo et l'a détaillée.

— C'est bien moi, nous a-t-il confirmé. Mais cette femme, fort belle, j'en conviens, je ne la reconnais pas. Si vous me permettez de vous le demander, d'où vient cette photo ?

— La première à San Francisco de *Mauvaise longueur d'onde*.

— Ah, soupira-t-il, comme si ça expliquait tout pour lui.

Je l'ai vu mettre en place la bonne réponse. Il était décidément intelligent et plutôt bon comédien.

— Je rencontre des tas de gens dans ce genre d'événements mondains. C'est pourquoi je tâche de les éviter. Vous dites que c'est la fille qu'on a tuée à Cleveland ?

— On espérait que vous ne l'auriez pas oubliée, ai-je répondu.

Jenks a fait non de la tête.

— J'ai trop d'admiratrices et pas très envie de les rencontrer, même celles qui sont vraiment jolies, inspecteur.

— La rançon de la gloire, j'imagine...

Je lui ai repris la photo, l'ai tripotée un instant, puis l'ai refait glisser devant lui.

— Toutefois, je dois m'attarder sur cette admiratrice-là en particulier. Je suis curieuse, j'aimerais savoir pourquoi elle ne se détache pas pour vous. *Parmi toutes les autres.*

J'ai extrait une copie d'une facture de téléphone de la Northwest Bell de mon dossier et la lui ai tendue. Y figuraient plusieurs appels soulignés au marqueur.

— C'est bien votre numéro personnel ?

Jenks tenait la copie de la facture. Son œil s'est terni.

— Oui.

— Elle vous a appelée, Mr Jenks. Trois fois ces toutes dernières semaines. Et une fois... *ici*, je l'ai entouré à votre intention, pendant douze minutes, pas plus tard que la semaine dernière. Trois jours avant son mariage... et son assassinat.

Jenks a tiqué. Et a repris la photo. Cette fois, il s'est montré différent : sombre, contrit.

— En vérité, inspecteur, a-t-il fait en reprenant son souffle, j'ai été tellement, *tellement*, désolé d'apprendre ce qui s'est passé. Elle semblait, au cours de ce

261

dernier mois, si pleine d'attentes, d'espoirs. J'ai eu tort de vous induire en erreur. C'était idiot de ma part. Oui, *je connaissais* Kathy. Je l'ai rencontrée le soir où cette photo a été prise. Parfois, mes admiratrices sont impressionnées. Et séduisantes. Et à certains moments, je peux être moi aussi impressionné, et ce, à mon détriment.

J'ai eu envie d'allonger le bras à travers la table et d'arracher le masque *impressionné* de Nicholas Jenks. J'étais certaine qu'il était l'auteur de six assassinats abominables. A présent, il se moquait de nous et de ses victimes. L'enfoiré !

— Donc vous reconnaissez, est intervenu Raleigh, que vous avez *bien* eu une liaison avec cette femme.

— Pas au sens où vous l'insinuez, a répliqué Jenks, Kathy était une personne qui espérait satisfaire ses propres aspirations artistiques, des plus vagues, en fréquentant quelqu'un engagé dans un processus créateur. Elle-même voulait écrire. Pas la peine d'être neurochirurgien, si c'était si facile, on se retrouverait tous avec un bouquin sur la liste des best-sellers, non ?

Aucun de nous deux ne lui a répondu.

— On s'est parlé, peut-être rencontré, quelques fois en quelques années. Ça n'est pas allé plus loin que ça. C'est la vérité.

— Vous lui serviez de mentor en quelque sorte ? a suggéré Raleigh.

— Oui, tout à fait. C'est le terme exact.

— Par hasard — je me suis avancée vers lui, incapable de me contenir plus longtemps — serviez-vous de *mentor* à Kathy à Cleveland, samedi dernier, la nuit où on l'a tuée ?

Le visage de Jenks est devenu granitique.

— C'est ridicule. Et mal à propos.

J'ai replongé la main dans le dossier et en ai sorti cette fois une copie du photogramme de l'arrivée du tueur au Hall of Fame.

— Voici un cliché des caméras de sécurité, pris le soir de sa mort. C'est bien vous, Mr Jenks ?

Il n'a même pas cillé.

— Ça pourrait être moi, si je m'étais trouvé là. Ce que je démens formellement.

— Où étiez-vous donc samedi soir dernier ?

— Si je comprends bien, a-t-il dit froidement, vous suggérez que l'on me soupçonne d'avoir commis ces crimes ?

— Kathy Kogut a parlé, Mr Jenks, ai-je fait d'un œil noir. A sa sœur, à ses amies. Nous savons comment vous la traitiez. Nous savons qu'elle a quitté la Bay Area pour tenter d'échapper à votre domination. Nous savons que la liaison entre vous a duré jusqu'au soir de son mariage.

Je ne lâchais pas Jenks des yeux. Comme s'il n'y avait plus que lui et moi dans la pièce.

— Je n'étais pas à Cleveland, a-t-il répété. J'étais ici, ce soir-là.

J'ai déroulé tout le faisceau de preuves devant lui. Depuis la bouteille de Clos du Mesnil abandonnée au Hyatt jusqu'à sa participation dans les Vignobles de Sparrow Ridge en soulignant le fait que deux des assassinats avaient été commis avec des armes neuf millimètres et que, selon les registres de l'Etat, il en possédait une.

Il m'a ri au nez.

— J'espère que vous ne basez pas vos suppositions là-dessus. J'ai acheté ce champagne, il y a des

263

années, a-t-il ajouté en haussant les épaules. Je ne me souviens plus où il se trouve.

— Vous pouvez le retrouver, je suppose ? a lancé Raleigh, qui lui expliqua que c'était une marque de respect qu'on le prie de nous le remettre volontairement.

— Et verriez-vous un inconvénient à nous fournir un échantillon des poils de votre barbe ? ai-je ajouté.

— *Quoi !*

Son regard a défié le mien avec une hargne non dissimulée.

Je me suis imaginé que c'était avec cet air-là qu'il avait attaqué Mélanie Brandt, qu'il avait braqué son arme sur Kathy Kogut.

— Je crois, a fini par répondre Nicholas Jenks, que ce fascinant entretien touche à son terme.

Puis, en nous montrant ses poignets :

— A moins que vous n'ayez l'intention de m'embarquer. Mon déjeuner m'attend.

J'ai acquiescé.

— Il nous faut poursuivre l'enquête. Concernant les endroits où vous vous trouviez et votre arme.

— Bien entendu, a dit Jenks en se levant. Et si vous deviez avoir ultérieurement besoin de ma coopération — sentez-vous libre d'en faire part à mon avocat.

J'ai rassemblé les clichés et les ai remis dans le dossier. Raleigh et moi nous sommes levés.

A cet instant, la séduisante femme à la chevelure blond vénitien des photos est entrée dans la pièce.

Jolie, c'était indéniable, avec des yeux aigue-marine au regard doux, le teint pâle, les cheveux longs flottant sur les épaules. Elle avait le corps élancé d'une danseuse, portait des jambières et un T-shirt Nike.

— Chessy ! s'est exclamé Jenks. Ce sont des officiers du département de police de San Francisco. Ma femme, inspecteurs.

— Pardon, Nick, s'est excusée Chessy Jenks. Susan arrive. Je ne savais pas que tu avais de la visite.

— Ils prenaient congé.

Après un bref signe de tête, on s'est dirigés vers la porte.

— Si jamais vous retrouviez ce dont nous parlions, lui ai-je dit, nous enverrions quelqu'un le prendre.

Il m'a fixée comme si j'étais transparente.

Je détestais partir sans l'avoir coincé, en ayant dû le traiter en prenant des gants. Mais on était encore à quelques pas en deçà d'une arrestation.

— Alors comme ça, a fait Chessy Jenks en souriant, mon mari a enfin commis un crime ?

Elle s'approcha et lui menotta le bras pour le taquiner.

— Je lui ai toujours dit que c'était inévitable à force d'inventer des personnages qui vous filent la chair de poule.

Se pouvait-il qu'elle soit au courant ? me suis-je demandé. Elle vivait avec lui, couchait avec lui. Comment aurait-elle pu ignorer ce qui lui passait par la tête ?

— Je ne l'espère vraiment pas, Mrs Jenks, me suis-je contentée de répondre.

Chapitre 77

— Qu'a-t-elle voulu dire par là ? demanda Chessy Jenks à son mari, troublée, une fois que les inspecteurs de police eurent quitté leur maison.

Jenks la repoussa et se dirigea à grands pas vers les portes-fenêtres qui s'ouvraient sur le Pacifique.

— Imbéciles, amateurs, maugréa-t-il. A qui croient-ils donc avoir affaire, merde ?

Il sentait un picotement lui chauffer l'échine et le poignarder dans le dos. *Des imbéciles, à l'esprit étroit. Des fouille-merde. C'est pour ça qu'ils sont flics. S'ils avaient quelque chose dans le crâne, ils feraient ce que je fais. Ils vivraient face au Pacifique.*

— C'est pour ça qu'on creuse des décharges, répondit-il. Pour que les flics s'y sentent chez eux.

Chessy reprit la photo de mariage sur la table basse et la remit à la bonne place.

— Qu'est-ce que tu vas faire maintenant, Nick ?

Pourquoi le poussait-elle toujours à ça ? Pourquoi avait-elle toujours besoin de savoir ?

Elle s'approcha en le regardant avec patience et lucidité.

Comme d'habitude, sa colère fusa tel l'éclair.

Il ne prit même pas conscience qu'il l'avait frappée.

Sa main lui faisait simplement mal et il vit Chessy, étalée sur le sol — et la table en bambou où étaient posées les photos, renversée. Chessy se tenait une main devant la bouche.

— Tu ne sais pas encore quand tu dois me laisser

tranquille ? gueula-t-il. Tu as besoin que je te fasse un dessin ?

— Euh, Nick, fit Chessy. Pas ici... pas maintenant.

— Quoi, pas ici ?

Il hurlait. Il savait qu'il hurlait, qu'il ne se contrôlait plus. Que les domestiques pouvaient l'entendre.

— Je t'en prie, Nick, fit Chessy, en se relevant. Susan ne va pas tarder. On va déjeuner.

L'idée que Chessy pensait qu'elle pouvait se permettre de le juger l'enrageait pour de bon. Ne voyait-elle pas qui elle était vraiment ? Rien qu'une blondasse avec des taches de rousseur qu'il avait ramassée dans un casting et transformée en don du ciel version Martha Stewart.

Il lui agrippa le bras et colla son visage à quelques centimètres de ses beaux yeux remplis de terreur.

— Dis-le !

Elle tremblait sous sa poigne. Un léger filet de morve lui coulait du nez.

— Bon Dieu, Nick...

Voilà ce qu'il aimait, qu'elle ait peur de lui, même si elle ne le montrait jamais en public.

— Je t'ai dit de me le dire, Chessy.

Il lui tordit le bras derrière le dos.

Elle respirait fortement à présent, de la sueur tachait son T-shirt. Ses petits seins pointaient. Quand elle le fusilla du regard avec un air de défi dérisoire, il tordit plus fort, lui enfonçant ses ongles dans le bras. Il la poussa vers la chambre, trébuchante sur ses pieds nus.

Une fois dans la chambre, il referma la porte d'un coup de pied.

Elle se prenait pour qui, cette femme-flic ? De venir

ici... pour l'accuser de la sorte. Dans son ensemble cheap de chez Gap. Quelle insolente, quelle salope.

Il entraîna Chessy dans la penderie. La sienne, à elle. Il y faisait sombre. Rien que le noir, ses sanglots et l'odeur pénétrante de son parfum. Il la plaqua d'une poussée face au mur et se frotta contre ses fesses.

Il descendit le short de gym de Chessy et son collant avec.

— S'il te plaît, cria-t-elle. Nicky ?

Il s'empara de l'endroit familier où ses fesses s'ouvraient. Il bandait dur et s'y enfonça profond.

Il se mit à bouger en Chessy.

— Dis-le, fit-il d'une voix entrecoupée. Tu sais comment arrêter tout ça. Dis-le.

— Wouf..., finit-elle par chuchoter imperceptiblement.

A présent, elle adorait ça, comme elle l'avait toujours adoré. Ça n'était pas mauvais — c'était bon. Elles finissaient toutes par désirer ça, adorer ça. Il les choisissait toujours si bien.

— Wouf, gémit-elle. Wouf, wouf. Tu en as envie, Nick ?

Oui, c'était en partie ce dont il avait besoin. Il n'attendait rien d'autre de Chessy.

— T'adores ça, Chessy, lui murmura-t-il en réponse. C'est pour ça que tu es ici avec moi.

Chapitre 78

Une équipe de trois voitures a exercé une surveillance rapprochée sur les allées et venues de Jenks. S'il tentait de se débarrasser du flingue, on le saurait. S'il tentait de tuer encore une fois, on espérait pouvoir l'arrêter. Peu importait son intelligence, je ne voyais pas comment il pourrait commettre un autre meurtre à l'heure actuelle.

Je désirais parler à quelqu'un qui le connaissait, et qui voudrait bien parler. Raleigh avait mentionné une ex-femme, de mauvais traitements. Il fallait que je la rencontre.

Ce ne fut pas difficile de retrouver Joanna Jenks, Joanna Wade à l'heure actuelle. En consultant les fichiers de police, la main courante pour violences domestiques qu'elle avait déposée contre son mari, des années auparavant, révélait son nom de jeune fille. Une Joanna Wade habitait actuellement au 1115, Filbert Street, sur Russian Hill.

C'était une maison ravissante en pierre blanchie à la chaux sur la partie la plus escarpée de la colline. J'ai sonné, ai décliné mon identité à la gouvernante qui m'a ouvert. Elle m'a appris que Ms Wade était absente.

— Elle est à la *muzculazion*, m'a-t-elle dit. Au Gold's Gym. Sur Union.

J'ai déniché le gymnase-club au coin entre un Starbucks et un supermarché Alfredson. A la réception, un employé blondasse à queue de cheval m'a dit que

269

Joanna se trouvait en salle d'exercices C. Quand je lui ai demandé de quoi elle avait l'air, il a éclaté de rire.

— Cherchez une blonde. Et bonne à vous botter le cul.

Je suis entrée d'un pas détaché et à travers une grande vitre, j'ai aperçu un cours de *tae-bo* en salle d'exercices C. Huit à dix femmes suaient en Lycra, décochant des coups de pied style karaté, portées par une musique à fond. Je savais que le tae-bo était la dernière folie du fitness. Chacune de ces femmes avait l'air de pouvoir plaquer un suspect contre le mur, puis revenir en courant au commissariat avant la voiture-radio, avec du souffle à revendre.

L'unique blonde était devant. Le corps sculpté, se donnant à fond et à peine en sueur. C'était son cours.

Je suis restée dans les parages en attendant la fin et que la plupart des élèves se soient ruées dehors. Elle s'épongeait le visage avec une serviette.

— Super le cours, lui ai-je dit en la voyant se diriger vers moi.

— Le meilleur de la Bay Area. Vous voulez vous inscrire ?

— Peut-être. D'abord, j'ai pensé que je pourrais vous poser deux trois questions.

— Voyez Diane à l'accueil. Elle vous donnera tous les détails.

— Je ne parlais pas du tae-bo.

Je lui ai montré mon badge.

— Mais de Nicholas Jenks.

Joanna m'a dévisagée, en s'éventant le cou de sa queue de cheval. Elle a eu un petit sourire.

— Qu'est-ce qu'il a fait ? On l'a surpris à voler un de ses bouquins à l'étalage, chez Stacey, en ville ?

— On peut parler ? lui ai-je demandé.

270

Elle a haussé les épaules et m'a conduite vers un vestiaire inoccupé.

— Que puis-je vous dire de Nicholas Jenks que vous ne pourriez apprendre en lisant les rabats de jaquette de ses ouvrages.

— Je sais que ça remonte à plusieurs années, ai-je fait, mais vous avez déposé une main courante contre lui pour violence conjugale.

— Ecoutez, au cas où la paperasse ne l'aurait pas noté, je ne l'ai pas poursuivi à l'époque.

J'ai vu la terreur du moment exploser à nouveau pour elle.

— Ecoutez, ai-je dit avec sincérité, personne n'essaie de raviver de vieilles blessures Ms Wade. J'aimerais simplement que vous me parliez de votre ex-mari.

— Il est reparti pour un tour ?

Je la voyais qui m'évaluait. Etais-je une alliée ou une adversaire ? Puis elle a capitulé en poussant un soupir et m'a fixée droit dans les yeux.

— Si vous êtes ici à propos de Chessy, j'aurais pu la prévenir. S'il ne s'était pas comporté comme une véritable ordure quand il m'a jetée. Comment il m'a dit ça déjà : « J'écris grâce à elle, Jo. Elle m'inspire. » Vous avez lu ses bouquins, inspecteur ? m'a-t-elle demandé. Elle ne l'a pas inspiré en bossant pendant qu'il s'y mettait et se trouvait, hein ? Elle n'a pas eu à relire ses brouillons, à gérer ses crises de rage quand on lui refusait ses manuscrits, à lui répéter chaque soir qu'elle croyait en lui. Vous savez où il l'a rencontrée ? Dans la salle de maquillage d'*Entertainment tonight*.

— Ce que je vous demande Ms Wade, c'est : Nicholas Jenks, il est violent *comment* ?

Elle est demeurée silencieuse, détourna les yeux.

271

Quand elle les a reportés sur moi, elle était prête à pleurer.

— Ecoutez, vous rappliquez ici après tout ce temps et vous me replongez dans tout ça. Que voulez-vous que je vous dise ? Que sa mère ne l'aimait pas ? Que c'est un type dangereux, barjo ? Vivre avec Nick... c'est tellement dur. Il se contient et Dieu sait quand ça va sortir. Je me demandais : *Pourquoi ? Qu'est-ce que j'ai fait ?* J'étais juste une gosse.

Ses yeux brillaient de larmes.

— Je regrette.

J'étais sincère. Et désolée pour les deux Mrs Jenks. Je n'arrivais pas à imaginer ce que signifiait se réveiller un beau matin, mariée à un type comme lui.

— Il faut que je vous pose la question, ai-je dit. Quelles chances y a-t-il que les choses avec votre ex-mari se soient aggravées ?

Elle a eu l'air de tomber des nues.

— Il n'est rien arrivé à Chessy, inspecteur ?

— Chessy va très bien.

J'ai opiné du chef pour rendre évident que je pressentais qu'il n'en allait peut-être pas de même pour d'autres.

Elle a attendu que je cille. Son attente se révélant vaine, elle a eu un rire sans gaieté.

— Alors, je devine qu'il est question de choses plus profondes que la fauche d'un bouquin à la librairie Stacey ?

J'ai acquiescé derechef. De femme à femme, je lui ai dit alors :

— Je dois vous poser une question cruciale, Ms Wade.

Chapitre 79

J'ai demandé à Joanna Wade si elle croyait *Nicholas Jenks capable de commettre un meurtre*.

Je ne pouvais lui en communiquer la raison, mais aucune importance. Joanna était rapide à déchiffrer. Je vis dans son regard qu'elle était choquée. Une fois calmée, je l'ai observée se livrant à une réflexion approfondie.

Elle a fini par me regarder et m'a redemandé :

— Vous avez déjà lu ses livres, inspecteur ?

— Un seul. *Charme fatal*. Un bouquin dur.

— Il vit en compagnie de ses personnages, inspecteur. Parfois, il oublie qu'il ne fait ça que pour gagner sa vie.

J'ai vu dans ses yeux qu'elle se culpabilisait. Je me suis penchée vers elle.

— Je ne voulais pas vous blesser. Mais il faut que je sache.

— S'il pourrait tuer quelqu'un ? S'il est capable d'assassinat ? Je le sais capable d'avilir complètement un autre être humain. C'est aussi un meurtre, non ? Il est ce qu'on appelle un sadique sexuel. Son père battait sa mère dans la penderie de la chambre à coucher en guise d'aphrodisiaque. Il fait de ses proies des faibles. Oui, le célèbre Nicholas Jenks m'a humiliée... mais laissez-moi vous dire le pire, le pire du pire. Il m'a abandonnée, inspecteur. Lui, pas moi.

Joanna s'est redressée et m'a lancé un sourire compatissant.

— J'ai rencontré Chessy quelques fois. A des

273

déjeuners officiels, des galas de bienfaisance. On a même parlé un peu. Il n'a pas changé. Elle sait que je sais exactement ce qu'elle subit. Mais c'est quelque chose qu'on ne peut pas partager. Je perçois sa peur, je sais ce que c'est. Quand elle se regarde dans la glace, elle ne se reconnaît plus.

Mon sang était en ébullition. Au-delà de l'écorce et du vernis, j'entrevoyais la femme qu'avait été Joanna Wade — jeune, en manque, perturbée.

J'ai tendu la main et touché la sienne. *J'avais ma réponse.* J'ai refermé mon bloc, prête à me lever quand Joanna m'a surprise.

— J'ai cru que c'était lui. Enfin, pas vraiment. Mais j'ai pensé à Nick quand j'ai appris ces horribles crimes. J'ai pensé à son livre et je me suis dit : *Ça pourrait être lui.*

J'ai interrompu Joanna.

— Quel livre ?

— Le premier qu'il a écrit. *Mariée à jamais.* Je me suis dit que c'était ce qui vous avait amenée ici, ce qui le reliait aux meurtres.

Je l'ai dévisagée, plongée dans un abîme de perplexité.

— Mais de quoi vous parlez ?

— Je m'en souviens vaguement. Il a écrit ça avant notre rencontre. J'ai eu la chance insigne d'entrer dans sa vie au moment de son second roman non publié, qu'il a, dit-on, vendu récemment plus de deux millions de dollars. Mais l'autre, je l'avais oublié jusqu'à tout dernièrement. Ça parlait d'un étudiant en droit qui découvre sa femme avec son meilleur ami et les tue tous les deux. Et pour finir, il continue le carnage.

— Quel genre de carnage ? ai-je demandé.

Sa réponse m'a coupé le souffle.

— Il assassine de jeunes mariés. Ça ressemble beaucoup à ce qui est arrivé.

Chapitre 80

C'était la pièce de puzzle qui me manquait. Si Jenks avait prémédité ces crimes, les avait élaboré dans l'un de ses premiers écrits, cela constituerait un élément irrécusable, plus du tout indirect. Avec tout ce que l'on possédait déjà, je pouvais le faire arrêter.

— Où puis-je trouver ce livre ? ai-je demandé.

— Il n'était pas très bon, a répliqué Joanna Wade. Il n'a jamais été publié.

J'étais d'une nervosité à tout crin.

— Vous en avez un exemplaire ?

— Croyez-moi, si c'était le cas, je l'aurais brûlé depuis des années. Nick avait un agent en ville, Greg Marks. Il l'a jeté quand il a eu du succès. Si quelqu'un l'a encore, ça ne peut être que lui.

J'ai appelé Greg Marks depuis la voiture. Je fredonnais carrément, à présent. J'adorais la tournure que prenaient les événements.

L'opératrice m'a connectée au bout de quatre sonneries, j'eus droit à un message enregistré : *Vous êtes bien chez Greg Marks Associés...* la déception me taraudait. *Merde, merde, merde.*

J'ai laissé à contrecœur le numéro de mon pager.

— C'est extrêmement urgent, ai-je dit.

J'allais préciser la raison de mon appel quand une voix m'a prise en direct.

— Greg Marks à l'appareil.

Je lui ai expliqué qu'il fallait que je le voie sans attendre. Son bureau n'était pas très loin ; je pouvais y être dans dix minutes.

— J'ai rendez-vous à One Market à six heures quinze, m'a répondu l'agent d'un ton cassant. Mais si vous pouvez vous déplacer...

— Ne bougez pas, j'arrive, lui ai-je intimé. C'est une affaire de police et c'est important. Si vous partez, je vous fais arrêter !

Greg Marks travaillait à domicile dans un loft au second étage d'un immeuble en *brownstone* de Pacific Heights, d'où il voyait en partie le Golden Gate. Il m'a ouvert la porte, sur la réserve, l'air méfiant. Il était petit, atteint de calvitie et habillé avec élégance d'une chemise jacquard boutonnée jusqu'en haut.

— En ce qui me concerne, j'ai bien peur que vous n'ayez choisi un sujet qui fâche, inspecteur. Nicholas Jenks n'est plus mon client depuis six ans. Il m'a laissé tomber le jour où *Mauvaise longueur d'onde* est entré dans la liste des best-sellers du *Chronicle*.

— Vous n'êtes plus en contact ?

Je voulais m'assurer que tout ce que je lui demanderais ne reviendrait pas aux oreilles de Jenks.

— Pourquoi ? Pour lui rappeler que j'ai joué la baby-sitter pendant les années où il avait du mal à distinguer un substantif d'un adjectif, que je prenais ses appels obsessionnels en pleine nuit et caressais son ego gigantesque dans le sens du poil ?

— Je suis venue à propos de l'un des premiers écrits de Jenks, l'ai-je interrompu. Avant qu'il ne cartonne. J'ai parlé à son ex-femme.

— Joanna ? s'est exclamé Marks, surpris.

— D'après elle, il a écrit un bouquin qui n'a jamais été publié. Elle croit se souvenir que le titre était *Mariée à jamais*.

L'agent a acquiescé.

— C'était une première tentative. Inaboutie. Sans réelle puissance narrative. A dire vrai, je ne l'ai même jamais fait circuler.

— Vous en avez un exemplaire ?

— Je le lui ai renvoyé à peine tournée la dernière page. A mon avis, Jenks devrait encore l'avoir. Pour lui, son livre était un chef-d'œuvre de suspense.

— J'espérais ne pas avoir à en passer par lui, ai-je dit sans lui communiquer sur quoi se fondait mon intérêt.

Je me suis penchée vers lui.

— Comment mettre la main sur un exemplaire sans m'adresser à Jenks ?

— Joanna ne l'a pas gardé ? a fait Marks, se massant la tempe du doigt. Jenks était parano, il avait peur que quelqu'un lui pique l'idée. Peut-être qu'il l'a déposé. Pourquoi ne pas vérifier ?

Il fallait que je voie ça avec quelqu'un.

Il fallait que je voie ça avec les filles.

— Vous voulez apprendre quelque chose de vraiment effrayant sur Jenks ? m'a demandé alors l'agent littéraire.

— Je vous écoute, allez-y, je vous en prie.

— C'est le sujet d'un bouquin qu'il a toujours eu envie d'écrire. Il s'agit d'un romancier obsédé — le genre d'ouvrage qui réussit si bien à Stephen King. En vue d'écrire un livre meilleur, un *super*-livre, il assassine pour de bon des gens pour voir quel effet ça fait. Bienvenue dans l'horrible imagination de Nicholas Jenks.

277

Voilà pourquoi j'étais devenue inspecteur de la criminelle. Je suis retournée en hâte à mon bureau ; la tête me tournait : comment mettre la main sur ce livre perdu. C'est alors que la bombe suivante a explosé.

C'était McBride.

— Vous êtes assise ? m'a-t-il demandé, comme s'il allait m'assener le coup de grâce. Nicholas Jenks était ici à Cleveland, le soir des meurtres du Hall of Fame. Ce fils de pute était bien là.

Jenks m'avait menti éhontément. Sans même un battement de cils.

Tout était clair à présent ; l'homme non identifiable du Hall of Fame, c'était lui après tout. Il n'avait pas d'alibi.

McBride m'expliqua comment ses hommes avaient battu les hôtels du coin. En fin de compte, ils avaient découvert que Jenks avait séjourné au Westin et, de façon stupéfiante, s'y était inscrit sous son propre nom. Une réceptionniste, qui travaillait ce soir-là, se souvenait de lui. Elle l'avait reconnu tout de suite, étant l'une de ses fans.

Mon esprit battait la campagne devant les ramifications. Il n'en fallait pas plus à McBride. Ils possédaient une relation antérieure avec la victime et une apparition possible sur les lieux. A présent, Jenks était localisé dans sa ville. Il avait même menti quand on l'avait interrogé.

— Demain, j'irai demander une mise en examen au

278

D.A., m'a annoncé McBride. Dès qu'on l'aura obtenue, je veux que vous cueilliez Nicholas Jenks.

La vérité m'a frappée comme un coup de massue. On pouvait le perdre au profit de Cleveland. Toutes ces preuves, tous ces pressentiments qui se vérifiaient ne nous seraient d'aucun secours. A présent, on pourrait seulement adjoindre une condamnation à perpétuité, lors d'un second procès. Les Brandt et les Weil, les DeGeorge et les Passeneau seraient accablés. *Mercer péterait gravement les plombs.*

Il ne me restait qu'un choix absolument démoralisant : soit coffrer Jenks et le tenir au chaud pour McBride, soit tenter le coup tout de suite avec un dossier tout sauf étanche.

Je dois en référer à la hiérarchie, m'a dit une voix dans ma tête.

Mais, dans mon cœur, une autre voix me disait : *Vois ça avec les filles.*

Chapitre 82

Je les ai réunies dans l'heure.

— Cleveland est prêt à mettre en accusation, leur ai-je appris.

Puis j'ai lâché ma bombe : le livre intitulé *Mariée à jamais.*

— Il faut que tu le retrouves, a déclaré Jill. C'est le seul lien qui réunit les trois crimes. Etant donné qu'il n'a pas été publié, c'est aussi bon qu'un élément exclusif sur les assassinats. Il pourrait même offrir un parallèle avec les vrais. Si tu mets la main sur ce bouquin, Lindsay, on met Jenks derrière les barreaux. Pour toujours !

— Comment ça ? Joanna Wade a parlé d'un ancien agent et je suis allé le voir. *Nada.* Il m'a dit d'aller voir au bureau des copyrights. Ça se trouve où ?

Cindy a secoué la tête.

— Washington, je crois.

— Ça va prendre des jours ou même plus. On n'a pas de temps devant nous.

Je me suis tournée vers Jill.

— C'est peut-être le moment de lancer un mandat de perquisition contre Jenks. Il nous faut le flingue et le livre. Et il nous les faut tout de suite.

— Si on fait ça, a objecté Jill avec nervosité, on risque de bousiller toute l'enquête.

— Tu veux le perdre, Jill ?

— Quelqu'un est déjà au courant ? a-t-elle demandé.

J'ai fait non de la tête.

— Rien que la première équipe — vous, les filles. Mais quand Mercer va découvrir ça, il va vouloir monter à bord avec tout le bazar. Caméras, micros et le FBI attendant en coulisse.

— Si on se trompe, Jenks nous pompera du fric jusqu'à l'os en dommages et intérêts, précisa Jill. Je préfère ne pas y penser.

— Et Cleveland attendra son tour, dit Claire. On n'aura pas l'air connes.

Jill poussa un soupir pour finir.

— Très bien... je te suis, Lindsay. Si tu ne vois pas d'autre moyen.

Je les ai regardées toutes les trois pour être certaine de l'unanimité. Cindy est intervenue soudain :

— Tu peux m'accorder encore vingt-quatre heures ?

Je l'ai dévisagée.

— Je ne sais pas. Pourquoi ?

— Jusqu'à demain, pas plus. Et il me faut le numéro de Sécurité sociale de Jenks.

J'ai refusé de la tête.

— Tu viens d'entendre ce que j'ai dit de McBride. Bon, c'est quoi le plan ?

Elle a eu le même air que l'autre soir, quand elle avait surgi dans mon appartement — tenant la photo de Jenks et de Kathy Kogut, la troisième jeune mariée.

— Donne-moi jusqu'à demain matin.

Là-dessus, elle s'est levée et elle est partie.

Chapitre 83

Le lendemain matin, Cindy poussa timidement les portes vitrées du siège de la Guilde des écrivains de San Francisco. Cela lui fit penser furieusement à ce fameux jour au Grand Hyatt. A la réception, une femme d'âge mûr, à l'allure pointilleuse de bibliothécaire, leva les yeux vers elle.

— Que puis-je pour vous ?

Cindy prit son courage à deux mains.

— Je recherche un manuscrit. On l'a rédigé, il y a quelque temps déjà.

Le mot *copyright* avait fait tilt en elle. Elle avait écrit des nouvelles quand elle était à la fac. Elles étaient à peine assez bonnes pour une parution dans la revue

littéraire de l'université, mais sa mère avait insisté :
« Dépose-les pour le copyright. » Renseignements
pris, elle découvrit que ça prenait des mois et que
c'était bien trop cher. Mais un ami qui avait déjà
publié lui parla d'un autre moyen de protéger ses
œuvres sur le plan local. « Tous ceux qui écrivent font
ça », lui avait-il affirmé. Si Nicholas Jenks avait voulu
se prémunir quand il était dans la dèche, il avait dû
s'y prendre ainsi.

— Il s'agit d'une sorte de généalogie familiale, dit
Cindy à la femme. C'est mon frère qui en est l'auteur.
Ça remonte jusqu'à trois générations en arrière et on
n'en a aucune copie.

La femme secoua la tête.

— Ce n'est pas une bibliothèque ici, ma chère. J'ai
bien peur que tout ce qu'on garde ici ne soit pas libre
d'accès. Si vous voulez le retrouver, il faudra que
votre frère vienne lui-même.

— Impossible, dit Cindy d'un ton solennel. Nick est
mort.

La femme se radoucit et l'observa d'un œil moins
fonctionnaire.

— Désolée.

— Sa femme m'a dit qu'elle n'arrive pas à mettre la
main sur un exemplaire. J'aimerais en faire cadeau à
notre père pour son soixantième anniversaire.

Elle se sentait coupable, idiote, de mentir éhontément de la sorte, mais il fallait obtenir ce livre à tout
prix.

— Il y a une procédure à suivre, répondit la femme
d'un ton moralisateur. Un certificat de décès, une
preuve de parenté, l'avoué de la famille devrait être
en mesure de vous aider. Je ne peux pas vous laisser
entrer.

Cindy carburait mentalement. Ça n'était pas tout à fait Microsoft ici. Si elle avait pu se frayer un chemin jusqu'à la scène de crime au Grand Hyatt, pister Lindsay jusqu'au second meurtre, elle devait être capable de débrouiller ça. Tout le monde comptait sur elle.

— Il doit bien exister un moyen qui vous permette de me laisser jeter un coup d'œil. S'il vous plaît ?

— Je crains bien que non, ma chère. Pas sans certains documents. Qu'est-ce qui vous fait même croire qu'il l'a déposé chez nous ?

— Ma belle-sœur en est certaine.

— Comprenez bien que je ne peux pas remettre des documents déposés ici sur la simple intuition d'un tiers, dit-elle d'un ton irrévocable.

— Peut-être que vous pourriez au moins jeter un œil, proposa Cindy. Pour voir s'il est bien ici.

La cerbère de la liberté de la presse finit par se détendre.

— J'imagine que je peux faire ça. Vous dites que ça remonte à plusieurs années ?

Cindy sentit une poussée d'adrénaline.

— Oui.

— Sous quel nom ?

— Je pense que ça s'appelait *Mariée à jamais*.

Elle en frissonna.

— Je ne vous demandais pas le titre, mais le nom de l'auteur.

— Jenks, fit Cindy en retenant son souffle. Nicholas Jenks.

La femme la dévisagea.

— L'auteur de romans policiers ?

Cindy fit non de la tête, feignit de sourire.

— Le placier en assurances, dit-elle le plus calmement possible.

283

La femme lui décocha un regard étrange mais continua de taper le nom.

— Vous pouvez prouver votre parenté ?

Cindy lui tendit un morceau de papier sur lequel figurait le numéro de Sécurité sociale de Jenks.

— Ça doit figurer sur son inscription.

— Ça ne fera pas l'affaire, dit la femme.

Cindy trifouilla une fermeture Eclair de son sac à dos. Elle sentit que l'occasion lui filait entre les doigts.

— Dites-moi au moins si c'est là. Je reviendrai avec tout ce que vous voudrez.

— Jenks, marmonna la femme, sceptique. On dirait que votre frère était un peu plus prolifique que vous ne le pensiez. Il a déposé ici *trois* manuscrits.

Cindy faillit pousser un cri.

— Le seul que je recherche s'appelle *Mariée à jamais*.

Cela prit encore plusieurs minutes, sembla-t-il, mais la résistance de la femme finit par céder.

— Je ne sais pas pourquoi je fais ça, mais si vous pouvez valider votre demande, il semble y avoir trace que ce manuscrit a été déposé ici.

Cindy se sentit exulter. Le manuscrit était la dernière pièce qui leur manquait pour résoudre une affaire criminelle et mettre Jenks à l'ombre.

Il lui fallait maintenant le sortir d'ici.

Chapitre 84

— Je l'ai trouvé ! s'écria Cindy d'une voix essouf-flée au téléphone. *Mariée à jamais* !

J'ai frappé du poing mon bureau sous le coup de l'allégresse. *Ça signifiait qu'on pouvait aller résolument de l'avant.*

— Alors, qu'est-ce que ça donne, Cindy ?

— Je l'ai *trouvé*, dit Cindy pour clarifier. Je ne l'ai pas *entre les mains*.

Elle m'a parlé de la Guilde des écrivains. Le livre s'y trouvait, mais ça réclamerait un brin de persuasion de notre part pour l'en faire sortir.

Cela nous a pris à peine deux heures — après avoir passé immédiatement un appel à Jill. Elle tira un juge de son cabinet et on s'est retrouvées avec une déci-sion judiciaire en bonne et due forme ordonnant la remise du manuscrit *Mariée à jamais* de Jenks.

Jill et moi, on a couru retrouver Cindy. En chemin, j'ai passé un autre coup de fil. A Claire. Cela me sem-blait tomber sous le sens que nous soyons toutes les quatre.

Vingt minutes plus tard, Jill et moi avons retrouvé Cindy et Claire devant un bâtiment grisâtre sur Geary, où la Guilde des écrivains avait ses bureaux. On a gagné ensemble le septième étage.

— Me voici de retour, a claironné Cindy à la femme, surprise, du bureau de réception. Avec tous les documents.

Elle nous a examinées d'un air soupçonneux.

— C'est qui ? Vos cousines ?

J'ai montré mon badge à l'employée en lui présentant aussi le document portant le tampon officiel.

— Qu'est-ce qui se passe avec ce bouquin ? a fait la femme, suffoquée.

La situation ne relevant pas de sa compétence, elle est allée chercher son supérieur qui a parcouru la décision judiciaire.

— Habituellement, on ne les détient que huit ans, a-t-il dit avec une légère incertitude.

Puis il a disparu pendant ce qui nous a paru une éternité.

On est restées dans l'espace de réception qu'on arpentait comme des papas attendant la naissance d'un bébé.

Et si on l'avait jeté au rebut ?

Le supérieur est revenu finalement avec un ballot poussiéreux, emballé dans du papier kraft.

— Je l'ai repêché au fin fond de la poubelle, a-t-il déclaré avec un sourire d'autosatisfaction.

Il y avait un café dans la rue. On s'est installées à une table du fond, dévorées de curiosité. J'ai balancé le manuscrit sur la table et retiré l'emballage.

J'ai lu sur la couverture : *Mariée à jamais*, roman de Nicholas Jenks.

Je l'ai ouvert avec nervosité et j'ai lu la première page.

Le narrateur se souvenait de ses crimes, depuis sa prison. Il s'appelait Phillip Campbell.

« Quel est l'acte le pire qu'on ait jamais commis ? » Ainsi commençait le roman.

Chapitre 85

On a divisé le livre en quatre parties. Puis chacune de nous l'a feuilleté en silence, à la recherche d'une scène ou d'un détail qui montreraient un certain parallélisme avec les crimes dans la vie réelle.

Ma partie concernait la vie de ce type, Phillip Campbell. Il surprenait son épouse bien sous tous rapports avec un autre homme. Il les tuait tous les deux — et sa vie changeait pour toujours.

— Bingo ! s'est soudain écriée Jill.

Elle nous a fait la lecture à haute voix, tenant la liasse de feuillets comme un paquet de cartes.

C'était la description d'une scène où Phillip Campbell — « le cœur battant la chamade, des voix résonnant dans sa tête » — se faufilait dans les couloirs d'un hôtel. Du Grand Hyatt. Des jeunes mariés dans une suite. Campbell entrait par effraction et les tuait sans y réfléchir à deux fois.

— « Par cet acte simple, lut Jill dans le manuscrit, il avait balayé la puanteur de la trahison et l'avait remplacée par un désir tout neuf, inimaginable jusque-là. Il aimait tuer. »

On s'est regardées. C'était au-delà de l'horreur. Jenks était fou — mais était-il aussi astucieux ?

Puis Claire a lu à son tour. Il s'agissait d'un autre mariage. Cette fois, à l'extérieur d'une église. Les mariés descendaient les marches, on leur jetait du riz, on les félicitait, on les applaudissait. Le même homme, Phillip Campbell, était au volant de la limousine qui attendait pour les emmener.

On s'est encore regardées, sonnées. Les seconds meurtres avaient été commis de cette façon.

— Bordel de merde, a murmuré Jill.

Claire s'est contentée de hocher la tête. Elle avait l'air triste et choqué. Je crois bien qu'on l'était toutes.

Un cri de satisfaction longtemps réprimé est monté en moi. On avait réussi. On avait résolu les meurtres de la lune de miel.

— Je me demande comment ça finit ? a fait Cindy, rêveuse, en s'éventant avec la fin de l'ouvrage.

— Par une arrestation, a dit Jill. *Quoi d'autre ?*

Chapitre 86

Je me suis rendue en voiture avec Chris Raleigh au domicile de Jenks. On n'a quasiment pas parlé ; on débordait tous les deux d'exaltation. A l'extérieur, on a été rejoints par Charlie Clapper et son équipe CSU. Ils fouilleraient la maison et la propriété dès qu'on aurait embarqué Jenks.

On a sonné et attendu. A chaque seconde qui passait, mon cœur cognait plus fort. Tout ce qui m'avait fait devenir flic grondait dans ma poitrine. Ça y était.

La porte s'est ouverte et la même gouvernante nous a accueillis. Cette fois, elle a ouvert de grands yeux devant l'afflux de voitures de police. Je lui ai montré brièvement mon badge.

— Il faut que nous voyions Mr Jenks.

Nous avons refait le même trajet jusqu'au salon où nous avions rencontré Jenks pas plus tard que la veille. Une Chessy Jenks effarée nous a rejoints dans le couloir.

— Inspecteur, a-t-elle fait, suffoquée, en me reconnaissant. Que se passe-t-il ? Que font toutes ces voitures de police devant chez nous ?

— Je regrette, lui ai-je répondu en la regardant bien en face. Votre mari est là ?

Je la plaignais.

— Nick ! s'est-elle écriée, comprenant, paniquée, la raison de notre venue.

Alors elle a couru derrière nous, tâchant de me barrer le passage en criant :

— Vous ne pouvez pas entrer ici comme ça. Nous sommes chez nous.

— Mrs Jenks, je vous en prie, l'a implorée Raleigh.

J'étais trop remontée pour m'arrêter. Je voulais Nicholas Jenks si terriblement que j'en avais mal. Un instant plus tard, il est apparu, venant de la pelouse qui dominait le Pacifique. Il tenait un club de golf.

— Je croyais vous avoir précisé de prendre contact avec mon avocat, nous a-t-il dit, parfaitement imperturbable dans sa chemise blanche et son short en lin, si jamais vous désiriez obtenir quelque chose de moi.

— Vous le lui direz vous-même, lui ai-je répondu, le cœur battant la breloque. Nicholas Jenks, je vous arrête pour les meurtres de David et Mélanie Brandt, de Michael et Rébecca DeGeorge, de James et Kathleen Voskuhl.

Je voulais qu'il entende chaque nom, lui rappeler chacun de ceux qu'il avait tués. Je voulais voir son indifférence de façade se craqueler.

— C'est de la folie, a fait Jenks en me fusillant du regard de son œil gris.

— Nick ? s'est écriée sa femme. Qu'est-ce qu'ils racontent ? Qu'est-ce qu'ils font chez nous ?

— Vous savez ce que vous faites ? a-t-il demandé, les veines de son cou gonflées. Je vous ai posé une question : *Avez-vous la moindre idée de ce que vous faites ?*

Je ne lui ai pas répondu, je lui ai juste énuméré ses droits.

— Vous êtes en train de commettre la plus grosse erreur de votre misérable existence, a-t-il dit, au comble de la rage.

— Qu'est-ce qu'ils racontent ? répétait sa femme, devenue très pâle. Nick, s'il te plaît, réponds-moi. Qu'est-ce qu'il se passe ?

— La ferme, lui a intimé Jenks.

Il a soudain pivoté avec une méchante flamme dans l'œil. Et balancé un coup de poing dans ma direction.

Je lui ai cisaillé les jambes d'un coup de pied : Jenks s'est affalé sur une petite table, puis par terre. Des photos ont valsé dans les airs, du verre s'est brisé. L'écrivain a gémi de douleur.

Chessy Jenks a poussé un cri, clouée sur place. Chris Raleigh a menotté son mari, le remettant sur pied sans ménagement.

— Appelle Sherman, a gueulé Jenks à sa femme. Explique-lui où je suis et ce qui vient d'arriver.

Raleigh et moi avons poussé Jenks dehors jusqu'à notre voiture. Il a continué à se débattre et je ne voyais aucune raison d'être aimable.

— C'est quoi votre théorie sur les meurtres à présent ? lui ai-je demandé.

Chapitre 87

A la fin de la dernière conférence de presse, une fois le dernier flash éteint, après que j'eus remâché pour la centième fois, m'a-t-il semblé, comment nous avions restreint notre enquête sur Jenks, après qu'un D.G. Mercer rayonnant eut été embarqué par un chauffeur, j'ai serré dans mes bras Claire, Cindy et Jill. On a bu une bière de la victoire et je suis retournée sans me presser au palais de justice.

Il était plus de huit heures et seul les bavardages de l'équipe de nuit venaient troubler ma solitude.

Je me suis attablée à mon bureau dans le silence bien mérité de la salle de garde et je me suis efforcée de me rappeler la dernière fois où je m'étais sentie aussi bien.

Demain commencerait la compilation méticuleuse du dossier contre Nicholas Jenks : interrogatoire, accumulation d'un surcroît de preuves, rédaction de rapport sur rapport. Mais on avait réussi. On l'avait pris tout juste comme j'avais espéré qu'on le ferait. J'avais tenu la promesse faite à Mélanie Brandt, lors de cette horrible nuit dans la suite du Mandarin du Grand Hyatt.

J'étais fière de moi. Quelle que soit l'évolution de Negli, même si je ne passais jamais lieutenant, personne ne pourrait me retirer ça.

Je me suis levée, me suis avancée vers le tableau noir où figurait la liste des affaires sur lesquelles on bossait.

Sous la rubrique « Affaires en cours », vers le haut,

figurait son nom : Mélanie Brandt. J'ai pris un chiffon et je l'ai effacé, puis celui de son mari, jusqu'à ce que disparaisse la moindre trace de craie bleue.

La voix de Raleigh a claironné dans mon dos :

— Je parie que ça fait du bien.

Je me suis retournée. Il était là, l'air content de lui.

— Qu'est-ce que vous faites là ? Si tard ? lui ai-je demandé.

— J'ai pensé aller ranger le bureau de Roth et lui faucher un paquet de brownies, m'a-t-il répondu. Mais qu'est-ce que vous croyez, Lindsay ? Je vous cherchais.

On était dans la salle de garde déserte. Il n'a pas eu à bouger, je l'ai rejoint. Rien ne s'y opposait. Aucune raison de le nier.

Je l'ai embrassé. Mais pas comme la fois précédente. Pas simplement pour que Chris sache que j'étais intéressée. Je l'ai embrassé comme j'avais eu envie de le faire, ce fameux soir à Cleveland. Je voulais lui couper le souffle. Je voulais lui dire : *j'ai eu envie de faire ça dès que je t'ai vu, dès le premier jour.*

Quand on s'est finalement détachés l'un de l'autre, il m'a répété avec un sourire :

— Comme je le disais, je parie que ça fait du bien.

Oui. Actuellement, tout faisait du bien. Et paraissait inévitable.

— Quels sont tes projets ? lui ai-je demandé en souriant.

— Approximativement ?

— Précisément, tout de suite. Ce soir. Les heures qui viennent, du moins.

— Je pensais rentrer, mettre de l'ordre sur le bureau de Joyeux et voir si tu voulais que je te raccompagne.

— Laisse-moi prendre mon sac.

Chapitre 88

J'ignore comment on a fait tout le trajet jusqu'à mon appartement sur Potrero Hill. J'ignore ce qu'on a bien pu se dire, Chris et moi, tout en roulant, et comment on a pu refouler ce qui nous déchirait à l'intérieur.

Une fois qu'on a franchi ma porte, ça n'a plus arrêté. Je n'ai plus lâché Chris ; il ne m'a plus lâchée. On a eu juste le temps de gagner le tapis de l'entrée, on s'embrassait, on se touchait, on défaisait maladroitement boutons et fermetures Eclair, on respirait fort.

J'avais oublié combien c'était bon l'étreinte et le désir de quelqu'un que l'on désire aussi. Une fois qu'on s'est caressés, on a su prendre notre temps. On voulait tous les deux que ça dure. Chris possédait ce dont j'avais besoin par-dessus tout, *des mains douces*.

J'ai adoré l'embrasser, j'ai adoré qu'il me touche, sa gentillesse, puis sa rudesse, le simple fait qu'il se souciait de mon plaisir autant que du sien. On ne le sait jamais jusqu'à ce que l'on ait essayé — mais j'adorais être avec Chris. Absolument.

Je sais que c'est un cliché, mais cette nuit-là, j'ai fait l'amour comme si c'était pour la dernière fois. J'ai senti l'énergie de Chris me réchauffer, m'électriser — de mon sexe à mes cuisses, jusqu'au bout de mes doigts et de mes orteils. Son étreinte était ce qui m'unifiait, m'empêchait de me désintégrer. J'avais confiance en lui d'une façon inconditionnelle.

J'ai été sans retenue. Je me suis donnée à Chris comme jamais auparavant. Pas seulement de corps et de cœur ; on peut se reprendre sur ces plans-là. Je lui ai donné l'espoir que je pouvais encore survivre.

Quand j'ai crié, secouée de tremblements de joie, une voix intérieure m'a murmuré que ce que je savais était vrai.

Je lui ai tout donné. Et il m'a tout donné en retour.

Finalement, Chris s'est détaché de moi. On frissonnait tous les deux, encore en feu.

— Et puis ? ai-je fait, le souffle coupé. Et puis quoi, maintenant ?

Il m'a regardée en souriant.

— J'aimerais bien jeter un œil à la chambre à coucher.

Chapitre 89

Une brise fraîche me soufflait dans la figure. *Oh mon Dieu, quelle nuit. Quelle journée. Quelles montagnes russes.*

Enveloppée d'un édredon, j'étais assise sur la terrasse dominant l'extrémité sud de la baie. Rien ne bougeait, rien que les lumières de San Leandro au loin. Il était deux heures et quart.

Dans la chambre, Chris dormait du sommeil du juste.

Moi, je ne pouvais pas dormir. Mon corps se sentait trop vivant, il fourmillait comme mille lumières clignotant sur une rive lointaine.

Je n'ai pu me retenir de sourire à l'idée que ça avait été une super-journée. *Le vingt-sept juin*, ai-je lancé à haute voix. *Je ne t'oublierai pas de sitôt.* D'abord, on a retrouvé le livre, puis arrêté Jenks. Je n'avais jamais imaginé que ça irait plus loin.

Et pourtant. C'était allé *bien plus loin.* Chris et moi, on avait refait l'amour deux fois encore, cette nuit, les trois dernières heures n'ayant été qu'un doux ballet de caresses, de râles, d'amour.

Je ne voulais plus que les mains de Chris cessent de me caresser. Je ne voulais plus que me *manque* la chaleur de son corps. C'était une nouvelle sensation qui m'électrisait. Pour une fois, j'avais été sans retenue et c'était très, très *bon.*

Mais ici, dans la nuit noire, une voix accusatrice m'asticotait. *Je mentais.* Je n'avais pas tout donné. Il y avait une vérité incontournable que je lui dissimulais.

Je n'avais pas soufflé mot de Negli. Je ne savais comment faire.

Alors qu'on venait de goûter la vie à tel point, comment lui dire que je risquais de mourir ? Que mon corps, si vivant, si passionné, il y avait un moment à peine, était contaminé. En un seul jour, il m'a semblé que toute mon existence était transformée. J'avais envie de m'envoler. Je le méritais. Je méritais d'être heureuse.

Mais lui méritait de savoir.

J'ai entendu bouger derrière moi. C'était Chris.

— Qu'est-ce que tu fais dehors ? m'a-t-il demandé.

Il s'est approché et a posé ses mains sur mon cou et sur mes épaules.

J'ai étreint mes genoux, l'édredon couvrant à peine mes seins.

— Ça va être dur de faire comme si rien ne s'était passé, ai-je dit, en laissant aller ma tête contre lui.

— Qui parle de ça ?

— Je veux dire, quand on fera équipe. De te voir à l'autre bout de la salle. Demain, il faut qu'on interroge Jenks. C'est un grand jour pour nous deux.

Il m'a titillé les seins du bout des doigts, puis la nuque. Il me rendait folle.

— Ne t'inquiète pas, m'a-t-il dit. Une fois le dossier bouclé, je retournerai d'où je viens. Je ne resterai dans les parages que pour l'interrogatoire.

— Chris, ai-je dit, alors qu'un grand froid me transperçait.

Je m'étais habituée à lui.

— Je t'avais bien dit qu'on ne serait pas coéquipiers pour la vie.

Il s'est penché, a humé l'odeur de mes cheveux.

— En tout cas pas ce genre de coéquipiers.

— Ça nous laisse quoi comme genre ? ai-je murmuré.

Mon cou me brûlait là où il me caressait. *Ah, que tout ça aille quelque part*, ai-je supplié en mon for intérieur. *Que tout ça aille jusqu'au septième ciel.*

Pouvais-je le lui dire tout bêtement ? Le problème n'était plus que je ne savais comment faire. Simplement, maintenant qu'on en était arrivés là, je ne voulais plus que ça finisse.

Je l'ai laissé m'entraîner dans la chambre.

— C'est de mieux en mieux, m'a-t-il chuchoté.

— Ah oui ? Il me tarde de voir ce qui va venir ensuite.

Chapitre 90

Je venais d'arriver au bureau le lendemain matin. Je tournais la page du *Chronicle* pour continuer l'article de Cindy sur l'arrestation de Jenks quand le téléphone a sonné.

C'était Charlie Clapper. Son équipe de scène de crime avait consacré une bonne partie de la nuit à passer au peigne fin la maison de Jenks.

— Tu m'as verrouillé le dossier, Charlie ?

J'espérais l'arme de l'un des crimes, peut-être même les alliances disparues. Un truc solide qui ferait fondre l'assurance ricanante de Jenks.

Le chef du CSU a laissé échapper un souffle las.

— Je crois que vous devriez venir jeter un coup d'œil par ici.

J'ai attrapé mon sac et les clés de notre voiture de fonction. Dans le couloir, je me suis heurtée à Jacobi.

— Si j'en crois la rumeur, a-t-il grommelé, je ne suis plus l'homme de tes rêves.

— Tu sais bien qu'il ne faut jamais croire tout ce qu'on lit dans le *Star*, ai-je plaisanté.

— Oui, ni ce que raconte l'équipe de nuit.

Je me suis arrêtée net. On nous avait aperçus Chris et moi la veille au soir. L'usine à rumeurs du bureau devait probablement marcher à plein rendement. Malgré ma colère, je savais que j'étais rouge de confusion.

— Cool, a dit Jacobi. Tout le monde sait ce qui peut arriver quand on est dans le feu de l'action. Mais chapeau, c'est une sacrée prise !

— Merci, Warren, ai-je dit.

C'était l'un de ces instants peu fréquents où aucun de nous deux n'avait quelque chose à cacher. Je lui ai fait un clin d'œil et j'ai enfilé l'escalier.

— N'oublie pas, m'a-t-il lancé, c'est le lot de champagne qui t'a mise sur la voie.

— Je m'en souviens. Merci, Warren.

J'ai roulé sur la Sixième jusqu'au carrefour de Taylor et California pour atteindre le domicile de Jenks à Sea Cliff. A mon arrivée, deux voitures de police bloquaient la rue, maintenant à distance deux fourgonnettes des médias. J'ai retrouvé Clapper — l'air crevé, pas rasé — attablé au salon, en train de récupérer.

— Tu m'as déniché l'arme du crime ? lui ai-je demandé.

— Rien que ça.

Il m'a montré du doigt tout un tas d'armes à feu sous plastique, empilées sur le sol.

Fusils de chasse, une carabine Minelli, un pistolet automatique Colt 45. Pas de neuf millimètres. Je n'ai pas daigné les examiner.

— On a fouillé son bureau, a fait Clapper d'une voix sifflante. Rien sur aucune des victimes. Ni coupures de presse ni trophées.

— J'espérais que tu tomberais sur les alliances.

— C'est des bagues que vous cherchez ? s'est exclamé Clapper.

Il s'est remis debout avec lassitude.

— Sa femme en a plein. Je vous laisse le soin de les regarder. Mais suivez-moi, je vais vous montrer ce qu'on a trouvé.

Par terre, dans la cuisine, avec « Preuve » écrit au marqueur jaune, il y avait une caisse de champagne. *Krug. Clos du Mesnil.*

— On était déjà au courant, ai-je remarqué.

Il m'a regardée comme si cette évidence l'insultait. Puis il a pêché une bouteille dans la caisse.

— Vérifiez les numéros. Chaque bouteille est numérotée. Regardez ici, quatre deux trois cinq cinq neuf. Ça doit aider à la descente.

Il a sorti un récépissé vert « Propriété de la police » de sa poche-poitrine.

— Celle du Hyatt, même lot, même numéro.

Charlie a souri.

Les bouteilles étaient les mêmes. C'était là une preuve solide qui liait Jenks à l'endroit des meurtres de David et Mélanie Brandt. Ce n'était pas une arme, mais c'était accablant, plus du tout indirect. Une bouffée d'excitation m'a traversée. J'ai tapé ma paume contre celle de mon collègue du CSU.

— De toute façon, m'a dit Charlie en s'excusant presque, je ne vous aurais pas fait déplacer jusqu'ici uniquement pour ça.

Clapper m'a précédée dans l'intérieur splendidement meublé de la maison jusqu'à la chambre à coucher. Elle était pourvue d'une vaste baie donnant sur le Golden Gate. Il m'a fait entrer dans une penderie spacieuse : celle de Jenks.

— Vous vous rappelez la veste ensanglantée qu'on a trouvée à l'hôtel ?

Au fond de la penderie, Charlie s'est accroupi devant un grand casier à chaussures.

— Eh bien, maintenant le smoking est complet.

Clapper a passé le bras derrière et extirpé un sac tout froissé de chez Nordstrom.

— Je tenais à vous montrer où on l'a trouvé.

Il a sorti du sac un pantalon de smoking noir roulé en boule.

— J'ai déjà vérifié. C'est la partie manquante à la veste du Hyatt. Même tailleur. Regardez à l'intérieur ; même modèle, même étiquette.

J'aurais aussi bien pu fixer un million de dollars en liquide ou une tonne de cocaïne volée. Je ne pouvais détacher mes yeux du pantalon, me demandant comment Nicholas Jenks s'en tirerait à présent. Claire avait raison. Elle avait eu raison depuis le début. La veste n'était pas celle de la victime, elle appartenait à Jenks.

— Alors quoi que vous z'en dites, inspecteur ? m'a fait Charlie Clapper avec un grand sourire. Vous pouvez classer l'affaire ou quoi ? Ah mais, s'est exclamé le membre du CSU, comme pris de distraction. Où j'ai bien pu le fourrer ?

Il s'est tâté les poches, a farfouillé dans sa veste où il a déniché pour finir un petit sachet plastique.

— Directo du rasoir électrique de l'autre con, m'a annoncé Charlie.

Le sachet contenait plusieurs poils roux.

Chapitre 91

— Je t'ai attendue, ma douce, m'a dit Claire en me prenant le bras et en m'amenant à travers le labo jusqu'à une petite pièce où s'alignaient des produits chimiques. Deux microscopes étaient posés côte à côte sur un comptoir de granit.

— Charlie m'a fait part de ses découvertes, dit-elle. Le champagne. Le pantalon. Tu le tiens, Lindsay.

— Si jamais tu fais un recoupement avec ça — je lui ai tendu le sachet plastique — on le fait entrer dans la chambre à gaz.

— O.K., voyons voir, m'a-t-elle dit en souriant.

Elle a ouvert une enveloppe jaune sur laquelle on lisait : « Priorité, Preuve », puis a sorti une boîte de Petri identique à celle que j'avais vue après le second meurtre. « Sujet : Rebecca DeGeorge # *62340* » était écrit dessus au marqueur.

A l'aide d'une pince à épiler, elle a déposé l'unique poil provenant de la seconde mariée sur une lame de verre. Puis elle l'a inséré sous le microscope. Elle s'est penchée, a réglé le point, puis, me prenant par surprise, m'a demandé :

— Alors comment va, ma petite ?

— Tu veux dire côté Negli ?

— Quoi d'autre ? m'a-t-elle rétorqué, l'œil collé au microscope.

Dans ma précipitation pour arrêter Jenks, c'était la première fois que j'y pensais depuis ces tout derniers jours.

— J'ai vu Medved à la fin de la semaine dernière. Mon taux de globules rouges est toujours à la baisse.

Claire a fini par relever les yeux.

— Désolée d'entendre ça, Lindsay.

Faisant mine d'avoir la pêche, je lui ai retracé mon régime. L'augmentation de la dose. La fréquence accrue des séances. Et j'ai fait allusion à la possibilité d'une greffe de moelle osseuse.

Elle m'a gratifiée d'un sourire éclatant.

— Va bien falloir un moyen de requinquer tes cellules sanguines.

Même dans le laboratoire, j'ai dû piquer un fard.

— Quoi ? s'est exclamée Claire. Qu'est-ce que tu

me caches ? Qu'est-ce que tu essaies sans succès de me cacher ?

— Rien.

— Y a anguille sous roche. Entre toi et Mr Chris Raleigh, je parie. Allez, c'est à moi que tu causes. Tu ne vas pas me servir le couplet du secret professionnel.

Je lui ai tout raconté. Du premier baiser au commissariat à l'ouragan de passion sur le tapis de l'entrée en passant par le trajet supplice de Tantale jusque chez moi.

Claire m'a saisie aux épaules. Ses yeux brillaient autant d'excitation que les miens.

— Et alors ?

— Alors ?

J'ai éclaté de rire.

— Alors... c'était terrifiant. Et c'était... bien.

J'ai senti un doute glacé m'envahir.

— Je ne sais pas si je fais ce qu'il faut. Etant donné ce qui est en cours.

J'ai hésité avant de continuer.

— Je pourrais l'aimer, Claire. Peut-être que je l'aime déjà.

On s'est dévisagées. Il n'y avait plus grand-chose à dire.

— Bon, a fait Claire en retournant au microscope. Voyons voir un peu ce que nous avons ici. Des poils de son p'tit menton ton-ton-tontaine-ton-ton.

Trois poils provenant du rasoir de Jenks étaient disposés sur une lame. Elle la glissa sous un second microscope, côte à côte avec l'autre.

Claire a jeté un coup d'œil la première, se penchant pour régler le point du nouvel appareil. Puis elle est passée de l'un à l'autre.

— Mm-hum, a-t-elle fait.

Je retenais ma respiration.

— Qu'est-ce que tu en penses ? ai-je demandé.

— A toi de dire.

Je me suis penchée. J'ai reconnu aussitôt le premier poil, celui retrouvé dans le vagin de Rébecca DeGeorge. Epais, roussâtre, un filament blanc entortillé à sa base comme un serpent lové.

Puis j'ai observé les poils du rasoir de Jenks. Il y en avait trois, plus courts, mais chacun avait cette même nuance roussâtre, ce même filament.

Je n'étais pas une spécialiste. Mais il n'y eut aucun doute dans mon esprit.

Les poils concordaient parfaitement.

Chapitre 92

Nicholas Jenks était dans une cellule de détention au neuvième étage du palais de justice. On allait le mettre en examen plus tard dans la journée.

Sherman Leff, son avocat, se trouvait avec lui, semblant juger qu'il ne s'agissait que d'une simple formalité et que la balance de la justice reposait sur les épaules de son costume d'un bon faiseur anglais.

Jill Bernhardt nous accompagnait, Raleigh et moi. Jenks n'avait aucune idée de ce qui l'attendait. On avait le champagne, la veste de smoking, des poils de barbe qui correspondaient. On l'avait dans la suite avec David et Mélanie Brandt. J'étais pressée de lui communiquer toutes ces bonnes nouvelles.

Je me suis installée en face de Jenks et l'ai regardé droit dans les yeux.

— Je vous présente Jill Bernhardt, adjointe du D. A., lui ai-je dit. Elle va s'occuper de votre affaire. Et aussi vous accuser.

Il a souri — condescendant, gracieux, sûr de lui — comme s'il nous recevait chez lui. Pourquoi cet air si confiant ? me suis-je demandé.

— Si tout est en place, a fait Jill. J'aimerais qu'on commence.

— Quand vous voudrez, a dit Sherman Leff. Je n'y vois pas d'objection.

Jill a pris son souffle.

— Mr Jenks, dans une heure vous allez être mis en examen pour l'assassinat de David et Mélanie Brandt au Grand Hyatt, le 5 juin. Peu après, un tribunal de Cleveland fera de même pour celui de James et Kathleen Voskuhl. En me basant sur les dernières conclusions du médecin légiste, je crois que vous pouvez vous attendre à ce qu'un tribunal de Napa Valley nous emboîte le pas. Nous sommes en possession de preuves accablantes qui vous relient à ces trois meurtres. Nous vous communiquons cela à vous et à votre avocat dans l'espoir que votre décision, face à ces preuves, épargne à la ville, aux familles des défunts ainsi qu'à la vôtre, l'humiliation supplémentaire d'un procès.

Sherman Leff a fini par l'interrompre.

— Merci, maître Bernhardt. Je profite que l'humeur du jour soit à la conciliation pour exprimer tout d'abord les profonds regrets de mon client pour son éclat intempestif à l'encontre de l'inspecteur Boxer, au moment de son arrestation. Comme vous pouvez l'imaginer, le choc et la soudaineté de telles accusations, d'un grotesque achevé après qu'il se fut plié à votre interrogatoire... sous son propre toit... je suis certain que vous comprendrez comment l'on peut se laisser emporter de façon malavisée.

— Veuillez croire que je le regrette sincèrement, inspecteur, a fait Jenks en prenant la parole. J'ai conscience que les apparences sont contre moi. Le fait que je me sois montré peu communicatif sur ma liaison avec l'une des victimes. Et maintenant, il semblerait que vous soyez tombée sur ce malheureux bouquin.

— C'est un élément, a placé Leff, que nous comptons faire supprimer du dossier. Son obtention représente une intrusion injustifiée dans la sphère privée de mon client.

— La décision judiciaire était totalement justifiée, lui a opposé Jill, calmement.

— Pour quel motif ?

— Votre client a fait un faux témoignage concernant l'endroit où il se trouvait au moment de la mort de Kathy Voskuhl.

Leff, pris de court, resta abasourdi.

— Votre client se trouvait à Cleveland, maître, lui ai-je dit brutalement.

Puis me retournant vers Jenks :

— Vous figurez sur le registre du Westin. Vous y avez séjourné deux nuits, coïncidant avec l'assassinat des Voskuhl. Vous avez affirmé être resté chez vous, Mr Jenks. Mais vous étiez *là-bas*. Et vous vous êtes rendu au Hall of Fame.

Le sourire de Jenks a disparu et il a parcouru la pièce des yeux. Il a dégluti avec difficulté. Il reparcourait ses alibis et ses mensonges. Il a regardé Leff d'un air penaud.

— J'étais *là-bas*, a-t-il reconnu. Et j'ai dissimulé le fait. Il se trouve que j'étais venu m'adresser à un cercle de lecture de la région. Vous pouvez vérifier. La librairie Argosy. Je ne savais pas comment expliquer ça. Ajouté au fait que je connaissais Kathy, ça m'a semblé tellement m'incriminer. Mais soyons clairs. Vous vous trompez pour le mariage. Je ne m'en suis pas du tout approché.

J'ai vu rouge. Ce type n'était pas croyable.

— Vous aviez une lecture ? *Quand ça*, Mr Jenks ?

— Le samedi après-midi. A quatre heures. Un carré de fans très fidèles. L'Argosy m'a énormément soutenu à mes débuts.

— Et après ça ?

— Après ça, j'ai fait ce que je fais toujours. Je suis resté à l'hôtel et j'ai écrit. Je suis allé nager, j'ai dîné tôt. Vous pouvez demander à ma femme. Je passe toujours les soirées en solitaire quand je suis sur la route. On l'a écrit dans *People*.

Je me suis penchée vers lui, par-dessus la table.

— Alors tout ça n'est qu'une bizarre coïncidence, hein ? Une femme avec laquelle vous avez nié avoir eu des relations sexuelles est brutalement assassinée. Vous vous trouvez par hasard dans la même ville. Et par hasard, vous avez menti sur cette liaison et votre présence à Cleveland. Une caméra de sécurité filme par hasard quelqu'un qui vous ressemble sur les lieux. C'est bien ça, Mr Jenks ?

Leff a posé une main sur le bras de Jenks, l'incitant à la prudence.

— *Non !* s'est écrié son client dont le sang-froid se délitait.

Puis il est redevenu calme et a essuyé la sueur de son front.

— J'ai menti... pour Chessy... pour sauvegarder mon mariage.

Il s'est redressé sur la chaise en bois. Son alibi s'effondrait.

— Je ne suis pas parfait, inspecteur. Je fais des écarts. Je vous ai menti à propos de Kathy. C'était une erreur. La réponse est *oui*. Ce que vous supposez être vrai, c'est la vérité. On a été amants de temps à autre pendant cinq ans. Ça a continué... même bien après le début de sa liaison avec James. C'était de la folie furieuse. Mais pas un meurtre. Je n'ai pas tué Kathy. Et je n'ai pas tué les autres !

Jenks s'est dressé. Pour la première fois, il a eu l'air terrifié. La réalité de ce qui lui arrivait faisait clairement son chemin en lui.

Je me suis penchée en avant.

— Une bouteille de champagne a été abandonnée dans la suite du Hyatt où l'on a assassiné les Brandt. Elle correspond au même lot que vous avez acheté à une vente aux enchères chez Butterfield & Butterfield en novembre 1996.

Leff m'a objecté :

— Nous savons cela. La malheureuse coïncidence du goût de mon client pour certain champagne ne peut sûrement suffire à l'impliquer dans cet acte criminel. Il ne connaissait même pas les Brandt. Ce vin aurait pu être acheté n'importe où.

— Oui, effectivement ; cependant, le numéro d'enregistrement sur la bouteille du Hyatt correspond à celui du reste du lot découvert à votre domicile, hier soir.

— Ça devient absurde, a dit Jenks avec colère. Ce ramassis de conneries ne pourrait même pas constituer la trame de l'un de mes livres.

— Cela va heureusement l'améliorer.

De dessous la table, j'ai tiré le sac de chez Nordstrom contenant le pantalon de smoking roulé en boule. Je l'ai jeté sur la table pour que tout le monde le voie.

— Vous le reconnaissez ?

— Un pantalon... à quel petit jeu jouez-vous, maintenant ?

— On l'a trouvé hier soir. Dans ce sac. Au fond de la penderie de votre chambre.

— Et alors ? Que voulez-vous dire, qu'il m'appartient ? Joseph Abboud. C'est possible. Je ne vois pas où vous voulez en venir.

— J'en viens au fait que ce pantalon correspond à la veste de smoking retrouvée dans la suite des Brandt. Le tout forme un costume, Mr Jenks.

— Un costume ?

— C'est le pantalon qui va avec la veste que vous avez laissée dans leur chambre d'hôtel. Même marque. Même série. Même taille.

Un vent de panique balaya ses traits.

— Et si tout ça est encore loin de valoir vos inventions de romancier, lui ai-je dit, en le fixant des yeux, que direz-vous de ça. *Le poil correspond.* C'est celui que vous avez laissé dans Becky DeGeorge. Il correspond à ceux récupérés chez vous. Il vous appartient, sale brute. Vous vous êtes accusé vous-même.

Jill s'est penchée en avant.

— Vous irez au trou, Jenks. Au trou, jusqu'à ce qu'on en finisse avec les procédures d'appel et qu'on en vienne à vous plonger une aiguille dans le bras.

— C'est de la folie, s'est-il écrié.

Il s'est penché au-dessus de moi, les veines de son cou gonflées, me hurlant en pleine figure.

— Espèce de salope, tu m'as piégée. Salope à sang froid, je n'ai tué personne.

Soudain, j'ai découvert que je ne pouvais plus bouger. Voir Jenks se déballonner était une chose. Mais il y avait autre chose en jeu. Je me sentais clouée à mon siège.

Je savais — sans pouvoir lutter contre : Negli.

J'ai fini par me lever et j'ai gagné la porte ; ma tête tournoyait et la pièce tanguait. J'ai eu une faiblesse dans les jambes. *Pas ici*, ai-je supplié.

Puis j'ai senti Raleigh qui me soutenait.

— Lindsay... ça va ?

Il me regardait, soucieux, sans rien soupçonner. J'ai aperçu Jill aussi.

— Ça va, Lindsay ?

Je me suis appuyée contre le mur. J'ai ordonné à mes jambes de me porter.

— Oui, bien, ai-je murmuré, me tenant au bras de Raleigh. C'est juste que ce salaud m'insupporte.

J'ai quitté la salle d'interrogatoire. J'étais très affaiblie, je tanguais. J'ai failli ne pas atteindre les toilettes pour dames.

Je me sentais mal, puis j'ai eu la nausée, comme si un esprit malin tentait de s'extirper avec fureur de mes poumons à coups de griffe. J'ai fermé les yeux, me suis penchée sur le lavabo.

J'ai toussé, une brûlure, déchirante, m'a percé la poitrine, puis, prise d'un tremblement, j'ai retoussé.

J'ai frissonné.

Il y avait du sang partout dans le lavabo.

Chapitre 93

Quatre heures plus tard, au tribunal d'assises du district, je me suis sentie assez bien pour regarder Nicholas Jenks écouter sa mise en examen pour meurtre.

Une foule bourdonnante remplissait les couloirs à l'extérieur de la salle d'audience du juge Stephen Bowen. Des photographes mitraillaient à l'aveuglette, des journalistes se ruaient pour entrevoir l'écrivain à succès bouleversé, maussade.

Raleigh et moi, on s'est faufilés, puis assis derrière Jill qui était au premier rang. J'avais repris des forces, et le charivari dans ma poitrine s'était calmé. *Je voulais que Jenks voie que j'étais bien là.*

J'ai aperçu Cindy, assise sur le banc de la presse. Et au fond du tribunal, j'ai repéré le chancelier Weil et sa femme.

Ce fut terminé avant même de commencer. On a introduit Jenks, l'œil éteint, des cernes comme des cratères lunaires. Le greffier a lu le registre, le suspect s'est levé. Ce salaud a plaidé non coupable. Qu'allait-on arguer en sa faveur, que toutes les preuves étaient irrecevables ?

Leff, en as du barreau consommé, s'est montré d'un respect inhabituel, humble même devant le juge Bowen. Il a axé sa plaidoirie sur la stature de Jenks dans la société et ses bienfaits à la communauté et demandé sa relaxe sous caution. Un instant, les arguments de l'avocat du tueur faillirent me faire basculer moi-même en sa faveur.

Jill attaqua de front. Elle a décrit avec force détails la sauvagerie des meurtres. Et a soutenu que le suspect avait les moyens de s'enfuir.

J'ai senti une poussée triomphale me traverser quand le juge abattit son marteau et psalmodia « Caution refusée ».

Chapitre 94

Maintenant, on fêtait ça.

C'était la fin de la journée, une journée que j'avais longtemps attendue et j'ai retrouvé les filles pour un verre Chez Susie.

On ne l'avait pas volé. Nicholas Jenks avait été mis en examen. Ni caution. Ni attendu du tribunal. On avait réussi notre coup, toutes les quatre.

— Je lève mon verre au Murder Club féminin, a fait Cindy, sa chope de bière en l'air.

— Pas mal pour un ramassis de fonctionnaires handicapées par leur sexe, a conclu Claire.

— De quoi Jenks m'a traitée déjà ? ai-je fait en souriant et en secouant la tête. De salope à sang froid ?

— Ça, c'est mon rayon, a fait Jill en souriant.

— Aux salopes à sang froid du monde entier, fut le toast suivant de Cindy, et aux types qui ne savent pas le réchauffer.

— Parle pour toi, a dit Claire. Edmund me réchauffe tout juste comme il faut.

On a éclaté de rire et choqué nos chopes.

— N'empêche, ai-je dit en poussant un profond

soupir. J'aimerais bien produire une arme du crime. Et je veux l'épingler au second crime.

— Quand j'en aurai fini avec lui, a fait Jill avant de tirer sur sa bière, tu n'auras pas besoin de t'inquiéter de sa peine pour les seconds meurtres.

— Vous avez vu comment Jill a taillé en pièces la demande de caution de son avocat ? s'est exclamée Cindy avec admiration. Vous avez vu la tête qu'il a fait ?

Elle mima des ciseaux avec ses doigts.

— *Couic, couic, couic, couic, couic.* Direct aux testicules. Le type est resté baba devant son zizi riquiqui.

On a bien ri. Le nez d'angelot de Cindy se tordait pendant qu'elle disait *Couic, couic, couic.*

— Toutefois, ai-je dit, sans arme du crime, il faut encore bosser sur son mobile.

— Son mobile, on s'en fout, ma petite ! s'est exclamée Claire. Laisse pisser.

Jill était d'accord.

— Pourquoi son mobile ne peut pas être simplement que c'est un salaud et un malade ? Il a des années de pratiques sadiques derrière lui. Nous savons qu'il a brutalisé trois femmes. Je suis certaine que d'autres se feront connaître au cours du procès. Tu l'as vu ce salaud, Lindsay. Il est dingue. Son petit monde parfait est ébranlé, il devient fou. Ce matin, il avait l'air prêt à t'étrangler sur-le-champ.

Elle a souri à la ronde.

— Lindsay venait juste de lui balancer un regard genre *Débarrasse-moi le plancher, connard.*

Elles allaient me porter un toast — à moi, la femme flic héroïque qui serait étiquetée désormais comme celle qui avait coincé Jenks — quand j'ai soudain pris conscience que je n'y serais jamais arrivée sans elles.

Ce n'était pas mes nerfs d'acier qui avaient pris le dessus dans la salle d'interrogatoire, mais l'emprise de mon mal qui me pompait mon énergie. Je l'avais dissimulé — jamais partagé — même avec celles qui étaient devenues mes amies les plus proches.

— Jenks n'avait rien à voir là-dedans, ai-je dit.

— En tout cas, ça en avait l'air.

— Je ne parle pas de la confrontation, mais de ce qui a suivi.

J'ai marqué une pause.

— Quand j'ai failli m'effondrer. Jenks n'en était pas responsable.

Elles souriaient toujours, sauf Claire. Mais peu à peu ma grise mine les a alarmées.

J'ai jeté un regard circulaire, leur ai parlé de la maladie style Pac-Man qui dévorait mes globules rouges et leur ai appris que je la combattais depuis trois semaines à présent. Je leur ai tout dit de mes transfusions de sang frais, de mon taux de globules rouges en débandade et que ça allait de mal en pis.

Au début, ma voix était forte, ferme, parce que ça faisait partie de mon quotidien depuis plusieurs semaines, mais j'ai terminé en chuchotant, terrorisée, en refoulant mes larmes.

Jill et Cindy sont restées pétrifiées, silencieuses, refusant d'y croire.

Puis trois mains se sont tendues vers moi. Celle de Cindy, celle de Jill et la plus chaude des trois, celle de Claire. Pendant très longtemps, aucune n'a dit un mot. C'était inutile.

J'ai fini par sourire, ravalant mes pleurs.

— Ça ne ressemble pas à un flic de gâcher la fête quand elle bat son plein.

Ça a brisé la tension, déchiré le voile funèbre soudain.

Elles ne m'ont pas dit *On est avec toi*. Ni *Tu vas t'en sortir*. C'était inutile.

— On est censées faire la fête, ai-je dit.

Puis j'ai entendu la voix de Jill qui se lançait tout à trac dans une confession solennelle :

— Quand j'étais petite, j'ai été vraiment malade. J'ai porté un appareil orthopédique et j'ai fréquenté les hôpitaux entre quatre et sept ans. Ça a brisé le mariage de mes parents et ça les a brisés, eux aussi. Ils se sont séparés dès que je suis allée mieux. J'imagine que c'est pour ça que j'ai toujours senti qu'il fallait que je sois plus forte et meilleure que tout le monde. Pour ça, qu'il fallait toujours que je gagne. Ça a commencé dès le lycée.

Je ne savais trop à quoi elle faisait allusion.

— Je ne savais pas si je serais assez bonne. Alors, je...

Elle a déboutonné les poignets de son chemisier, retroussant les manches jusqu'aux coudes.

— Je n'ai jamais montré ça à personne sauf à Steve.

Ses bras étaient pleins de cicatrices. Je savais ce qu'elles signifiaient — des entailles qu'elle s'était infligées. Jill avait été suicidaire.

— Ce que je veux dire, c'est juste qu'il faut que tu luttes contre. Que tu te battes encore et toujours... et chaque fois que tu sens que ça reprend du poil de la bête, il faut que tu te battes encore plus fort.

— J'essaie, ai-je chuchoté, la voix étranglée. J'essaie vraiment.

Maintenant je savais ce qui la propulsait, ce que cachait ce regard de glace.

— Mais comment ?

Jill me tenait les mains. On avait les larmes aux yeux, toutes les deux.

— Pareil que Jenks, Lindsay, m'a-t-elle dit. Faut pas le laisser gagner, c'est tout.

Chapitre 95

Nicholas Jenks arpentait sa cellule froide et étroite avec anxiété.

Il avait l'impression qu'une charge de dynamite allait exploser au fond de sa poitrine. Il n'avait rien fait. Comment pouvait-on détruire sa réputation, l'attaquer en lui attribuant ces folles fictions, le salir partout dans les news ?

Il faisait noir et il se gelait. Le lit de sa cellule de prison n'aurait même pas convenu à un moine. Il n'avait pas quitté les vêtements mouillés qu'il portait lorsqu'on l'avait enfermé. Une moiteur glacée lui envahissait, impénitente, la paume des mains.

Cette petite salope d'inspecteur le lui paierait. D'une façon ou d'une autre, il finirait par l'avoir. Il s'en faisait la promesse.

Et sa chochotte d'avocat, qu'est-ce qu'il fabriquait ? Quand Leff allait-il le tirer d'ici ?

C'était comme si toute raison avait été aspirée hors de ce monde.

Qu'est-ce qui se passait, bordel de merde ?

Ou du moins, songeait Phillip Campbell, c'est ce que Jenks *devait* ressentir. Ce qu'il *pensait* que ce salopard devait se dire dans sa tête.

Campbell s'assit devant le miroir. *Il est temps que tu t'en ailles. Ton œuvre est enfin achevée. Le dernier chapitre est écrit.*

Il trempa un chiffon humide dans un bol d'eau chaude.

C'était la toute dernière fois qu'il aurait à jouer ce rôle.

Alors, ça te fait quel effet, Nicholas ?

Il retira les épingles qui retenaient ses cheveux, libérant ses boucles.

Qu'est-ce que ça fait d'être une victime, un prisonnier ? De ressentir la même honte et la même dégradation que tu projettes sur les autres ?

Lentement, il essuya le mascara de ses yeux, se tamponnant avec le chiffon, sentant son visage retrouver peu à peu son éclat.

Qu'est-ce que ça fait de se sentir sans défense et tout seul ? D'être enfermé dans un lieu obscur ? De se sentir trahi ?

Un par un, Phillip Campbell tira sur les poils de la barbe roussâtre qui ornait son menton, jusqu'à ce que leur disparition révèle un nouvel individu.

T'es pas capable de reconnaître dans la glace la personne que tu as été autrefois ?

Se récurant la figure jusqu'à ce qu'elle soit propre et lisse. Déboutonnant la chemise, celle de Nicholas, et bientôt, sous un body, le corps bien dessiné d'une femme refit surface : contour des seins, jambes superbes, bras débordant de force et d'énergie.

Elle restait assise, à nouveau elle-même, une lueur brillante dans l'œil.

C'est super.

Qu'est-ce que ça fait, Nicholas, de se faire baiser jusqu'au trognon ? Pour une fois, la chance a tourné.

Elle ne put réprimer la pensée que c'était normal et drôle qu'au final il se soit fait piéger par son propre esprit tortueux. C'était plus que drôle. C'était carrément génial.

Qui est-ce qui se marre maintenant, Nick ?

Livre quatre

Toute la vérité

Chapitre 96

Le soir qui suivit la mise en examen de Jenks, le D.G. Mercer avait obtenu la loge d'honneur à Pacbell de l'un de ses potes richissimes. Il a invité plusieurs d'entre nous, moi, Raleigh, même Joyeux, à un match des Giants. C'était une chaude soirée d'été. Ils jouaient contre les Cardinals. Mon père aurait adoré.

Je n'avais pas vraiment envie d'y aller, ne désirant pas me sentir en représentation comme la femme flic qui avait arrêté Jenks, mais Mercer a insisté.

Et puis Mark McGwire jouait première base et tout ça, alors j'ai enfilé un coupe-vent et en avant pour la balade.

Toute la soirée, Chris et moi, on n'a pas cessé de se regarder en douce. Il y avait une énergie particulière dans la loge, une aura qui nous entourait, rien que lui et moi.

Le match n'était qu'un bruit de fond. A la troisième manche, Mighty Mac a catapulté la balle d'Ortiz, le lanceur, qui a disparu et failli atterrir dans la baie. Le stade a éclaté en vivats sauvages, même en l'honneur d'un Cardinal. A la quatrième manche, Barry Bonds, champ-centre, a égalisé avec l'un de ses coups de derrière les fagots.

Chris et moi, on ne pouvait détacher nos regards

l'un de l'autre. Nos pieds posés sur le même siège, comme des écoliers, de temps en temps, nos chevilles s'effleuraient. *Bon Dieu, ça valait tous les matches du monde.*

Il a fini par me cligner de l'œil.

— Tu veux boire quelque chose ?

Il est allé au débit de boissons, qui dominait les sièges, et je l'ai suivi. Les autres ne se sont pas retournés. Dès qu'on a été hors de vue, il a posé ses mains sur mes cuisses et il m'a embrassée. J'étais en feu.

— Tu comptes t'éterniser ?

— Il reste de la bière, ai-je plaisanté.

Sa main a effleuré ma poitrine et m'a fait trembler. *Ses mains si douces.* J'ai respiré plus vite, la nuque moite de sueur.

Chris m'a encore embrassée et m'a serrée de plus près. J'ai senti nos cœurs battre à l'unisson.

— Je ne peux plus attendre, m'a-t-il dit.

— O.K., sortons d'ici.

— Non, a-t-il insisté, je t'ai dit que je n'en pouvais *plus*.

— Ah mon Dieu.

J'ai soupiré. Je ne pouvais plus me retenir. Tout mon corps était en ébullition. J'ai jeté un coup d'œil vers le bas, vers Joyeux, Mercer et les deux zozos de Mill Valley. *C'est de la folie pure, Lindsay.*

Mais récemment, tout était dingue, tout s'accélérait, échappait à tout contrôle.

On aurait dit que toutes les forces de l'univers nous poussaient, Chris et moi, à trouver un endroit retiré. Il y avait des toilettes dans la loge, à peine assez grandes pour qu'on s'y remaquille. Mais on s'en moquait.

Chris m'y a fait entrer au moment où les fans de base-ball beuglaient pour une raison quelconque. On a eu du mal à refermer la porte. *Bon Dieu*. Je n'arrivais pas à croire à ce que je venais faire là. Il a déboutonné mon chemisier, défait ma ceinture. Nos cuisses étaient pressées l'une contre l'autre.

Chris m'a soulevée en douceur et m'a mise sur lui. J'ai eu l'impression qu'une étoile filante m'explosait dans le sang. Chris était adossé au lavabo, j'étais entre ses mains ; on était hyper à l'étroit dans cet espace minuscule mais on bougeait parfaitement au même rythme.

Un rugissement du public nous est parvenu en écho de l'extérieur : soit McGwire en avait sorti une autre, soit Bonds lui avait volé son *home run* — et puis après ? On a continué à jouer à la balançoire, Chris et moi. Je n'arrivais plus à respirer. Mon corps était luisant de sueur. Impossible de m'arrêter. Chris a continué de plus belle, je m'agrippais fort à lui. Un instant plus tard, on a joui ensemble.

Deux flics héroïques, ai-je pensé.

Je ne m'étais jamais sentie mieux, plus libre, plus excitée. Chris a niché son front contre mon épaule. Je l'ai embrassé sur la joue, dans le cou.

Puis une idée des plus étranges m'a envahie. J'ai commencé à rire, un rire auquel se mêlaient des soupirs de fatigue. On était coincés là, épuisés, à quelques mètres de mon patron. Je gloussais comme une imbécile. J'allais nous faire prendre !

— Qu'est-ce qu'il y a de si drôle ? m'a chuchoté Chris.

J'ai pensé à Claire et à Cindy. Et à ce qu'on venait de faire.

— Je crois que j'ai mérité d'entrer sur la liste, ai-je dit.

Chapitre 97

Le lendemain, Jenks a redemandé à nous voir. Jill et moi, on s'est rendues au neuvième étage en se demandant de quoi il retournait.

Cette fois, plus de jeu du chat et de la souris, plus aucune connerie. Leff était là, mais il se leva avec *humilité* à notre entrée.

Jenks avait l'air bien moins menaçant dans son uniforme gris de prisonnier. Son air soucieux transmettait un message clair à déchiffrer.

— Mon client tient à faire une déclaration, nous a annoncé Leff à peine étions-nous assises.

Nous y voilà, me suis-je dis. Il veut passer un marché. Il a vu à quel point jouer ce jeu était ridicule.

Mais Jenks nous a sorti quelque chose d'inattendu.

— Je me suis fait piéger ! a-t-il affirmé avec colère.

Le regard de Jill a rencontré aussitôt le mien.

— Vous pouvez répéter ? a-t-elle fait. Que se passe-t-il ?

Elle a dévisagé Jenks, puis Leff.

— Votre client est relié aux trois lieux du crime ; on l'a situé à Cleveland à l'heure du dernier meurtre ; on l'a surpris à mentir sur son ancienne liaison avec Kathy Kogut, l'une des dernières victimes ; l'on possède l'un de ses livres détaillant un dessein criminel étonnamment similaire ; l'on a ses poils faciaux correspondant à l'un de ceux retrouvés dans le vagin d'une autre des victimes. Et vous affirmez qu'il s'est fait piéger ?

— Ce que j'affirme, a dit Jenks, le visage d'un gris

de cendre, c'est qu'on est en train de me faire porter le chapeau.

— Ecoutez, Mr Jenks, a répondu Jill, le regard toujours fixé sur Leff. Ça fait huit ans que je fais ce travail. J'ai constitué les dossiers de centaines de criminels, j'ai envoyé plus de cinquante assassins derrière les barreaux. Je n'ai jamais vu un tel faisceau de preuves impliquant un suspect. L'affaire est tellement bouclée qu'on ne peut respirer.

— J'en suis bien conscient, a soupiré Jenks. Et aussi que je vous ai donné toutes les raisons de trouver mes allégations invraisemblables. Je vous ai menti sur ma présence à Cleveland, ma liaison avec Kathy. Quant aux autres, je ne peux même pas fournir d'alibis. Mais je m'y connais aussi en machinations. J'en ai élaboré plus que n'importe qui. Je suis passé maître en ce domaine. Et je vous l'affirme, quelqu'un est en train de me faire porter le chapeau.

J'ai secoué la tête, incrédule.

— Qui donc, Mr Jenks ?

Ce dernier a repris son souffle. Il avait l'air terrifié pour de bon.

— Je n'en sais rien.

— Quelqu'un vous détesterait au point d'avoir combiné tout ça ?

Jill n'a pu retenir un sarcasme.

— Le peu que je connais de vous m'inciterait à le croire.

Elle s'est retournée vers Leff.

— Vous envisagez de soutenir cette thèse ?

— Ecoutez-le simplement, maître Bernhardt, a plaidé l'avocat.

— Ecoutez, dit Jenks, je sais ce que vous pensez de moi. Je suis coupable sur de nombreux points.

325

D'égoïsme, de cruauté, d'adultère. Je suis colérique ; parfois, je me contrôle difficilement. Et avec les femmes... vous pouvez certainement en dénicher une dizaine qui vous aideraient à me faire coffrer pour ces meurtres. Mais aussi évident que ça vous paraisse, je n'ai pas tué ces gens-là. Aucun d'entre eux. Quelqu'un tente de me faire porter le chapeau. C'est la vérité. Quelqu'un qui a fait du très bon boulot.

Chapitre 98

— Tu marches dans ces conneries ? a fait Jill avec un rictus pendant qu'on attendait l'ascenseur devant la cellule de détention de Jenks.

— Là où je marche, c'est qu'il y croit en partie, lui ai-je répondu.

— Ça va. Il ferait mieux de plaider la folie. Si Nicholas Jenks veut dresser la liste de ceux qui aimeraient lui faire porter le chapeau, il aurait intérêt à commencer par tous ceux qu'il a baisés.

J'ai éclaté de rire, en lui accordant que la liste serait longue. Puis la porte de l'ascenseur s'est ouverte et, ô surprise, Chessy Jenks en est descendue. Elle portait une robe longue d'été. J'ai tout de suite remarqué comme elle était jolie.

Nos regards se sont croisés un instant, avec embarras. Je venais d'arrêter son mari. Mon équipe de techniciens de scène de crime avait mis sa maison sens dessus dessous. Elle aurait eu de très bonnes raisons de le prendre de haut avec moi — mais non.

— Je suis venue voir mon mari, a-t-elle dit d'une voix mal assurée.

Je l'ai présentée à Jill froidement, puis je lui ai indiqué le parloir. A cet instant-là, elle avait l'air perdue et seule comme personne au monde.

— Sherman m'a dit qu'il y a beaucoup de preuves, a-t-elle ajouté.

J'ai opiné poliment. Je ne sais pourquoi je ressentais quelque chose pour elle, outre qu'elle semblait une jeune femme vulnérable dont le destin avait voulu qu'elle tombe amoureuse d'un monstre.

— Nick n'a pas fait ça, inspecteur, a dit Chessy Jenks.

Sa sortie m'a surprise.

— Il est bien naturel qu'une femme veuille défendre son mari, ai-je admis. Si vous avez un alibi béton...

Elle a fait non de la tête.

— Pas d'alibi. Seulement, je connais mon mari.

La porte de l'ascenseur s'était refermée, Jill et moi devions attendre à nouveau. Comme ceux des hôpitaux, il allait mettre dix bonnes minutes à descendre puis à remonter. Chessy Jenks n'a pas fait mine de vouloir s'éloigner.

— Mon mari est loin d'être simple. Il peut être très dur. Je sais qu'il s'est fait des ennemis. Je sais qu'il s'en est pris à vous. De l'extérieur, ça doit être très difficile à croire, mais par moments, il est aussi capable de tendresse, d'une générosité incroyable et d'amour.

— Je ne voudrais pas me montrer antipathique, Ms Jenks, est intervenue Jill, mais vu les circonstances, vous ne devriez vraiment pas nous parler.

— Je n'ai rien à cacher, a-t-elle rétorqué.

Puis d'un air découragé :

— Je sais déjà ce que vous savez.

J'étais sidérée. *Je sais déjà ce que vous savez ?*

— J'ai parlé à Joanna, a poursuivi Chessy Jenks. Elle m'a dit que vous étiez passée la voir. Je sais ce qu'elle vous a raconté sur lui. Elle est aigrie. Et elle a toutes les raisons de l'être. Mais elle ne connaît pas Nick aussi bien que moi.

— Vous devriez repenser aux preuves, Ms Jenks, lui ai-je dit.

Elle a secoué la tête.

— Des armes à feu... peut-être, inspecteur. Si ça s'en tenait là. Mais un couteau. Ce premier meurtre. Ce jeune couple, coupé en morceaux. Nick ne sait même pas vider un poisson.

Ma première idée fut qu'elle était jeune et se berçait d'illusions. Comment Jenks l'avait-il décrite ? *Impressionnable...* mais j'ai été frappée par quelque chose qui m'a paru curieux.

— Vous avez bien dit que vous et Joanna vous vous parliez ?

— Oui. Beaucoup plus depuis un an. Elle est même venue à la maison. En l'absence de Nick, bien entendu. Je sais qu'elle était aigrie après le divorce. Je sais qu'il lui a fait du mal. Mais on forme une sorte de groupe de soutien.

— Votre mari est au courant ? lui ai-je demandé.

Elle a eu un sourire forcé.

— Il n'y voit pas d'inconvénient. Il aime bien Joanna. Et elle, inspecteur, elle est toujours amoureuse de lui.

L'ascenseur de retour, on s'est séparées. Une fois la porte refermée, j'ai regardé Jill. Elle ouvrait de grands yeux et sa langue gonflait l'une de ses joues.

— Cette petite famille me fout la trouille, m'a-t-elle dit en frissonnant.

Chapitre 99

Je l'ai su dès que Medved est entré dans le bureau. Je l'ai lu sur sa figure. Il n'a pas eu besoin d'ouvrir la bouche.

— Je crains de ne pouvoir être très positif, Lindsay, m'a-t-il dit, en soutenant mon regard. Votre taux de globules rouges continue à baisser. Les vertiges, la fatigue, les épanchements sanguins dans la poitrine. La maladie progresse.

— Comment ça, progresse ?

Medved a opiné calmement.

— Nous en sommes au stade trois.

Les mots tonnaient dans ma tête, amenant avec eux la peur de traitements plus lourds que je redoutais.

— C'est quoi la prochaine étape ? lui ai-je demandé, faiblement.

— On peut encore attendre un mois, a répondu Medved. Votre taux est de deux mille quatre cents. S'il continue à baisser, vos forces vont suivre le même chemin et il faudra vous hospitaliser.

J'avais du mal à comprendre ce qu'il disait ; ça se fracassait trop vite dans mon cerveau. *Un mois. C'est trop rapproché, trop rapide.* Les choses commençaient à peine à se décanter depuis l'arrestation de Jenks. Tout le reste, tout ce à quoi je désirais me raccrocher se résolvait aussi.

Un mois — quatre petites semaines de rien du tout.

A mon arrivée, certains des gars m'ont entourée en me souriant. Un magnifique bouquet de fleurs des champs était posé sur mon bureau.

J'ai respiré leur doux parfum, si naturel. J'ai lu la carte qui les accompagnait. *Il y en a plein la colline à Heavenly où j'ai un bungalow. Demain, c'est vendredi. Prends ta journée. Et allons-y.*

Signé *Chris.*

Ça avait tout l'air de ce dont j'avais besoin. Les montagnes. Chris. Il faudrait que je lui en parle, maintenant que sous peu la vérité serait évidente.

Mon téléphone a sonné. C'était lui.

— Alors ?

Sans doute quelqu'un du bureau, jouant les Cupidon, l'avait-il prévenu de mon retour.

— Je n'ai pas encore ouvert ta carte, fis-je en me mordant la lèvre. Trop de choses et d'autres à trier.

J'ai entendu un soupir déçu, l'ai laissé en suspens un instant.

— Mais au cas où tu me demanderais de faire une escapade avec toi, je te réponds que j'adorerais ça. Ça m'a l'air super. Partons à huit heures.

— Lève-tard, a-t-il fait. J'espérais éviter le rush du matin.

— Je voulais dire huit heures *ce soir.*

Il me restait un mois et j'ai songé *air pur de la montagne, torrents et fleurs sauvages, c'est une bonne façon de commencer.*

Chapitre 100

Nous avons passé les deux jours suivants comme dans un rêve, un beau rêve.

Le bungalow de Chris était génial, charmant, un

chalet de ski en érable rouge sur Mason Ridge surplombant Heavenly. On s'est baladés dans les bois avec Martha la Douce, on a pris le funiculaire jusqu'au sommet de la montagne puis on est redescendus à pied. On a fait griller de l'espadon sur la terrasse.

Entre les deux, on a fait confortablement l'amour dans son grand lit, sur la peau de mouton devant le poêle à bois, en frissonnant sous le jet glacé de la douche extérieure. On a ri, on a joué, on s'est tripotés comme des ados redécouvrant l'amour.

Mais je n'étais plus une adolescente aux yeux pleins d'étoiles. Je savais parfaitement ce qui se passait. Je sentais un courant continu, irrépressible, monter en moi comme une rivière qui déborde ses rives. Je me sentais désarmée.

Le samedi, Chris m'a promis une journée inoubliable.

On a roulé vers le lac Tahoe, jusqu'à une pittoresque marina, côté californien. Il avait loué une vieille barcasse en bois. On a acheté des sandwiches et une bouteille de chardonnay, puis on a gagné le milieu du lac. L'eau turquoise était calme, le ciel sans nuages et lumineux. Tout autour, les pics rocheux de montagnes coiffées de neige ceignaient le lac de leur couronne.

On a jeté l'ancre et un temps, le monde a semblé nous appartenir, n'être rien qu'à nous. Chris et moi, on s'est mis en maillot. Je me suis imaginé qu'on allait décompresser, déguster le vin au soleil en jouissant du panorama, mais dans l'œil de Chris, j'ai décelé une lueur de défi. Il a trempé ses mains dans l'eau glacée.

— Pas question, lui ai-je dit fermement. Elle doit faire dans les douze degrés.

— Oui, mais c'est un froid sec, m'a-t-il taquinée.

— C'est ça, ai-je ricané. Vas-y, toi. Et pêche-moi un saumon si tu en voies un nager par là.

Il s'est avancé vers moi avec un air de menace simulé.

— Pêche-le toi-même.

— Aucune chance, ai-je répondu d'un ton de défi, mais en riant aussi.

Il a continué d'avancer, j'ai reculé jusqu'à l'extrémité du bateau.

Ses bras m'ont ceinturée. J'ai senti le picotement de sa peau contre la mienne.

— C'est une sorte d'initiation, m'a-t-il dit.

— Une initiation à quoi ?

— A un club très fermé. Quiconque veut en faire partie doit sauter à l'eau.

— Alors sans moi.

J'ai éclaté de rire, en me débattant sous sa poigne. J'ai résisté faiblement et il m'a hissée sur le siège rembourré.

— Merde, Chris, ai-je crié quand il m'a pris la main.

— *Banzaï*, ça marche mieux, m'a-t-il lancé en m'entraînant.

— *Espèce de salaud !* ai-je hurlé au moment où on a basculé.

L'eau était glacée, revigorante. On est remontés à la surface en même temps et je lui ai gueulé *Salopard* en pleine figure. Alors il m'a embrassée dans l'eau et tout à coup, je n'ai plus senti le froid. Je me suis accrochée à lui, pour sentir sa chaleur mais aussi parce que je ne voulais plus jamais le laisser partir. J'avais tellement confiance en lui, une confiance si totale que c'en était presque effrayant. *Douze degrés* et pourtant, j'étais en feu.

— Vise-moi ça, l'ai-je défié en me libérant de son emprise d'un coup de pied.

Il y avait une bouée orange qui flottait sur l'eau cinquante mètres plus loin.

— Je te prends à la course jusqu'à ce machin.

Puis j'ai démarré, le surprenant par ma vitesse.

Chris a tâché de me suivre avec des mouvements réguliers et musclés, mais je l'ai semé.

J'ai ralenti en m'approchant de la bouée, j'ai attendu qu'il me rattrape.

Chris avait l'air totalement confondu.

— Où as-tu appris à nager ?

— Au YMCA de San Francisco sud ; championne de division à quatorze, quinze et seize ans.

J'ai éclaté de rire.

— Personne ne m'arrivait à la cheville. On dirait que c'est toujours le cas.

Quelques instants plus tard, on a guidé le bateau vers une crique ombragée, près du rivage. Chris a coupé le moteur et dressé un abri de toile autour de la cabine, censé nous protéger du soleil. Retenant notre souffle, on a rampé à l'intérieur, masqués à la vue de quiconque.

Je l'ai laissé défaire lentement mon maillot de bain et lécher les perles d'eau sur mes bras et sur mes seins. Alors je me suis agenouillée et j'ai déboutonné son short. On n'avait plus besoin de parler. Nos corps se disaient tout. Je me suis allongée, attirant Chris sur moi.

Je ne m'étais jamais sentie autant liée à une autre personne ni à un autre endroit. Je me suis cambrée en silence contre lui, le lac clapotait tout près de nous. J'ai pensé, *Si je dis quelque chose, tout sera changé.*

Après, je suis restée couchée là, le corps traversé de tremblements de chaleur rayonnante. J'aurais aimé que ça ne finisse jamais, mais je savais que ça devait finir. La réalité vient toujours se mettre en travers de la route, n'est-ce pas ?

Chapitre 101

Par moments, ce soir-là, je me suis retrouvée en larmes.

J'avais fait des spaghettis à la carbonara qu'on a mangés au clair de lune sur la terrasse, arrosés d'une bouteille de pinot noir. Chris mit un concerto pour violoncelle de Dvořák sur la chaîne, mais bientôt on l'a remplacé par les Dixie Chicks.

Pendant le repas, Chris m'a demandé où et comment j'avais passé ma jeunesse.

Je lui ai parlé de maman, de papa qui était parti quand j'étais encore toute gosse ; je lui ai dit que maman avait travaillé comme aide-comptable à l'Emporium pendant vingt ans et que j'avais quasiment élevé ma sœur.

— Maman est morte d'un cancer du sein, elle avait à peine cinquante ans.

Cette ironie du sort ne m'échappait certes pas.

— Et ton père ? Je veux tout savoir de toi.

J'ai pris une gorgée de vin avant de lui avouer que je ne l'avais revu que deux fois depuis mes treize ans. A l'enterrement de ma mère. Et le jour où j'étais devenue flic.

— Il était assis au fond, à l'écart de tout le monde.

Soudain, j'ai senti bouillonner en moi des émotions trop longtemps enfouies.

— Qu'est-ce qu'il faisait là ?

J'ai relevé des yeux pleins de larmes.

— Pourquoi il a tout gâché ?

— Tu n'as jamais envie de le voir ?

Je n'ai pas répondu. Quelque chose prenait forme dans ma tête. J'avais les idées flottantes, frappée par le fait que j'étais là, heureuse peut-être comme jamais, et que tout ça reposait sur un mensonge. Je repoussais l'impact de ce qui me traversait l'esprit. Et n'y arrivais pas très bien.

Chris m'a tendu la main et pris la mienne.

— Excuse-moi, Lindsay, je n'ai pas le droit de...

— Ça n'est pas ça, ai-je murmuré en lui pressant la main.

Je savais que le moment était venu de faire vraiment confiance à Chris, qu'il était temps de me livrer à lui. Mais j'avais très peur, je tremblais, je refoulais mes larmes.

— Il faut que je te confie quelque chose, ai-je dit. C'est un peu lourd à porter, Chris.

Je l'ai regardé avec toute la gravité et la confiance que j'ai pu rassembler.

— Tu te souviens quand j'ai failli m'évanouir en présence de Jenks ?

Chris a fait oui. Il semblait maintenant un peu soucieux. Son front s'est creusé de sillons profonds.

— Tout le monde a cru que je paniquais, mais ça n'avait rien à voir. Je suis malade, Chris. On va devoir m'hospitaliser sous peu.

J'ai vu son regard s'assombrir. Il allait dire quelque chose mais je lui ai posé un doigt sur les lèvres.

— Ecoute-moi encore un instant. D'accord ?

— D'accord. Désolé.

Je lui ai tout déballé sur Negli. Le traitement qui ne faisait pas effet. L'espoir qui s'amenuisait. Ce dont Medved m'avait avertie quelques jours plus tôt. J'avais atteint le stade trois, c'était grave. Une greffe de la moelle pourrait bien être l'étape suivante.

Je n'ai pas pleuré. Je lui ai tout dit franco, comme un bon flic. Je voulais lui donner de l'espoir, lui montrer que je me battais, que j'étais la femme forte qu'il aimait, je le croyais du moins.

Quand j'ai eu terminé, je lui ai serré les mains en reprenant mon souffle.

— La vérité, c'est que je peux mourir bientôt, Chris.

Nos mains étaient entrelacées serré. Nos regards rivés l'un à l'autre. Notre contact n'aurait pas pu être plus intime.

Puis, il a placé doucement sa main contre ma joue et l'a frottée. Sans dire un mot, il m'a saisie et tenue dans le pouvoir et la douceur de ses mains avant de m'attirer à lui.

Et c'est ce qui m'a fait pleurer. C'était un être bon. Je pouvais le perdre. Et j'ai pleuré toutes les choses qu'il se pourrait qu'on ne fasse jamais.

J'ai pleuré sans discontinuer et à chacun de mes sanglots, il me serrait plus fort. Et n'arrêtait pas de me chuchoter :

— Ça va aller, Lindsay. Ça va aller bien. Tout est bien.

— J'aurais dû te le dire, ai-je murmuré.

— Je comprends pourquoi tu ne l'as pas fait. Depuis quand es-tu au courant ?

Je le lui ai dit.

— Depuis le jour de notre rencontre. J'ai tellement honte.

— N'aie pas honte, fit-il. Comment aurais-tu su que tu pouvais me faire confiance ?

— Je t'ai fait confiance assez vite. C'est en moi que je n'avais pas confiance.

— Eh bien, maintenant, si, m'a murmuré Chris.

Chapitre 102

Je crois bien qu'on s'est bercés toute la nuit. On a ri, on a pleuré. Je ne me souviens pas comment je me suis réveillée dans le lit.

Le lendemain, je l'ai à peine lâché. Avec tout ce qui me menaçait, tout ce qui paraissait incertain, je me sentais tellement à l'abri et sûre de moi dans ses bras. Je ne voulais plus jamais m'en aller.

Mais il s'est passé autre chose au cours de ce week-end — Negli mis à part, Chris et moi mis à part. Quelque chose de lancinant, qui a envahi mon confort et ma sécurité.

Quelque chose que Jacobi m'avait dit.

L'une de ces remarques faites en passant à laquelle on ne prête pas beaucoup d'attention mais qui, d'une façon ou d'une autre, s'incruste dans l'esprit. Puis qui vous revient au plus étrange moment avec davantage de force et de logique que précédemment.

On était dimanche soir. Le week-end était terminé. Chris m'avait raccompagnée chez moi en voiture. Même s'il était dur de me séparer de lui, j'avais besoin d'être seule un moment, pour dresser l'inventaire du week-end, réfléchir à ce que j'allais faire.

J'ai défait mon sac, me suis préparé un thé, me suis pelotonnée sur mon canapé avec Sa Douceur. Mon esprit est revenu à l'affaire criminelle.

Nicholas Jenks, c'était de l'histoire ancienne, à présent. Ne restaient plus que les rapports à remplir. Même s'il persistait à tempêter qu'il était victime d'une machination. *Ce n'était qu'un délire de plus, de nouveaux mensonges.*

C'est alors que les paroles de Jacobi s'insinuèrent dans mon cerveau.

Une sacrée prise, m'avait-il dit, mardi matin tôt.

Il avait ce regard obstiné, énervant. *N'oublie pas*, m'avait-il lancé, *c'est le lot de champagne qui t'a mise sur la voie... Pourquoi crois-tu que Jenks a laissé traîner ce champagne ?*

J'y avais à peine prêté attention. Jenks était sous les verrous. Le dossier était bouclé. Je pensais à la nuit de la veille et à Chris. Je m'étais arrêtée dans l'escalier, retournée vers lui. *Je ne sais pas, Warren. On en a déjà parlé. Dans le feu de l'action, peut-être.*

Tu as raison. Il a opiné. *Ça doit être aussi pour ça qu'il n'a pas roulé en boule sa veste et ne l'a pas emportée avec lui.*

Je l'ai regardé, genre *Pourquoi on reparle de ça, maintenant ? Jenks avait besoin d'une veste de smoking propre pour quitter l'hôtel sans se faire remarquer.* L'ADN concordant du poil rendait tout théorique, de toute façon.

Puis il l'a dit. *Tu as lu le bouquin jusqu'au bout ?* m'a-t-il demandé.

Quel bouquin ?

Celui de Jenks, Mariée à jamais.

338

Les parties importantes, ai-je répliqué. *Pourquoi ?*

Je ne sais pas, a-t-il répondu, *ça me turlupine, comme qui dirait. Je te l'ai dit, ma femme est l'une de ses admiratrices. Comme il y avait plusieurs exemplaires du manuscrit, j'en ai ramené un à la maison. C'est intéressant de voir comment ça se terminait.*

Je l'ai regardé, tâchant d'imaginer où il voulait en venir.

C'était une machination, m'a dit Jacobi. *Ce mec, Phillip Campbell, il s'en tire. Il colle tout sur le dos d'un autre.*

Et des jours plus tard, les paroles de Warren me revenaient en catimini. *Une machination. Il colle tout sur le dos d'un autre.*

C'était ridicule, me suis-je dit, je fais trop d'honneur à ce scénario en me le remémorant. Tout était solide, hermétiquement clos.

Une machination, me suis-je surprise à penser une fois encore.

— Il faut que je sois idiote, ai-je dit à haute voix. Jenks se raccroche à n'importe quelle histoire pour se tirer de ce mauvais pas.

Je me suis levée, j'ai emporté mon thé dans la salle de bains, ai commencé à me débarbouiller la figure.

Dans la matinée, j'annoncerais à Joyeux que j'étais malade. J'avais du temps devant moi. Je ferais face à Negli. Maintenant que le dossier était complet, c'était le bon moment. *Maintenant que le dossier était complet !*

Je suis passée dans la chambre, ai arraché l'étiquette d'un T-shirt « Un petit coin de paradis » que Chris m'avait offert. Je me suis mise au lit et Martha est arrivée pour son câlin.

Des souvenirs du week-end me sont passés par la

tête. J'ai fermé les yeux. Je n'avais qu'une hâte : tout partager avec les filles.

Et puis, tout à trac, des images me sont revenues. Je me suis dressée comme si je sortais d'un cauchemar. J'étais raide comme la justice.

— Oh non, bon Dieu, non, ai-je murmuré.

Quand Jenks avait tenté de me frapper dans sa maison, il m'avait balancé un direct du *gauche*.

Quand il m'avait offert à boire, il avait pris la carafe *de la main gauche*.

Impossible, me suis-je dit. Non, j'y crois pas.

Claire était sûre et certaine que l'assassin de David Brandt était *droitier*.

Chapitre 103

Jill, Claire et Cindy m'ont regardée comme si j'étais devenue folle.

Les mots venaient à peine de tomber de mes lèvres.

— Et si Jenks avait raison ? Et si quelqu'un essayait de lui faire porter le chapeau ?

— C'est du pipeau ! a fait Claire, sèchement. Jenks est au désespoir et d'une intelligence très moyenne. On l'a eu !

— Je n'en crois pas mes oreilles, s'est exclamée Cindy, c'est toi qui l'as démasqué. Sans toi, il n'y aurait pas de dossier.

— Je sais. Et je sais que ça paraît dingue. Avec un peu de chance, c'est dingue. Ecoutez-moi seulement.

Je les ai mises au courant des commentaires de

Jacobi sur le roman, puis de ma révélation-éclair de Jenks comme gaucher.

— Ça ne prouve rien, a commenté Jill.

— Je ne peux pas ignorer l'aspect scientifique, Lindsay, m'a dit Claire en secouant la tête. On a son putain d'ADN sur le lieu du crime.

— Ecoutez, ai-je protesté. Je veux coincer ce type autant que n'importe laquelle d'entre vous. Mais à présent qu'on a toutes ces preuves — eh bien — c'est tellement *sans bavure*. La veste, le champagne. Jenks a imaginé des meurtres compliqués dans ses livres. Pourquoi laisserait-il des indices derrière lui ?

— Parce que c'est un salopard et un malade, Lindsay. Parce que c'est un con prétentieux qui est relié aux trois crimes.

Jill a acquiescé.

— C'est un écrivain, certes, mais un amateur dans la pratique. Il a merdé, c'est tout.

— Tu as vu ses réactions, Jill. C'était plus profond qu'un simple désespoir. J'ai vu des assassins qui niaient toujours dans le couloir de la mort. Lui était bien plus déstabilisé. Comme s'il éprouvait *de l'incrédulité*.

Jill s'est levée, me clouant sur place de son œil bleu glacial.

— Pourquoi cette soudaine volte-face, Lindsay, pourquoi ?

Pour la première fois, je me suis sentie seule, séparée des personnes à qui j'avais appris à faire le plus confiance.

— Personne ne peut davantage détester ce type que moi, ai-je déclaré. Je l'ai pourchassé. J'ai vu ce qu'il a fait à ces femmes.

Je me suis tournée vers Claire.

341

— Tu m'as bien dit que le tueur était droitier ?

— *Probablement* droitier, m'a répliqué Claire.

— Et s'il avait tenu bêtement le couteau de l'autre main ? a proposé Cindy.

— Si tu allais tuer quelqu'un, Cindy, ai-je répondu, quelqu'un de plus grand et de plus fort que toi, tu t'attaquerais à lui avec ta mauvaise main ?

— Peut-être pas, m'a lancé Jill, mais tu balances tout ça face à des *faits*, Lindsay, à la raison et aux preuves. Tout ce qu'on a œuvré à rassembler. Et tout ce que tu m'opposes, c'est un faisceau d'hypothèses : *Jenks s'est servi du thé de la main gauche, Phillip Campbell fait porter le chapeau à quelqu'un à la fin du roman.* Lindsay, on a ce type compromis dans trois doubles meurtres. Je veux que tu t'y tiennes et que tu témoignes en ce sens.

Sa lèvre tremblait. Je ne savais comment me défendre. J'avais désiré coincer Jenks aussi ardemment qu'elles trois. *Et même plus.* Mais ma certitude d'alors avait fait place à un doute que je ne pouvais écarter.

Etait-il bien le vrai coupable ?

— On n'a toujours pas retrouvé d'arme, ai-je dit à Jill.

— On n'en a pas besoin, Lindsay. On a ce poil dans le corps de l'une des victimes !

Tout à coup, on s'est aperçu qu'aux autres tables, l'on nous regardait. Jill a soufflé et s'est rassise en râlant. Claire m'a attrapée aux épaules.

Je me suis arc-boutée à la banquette du box.

— On t'a suivie tout le temps, a finalement dit Cindy. C'est pas maintenant qu'on va te laisser tomber.

Jill a fait non de la tête.

— Vous voulez, les filles, que je le laisse filer, pendant qu'on rouvre le dossier ? Si on ne le juge pas, Cleveland le fera.

— Je ne veux pas que tu le laisses filer, ai-je objecté. Je veux simplement être sûre de moi à cent pour cent.

— Je le suis, *moi*, a répliqué Jill, l'œil flamboyant.

J'ai scruté Claire. Même elle avait un air sceptique.

— Il y a tout un tas de preuves matérielles qui ne laissent pas trop de place au doute.

— Si jamais ça transpire, m'a avertie Jill, tu peux jeter ma carrière aux orties. Bennett veut voir le sang de ce type éclabousser le mur de la salle d'audience.

— Considérons les choses de cette manière, a dit Cindy en pouffant. Si Lindsay a raison et que tu as coffré Jenks, on étudiera son dossier dans les vingt ans à venir comme « à éviter ».

On a regardé autour de la table, d'un air hébété, comme si on fixait les débris d'un vase irremplaçable.

— Bon, d'accord, admettons que ce n'est pas lui, a fait Claire en soupirant, alors on fait comment pour prouver qui c'est ?

C'était comme si on était revenues à la case départ — au premier crime. Je me suis sentie atrocement mal.

— Qu'est-ce qui a concentré nos soupçons sur Jenks ? ai-je demandé.

— Les poils, a répondu Claire.

— Pas tout à fait. Il a fallu qu'on remonte jusqu'à lui avant qu'on sache à qui ils appartenaient.

— Merrill Shortley, a dit Jill. *Jenks et Merrill ?* Tu crois ?

J'ai fait non de la tête.

— On a eu besoin d'un truc supplémentaire avant de pouvoir l'embarquer.

— *Mariée à jamais.* Sa première femme, a dit Cindy.

J'ai opiné lentement du chef en sortant de Chez Susie.

Chapitre 104

Au cours des jours suivants, j'ai passé en revue tout ce qu'on avait sur Joanna Wade.

D'abord, j'ai relu la main courante pour violence conjugale qu'elle avait portée contre Jenks. J'ai examiné les photos de Joanna prises au commissariat, le visage tuméfié. J'ai lu *in extenso* le compte rendu des policiers arrivés sur les lieux. *Echanges d'invectives. Jenks se démenant avec fureur*, visiblement fou de rage. *On avait dû le maîtriser, il avait résisté à son arrestation.* Le rapport portait la signature de deux officiers de police du Northern District, Samuel Delgado et Anthony Fazziola.

Le lendemain, je suis retournée voir Greg Marks, l'ancien agent littéraire de Jenks. Il a été encore plus surpris de ma visite quand je lui ai dit que j'étais là pour aborder un aspect différent du passé de Jenks.

— Joanna, inspecteur ? s'est-il étonné avec un sourire amusé. Choisissant mal les hommes et encore plus mal son moment.

Il m'a expliqué que leur divorce avait été prononcé, six mois seulement avant la mise en vente de *Mauvaise longueur d'onde*, et que le livre s'était vendu à presque un million d'exemplaires, sans compter les livres de poche.

— Avoir dû se coltiner Nicholas pendant ses années de vache enragée et n'en retirer au final que l'équivalent d'une course en taxi...

Il a secoué la tête.

— Le règlement était une misère, comparé à ce qu'il aurait été un an plus tard.

Ce qu'il me disait m'a dépeint différemment la femme que j'avais rencontrée à la salle de fitness. Qui semblait avoir tout laissé derrière elle.

— Elle s'est sentie utilisée, jetée comme un vieux chiffon. Joanna l'a poussé à faire des études, l'a entretenu quand il a commencé à écrire. Quand Nicholas a plaqué le droit, elle a même repris son ancien job.

— Et après leur séparation, elle a continué à le détester ? ai-je demandé.

— Je crois qu'elle a lui fait un procès. Pour droit de gage de gains futurs, inexécution, rupture de contrat. Tout ce qu'elle a pu trouver.

J'ai eu de la peine pour Joanna Wade. Mais cela pouvait-il la conduire à ce genre de vengeance ? Lui faire assassiner six personnes ?

Le lendemain, j'ai obtenu une copie de la procédure de divorce aux archives du comté. En lisant à travers les lignes, j'ai eu le sentiment d'un divorce particulièrement amer. Elle cherchait à obtenir un jugement de trois millions de dollars en prévision de gains futurs. Elle récolta au final une prestation compensatoire de cinq mille dollars par mois, grimpant à dix mille, si jamais les revenus de Jenks augmentaient de façon substantielle.

Je n'arrivais pas à croire à la bizarre transformation qui s'opérait dans mon esprit.

C'était Joanna qui, la première, avait mentionné le livre. Qui se sentait trompée, éconduite et couvait un

345

ressentiment bien plus profond qu'elle ne l'avait laissé paraître. Joanna, la prof de tae-bo, qui était assez forte pour expédier à terre un type de deux fois son poids. Qui avait même accès à la maison des Jenks.

Ça paraissait fou de penser ainsi. Plus que grotesque... impossible.

Les meurtres avaient été commis par un homme, par Nicholas Jenks.

Chapitre 105

Le lendemain, tout en partageant un hot-dog et un bretzel devant l'hôtel de ville, j'ai raconté à Chris ce que j'avais trouvé.

Il m'a regardée de la même façon que les filles, quelques jours plus tôt. Choqué, perplexe, incrédule. Mais il ne s'est pas montré négatif.

— Elle a pu tout manigancer, lui ai-je dit. Elle savait pour le livre. Elle nous l'a jeté dans les pattes pour qu'on le retrouve. Elle connaissait les goûts vestimentaires de Jenks et ses préférences en matière de champagne. Ainsi que sa participation à Sparrow Ridge. Elle avait même accès à son domicile.

— Je serais preneur, m'a-t-il dit, si ces meurtres n'avaient pas été commis par un homme. *Jenks*, Lindsay. On l'a même sur bande.

— Lui ou quelqu'un déguisé pour lui ressembler. Chaque témoignage oculaire qui le concerne n'est pas concluant.

— Lindsay, l'ADN correspondait.

— J'ai parlé aux deux policiers qui sont allés chez Jenks quand il a tabassé Joanna, je les ai poussés à se souvenir. Ils m'ont dit que tout furieux qu'il était, elle lui rendait coup pour coup. Ils ont dû la maîtriser pendant qu'ils l'emmenaient, lui, dans la voiture.

— Elle a retiré sa plainte, Lindsay. Elle en a eu marre d'être une femme battue. Elle n'a peut-être pas obtenu ce qui lui revenait de plein droit, mais elle a tiré un trait et démarré une nouvelle vie.

— C'est justement ça le problème, Chris. Elle n'a pas tiré un trait. C'est Jenks qui l'a quittée. Elle lui a tout sacrifié. Marks l'a décrite comme un modèle de dépendance réciproque.

Je voyais que Chris aurait aimé me croire mais il demeurait sceptique. J'avais fait mettre un homme en prison avec des preuves irréfutables contre lui. Et voilà que je défaisais mon ouvrage. Qu'est-ce qui me prenait ?

Puis, tout à trac, quelque chose m'est revenu, quelque chose que j'avais mis de côté depuis longtemps. Laurie Birnbaum, le témoin du mariage Brandt. Comment m'avait-elle décrit déjà l'homme qu'elle avait vu : *c'était très bizarre, sa barbe le vieillissait, mais tout le reste de sa personne était jeune.*

Joanna Wade, taille moyenne, droitière, professeur de tae-bo, assez costaude pour affronter un homme de deux fois son poids. Plus le pistolet neuf millimètres de Jenks. Il disait ne pas l'avoir revu depuis des années. *Dans sa maison du Montana...* les registres indiquaient qu'il avait acheté cette arme dix ans plus tôt. Quand il était marié à Joanna.

— Tu devrais la voir, ai-je affirmé avec une conviction de plus en plus grande. Elle est assez forte pour nous tenir tête à tous. Elle seule fait le lien avec le champagne, les vêtements, *Mariée à jamais*. Elle avait les moyens de tout agencer. Les photos, les témoignages oculaires sont peu concluants. Et si c'était elle, Chris ?

Je lui tenais la main — les hypothèses tourbillonnaient dans ma tête — quand j'ai senti soudain une atroce sensation d'étau dans la poitrine. J'ai cru que c'était la répercussion de la proposition que je venais de faire, mais cela m'a frappée à la vitesse d'un train arrivant à toute vapeur.

Vertiges, nausée. De l'estomac à ma tête et retour.

— Lindsay ? a fait Chris.

Il m'a soutenue par l'épaule.

— Je me sens plutôt bizarre, ai-je marmonné.

— Lindsay ? a-t-il répété, réellement inquiet, cette fois.

Je me suis appuyée contre lui. C'était une sensation des plus étranges et des plus effrayantes. Je me sentais successivement privée de mes forces, puis retrouvant mon équilibre ; lucide, puis très vaseuse à nouveau.

J'ai vu Chris, puis je ne l'ai plus vu.

J'ai vu qui avait tué les jeunes mariés. Et puis, ça s'est estompé.

J'ai senti que je tombais vers le trottoir.

Chapitre 106

J'ai retrouvé mes esprits dans les bras de Chris, sur un banc en bois, dans le parc. Il m'a tenue serré tandis que je reprenais des forces.

Medved m'avait prévenue. *J'en étais au stade trois.* Ça boulottait dans mon corps.

Je ne savais pas ce que j'appréhendais le plus : entamer une chimio et être parée pour une greffe de moelle osseuse ou sentir mon énergie grignotée de l'intérieur.

Tu ne peux pas te laisser abattre.

— Ça va, lui ai-je dit d'une voix raffermie. On m'avait préparée.

— Tu en fais trop, Lindsay. A présent, te voilà qui parle de la réouverture d'une enquête.

J'ai pris une profonde inspiration et j'ai fait oui de la tête.

— Il faut seulement que j'aie assez de forces pour mener ça à bien.

On est restés assis un petit moment. J'ai senti que je reprenais des couleurs, que mes membres retrouvaient leur vigueur. Chris me tenait, me caressait tendrement. On devait avoir l'air de deux amants tentant de trouver un peu d'intimité dans un lieu on ne peut plus public.

Il a fini par lâcher :

— Ce que tu m'as dit de Joanna, Linsay, tu crois pour de bon que c'est vrai ?

Ça pouvait encore une fois ne mener nulle part. Elle n'avait pas menti concernant sa séparation d'avec

Jenks. Ni au sujet de ses relations actuelles avec lui et Chessy. Avait-elle dissimulé une haine féroce ? Elle avait toutes les infos, tous les moyens.

— Je crois que le tueur court toujours, ai-je dit.

Chapitre 107

J'ai décidé de courir un risque énorme. Si je ratais mon coup, ça pouvait ficher mon dossier en l'air.

J'ai décidé de faire part de mes soupçons à Jenks.

Je l'ai retrouvé dans le même parloir, en compagnie de Leff, son avocat. Il ne voulait pas de cette entrevue, persuadé qu'un entretien avec la police n'avait plus d'intérêt. Et je ne tenais pas à dévoiler mes véritables intentions pour finir par nourrir l'argumentaire de la défense si je me trompais.

Jenks m'a paru renfrogné, presque déprimé. Son attitude cool et son apparence soignée en avaient pris un coup dans l'aile. Il était à cran, mal rasé.

— Vous voulez quoi encore ? a-t-il ironisé en me regardant à peine.

— Savoir si vous pouvez penser à quelqu'un qui aimerait vous voir ici, ai-je dit.

— Histoire de sceller le couvercle de mon cercueil ? m'a-t-il demandé avec un sourire sans joie.

— Disons que pour faire complètement mon devoir, je vous donne une dernière chance de le réouvrir au forcing.

Jenks a eu un reniflement sceptique.

— Sherman m'a dit que je vais être mis en examen

à Napa pour deux autres meurtres. C'est pas fabuleux ? Si c'est vous qui m'offrez votre aide, je crois que je préfère courir le risque de prouver mon innocence moi-même.

— Je ne suis pas venue pour vous piéger, Mr Jenks. Mais pour vous écouter.

Leff s'est penché sur Jenks et lui a murmuré à l'oreille. Il semblait l'encourager à me parler.

Le prisonnier m'a regardée d'un air dégoûté.

— Il y a quelqu'un qui se balade, qui connaît mon premier roman, et tâche de se faire passer pour moi. Cette personne veut aussi que je souffre. Est-ce si difficile à concevoir ?

— J'aimerais des noms, lui ai-je dit.

— Greg Marks.

— Votre ex-agent ?

— Il considère que je lui dois ma carrière, putain. Mon départ lui a fait perdre des millions. Et depuis que je l'ai quitté, il n'a pas retrouvé un seul client valable. Et c'est un violent. Marks appartient à un club de tir.

— Comment aurait-il fait main basse sur vos vêtements ? Ou comment aurait-il pu récupérer un échantillon de poils ?

— A vous de trouver. C'est vous la police.

— Etait-il au courant de votre présence à Cleveland ce soir-là ? Connaissait-il votre liaison avec Kathy Kogut ?

— Nick ne fait qu'avancer, nous a coupés Leff, que d'autres possibilités existent quant à celui qui pourrait être derrière ces crimes.

Je me suis repositionnée sur ma chaise.

— Qui d'autre savait pour le livre ?

Jenks fut agité d'un tic.

— Ce n'est pas quelque chose dont je faisais étalage. Deux, trois vieux amis. Joanna, ma première femme...

— L'un d'eux a-t-il une raison de vous piéger ?

Jenks a soupiré avec gêne.

— Mon divorce, comme vous le savez peut-être, n'a pas été une partie de plaisir des deux côtés. Il ne fait aucun doute qu'à une époque Joanna aurait été ravie de me rencontrer sur une route déserte où elle roulait à cent. Mais à présent qu'elle est à nouveau sur pied, qu'elle a refait sa vie, qu'elle a même fait connaissance avec Chessy... je ne crois pas. Non, ce n'est pas Joanna. Fiez-vous-en à moi.

J'ai ignoré sa remarque sans baisser les yeux.

— Vous m'avez raconté que votre ex-femme est venue chez vous.

— Une ou deux fois, peut-être.

— Ainsi donc, elle aurait eu accès à certaines choses. Au champagne, peut-être ? Peut-être à ce qui était dans votre penderie ?

Jenks a paru soupeser cette éventualité un instant, puis un sourire méprisant a déformé sa bouche.

— Impossible. Non. Ce n'est pas Joanna.

— Comment pouvez-vous en être aussi sûr ?

Il m'a regardée comme s'il statuait sur une évidence.

— Joanna m'aimait. Et elle m'aime encore. Pourquoi croyez-vous qu'elle nous tourne autour, cherche à nouer une relation avec ma nouvelle femme ? Parce que la vue lui manque ? C'est parce qu'elle ne peut pas remplacer ce que je lui donnais. L'amour que je lui donnais. Elle est vide sans moi. Mais qu'est-ce que vous croyez ? Que Joanna a conservé des spécimens de mes poils dans un bocal depuis notre divorce ?

Il restait là à se caresser la barbe, la résolution sur son visage adoucie par la lueur d'une possibilité.

— Quelqu'un a une dent contre moi... mais Joanna... ce n'était qu'une petite employée quand je l'ai rencontrée. Elle ne faisait pas la différence entre Ralph Lauren et J.C. Penney. Je lui ai rendu son amour-propre. Je me suis dévoué à elle et elle à moi. Elle s'est sacrifiée pour moi, a même pris deux jobs en même temps quand j'ai décidé d'écrire.

C'était dur de voir en Jenks autre chose que l'impitoyable salaud, auteur de ces horribles crimes.

— Vous avez dit que le smoking était un vieux costume. Vous ne l'avez même pas reconnu. Et l'arme, Mr Jenks, le 9 mm. Vous avez dit que vous ne l'aviez pas vu depuis des années. Que vous pensiez que vous le gardiez quelque part dans votre maison du Montana. Etes-vous si sûr que tout ça n'ait pas pu avoir été prévu depuis un certain temps ?

J'ai vu Jenks moduler subtilement ses expressions alors qu'il en venait à envisager l'impossible conclusion.

— Vous avez dit que lorsque vous avez commencé d'écrire, Joanna a pris un second boulot pour aider à subvenir à vos besoins. Quel genre de boulot ?

Jenks a levé les yeux au plafond, puis a paru se souvenir.

— Elle a travaillé chez Saks.

Chapitre 108

Lentement, inévitablement, je me sentais voyageant dans le mauvais avion volant vers la mauvaise ville.

Contre toute logique, je me persuadais de plus en plus que Nicholas Jenks pourrait bien ne pas être le tueur. *Quel fourbi !*

Je devais calculer quoi faire. Jenks menotté faisait la couverture de *Time* et de *Newsweek*. On le mettait en examen à Napa, le lendemain, pour deux autres meurtres. Peut-être devrais-je rester à bord du mauvais avion, quitter la ville et ne plus jamais reparaître à San Francisco.

J'ai réuni les filles. Je leur ai décrit la mosaïque qui commençait à prendre forme : la contestation pleine d'acrimonie au sujet du divorce, Joanna se sentant mise au rebut, l'accès direct aux victimes à travers ses contacts chez Saks.

— Elle était gérante adjointe de la boutique, leur ai-je dit. Une coïncidence ?

— Donne-moi des *preuves*, m'a dit Jill. Parce que, pour l'instant, je n'en ai que contre Nick Jenks. Et plus qu'il n'en faut.

Je percevais de l'inquiétude et de la frustration dans sa voix. Le pays tout entier avait les yeux braqués sur cette affaire et sur le moindre mouvement qu'elle faisait. On avait travaillé si dur pour vendre à Mercer et à Sinclair, son boss, l'idée que c'était Jenks. Et voilà maintenant que, après tout ça, il était question de proposer un nouveau suspect et une nouvelle théorie.

— Autorise une perquisition, ai-je demandé à Jill. Au domicile de Joanna Wade. On doit y trouver quelque chose. Les alliances, une arme, des détails sur les victimes. C'est la seule façon de mettre le doigt dessus.

— Autoriser une perquisition pour quel motif ? Soupçon de nouvelles preuves ? Si je fais ça, le dossier est à nouveau fragile. Si l'on montre qu'on doute, comment convaincre un jury ?

— On pourrait aller vérifier là où elle a travaillé, a proposé Cindy. Vérifier si elle avait accès à des renseignements sur les mariées.

— C'est une preuve indirecte. Merdique, s'est écriée Jill. L'une de mes voisines travaille chez Saks. C'est peut-être elle la meurtrière.

— Tu ne peux pas continuer sur ta lancée si on a encore un doute, a plaidé Cindy.

— C'est toi qui doutes, lui a dit Jill. Pour moi, tout est en place pour une condamnation pile-poil. Pour toi, c'est un reportage, tu te laisses aller où ça te mène. Moi, c'est toute ma carrière qui est en jeu.

Cindy en est restée abasourdie.

— Tu penses que je suis ici uniquement pour mon papier ? Tu crois que je tais chaque piste, que je me ronge les sangs de ne pouvoir rien publier, et tout ça, parce que je pourrai vendre les droits d'un bouquin, plus tard ?

— On se calme, les filles, a dit Claire, en posant la main sur l'épaule de Cindy. Il faut qu'on reste soudées.

L'œil bleu intense de Jill se radoucit. Elle se tourna vers Cindy.

— Excuse-moi, simplement quand ça va se savoir,

Leff aura toute latitude pour semer le doute dans l'esprit des jurés.

— Mais on ne peut pas se dégonfler maintenant, sous prétexte que ce serait une mauvaise tactique, a objecté Claire. Il pourrait y avoir un assassin en liberté, auteur de multiples meurtres.

— Allez Jill, autorise une perquisition, lui ai-je dit.

Je ne l'avais jamais vue aussi à cran. Tout ce qu'elle avait accompli dans sa carrière, tout ce qu'elle incarnait allait être placé carrément en première ligne. Elle a fait non de la tête.

— Essayons. A la façon de Cindy. On va commencer par Saks, vérifier le passage de Joanna là-bas.

— Merci, Jill, ai-je dit. Tu es la meilleure.

Elle eut un soupir de résignation.

— Découvre si elle a été en contact avec quelqu'un ayant accès à ces noms. Trouve un lien entre Joanna et ces noms et je t'obtiendrai ce que tu veux. Mais si tu n'y arrives pas, prépare-toi à voir griller Jenks.

Je lui ai pris la main par-dessus la table. Elle a serré la mienne. On a échangé un sourire nerveux.

Jill a fini par plaisanter :

— Personnellement, j'espère que tout ce que tu ramèneras c'est le dernier truc mode du prochain catalogue de Noël.

Claire a éclaté d'un rire bruyant.

— Bon, comme ça l'expédition ne serait pas une pure perte, hein ?

Chapitre 109

Le lendemain, jour où Nicholas Jenks devait être mis en examen pour les meurtres de Rebecca et Michael DeGeorge, je suis partie en quête d'un nouvel assassin.

Je ne pouvais pas laisser Jenks se douter qu'on talonnait Joanna d'aussi près. Bien entendu, je ne tenais pas non plus à ce que Joanna sache que nos soupçons se portaient maintenant sur elle. Et je n'avais envie d'affronter ni les réactions de Mercer ni celles de Roth.

Avec tout ça en train, c'était aussi mon jour chez Medved. Après cette alerte dans le parc avec Chris, trois jours plus tôt, j'étais allée faire une analyse de sang. Medved en personne m'avait rappelée et demandé de passer. Etre à nouveau convoquée de la sorte m'a terrifiée. Comme la première fois avec le Dr Roy.

Ce matin-là, Medved m'a fait attendre. Quand il m'a enfin reçue dans son bureau, il était en compagnie d'un autre médecin — plus âgé, cheveux et sourcils broussailleux blancs. Il me l'a présenté : Dr Robert Yatto.

La présence d'un nouveau médecin a jeté un froid intense en moi. Il ne pouvait être là que pour me parler de la greffe de moelle osseuse.

— Le Dr Yatto est le chef du service d'hématologie de Moffett, m'a dit Medved. Je lui ai demandé de regarder votre dernier prélèvement.

Le Dr Yatto a souri.

— Comment vous sentez-vous, Lindsay ?

— Parfois, ça va, parfois, incroyablement faible, ai-je répondu. J'avais la poitrine comme dans un étau. *Pourquoi faut-il que je raconte tout ça à quelqu'un de nouveau ?*

— Parlez-moi de l'autre jour.

Je lui ai décrit de mon mieux ma sensation de vertige dans le parc de la mairie.

— Des épanchements sanguins ? m'a demandé le Dr Yatto, comme si de rien n'était.

— Non, pas récemment.

— Des vomissements ?

— Pas depuis la semaine dernière.

Le Dr Yatto s'est levé, s'est penché vers moi par-dessus le bureau.

— Vous permettez ? m'a-t-il demandé, en me prenant le visage entre ses mains.

Impassible, il m'a pressé les joues de ses pouces, examiné le blanc de l'œil, scruté les pupilles et sous mes paupières.

— Je sais que ça empire, ai-je dit.

Le Dr Yatto m'a relâchée, a fait un signe de tête au Dr Medved.

Alors, pour la première fois depuis que je le consultais, le Dr Medved m'a souri franchement.

— Ça n'empire pas du tout, Lindsay. C'est la raison pour laquelle j'ai appelé Bob en consultation. Votre taux d'érythrocytes a regrimpé d'un coup. A deux mille huit cents.

Je m'y suis prise à deux fois pour m'assurer d'avoir bien entendu. Que je ne prenais pas mes désirs pour des réalités.

— Mais les vertiges... les bouffées de chaleur et de froid alternées ? L'autre jour, j'ai eu l'impression d'être un vrai champ de bataille.

— Mais il y a bien une guerre, m'a dit le Dr Yatto. Vous reproduisez des cellules. L'autre jour, ce n'est pas Negli qui avait la parole. C'était vous. Guérir fait cet effet-là.

J'étais stupéfaite, j'avais la gorge sèche.

— Vous pouvez me répéter ça ?

— Ça marche, Lindsay, m'a dit le Dr Medved. Votre taux de globules rouges a augmenté deux fois d'affilée. Je n'ai pas voulu vous en parler tout de suite, au cas où il y aurait eu une erreur, mais comme le Dr Yatto vient de vous le dire, vous fabriquez de nouvelles cellules.

Je ne savais plus si je devais rire ou pleurer.

— C'est bien vrai ? Je peux m'y fier ? ai-je demandé.

— C'est très vrai, m'a dit le Dr Medved, accentuant son affirmation du chef.

Je me suis levée, tremblant de tous mes membres, pleine d'incrédulité. Un instant, toutes les joies que je m'étais interdites — mon avancement de carrière, mon jogging à Marina Green, partager ma vie avec Chris — se bousculèrent au portillon. Ça faisait si longtemps que la terreur m'avait empêchée de leur laisser libre cours. A présent, elles semblaient exploser en moi.

Le Dr Medved s'est penché et m'a lancé cet avertissement :

— Vous n'êtes pas complètement tirée d'affaire, Lindsay. On va continuer le traitement, deux fois par semaine. Mais c'est prometteur. Plus que prometteur, Lindsay. J'ai bon espoir.

— Je ne sais pas quoi dire.

Mon corps était totalement engourdi.

— Je ne sais pas quoi faire.

— A votre place, m'a dit le Dr Yatto, je réfléchirais à la chose qui m'aurait le plus manqué et je la ferais dès aujourd'hui.

J'ai quitté le bureau sur un petit nuage : la descente d'ascenseur, la traversée du hall puis de la cour fleurie qui dominait le Golden Gate Park.

Le ciel était plus bleu que jamais, l'air venant de la baie plus doux, plus frais, plus pur. Je suis tout bonnement restée là, à l'écoute du son magnifique de ma propre respiration.

Quelque chose reprenait place en catimini dans ma vie, quelque chose qui s'en était allé.

L'espoir.

Chapitre 110

— J'ai quelque chose à te raconter, ai-je dit à Chris au téléphone, d'une voix excitée. Tu peux me retrouver pour déjeuner ?

— Bien sûr. Tu parles. Où ça ?

Sans doute pensait-il que j'avais des nouvelles importantes à lui annoncer en rapport avec l'affaire.

— A la Casa Boxer, ai-je dit en souriant.

— Ça presse, hein ? a fait Chris en éclatant de rire au bout du fil. Je dois commencer à avoir une mauvaise influence sur toi. Quand dois-je passer ?

— Tout de suite. Je t'attends.

Il lui a fallu un quart d'heure à peine pour être à ma porte. J'avais fait halte en chemin à la boulangerie Nestor et fait provision de pains au lait à la cannelle sortant du four. Puis j'ai fait sauter le bouchon d'une bouteille de Piper-Heidsieck que je gardais au frigo.

Jamais en six ans, je n'avais planté là une affaire en

plein après-midi. En particulier, une de cette ampleur. Mais je ne ressentais aucune culpabilité, absolument aucune. J'ai pensé à la façon la plus folle de lui annoncer la bonne nouvelle.

Je l'ai accueilli à la porte, enveloppée dans un drap. Ses grands yeux bleus s'ouvrirent de surprise.

— Pièce d'identité, s'il vous plaît, ai-je fait en souriant.

— Tu as bu ? m'a-t-il dit.

— Non, mais on va le faire.

Je l'ai entraîné dans la chambre.

A la vue du champagne, il a agité la tête.

— Qu'est-ce que tu as à me dire ?

— Plus tard, ai-je fait.

Je lui ai versé un verre et commencé à déboutonner sa chemise.

— Fais-moi confiance, il est bon.

— C'est ton anniversaire ? m'a-t-il dit en souriant.

J'ai laissé choir le drap.

— Je ne ferais pas tout ça si ce n'était que mon anniversaire.

— Le mien, alors.

— Ne pose pas de questions. Je te dirai tout plus tard.

— Tu as résolu l'affaire, s'exclama-t-il. C'était Joanna. Tu as découvert un truc qui a résolu l'affaire.

J'ai posé un doigt sur ses lèvres.

— Dis-moi que tu m'aimes.

— Je t'aime vraiment, m'a-t-il dit.

— Redis-le-moi, comme à Heavenly. Dis-moi que tu ne me quitteras jamais.

Peut-être a-t-il cru que c'était Negli qui parlait par ma bouche, que j'avais une crise de folie hystérique ou bien juste besoin qu'il me serre dans ses bras.

— Je ne te quitterai jamais, Lindsay. Je suis là.

Il a retiré — lentement, très lentement — sa chemise, puis son pantalon. Il a dû se sentir comme un livreur tombé sur une bonne fortune. Il bandait dur.

J'ai approché un verre de champagne de ses lèvres et on en a bu une gorgée chacun.

— O.K., je vais suivre le mouvement. Ça ne devrait pas être trop difficile, m'a-t-il dit.

Je l'ai entraîné jusqu'au lit et pendant l'heure qui suivit, l'on a fait la chose qui m'aurait manqué le plus au monde.

J'ai senti le premier ébranlement, terrifiant, pendant qu'on était en pleins ébats.

Au début, ça a été bizarre, comme si le lit subissait une accélération et s'agitait plus que nous ; puis il y a eu un grincement sourd arrivant de toutes les directions, comme si l'on se trouvait dans une chambre d'échos ; puis un son de verre brisé — dans la cuisine, un cadre venait de tomber du mur — et j'ai su, on a su.

— Putain de tremblement, ai-je dit.

J'en avais essuyé plusieurs — comme tous ceux qui habitaient San Francisco —, mais chaque fois, c'était la même terreur, la même surprise. On ne savait jamais si cette fois ce n'était pas le Big One.

Non, pas encore. La pièce a tremblé, de la vaisselle s'est cassée. A l'extérieur, j'ai entendu les alarmes de voitures se déclencher et la plainte des klaxons. Au total, ça n'a pas duré plus de vingt secondes — deux, trois, quatre secousses sismiques.

J'ai couru à la fenêtre. La ville était toujours là. Il y a eu un grondement, comme si une énorme baleine à bosse bondissait sous terre.

Puis le calme est revenu — sinistre, incertain, comme si la ville entière se tenait en équilibre.

J'ai entendu la plainte des sirènes, des cris dans la rue.

— Tu crois qu'on devrait y aller ? ai-je demandé.

— Probablement... on est des flics.

Il m'a touchée à nouveau et soudain, j'ai fourmillé de partout ; on s'est fondus dans les bras l'un de l'autre.

— Et puis merde, on est de la crime.

On s'est embrassés et une nouvelle fois, on s'est retrouvés enlacés, une seule forme entremêlée. J'ai commencé à rire. *La liste*, ai-je pensé. La loge d'honneur. Et à présent, un tremblement de terre. *Elle rallonge à vue d'œil.*

Mon bipeur s'est déclenché. J'ai juré, roulé sur moi-même, jeté un œil sur le cadran.

C'était le bureau.

— Code cent onze, ai-je dit à Chris.

Alerte urgente.

— Et merde, ai-je murmuré. C'est rien qu'un tremblement de terre.

Je me suis redressée, j'ai tiré le drap sur moi, appelé depuis l'appareil au chevet du lit.

C'était Roth qui me sonnait. Roth ne me sonnait *jamais. Que se passait-il ?* Immédiatement, j'ai basculé sur sa ligne.

— Où êtes-vous ? me demanda-t-il.

— Je déblaie des débris, ai-je répondu en souriant à Chris.

— Rappliquez ici. Et vite, aboya-t-il.

— Qu'est-ce qui se passe, Sam ? C'est à cause du tremblement de terre ?

— Euh-hum, répliqua-t-il. Pire. Nicholas Jenks s'est échappé.

Chapitre 111

Menotté au siège du fourgon, lors du trajet retour depuis Napa Valley, Nicholas Jenks fixait le policier de la route impassible, assis en face de lui. Il calculait, supputait. Il se demandait combien lui coûterait le prix de sa liberté.

Un million ? Deux millions ? A tout casser, combien cet imbécile ramenait chez lui ? Quarante mille dollars par an ?

Il fantasma que l'agent à l'œil d'acier était irréprochable, avec un sens du devoir indéniable. Dans un roman, c'est un type comme ça qu'il aurait placé dans le fourgon avec lui.

Bon, cinq millions, alors.

Il eut un rictus. *Dans un roman.* Cette idée possédait l'ironie froide du châtiment pour lui. *Il l'avait écrit*, ce roman.

Jenks s'agita dans ses liens — menottes aux poignets, torse sanglé au siège. Il y avait à peine quelques minutes, il se tenait dans le tribunal de brique rouge de Santa Rosa tandis que la procureur dans son petit ensemble Liz Clairborne le stigmatisait du doigt. Encore et encore, elle lui attribuait des faits que seul un esprit aussi cultivé que le sien pouvait concevoir et exécuter.

Il n'avait pu que la fixer froidement pendant qu'elle l'accusait d'être un *monstre*. Un de ces jours, il aimerait bien l'enfermer à double tour dans la bibliothèque de droit pour lui montrer de quoi il était vraiment capable.

Jenks surprit un pan de ciel et de collines calcinées de soleil à travers l'étroite ouverture de la portière arrière et tâcha de déterminer où ils se trouvaient. *Novato. Ils atteignaient juste Marin County.*

Il pressa son visage contre la paroi métallique qui le détenait. *Il fallait qu'il sorte de là.* S'il décrivait cette situation dans un roman, il ménagerait toujours une issue.

Il regarda le garde. *Alors c'était quoi l'histoire ? Que se passa-t-il ensuite ?*

— Vous êtes marié ? lui demanda-t-il.

Le policier le regarda d'abord sans le voir, puis acquiesça.

— Des enfants ?

— Deux.

Il opina à nouveau, esquissant même un sourire.

Ils avaient beau résister de toutes leurs forces, parler avec le monstre les fascinait toujours. Avec le tueur de la lune de miel. Ils pourraient raconter ça à leurs femmes et à leurs amis, justifier ainsi les malheureux six cents dollars qu'ils ramenaient chaque semaine à la maison. Il était une célébrité.

— Votre femme travaille ? sonda Jenks.

Le flic fit oui de la tête.

— Prof d'éco. De quatrième.

D'éco, tiens ? Peut-être pigerait-il une proposition d'affaires ?

— Ma femme travaillait, fit Jenks en grommelant. Ma première. Dans un petit commerce. Ma femme actuelle travaillait, elle aussi, à la télévision. Bien sûr, maintenant, elle se contente de travailler ses muscles au fitness.

Sa vanne fit mouche, il eut droit à un rictus. Ce salopard de cul serré se lâchait un peu.

Jenks aperçut un repère qu'il reconnut. Ils étaient à vingt minutes du Golden Gate. Il ne lui restait plus beaucoup de temps.

Il jeta un coup d'œil par la meurtrière à la voiture de patrouille qui les suivait. Une autre les précédait. Une résignation amère l'envahit. Il n'y avait pas d'issue. Pas d'échappatoire élégante. Ça, c'était dans ses romans. Ici, c'était la vie. Il était *baisé*.

Alors, tout à trac, le fourgon de police fut méchamment secoué. Jenks fut projeté en avant sur le garde qui lui faisait face. L'espace d'un instant, il se demanda ce qui se passait. Puis le fourgon fut ébranlé une seconde fois. Il entendit à l'extérieur un grondement à glacer le sang.

Putain, un tremblement de terre.

Jenks vit la voiture de police qui roulait devant eux faire une embardée pour éviter de heurter un autre véhicule. Puis elle quitta la route.

— Merde ! gueula l'un des flics, mais le fourgon continua de rouler.

Jenks, paniqué, tenta de se raccrocher à n'importe quoi de fixe autour de lui. Le fourgon tressautait et chassait.

La voiture de police qui les suivait sauta au-dessus d'un soudain renflement de la chaussée et, à sa grande stupéfaction, versa. Le chauffeur du fourgon de Jenks regarda derrière lui, choqué.

Puis, brusquement, l'autre flic, à l'avant, cria au conducteur de s'arrêter.

Un semi-remorque était couché en travers du passage. Ils lui fonçaient droit dessus. Le fourgon zigzagua et puis la route recommença à se bosseler. Alors tout contrôle du véhicule fut perdu — et ils volèrent dans les airs.

Je vais mourir ici, songea Nicholas Jenks. *Mourir ici sans que jamais personne ne connaisse toute la vérité.*

Le fourgon explosa les barrières d'une station Conoco. Et s'arrêta dans un crissement de freins, après deux tonneaux. L'agent qui lui faisait face fut projeté contre la paroi métallique. Il se contorsionnait en gémissant sans quitter Jenks des yeux.

— Bougez pas, lui intima-t-il, haletant.

Et merde, comment le pouvait-il ? Il était encore menotté au siège.

Puis il y eut un son horrible et déchirant ; tous deux levèrent les yeux. Le lampadaire au-dessus de la station s'abattit comme un séquoia et s'écrasa sur eux. Il défonça la porte arrière du fourgon, frappa l'agent dans le dos, le tuant net sans doute sous le choc.

Jenks était sûr qu'il allait mourir — toute cette fumée, tous ces cris, tout ce métal tordu.

Mais il n'était pas mort. Il était libre. Le lampadaire avait creusé un trou dans la paroi du fourgon et arraché ce qui le retenait au siège. Il put se libérer, malgré ses pieds et ses mains entravés, et se faufila à travers le trou béant.

Des gens couraient dans la rue en criant sous l'effet de la panique. Des automobilistes se garaient au bord de la route, certains étaient dans le coaltar, d'autres sautaient de leur véhicule pour aider.

Il était aux premières loges ! Il savait que s'il ne courait pas, il se repasserait cet instant en boucle le reste de son existence.

Nicholas Jenks rampa hors du fourgon, hébété et désorienté. Il n'aperçut aucun flic. Seulement des passants effrayés. Il gagna en clopinant le chaos ambiant.

Je suis libre ! exultait Jenks.

Et je sais qui m'a piégé. Les flics ne le pigeront jamais.

Chapitre 112

Il nous a fallu environ trois minutes à Chris et à moi pour nous habiller et revenir au Palais. Dans la hâte, je ne lui ai pas fait part de la grande nouvelle.

Selon les critères standards de catastrophe naturelle, ce tremblement de terre était trois fois rien — à moins d'avoir passé les cinq dernières semaines à la poursuite de l'assassin le plus célèbre du pays. La plupart des dégâts se résumaient à des vitrines brisées et à des accidents de la circulation au nord de la ville, mais tandis qu'on se frayait un passage à travers la cohue et la clameur des journalistes dans le hall du Palais, la plus grande nouvelle liée au tremblement de terre crépitait tel un fil électrique dénudé : *L'assassin des jeunes mariés est en liberté.*

Nicholas Jenks s'était débrouillé pour s'échapper quand le fourgon de police qui le ramenait en prison s'était renversé à l'extérieur de Novato, suite à un carambolage routier en chaîne, causé par la secousse tellurique. Le policier qui le gardait y avait laissé la vie. Les deux autres, à l'avant du véhicule du fourgon retourné, étaient hospitalisés.

On avait improvisé un centre de commandement gigantesque dont Roth en personne avait pris la tête. L'endroit grouillait d'huiles du centre ville et, bien entendu, de journalistes.

On lança un message à toutes les patrouilles, le signalement et la photo de Jenks furent distribués aux flics des deux côtés du pont. Toutes les sorties de la ville et tous les péages d'autoroute étaient contrôlés ;

la circulation fut ralentie au point qu'on roulait au pas. Aéroports, hôtels et agences de voitures de location furent mis en état d'alerte.

Depuis notre traque initiale de Nicholas Jenks, Raleigh et moi, on se retrouvait au centre des recherches.

On a mis aussitôt sa résidence sous surveillance. On a réparti des hommes sur l'ensemble du quartier de la Sea Cliff, depuis la base de Presidio jusqu'à Lands End.

Lors de recherches de ce type, les six premières heures sont critiques. Le hic, c'était de confiner Jenks dans la zone où il s'était échappé, de ne pas le laisser contacter quiconque susceptible de l'aider. Il était sans ressources, sans argent, sans personne pour le recueillir. Jenks ne pouvait pas rester en cavale — à moins qu'il ne soit plus ingénieux que je ne le pensais.

Son évasion m'a abasourdie. L'homme que j'avais pourchassé était libre, mais je demeurais en même temps partagée. *Pourchassions-nous l'homme qu'il fallait ?*

Chacun avait son hypothèse sur l'endroit où il se dirigeait : la région des vignobles, vers l'est au Nevada. J'avais la mienne. Je ne pensais pas qu'il reviendrait chez lui. Il était trop malin pour ça et il n'y avait rien à gagner là-bas. J'ai demandé à Roth si je pouvais lui emprunter Jacobi et Paul Chin pour vérifier une intuition.

J'ai pris Jacobi à part.

— Il faut que tu me fasses une grosse fleur, Warren.

Je lui ai demandé de planquer devant l'appartement de Joanna Wade à Russian Hill. J'ai demandé à Chin de faire la même chose devant la maison de l'ancien agent de Jenks, Greg Marks.

Si Jenks croyait vraiment qu'on lui faisait porter le chapeau, il pourrait se rendre dans ces deux endroits-là.

Jacobi m'a lancé un coup d'œil comme si je l'expédiais sur une autre enquête de champagne. L'ensemble des inspecteurs suivait des pistes.

— Et merde, Lindsay... pourquoi ?

J'avais besoin qu'il me fasse confiance.

— Parce que ça m'a paru drôle à moi aussi, ai-je dit, mendiant son appui, que Jenks ait laissé cette veste de smok derrière lui. Je pense qu'il pourrait s'en prendre à Joanna. Fais-moi confiance là-dessus.

Avec Warren et Paul Chin en place, je n'avais rien d'autre à faire que de contrôler les dépêches. Après six heures de recherches, on était toujours sans aucune nouvelle de Nicholas Jenks.

Chapitre 113

Vers quatre heures, j'ai aperçu Jill qui se frayait un passage à travers la foule bourdonnante, à l'extérieur de mon bureau. Elle avait l'air prête à tuer quelqu'un, moi probablement.

— Contente de te voir, lui ai-je dit en l'empoignant. Fais-moi confiance, je t'en prie, Jill.

— Cindy est en bas, m'a-t-elle appris. Il faut qu'on parle.

On s'est éclipsées en douce et on a retrouvé Cindy parmi une nuée de journalistes qui alpaguaient toute personne descendant du second. On a appelé Claire et cinq minutes plus tard, on était attablées dans un *coffee-shop* voisin. L'évasion de Jenks avait jeté la confusion dans mes spéculations.

— Tu crois toujours à son innocence ?

Jill posait immédiatement le problème.

— Tout dépend de l'endroit où il va réapparaître.

Je leur ai appris que j'avais posté des hommes devant le domicile de Greg Marks et de Joanna Wade.

— En ce moment même ? a fait Jill en hochant la tête, à deux doigts d'exploser. Les innocents ne faussent pas compagnie à la police, Lindsay.

— Mais si, quand ils ne croient pas à la justice de leur pays ! me suis-je exclamée.

Claire a jeté un regard nerveux à la ronde.

— M'est avis, mesdames, que nous abordons ici un terrain miné, d'accord ? On est en pleine chasse à l'homme, on tente de localiser Jenks, on peut l'abattre à vue et en même temps, on discute d'essayer de ficeler un dossier contre quelqu'un d'autre. Si ça s'ébruite, les têtes vont tomber. Et j'ai certaines de ces jolies têtes sous les yeux en ce moment.

— Si tu crois *vraiment* ce que tu dis, Lindsay, tu devrais en référer à quelqu'un, m'a sermonnée Jill. Roth, Mercer.

— Mercer est absent. Et pour l'instant, tout le monde se focalise sur la localisation de Jenks. Et d'ailleurs qui croirait ça, merde ? Comme tu l'as dit, je n'ai rien d'autre qu'une brassée d'hypothèses.

— Tu en as parlé à Raleigh ? m'a demandé Claire.

J'ai fait oui de la tête.

— Et il en pense quoi ?

— Pour l'instant, il bute sur le poil. L'évasion de Jenks n'a rien arrangé.

371

— Je savais que quelque chose me plaisait chez ce type, a fini par dire Jill avec un petit sourire.

J'ai quêté du regard l'aide de Claire.

— C'est difficile de soutenir ta vision des choses, Lindsay, m'a-t-elle avoué en soupirant. Cela dit, ton flair te trompe rarement.

— Alors, il faut faire une perquise chez Joanna, comme l'a proposé Lindsay, a annoncé Cindy.

Plus je la fréquentais, plus je l'aimais.

Les choses m'ont soudain paru durailles en termes de responsabilité. Je me suis tournée vers Claire.

— Y a-t-il quelque chose qu'on aurait pu rater, susceptible d'impliquer Joanna ?

Elle a fait non de la tête.

— On a déjà tout passé en revue. Tous les indices sans exception montrent Nicholas Jenks du doigt.

— Claire, je parle de quelque chose qui était là, sous nos yeux, et qu'on n'aurait pas vu.

— Je veux bien te suivre sur ce coup-là, Lindsay, a dit Claire, mais on a tout passé en revue. Vraiment tout.

— Il doit y avoir quelque chose. Quelque chose qui pourrait nous révéler si l'assassin est un homme ou une femme. Si c'est Joanna, elle n'est pas différente de tous les tueurs que j'ai poursuivis. Elle a *laissé* quelque chose derrière elle. On ne l'a simplement pas vu. Jenks l'a fait — ou quelqu'un l'a fait pour lui — et on l'a trouvé, lui.

— Et on devrait participer aux recherches, a fait Jill avec impatience, avant qu'on ne se retrouve avec un quatrième couple mort sur les bras.

Je me sentais très seule, mais ne pouvais tout bonnement pas baisser les bras. Ça ne serait pas bien.

— Je t'en prie, ai-je supplié Claire, vérifie tout encore une fois. Je crois qu'on se trompe de coupable.

Chapitre 114

Dans le miroir de maquillage, l'assassin contemplait, fasciné, ses doux yeux bleus sur le point de devenir gris.

Il fallait d'abord qu'elle poisse ses cheveux jusqu'à ce que la teinture en chasse la blondeur, puis les brosser en arrière pour les rendre lisses, une bonne centaine de fois, en leur ôtant leur lustre et leur brillant.

Tu m'as forcée à faire ça, dit-elle à sa figure de rechange. *Tu m'as forcée à frapper encore une fois. J'aurais dû m'y attendre. Tu aimes ces petits jeux-là, hein, Nick ?*

Avec un coton, elle appliqua la base, un baume gluant et clair avec une odeur de colle. Elle s'en tamponna les tempes, la courbe du menton et l'espace compris entre le nez et la lèvre du haut.

Puis, avec une pince, elle disposa les poils. Des touffes d'un marron roussâtre.

Le visage était quasiment terminé. Mais les yeux... n'importe qui pourrait voir que c'étaient encore les siens.

Elle sortit une paire de lentilles de contact teintées de leur étui, les humidifia, écarta ses paupières pour les poser.

Elle cligna, très satisfaite du résultat.

Plus rien de familier. Le changement était total. Ses yeux avaient pris une couleur gris acier, sans vie.

Celle des yeux de Nicholas.

Elle était lui.

Chapitre 115

L'appel de Claire m'a tirée d'un sommeil profond.

— Il faut que tu viennes, m'a-t-elle ordonné d'un ton sans réplique.

J'ai regardé, groggy, l'heure en clignant.

— Que je vienne *où* ? ai-je gémi.

— Je suis au bureau, merde. A ce putain de labo. Le gardien te laissera entrer. *Viens tout de suite.*

En percevant l'urgence de sa voix, j'ai repris mes esprits.

— Tu es au labo ?

— Depuis deux heures et demie, dormeuse. Ça concerne Nicholas Jenks. Je crois que j'ai trouvé quelque chose, Lindsay, et y a de quoi halluciner.

A cette heure-là, je n'ai pas mis plus de dix minutes pour arriver à la morgue. Je me suis garée sur l'emplacement circulaire devant l'entrée du coroner, réservé aux véhicules officiels. Je me suis précipitée, dépeignée, en jean et sweat-shirt.

Le gardien m'a débloqué la porte électriquement. Il m'attendait. Claire m'a cueillie sur le seuil du labo.

— Bon, je suis pleine d'espoir, lui ai-je dit.

Elle ne m'a pas répondu. Elle s'est contentée de me

plaquer contre la porte du labo, sans un salut ni un mot d'explication.

— Retour au Hyatt, a-t-elle commencé. Au meurtre n° 1, David Brandt s'apprête à ouvrir la porte. Vas-y, fais semblant d'être le marié.

Elle a posé une main sur mon épaule et m'a mise doucement en place.

— Moi, je suis l'assassin ; je te prends par surprise quand tu ouvres la porte et je te poignarde — *de la main droite*, bien que la différence n'ait plus tellement d'importance à présent.

Elle a plongé son poing sous mon sein gauche.

— Tu tombes et c'est là qu'on t'a retrouvé, plus tard.

J'ai acquiescé, lui indiquant que, jusque-là, je suivais.

— Et qu'a-t-on retrouvé autour de toi ? m'a-t-elle demandé en écarquillant les yeux.

J'ai revu mentalement la scène.

— Une bouteille de champagne, une veste de smoking.

— Exact, mais ce n'est pas là que je veux en venir.

— Du sang... beaucoup de sang.

— Tu te rapproches. Souviens-toi, il a succombé à une crise cardiaque. On a supposé simplement qu'il était mort de peur.

Je me suis levée, les yeux au sol. Brusquement, j'ai tout vu comme si je me trouvais là-bas, près du corps.

— De l'urine.

— Oui ! s'est exclamée Claire. On a découvert un infime résidu d'urine. Sur ses chaussures, sur le plancher. J'ai réussi à en récupérer six centimètres cubes environ. Il paraissait logique de l'attribuer au marié... se vider est un réflexe naturel quand on est saisi d'une peur soudaine ou face à la mort. Mais hier au soir, j'ai réfléchi qu'à Cleveland aussi, on avait relevé des traces d'urine. Et celle du Hyatt, je ne l'avais jamais soumise à un test. *A quoi bon ?* J'avais toujours supposé que c'était celle de David Brandt. Mais si tu étais ici affalé sur le sol et que, moi l'assassin, je me tienne au-dessus de toi et que la flaque de pisse se trouve *ici* — elle a désigné le plancher autour de moi — de l'urine de qui s'agit-il, bordel ?

L'œil brillant, on a connu l'un de ces moments d'harmonie inoubliable.

— De celle du tueur, ai-je conclu.

Claire a gratifié d'un sourire sa brillante élève.

— Les annales de la médecine légale abondent en exemples d'assassins qui « lâchent tout » en tuant, alors le fait de *pisser* n'est pas tellement tiré par les cheveux. On doit avoir les nerfs à vif. Et moi, en bonne vieille obsessionnelle du moindre détail, je l'ai mise au frais dans une fiole sans savoir pourquoi. Ce qui fait qu'on va pouvoir tester l'urine.

— La tester ? Pour quoi faire ?

— Pour connaître *le sexe,* Lindsay. L'urine peut révéler le sexe.

— Bon Dieu, Claire, ai-je fait, abasourdie.

Elle m'a emmenée dans le labo jusqu'à deux microscopes posés sur un comptoir, en compagnie de bouteilles de produits chimiques et d'un appareil que je reconnus — grâce à mes cours de chimie du lycée — être un centrifugeur.

— Il n'y a pas de marqueurs du sexe dans l'urine, mais on peut y chercher autre chose. D'abord, j'en ai pris un échantillon et l'ai mélangé dans le centrifugeur avec ce détachant KOH, qu'on peut utiliser pour isoler les impuretés dans les cultures sanguines.

Elle m'a invitée à me pencher sur le premier micro-scope.

— Tu vois... ces minuscules filaments branchus avec des grappes de cellules comme des raisins. *Candida albicans*.

Je l'ai regardée sans comprendre.

— Ce sont des cellules de levure, ma chérie. Cette urine est chargée de gros dépôts de levure. Un garçon n'en a pas.

J'ai souri, mais avant même de pouvoir répondre, elle m'a entraînée plus loin.

— Puis, j'ai glissé l'autre échantillon sous le micro-scope. Et regarde-moi un peu ça.

J'ai collé mon œil à l'oculaire.

— Tu vois ces cellules en forme de croissant qui barbotent ? m'a demandé Claire.

— Hum-hum.

— Des cellules sanguines. En pagaille.

J'ai relevé la tête et je l'ai dévisagée.

— Elles n'apparaîtraient pas dans l'urine d'un homme. Pas à ce degré-là. A moins qu'il n'ait un rein qui saigne, ce qui, que je sache, n'est le cas d'aucun de nos principaux suspects.

— A moins que le tueur n'ait eu ses règles, ai-je fait en hochant la tête lentement.

Chapitre 116

J'ai fixé Claire alors que l'info s'ancrait dans mon esprit. Nicholas Jenks avait dit vrai *depuis le début*.

Il n'était pas présent quand on avait tué David et

377

Mélanie Brandt cette nuit-là. Pas plus qu'à Napa. Il n'avait probablement pas non plus approché le Hall of Fame à Cleveland. J'avais tellement détesté Jenks que je n'avais rien vu au-delà. Aucune de nous n'avait pu dépasser le fait qu'on désirait qu'il soit coupable.

Toutes les preuves — les poils, la veste, le champagne — n'avaient été qu'un leurre incroyable. Jenks était passé maître des fins-surprises mais quelqu'un avait dépassé le maître.

J'ai serré Claire dans mes bras.

— Tu es la meilleure.

— Tu as bien raison de le dire. Je ne sais pas ce que ça prouve, m'a-t-elle répondu en me tapotant le dos, mais la personne qui s'est penchée sur ce pauvre garçon sur le lieu du crime était une femme. Et je suis tout aussi certaine qu'elle a poignardé David Brandt de la main droite.

J'avais la tête qui tournait. Jenks était en cavale, des centaines de flics à ses trousses — et il était innocent.

— Alors ? a fait Claire, en me regardant tout sourire.

— C'est la seconde meilleure nouvelle que j'ai apprise récemment.

— Et quelle est la première ?

J'ai saisi la main de Claire et je lui ai confié ce que m'avait annoncé Medved. On s'est à nouveau serrées fort. On a même fait une petite danse de la victoire. Puis on s'est remises au travail toutes les deux.

Chapitre 117

Une fois dans mon bureau, j'ai contacté Jacobi par radio. Le pauvre, il faisait toujours le pied de grue devant chez Joanna Wade, au coin de Filbert et Hyde.

— Ça va, Warren ?

— Une bonne douche et quelques heures de sommeil effaceront tout ça.

— Raconte-moi ce qui se passe.

— *Ce qui se passe ?* m'a singée Jacobi.

Puis comme s'il récitait avec ressentiment son carnet de bord :

— Seize heures quinze hier, la cible sort, rejoint le Gold's Gym d'un bon pas. Dix-huit heures dix, la cible ressort, continue sur le bloc jusqu'au Pasqua Café, en ressort avec un sac plastique. Je parie pour le mélange Almond Roast. Elle entre dans la boutique de fringues Contempo, en ressort les mains vides. J'imagine que la nouvelle collection d'automne n'est pas encore arrivée, Boxer. Elle revient chez elle. La lumière s'allume au second. Est-ce du poulet que je sens ? J'en sais rien — j'ai tellement la dalle qu'il se peut que je délire. La lumière s'éteint vers vingt-deux heures vingt-cinq. Depuis, elle a fait ce que j'aimerais bien faire, moi. Pourquoi tu m'as collé là comme un bleu, Lindsay ?

— Parce que Nicholas Jenks va essayer de choper son ex-femme. Il croit qu'elle l'a piégé. Je crois qu'il sait que Joanna est l'assassin.

— T'essaies de me remonter le moral, Boxer ? De donner un sens à ma vie ?

— Peut-être. Et comment... *Moi aussi, je crois que c'est elle.* Je veux que tu m'avertisses immédiatement si tu aperçois Jenks.

Chris Raleigh est arrivé sur le coup de huit heures, jetant un regard surpris à mon allure échevelée et à mon œil trouble.

— Tu devrais tenter de te brosser les cheveux le matin.

— Claire m'a appelée à cinq heures dix. J'étais à la morgue à cinq heures et demie.

Il m'a dévisagée d'une drôle de façon.

— Et pourquoi donc, merde ?

— C'est un peu difficile à expliquer. Je veux te faire rencontrer des amies à moi.

— Des amis ? A huit heures du matin ?

— Hum-hum, mes amies filles.

Il avait l'air complètement à la masse.

— J'ai manqué un épisode ?

— Chris — je lui ai pris le bras — je crois qu'on a résolu l'affaire.

Chapitre 118

Une heure plus tard, j'ai réuni tout le monde pour l'affaire Jenks, en espérant que c'était pour la dernière fois.

On avait soi-disant aperçu Nicholas Jenks — une fois à Tiburon, près de la marina, et l'autre, au sud de Market, blotti avec un groupe de S.D.F. Les deux informations étaient de fausses pistes. Il nous avait

échappé et plus il restait en liberté, plus les spéculations grandissaient.

On s'est entassés dans une salle d'interrogatoire
vide que l'unité des crimes sexuels utilisait parfois.
Claire a fait monter clandestinement Cindy du hall,
puis on a téléphoné à Jill.

— Je vois qu'on devient sans exclusive, a
commenté Jill quand elle a aperçu Chris en entrant.

Raleigh a eu l'air surpris, lui aussi.

— Ne faites pas attention à moi — je ne suis qu'un
homme alibi.

— Tu te souviens de Claire et de Jill Bernhardt, du
bureau du D.A., ai-je dit. Cindy, tu dois te rappeler
l'avoir vue à Napa.

Lentement, Chris nous a passées en revue jusqu'à
ce que son regard s'arrête sur moi.

— Vous avez travaillé là-dessus indépendamment
du groupe d'intervention ?

— Ne posez pas de question, lui a fait Jill, en se
laissant tomber sur une chaise en bois. Contentez-
vous d'écouter.

Dans la pièce étroite, tous les yeux se sont tournés
vers moi. J'ai regardé Claire.

— Tu veux commencer ?

Elle a opiné, scruté le groupe comme si elle prési-
dait un colloque médical.

— Poussée par Lindsay, j'ai passé toute la nuit dernière à compulser le dossier des trois affaires. Je
cherchais quelque chose qui impliquerait Joanna.
D'abord, rien. J'aboutissais à la même conclusion que
précédemment — qu'en se basant sur la forme des
blessures des premières victimes, le tueur était droitier. Jenks, lui, est *gaucher*. Mais il était clair que ça
ne tiendrait pas. Alors quelque chose, que je n'avais

pas remarqué jusque-là, m'a frappée. Sur les lieux du premier et du troisième crime, on avait relevé des traces d'urine. Chacun séparément, pas plus le légiste de Cleveland que moi-même, n'y avons attaché beaucoup d'importance. Mais en revisualisant les lieux du crime dans ma tête, la localisation de ces dépôts était dénuée de sens. Tôt ce matin, très tôt, je me suis précipitée ici et j'ai effectué des tests.

On aurait entendu une mouche voler.

— L'urine récupérée au Grand Hyatt présentait d'importants dépôts de levure, ainsi qu'un nombre élevé de globules rouges, atypiques. On décèle un tel nombre de globules rouges dans l'urine pendant la menstruation. Couplé avec la levure, il n'a plus fait aucun doute pour moi que l'urine était celle d'une femme. C'est une femme qui a tué David Brandt et je ne doute pas non plus que nous découvrirons que c'est aussi une femme qui se trouvait dans les toilettes de Cleveland.

Jill a cillé, sidérée. Un demi-sourire incrédule a fendu les lèvres rouge vif de Cindy.

Raleigh s'est contenté d'agiter la tête.

— Jenks n'a rien fait, ai-je dit. C'est sans doute Joanna. Il la brutalisait, puis l'a plaquée pour une nouvelle épouse, Chessy, juste à l'époque où il touchait le pactole. Joanna lui a fait deux procès, mais sans succès. Elle a obtenu au final un règlement cent fois moindre que celui qu'elle aurait obtenu un an plus tard. Elle l'a vu devenir riche et célèbre et entamer une nouvelle existence, heureuse en apparence.

Chris tombait des nues.

— Vous croyez vraiment qu'une femme avait la force physique de faire ça ? On a poignardé les premières victimes, on a traîné les secondes sur une trentaine de mètres avant de les balancer dans un pressoir.

— Attends de la voir, ai-je répondu. Elle savait comment piéger Jenks. Elle connaissait ses goûts, ses placements et avait accès à ses possessions. Elle a même travaillé chez Saks.

Cindy a ajouté son grain de sel.

— Elle était l'une des rares personnes au courant de l'existence de *Mariée à jamais*.

J'ai fait un signe de tête en direction de Jill.

— Elle avait les moyens, le mobile et je suis sacrément sûre qu'elle en avait l'envie.

Un silence à couper au couteau a empli la pièce.

— Bon, comment l'on procède ? a fini par demander Chris. La moitié des effectifs est à la recherche de Jenks.

— Je veux prévenir Mercer, tenter de récupérer Jenks sans qu'on le tue. Puis je veux aller de l'avant et percer à jour la couverture de Joanna. Appels téléphoniques, cartes de crédit. Si elle était à Cleveland, quelque chose l'y rattachera. Je pense que tu seras d'accord maintenant, ai-je dit à Jill. On a suffisamment d'éléments pour lancer une perquisition.

Jill a opiné, d'abord avec hésitation, puis plus résolument.

— C'est simplement impossible de croire qu'après tout ça, on doive maintenant défendre ce salopard.

On a soudain cogné à la partie vitrée de la porte. John Keresty, un inspecteur du groupe d'intervention, nous est tombé dessus.

— C'est Jenks... on vient de le repérer. Il est à Pacific Heights.

Chapitre 119

Raleigh et moi, on n'a fait qu'un bond et on a couru vers le centre de commandement.

Il se trouvait qu'on avait vu Jenks dans le hall d'un petit hôtel du nom d'El Drisco. Un groom l'avait repéré. Il n'avait plus ses menottes. A cette heure, il se baladait dans les rues de Pacific Heights.

Pourquoi là ? Mon esprit évaluait les possibilités. Puis tout est devenu clair.

Greg Marks habitait par là.

J'ai joint Paul Chin par radio, qui planquait toujours devant la maison de l'agent littéraire.

— Paul, ouvrez l'œil, lui ai-je dit. Jenks se dirige peut-être vers vous. On l'a aperçu à Pacific Heights.

Mon mobile a bipé. C'était Jacobi. Tout se passait en même temps.

— Boxer, une voiture banalisée est après Jenks sur les Heights à environ deux kilomètres d'ici. Je m'y rends.

— Warren, ne t'en va pas, ai-je crié dans le récepteur.

Je croyais toujours que Joanna était l'assassin. Je ne pouvais pas la laisser sans surveillance — en particulier avec Jenks dans la nature.

— Reste à ton poste.

— C'est une priorité, a argumenté Jacobi. En plus, il ne se passe rien ici. Je vais appeler une voiture-radio pour qu'on prenne la relève.

— Jacobi, ai-je hurlé mais il avait déconnecté, déjà en route vers les Heights.

Je me suis tournée vers Chris.

— Warren s'est tiré de devant chez Joanna.

Soudain, Karen, notre planton, m'a appelée à grands cris.

— Lindsay, un appel pour vous sur la une.

— On sort, lui ai-je braillé en retour.

J'avais bouclé mon arme de service, attrapé les clés de ma voiture.

— C'est qui ?

— Il a dit que vous aimeriez lui parler de l'affaire Jenks, a fait Karen. Il dit qu'il s'appelle Phillip Campbell.

Chapitre 120

Je suis restée figée sur place, j'ai fixé Raleigh et me suis précipitée vers mon bureau.

J'ai fait signe à Karen de me passer l'appel. En même temps, j'ai soufflé à Raleigh :

— Démarre une recherche.

J'ai attendu, en transe. Quelques secondes pouvaient faire la différence. J'étais oppressée. Puis, j'ai décroché.

— Faut-il que je me présente ? m'a demandé Nicholas Jenks de son ton arrogant.

— Inutile, je vous reconnais. Où êtes-vous ?

— Aucune chance, inspecteur. Je ne vous ai appelée que pour vous dire que, quoi qu'il se passe, je n'ai tué personne. Je ne suis pas un assassin.

— Je le sais, lui ai-je répondu.

Il a marqué sa surprise.

— Vous le savez... ?

Je ne pouvais révéler à Jenks à qui je pensais, alors qu'il était lâché dans la nature.

— Je vous promets qu'on a les preuves que ce n'est pas vous. Dites-moi où vous êtes.

— Eh, vous savez quoi ? Je ne vous crois pas, m'a dit Jenks. C'est trop tard, de toute façon. Je vous dis que je vais prendre ça en main. Je vais résoudre ces meurtres à votre place.

Jenks pouvait raccrocher d'un moment à l'autre et on perdrait sa trace. C'était ma seule chance.

— Jenks, je veux vous voir. Où il vous plaira.

— Et pourquoi je voudrais vous voir, moi ? Je vous ai assez vue en ce qui me concerne.

— Parce que je sais qui a fait ça, lui ai-je avoué.

Ce qu'il m'a dit ensuite m'a fait tressaillir.

— *Moi aussi.*

Et là-dessus, il a raccroché.

Chapitre 121

SIXTH... MARKET... TAYLOR... les rues défilaient, le gyrophare sur le toit de la voiture de Chris Raleigh tourbillonnait follement.

Ellis.

Hyde.

On a enfilé Larkin, grimpant à toute vitesse, puis on a cahoté tout en filochant sur Nob Hill. En quelques minutes, on est arrivés à Russian Hill.

Joanna habitait au dernier étage de la maison faisant l'angle de Filbert et Hyde. Plus de temps à perdre.

Jenks était en cavale ; il l'avait probablement dans le collimateur. Il s'agissait maintenant d'empêcher que la tuerie continue.

On a ralenti, éteint phares et gyrophares en nous faufilant à travers les rues calmes et pentues. La maison n'était plus sous surveillance depuis un quart d'heure. J'ignorais si Joanna était là-haut. Et où pouvait bien se trouver Jenks.

Chris s'est garé au bord du trottoir. On a vérifié nos flingues et décidé comment procéder.

Puis j'ai vu un spectacle qui m'a coupé le souffle.

Chris l'a vu, lui aussi.

— Chris, il est là.

D'un étroit passage, deux maisons plus loin, émergeait un barbu en paletot informe. Il regarda des deux côtés de la rue avant de continuer le long du bloc.

C'était Jenks.

Raleigh a tiré son arme et posé la main sur la poignée. J'ai regardé mieux, incrédule, puis je l'ai agrippé.

— Attends. Jette encore un coup d'œil.

On est restés tous deux bouche bée. Il avait le même look : cheveux courts d'un gris roussâtre, même barbe sur laquelle on ne peut se tromper.

Et pourtant, ce n'était pas Jenks.

La silhouette était plus mince, plus blonde ; les cheveux étaient plaqués en arrière, dissimulant leur longueur. Voilà ce que j'ai pu distinguer.

C'était une femme.

— Joanna, ai-je dit.

— Où est Jenks ? a grogné Chris. Ça craint de plus en plus.

On a suivi des yeux la silhouette longeant furtivement le bloc tandis qu'un carrousel de possibilités tourbillonnait dans ma tête. Il y avait bien de quoi avoir la chair de poule.

— Je vais la suivre, m'a dit Chris. Toi, tu montes là-haut. Assure-toi que c'est bien elle l'assassin, Lindsay. Je vais demander du renfort par radio. Allez, Lindsay, vas-y.

L'instant d'après, descendue de voiture, je traversais la rue en direction de l'appartement de Joanna. Chris a démarré dans la Taurus.

J'ai pressé des boutons au hasard jusqu'à ce que la voix furax d'une femme me réponde. J'ai décliné mon identité et une vieille à cheveux gris est sortie de l'appartement voisin de la porte d'entrée. Elle a déclaré être la propriétaire.

Je lui ai présenté mon badge et réussi à obtenir une clé. Puis je lui ai demandé de retourner chez elle.

J'ai sorti mon arme, retiré le cran de sûreté. Une fine pellicule de sueur recouvrait mon visage et mon cou.

J'ai atteint l'appartement de Joanna au second. Mon cœur battait à grands coups. *Attention, Lindsay*, me soufflait ma voix intérieure, suivie d'un frisson de prudence. *Et si Nicholas Jenks se trouvait là ?*

J'avais connu un certain nombre d'environnements hostiles pendant ma carrière, mais aucun n'était pire que celui-ci. J'ai enfoncé la clé, l'ai tournée, puis j'ai poussé la porte du pied.

Elle s'est ouverte en grand... révélant l'appartement clair, décoré avec élégance de Joanna Wade.

— Il y a quelqu'un ? ai-je crié.

Pas de réponse.

Il n'y avait personne dans le salon. Idem dans la salle à manger et la cuisine. Une tasse à café sur l'évier. Le *Chronicle* plié à la page du Bloc-Notes.

Rien ne signalait que je me trouvais au domicile d'une psychopathe. Ça me tracassait.

J'ai avancé. Des magazines — *Food and Wine, San Francisco* — sur la table basse. Quelques ouvrages de postures de yoga.

Dans la chambre, le lit était défait. L'endroit respirait le calme et la paix de l'âme.

Joanna Wade menait l'existence d'une femme ordinaire. Elle lisait, prenait du café dans sa cuisine, était prof de fitness, payait ses factures. *Les assassins se préoccupaient de leurs victimes.* Ça n'avait pas de sens.

Je suis passée dans la salle de bains.

— Ah merde !

L'affaire avait pris un dernier virage, irrévocable.

Joanna Wade, en tenue d'exercice, gisait sur le sol.

Elle était appuyée à la baignoire et me regardait, mais pas réellement — en fait, elle fixait encore son assassin. Ses yeux étaient écarquillés de terreur.

Il s'était servi d'un couteau. *Jenks ? Et si ce n'était pas lui, alors qui ?*

— Oh, bon Dieu, ai-je dit, suffoquée.

Ma tête s'est mise à tourner, à me faire *mal*.

Je me suis précipitée vers elle, mais je ne pouvais rien faire. Tout s'entortillait encore une fois. Je me suis agenouillée près de la morte. Et j'ai soudain frissonné, une dernière pensée m'envahissant l'esprit.

Si ce n'était pas Joanna, qui donc filait Chris ?

Chapitre 122

En l'espace de quelques minutes, deux voitures bleu et blanc s'arrêtèrent dans un crissement de pneus à l'extérieur. J'ai dirigé les agents à l'étage vers le cadavre de Joanna, mais mes pensées se tournaient vers Chris. *Et celui qu'il filait.*

J'étais restée dans l'appartement dix, douze minutes peut-être, sans nouvelles de lui. J'étais inquiète. Il poursuivait un meurtrier. Qui venait de tuer Joanna Wade.

J'ai couru en bas jusqu'à une voiture radio où j'ai appelé le commandement central pour l'informer de ce qui s'était passé. Une flopée de doutes se bousculait dans ma tête.

Et si ça avait été Jenks, après tout ? Se pouvait-il que Jill ait eu raison finalement ? Nous avait-il manipulés depuis le début ? Avait-il tout manigancé jusqu'à son apparition à Pacific Heights ?

Mais si c'était lui, *pourquoi ? Pourquoi*, après que je lui eus dit que je le croyais ? Pourquoi la tuer maintenant ? Aurais-je pu prévenir la mort de Joanna ? Qu'est-ce qui se passait, bordel ? Où était Chris, nom de Dieu ?

Mon mobile a fini par sonner. A mon grand soulagement, c'était lui.

— Où es-tu ? Tu m'as plongée dans la terreur. Ne me fais plus ça.

— Je suis en bas, à la marina. Le suspect conduit une Saab bleue.

— Sois prudent, Chris. Ce n'est pas Joanna. Joanna

est morte. On l'a poignardée je ne sais combien de fois dans son appartement.

— *Morte ?* répéta-t-il.

J'ai senti la question cruciale s'insinuer lentement dans sa tête.

— Alors qui est au volant de la Saab devant moi, merde ?

— Dis-moi, où te trouves-tu *exactement* ?

— Au croisement de Chestnut et Scott. Le suspect vient de se garer au bord du trottoir. Il descend de voiture.

Cela éveilla un écho familier en moi. *Chestnut et Scott ? Qu'y avait-il donc là-bas ?* Malgré le vacarme dû à l'arrivée en trombe des voitures bleu et blanc devant l'immeuble de Joanna, je me suis creusé la cervelle pour trouver le lien.

— Il s'éloigne de la voiture, Lindsay. Il se met à courir.

Alors, j'ai percuté. La photo que j'avais regardée de près chez Jenks. Le sublime dôme sous la lune, reconnaissable entre tous. Celui du palais des Beaux-Arts.

C'est là qu'il s'était marié.

— Je crois que je sais où il va ! ai-je hurlé. Au palais des Beaux-Arts !

Chapitre 123

J'ai démarré la voiture-radio, toutes sirènes dehors jusqu'à la base de Presidio.

Ça ne m'a pas pris plus de sept minutes pour m'ouvrir un passage dans la circulation, dévaler Lombard puis Richardson et atteindre la pointe sud de Presidio. Devant moi, la rotonde dorée du palais des Beaux-Arts dominait de sa puissance un plan d'eau calme et miroitant.

J'ai aperçu la Taurus bleue de Chris garée en diagonale à l'extrémité du parc et rangé la voiture de patrouille à côté. Aucun signe d'autres policiers à l'horizon.

Pourquoi les renforts n'étaient-ils pas arrivés ? Qu'est-ce qu'il se passait encore, merde ?

J'ai ôté la sécurité de mon arme et j'ai pénétré dans le parc, sous la rotonde géante. Impossible pour moi d'attendre.

Des gens accourant vers moi, fuyant les abords de la rotonde, m'ont fait sursauter.

— Ça flingue à tout va, a crié quelqu'un.

Soudain, je n'ai plus touché terre.

— Tout le monde dehors ! Police de San Francisco !

Je criais en me heurtant au flot de ceux qui s'enfuyaient.

— Un tireur fou ! a hurlé un autre.

J'ai couru autour du plan d'eau, le long d'une massive colonnade de marbre. Aucun bruit devant moi. Plus de coups de feu.

Pointant mon arme, j'ai contourné des recoins jusqu'à ce que j'arrive en vue de la rotonde principale. D'énormes colonnes corinthiennes, couronnées de chapiteaux sculptés de scènes héroïques, se dressaient en flèches au-dessus de moi.

J'ai entendu des voix au loin ; celle d'une femme au ton railleur : — Rien que toi et moi, Nick. T'imagines. N'est-ce pas romantique ?

Puis une voix d'homme, celle de Jenks :

— Regarde-toi. Tu es lamentable. Comme toujours.

Les voix résonnaient à tous les échos sous le dôme de la rotonde principale.

Où était Chris ? Et où étaient nos renforts ?

La police aurait dû se trouver là, à présent. J'ai retenu mon souffle, tendant l'oreille pour entendre la première sirène.

Chaque fois que j'avançais, je percevais l'écho de mes pas se répercutant jusqu'au toit.

— Qu'est-ce que tu veux ? s'est écrié Jenks.

Sa voix s'est réverbérée contre la pierre. Puis celle de la femme lui a hurlé en réponse :

— Je veux que tu te souviennes d'elles. De toutes celles que tu as baisées !

Toujours aucun signe de Chris. J'étais morte d'inquiétude.

J'ai décidé de contourner l'enfilade d'arches basses qui conduisait à l'endroit d'où venaient les voix. Ce fut fait d'un bond.

Alors, j'ai aperçu Chris.

Appuyé à un pilier, il ne perdait rien de ce qui se déroulait.

Mon premier mouvement fut de lui dire un truc du genre : *Baisse-toi, Chris, on va te voir.* J'étais soumise à l'une de ces perceptions au ralenti où l'œil va plus vite que le cerveau.

Puis je fus envahie d'une frayeur atroce, prise d'un accès de nausée et de tristesse.

Chris ne regardait rien, ne se dissimulait pas.

Le devant de sa chemise était couvert de sang.

J'ai failli oublier ma formation de policier. J'avais envie de crier, de hurler. Il m'a fallu prendre beaucoup sur moi pour me contenir.

Deux taches de sang sombre trempaient la chemise de Chris. Mes jambes étaient paralysées. J'ai réussi à le rejoindre. Je me suis agenouillée près de lui, mon cœur battant à tout rompre.

Chris avait l'œil vague, le teint plombé. J'ai cherché son pouls et perçu un infime battement.

— Oh, Chris, non.

J'ai étouffé un sanglot.

Quand je lui ai parlé, il a levé la tête, ses yeux se sont illuminés en m'apercevant. Il a souri faiblement, la respiration sifflante, pesante et laborieuse.

Mes yeux se sont emplis de larmes. J'ai pressé les trous de sa poitrine, tâchant de refouler le sang de mes paumes.

— Oh Chris, tiens bon. Tiens bon. Je vais chercher de l'aide.

Il a tendu la main vers mon bras, essayé de parler, mais n'a pu émettre qu'un chuchotement guttural.

— Ne dis rien. S'il te plaît.

Je suis retournée en courant à la voiture de patrouille et j'ai cafouillé avec l'émetteur jusqu'à ce que j'obtienne le standard.

« Agent abattu, agent abattu, ai-je crié. 4-0-6. Je répète, 4-0-6 ! »

L'alarme générale. « Agent abattu, rotonde du palais des Beaux-Arts. Besoin immédiat d'une ambulance et de renforts. Possible localisation de Nicholas Jenks. Second agent sur les lieux, à l'intérieur. Répétez, 4-0-6, urgence. »

A peine le standardiste m'eut-il répété les coordonnées suivies d'un *Bien reçu*, que j'ai balancé l'émetteur et suis revenue à l'intérieur.

Quand j'ai rejoint Chris, il respirait encore faiblement. Une bulle sanglante a crevé sur ses lèvres.

— Je t'aime, Chris, lui ai-je murmuré en lui pressant la main.

Des voix ont résonné dans la rotonde devant moi. Je n'ai pas distingué ce qu'elles disaient. Mais c'était toujours celles de l'homme et de la femme. Puis il y a eu un coup de feu.

— Vas-y, a chuchoté Chris. Je tiendrai bon.

Nos mains se sont touchées.

— J'ai des réserves, a-t-il murmuré. Puis il m'a poussée loin de lui.

Je me suis précipitée en avant, l'arme à la main. J'ai jeté à deux reprises un coup d'œil derrière moi. Chris me regardait — *couvrait mes arrières*.

J'ai couru, accroupie, sur toute la longueur de la colonnade, et j'ai atteint la proximité de la rotonde principale. L'écho des voix s'est intensifié. J'ai rivé mes yeux dans leur direction.

Ils se trouvaient de l'autre côté de la basilique. Jenks en chemise blanche se tenait le bras qui saignait. On lui avait tiré dessus.

Armée et en habits d'homme, Chessy Jenks lui faisait face.

Chapitre 124

Elle semblait la bizarre défiguration de la belle femme qu'elle était. Ses cheveux étaient emmêlés, teints en roux et gris. Son visage portait encore des traces de son déguisement, rouflaquettes et mouchetures d'un bouc roux.

Elle braquait d'une main ferme son arme sur lui.

— J'ai un cadeau pour toi, Nick.

— Un cadeau ? a fait Jenks avec désespoir. De quoi tu parles, bon Dieu de merde ?

— C'est la raison de notre présence *ici*. Je veux qu'on se rejure fidélité.

Chessy a sorti un petit écrin de sa poche et l'a balancé à ses pieds.

— Allez. Ouvre-le.

Nicholas Jenks s'est agenouillé avec raideur et l'a ramassé. Il l'a ouvert et en a répandu le contenu dans sa paume. Ses yeux se sont exorbités d'horreur.

Les six alliances manquantes.

— Chessy, bon Dieu, a-t-il dit. Tu as perdu la tête. Que veux-tu que je fasse de ça ?

Il a pris l'une des alliances.

— Elles vont te mener à la chambre à gaz.

— Non, Nick, a répliqué Chessy. Je veux que tu les avales. Que tu supprimes cette preuve à ma place.

Le visage de Jenks reflétait une appréhension certaine.

— Tu veux que je fasse *quoi* ?

— Que tu les avales. Chacune représente une personne que tu as détruite, dont tu as flétri la beauté. Elles étaient innocentes. Comme *moi*. Des petites filles, le jour de notre mariage. Tu nous as toutes tuées, Nick — moi, Kathy, Joanna. Alors maintenant, il faut que tu nous rendes quelque chose. *Par cet anneau, je m'engage.*

Jenks, soudain furieux, a gueulé :

— Ça suffit, Chessy !

— C'est moi qui dirai quand ça suffira. T'adores les petits jeux, alors joue au mien pour une fois. *Avale-les !*

Elle a pointé l'arme vers lui.

— Et ne va pas prétendre que je ne tirerai pas, hein, mon chéri ?

Jenks a pris l'une des alliances et l'a portée à ses lèvres. Sa main tremblait salement.

— C'est celle de Mélanie, Nicky. Tu l'aurais adorée. Athlétique... une skieuse... une plongeuse. Ton type, hein ? Elle m'a résisté jusqu'au bout. Mais t'aimes pas qu'on te résiste, hein ? T'aimes tout contrôler.

Elle a armé le chien et mis en joue la tête de Jenks.

Jenks a glissé l'alliance dans sa bouche. Et avec une grimace de dégoût, il s'est forcé à l'avaler.

Chessy pétait les plombs. Elle tremblait, sanglotait. Je n'ai pas cru que je pouvais attendre plus longtemps.

— Police, ai-je hurlé.

Je me suis avancée, tenant mon 38 à deux mains, braqué sur elle.

Elle s'est tournée vivement vers moi, sans manifester la moindre surprise, puis elle s'en est repris à Jenks.

— Il fallait qu'il soit châtié !

— C'est fini, ai-je dit en avançant vers elle avec précaution. S'il vous plaît Chessy, assez de meurtres.

Comme si elle prenait soudain conscience de ce qu'elle était devenue, des actes écœurants qu'elle avait commis, elle m'a regardée.

— Je regrette — je regrette tout ce qui s'est passé — sauf ça !

Elle a tiré sur Jenks.

Et moi aussi, j'ai tiré, sur elle.

Le corps élancé de Chessy, projeté en arrière, est allé cogner violemment contre le mur et s'est tassé sur lui-même. Ses beaux yeux se sont agrandis et sa bouche a pendu, béante.

J'ai vu qu'elle avait raté Jenks. Il la contemplait avec incrédulité. Il ne l'avait pas crue capable de le faire, n'avait pas cru qu'elle le détestait autant. Il croyait encore la dominer et que, probablement, elle l'aimait toujours.

Je me suis précipitée vers elle, mais il était trop tard. Elle avait déjà le regard vitreux et la poitrine en sang. Je lui ai soulevé la tête en songeant combien elle était belle — comme Mélanie, Rebecca, Kathy — et voilà qu'à présent, elle était morte, elle aussi.

Nicholas Jenks s'est tourné vers moi, avec un hoquet de soulagement.

— Je vous l'avais bien dit... je vous l'avais bien dit que j'étais innocent.

Je l'ai regardé avec dégoût. Huit personnes étaient mortes. Les trois couples de jeunes mariés, Joanna, sa propre épouse maintenant. *Je vous l'avais bien dit que j'étais innocent ?* C'est ce qu'il se racontait ?

Je lui ai balancé un coup de poing dans les dents. J'ai senti quelque chose se briser et Jenks est tombé à genoux.

— Voilà pour l'innocence, Jenks !

Chapitre 125

Tout en courant, j'ai pris conscience que je ne savais plus exactement ce que je faisais ni où j'étais. D'une certaine façon, mon instinct m'a ramenée à l'endroit où Chris avait été abattu.

Il était toujours adossé au pilier. Il semblait attendre mon retour.

Je me suis précipitée vers lui, me suis agenouillée le plus près possible. J'ai vu la police et l'équipe du Samu qui arrivaient finalement. Qu'est-ce qui les avait retenus si longtemps ?

— Que s'est-il passé ? m'a murmuré Chris.

Je ne l'entendais presque plus.

— Je l'ai eue, Chris. C'était Chessy Jenks, l'assassin.

Il a réussi à acquiescer.

— Là, je te retrouve, a-t-il chuchoté.

Là-dessus, Chris a souri faiblement et il est mort dans mes bras.

Je n'aurais jamais imaginé, ni rêvé, que Chris mourrait le premier. Ce fut un choc terrible, épouvantable, atroce. C'était moi, la malade, celle que la mort avait effleurée.

J'ai posé ma tête contre sa poitrine. Plus de mouvement, plus de souffle, rien qu'une immobilité terrifiante. Tout m'a paru irréel.

Puis les médecins se sont acharnés sur Chris en pure perte, héroïques. Et je suis restée tout ce temps à lui tenir la main.

Je me sentais immensément vide, d'une tristesse sans bornes. Je sanglotais, j'avais encore quelque chose à lui dire, une toute dernière chose.

— Medved m'a dit que ça allait aller pour moi, Chris.

Chapitre 126

Je ne pouvais plus approcher de mon bureau au Palais. On m'avait donné une semaine de congé. Je me suis dit que j'allais en prendre une supplémentaire sur mon temps de vacances. Je traînais chez moi, regardais de vieux films en vidéo, suivais mon traitement. Je suis allée courir une ou deux fois à la marina.

Je faisais même la cuisine et m'installais sur la terrasse surplombant la baie comme Chris et moi l'avions fait, le premier soir.

Au cours de l'une de ces soirées, je me suis soûlée sérieusement et j'ai joué avec mon arme de service. Martha la Douce m'a sauvée du gouffre, empêchée de franchir le pas. Et aussi l'idée que je trahirais Chris en me tuant. Je ne pouvais pas faire ça. Et puis, les filles ne me l'auraient jamais pardonné, hein ?

Je sentais une grande douleur me creuser la poitrine, pire que tout ce que j'avais éprouvé, même du temps de Negli. Je me sentais vide, privée de tout lien d'affection. Claire m'appelait trois fois par jour, mais je ne pouvais parler très longtemps, pas même à elle.

— Ce n'est pas ta faute, Lindsay. Tu n'aurais rien pu faire, me consolait-elle.

— Je sais tout ça, lui répondais-je, invariablement.

Sans pouvoir me convaincre que c'était vrai.

J'essayais surtout de me persuader que j'avais encore un but.

Les meurtres des jeunes mariés étaient résolus. Nicholas Jenks, toute honte bue, exploitait sa célébrité dans les émissions *Dateline* et *20/20*. Mon anémie de Negli semblait en voie de rémission. Chris n'était plus là. Je m'efforçais de penser à ce que j'allais faire. Rien ne me venait à l'esprit, rien ne m'attirait particulièrement.

Je me suis souvenue alors de ce que j'avais dit à Claire au plus fort de ma peur de Negli, que *coincer ce salaud-là me donnait la volonté de continuer à lutter*.

Ça ne se limitait pas à une question de bien ou de mal, de culpabilité ou d'innocence. Ça concernait ce à quoi j'étais bonne et ce que j'aimais faire.

Quatre jours après la fusillade, j'ai assisté à l'enterrement de Chris. Il avait lieu dans une église catholique d'Hayward, où il était né.

J'ai pris ma place auprès de Roth et Jacobi. Et du D.G. Mercer, dans son uniforme bleu.

Mais mon cœur me faisait tellement mal. Je voulais être auprès de Chris, tout près.

J'ai vu son ex-femme et ses deux fils lutter pour ne pas s'effondrer. J'ai pensé combien je leur étais proche. Et qu'ils ne le savaient pas.

Un héros de la police, on le couvrait d'éloges.

Un type de marketing, ai-je songé en souriant. Et puis, je me suis mise à pleurer.

A mon grand étonnement, Jacobi m'a pris la main. Et à mon non moins grand étonnement, j'ai senti que je lui rendais sa pression. *Vas-y*, semblait-il me dire. *Vas-y, pleure*.

Plus tard, au bord de la tombe, je me suis approchée de Marion, l'ex-femme de Chris.

— Je voulais vous rencontrer, lui ai-je dit, j'étais près de lui quand il est mort.

Elle m'a regardée avec ce courage fragile que seule une autre femme peut comprendre.

— Je sais qui vous êtes, m'a-t-elle répondu avec un

sourire de compassion. Vous êtes jolie. Chris m'a dit que vous étiez très jolie. Et intelligente.

Je lui ai saisi la main en souriant. On s'est serrées très fort.

— Il m'a dit aussi que vous étiez très brave.

J'ai senti les larmes me monter aux yeux. Puis elle m'a pris le bras en me disant la seule chose que j'avais envie d'entendre.

— Pourquoi ne pas rester avec la famille, Lindsay.

Le DPSF a enterré Chris en héros. Des joueurs de cornemuse ont ouvert la cérémonie avec des accents tristes et funèbres. Des rangées et des rangées de policiers en uniforme bleu. Vingt et une salves.

Une fois tout terminé, je m'en suis retournée vers ma voiture, en me demandant ce que j'allais faire, mon Dieu.

Aux portes du cimetière, j'ai aperçu Cindy, Jill et Claire qui m'attendaient.

Je me suis immobilisée, mes jambes ne me portaient plus. Si elles ne faisaient pas le premier pas, j'allais m'effondrer.

— Pourquoi ne rentres-tu pas avec nous ? m'a dit Claire.

D'une voix brisée, pouvant à peine articuler :

— Ça devait être moi, pas lui, leur ai-je répliqué.

Alors, l'une après l'autre, elles m'ont prise dans leurs bras. Puis je les ai entourées des miens, me fondant dans cette étreinte commune autant que je le pouvais. On s'est retrouvées en pleurs toutes les quatre.

— Ne me quittez jamais, les filles.

— *Te quitter ?* s'est récriée Jill, en ouvrant de grands yeux.

— Aucune de nous, m'a promis Cindy. On fait équipe, t'as pas oublié ? On sera *toujours* ensemble.

Claire m'a attrapé le bras.

— On t'aime, ma douce, m'a-t-elle murmuré.

On a quitté le cimetière bras dessus bras dessous. Une brise fraîche a séché nos larmes.

A six heures, ce soir-là, j'étais de retour dans les murs du palais de justice.

J'avais quelque chose d'important à y faire.

Dans le hall d'entrée, la première chose qu'on voit c'est une grande plaque de marbre : elle porte quatre-vingt-treize noms, quatre-vingt-onze d'hommes et deux de femmes qui sont morts sous l'uniforme du DP de San Francisco. Un graveur travaille sur la plaque.

C'est une règle tacite des forces de l'ordre qu'on ne les compte jamais. Ce soir, j'y contreviens. Quatre-vingt-treize. A commencer par James S. Coonts, le 5 octobre 1878, à la création du DPSF.

Demain, un nom de plus y figurera, celui de Christopher John Raleigh. Le maire sera présent, Mercer aussi. Les journalistes qui couvriront l'événement. Marion et les garçons. Il passera à la postérité comme héros de la police. Je serai là, moi aussi.

Mais ce soir, je ne veux ni discours ni cérémonie. Ce soir, c'est entre lui et moi.

Le graveur termine son ouvrage. J'attends pendant qu'il ponce le marbre, puis aspire la moindre particule de poussière. Alors je m'avance et passe la main sur le marbre lisse. Sur son nom.

Christopher John Raleigh.

Le graveur me regarde. Il voit la douleur qui emplit mes yeux de larmes.

— Vous le connaissiez, hein ?

J'incline la tête. Du tréfonds de mon cœur, un sourire a surgi.

Je le connaissais.

— On faisait équipe, lui dis-je.

Epilogue

Coup de grâce

J'en suis venue à apprendre que les enquêtes criminelles comportent toujours des détails et des questions sans réponse. Toujours.

Mais pas cette fois.

J'étais un soir à la maison, environ un mois après
l'enterrement de Chris. J'avais terminé mon dîner en
solo, nourri et emmené en promenade Sa Douceur,
quand on a frappé à la porte. Un seul coup, autoritaire.

Personne n'avait sonné à la porte de la rue, aussi
ai-je vérifié au judas avant d'ouvrir. Je n'ai pu en
croire mes yeux. C'était Nicholas Jenks.

Il portait un blazer bleu sur une chemise blanche et
un pantalon anthracite. Il avait l'air plus arrogant et
odieux que jamais.

— Vous ne me faites pas entrer ? m'a-t-il demandé,
puis il a souri, comme pour dire *Bien sûr que vous
allez le faire. On ne me résiste pas, vous le savez bien ?*

— Non, lui ai-je répondu.

Puis, avant de claquer la porte :

— Tire-toi, connard.

Jenks a refrappé, me stoppant net dans mon élan.

— On n'a rien à se dire, lui ai-je crié à la cantonade.

— Oh que si, m'a répondu Jenks sur le même

mode. Vous vous êtes *plantée*, inspecteur. Je suis venu vous expliquer le comment et le pourquoi.

J'étais pétrifiée, les yeux en feu, la nuque brûlante. Je suis retournée à la porte, j'ai hésité un instant puis je lui ai ouvert, le cœur battant à tout rompre. *Plantée.*

Il m'a souri ou ri au nez, peut-être.

— Je suis en train de fêter ça, m'a-t-il dit. Je suis un mec heureux ! Vous devinez pourquoi ?

— Ne me dites pas que c'est de vous retrouver célibataire qui vous met dans cet état-là.

— Eh bien, ma foi, il y a un peu de ça. Mais aussi, le fait que je viens de vendre les droits de mon dernier bouquin pour l'Amérique du Nord. Huit millions de dollars. Plus quatre pour la version cinéma. Ce livre-là n'est pas un ouvrage de fiction, Lindsay. Devinez le sujet. Allez-y, essayez un peu pour voir.

Je n'avais qu'une envie : le reflanquer à la porte.

— Et vous n'avez que moi à qui annoncer la nouvelle ? Comme c'est triste pour vous.

Jenks a continué à sourire.

— En fait, je suis venu partager autre chose avec vous. Et il n'y a que *vous* avec qui j'ai envie de le partager. Vous êtes tout ouïe, Lindsay ? Tu t'es plantée en beauté, ma belle.

Il était tellement à côté de la plaque qu'il me terrifiait par son attitude. Je ne voulais pas qu'il le voie. Que voulait-il dire avec son *plantée* ?

— Je vous offrirais bien un verre mais je ne peux pas vous sentir, ai-je ironisé.

Il a levé les mains en l'air, en me retournant mon sourire affecté.

— Vous savez, j'en ai autant à votre service. Voilà pourquoi j'ai tenu à vous dire, et à *vous seule*, ce que je vais vous dire.

Il chuchotait à présent.

— *Chessy n'a fait qu'obéir à mes ordres*, jusqu'à la toute fin. Les meurtres ? On jouait à un jeu merveilleux, terrible. Un mari et sa femme tuaient de jeunes couples innocents et heureux. On interprétait la trame d'un roman. De mon roman. Vous vous êtes plantée, Lindsay. Je m'en suis tiré. Je suis libre. *Tellement libre*. Et plus riche que jamais, à présent.

Il m'a dévisagée, puis s'est mis à rire. Probablement le rire le plus répugnant que j'aie entendu de toute mon existence.

— C'est la vérité. Chessy faisait tout ce que je voulais qu'elle fasse. Toutes tant qu'elles étaient le faisaient — c'est pour ça que je les choisissais. Je leur faisais jouer un petit jeu où elles aboyaient comme des chiennes. Tu veux y jouer, Lindsay ? Wouf, wouf ?

Je l'ai fusillé du regard.

— Vous ne vous sentez pas un peu médiocre — de jouer aux anciens jeux de votre papa ? Joanna m'a tout raconté.

— J'ai poussé les choses à un point que mon père n'aurait jamais imaginé. J'ai tout fait, inspecteur, *et je m'en suis tiré*. J'ai planifié chaque meurtre. Est-ce que ça ne vous fout pas la chair de poule ? Ça ne vous met pas le nez dans votre propre médiocrité ?

Jenks a soudain enfilé une paire de gants plastique qu'il avait sortis de la poche de sa veste. *Et merde, qu'est-ce qu'il fabrique ?*

— C'est parfait, a-t-il dit. *Je ne suis pas ici*, Lindsay. Je suis avec cette petite salope, cette adorable menteuse, au lac Tahoe. Un alibi payé cash. Un crime parfait, Lindsay, ma spécialité.

J'allais m'enfuir quand Jenks a sorti un couteau.

— Je veux que tu le sentes s'enfoncer en toi, Lindsay, bien profond. Le coup de grâce.

— A l'aide !

J'ai crié, mais il m'a frappée fort. J'étais choquée par sa rapidité de mouvements et sa puissance physique.

Je suis allée valdinguer contre l'un des murs du salon. J'ai failli m'évanouir. Martha l'a attaqué instinctivement. Je ne l'avais jamais vue montrer les dents jusque-là. Il l'a entaillée de sa lame. Martha est tombée avec un horrible gémissement.

— Va-t'en, Martha ! lui ai-je hurlé.

Jenks m'a empoignée, relevée et jetée dans la chambre. Il a refermé la porte.

— Il devait y avoir un autre double meurtre de jeunes mariés pendant que j'étais en prison. De nouvelles preuves allaient lentement être mises au jour. Mon innocence serait devenue évidente — j'étais victime d'une machination. Puis j'écrirais le livre ! Mais Chessy a tourné casaque et m'a trahi. Je ne l'ai jamais plus respectée qu'alors, Lindsay. J'ai failli l'aimer pour de bon. Pour une fois, elle a montré qu'elle avait quelque chose dans le bide, bordel !

Je me suis éloignée en rampant de Jenks, mais il voyait bien que pour moi la chambre était sans issue. Je me suis dit que j'avais une côte cassée.

— Il faudra me tuer d'abord, lui ai-je dit d'une voix rauque.

— D'accord, m'a-t-il répondu en souriant. Ravi de te rendre ce service, tout le plaisir sera pour moi.

J'ai rampé, une main après l'autre, vers mon lit, du côté où il faisait face à la fenêtre donnant sur la baie. J'avais du mal à respirer.

Jenks s'est dirigé vers moi.

— Arrêtez, Jenks ! lui ai-je hurlé à pleins poumons. Restez où vous êtes, Jenks !

Il n'a pas obtempéré. Et pourquoi l'aurait-il fait ? Il tailladait l'air de sa lame. Mon Dieu, il adorait ça. Il riait aux éclats. Un nouveau meurtre parfait.

J'ai passé la main sous le lit où j'avais fixé un revolver dans son étui, mon système de sécurité perso.

Je n'ai pas eu le temps de viser, mais je n'en ai pas eu besoin. Nicholas Jenks est resté pétrifié, le couteau immobilisé en l'air.

J'ai fait feu à trois reprises. Jenks a crié, ses yeux gris exorbités par l'incrédulité, puis il s'est effondré sur moi. Mort.

— Va brûler en enfer, lui ai-je murmuré.

J'ai appelé Claire en premier — le médecin légiste ; puis Cindy — la meilleure journaliste en affaires criminelles de San Francisco ; enfin Jill — mon avocate.

Les filles sont arrivées ventre à terre.

Aubin Imprimeur
LIGUGÉ, POITIERS

Achevé d'imprimer en février 2002
pour le compte de France Loisirs
123, bd de Grenelle, 75015 Paris
N° d'édition 36266 / N° d'impression L 16400
Dépôt légal, février 2002
Imprimé en France